2022
中国
年选系列

2022年中国
武侠小说
精选

傲月寒 苏琳 选编

長江出版傳媒 | 长江文艺出版社

图书在版编目（CIP）数据

2022年中国武侠小说精选 / 傲月寒，苏琳选编. --
武汉 : 长江文艺出版社，2023. 1
(2022中国年选系列)
ISBN 978-7-5702-2936-9

Ⅰ. ①2… Ⅱ. ①傲… ②苏… Ⅲ. ①侠义小说－小说集－中国－当代 Ⅳ. ①I247.5

中国版本图书馆CIP数据核字(2022)第208489号

2022年中国武侠小说精选
2022 NIAN ZHONGGUO WUXIA XIAOSHUO JINGXUAN

责任编辑：高田宏　郭良杰　　　责任校对：毛季慧
封面设计：徐慧芳　　　责任印制：邱　莉　胡丽平

出版：长江出版传媒 | 长江文艺出版社
地址：武汉市雄楚大街268号　　　邮编：430070
发行：长江文艺出版社
http://www.cjlap.com
印刷：武汉中远印务有限公司

开本：680毫米×980毫米　1/16　　　印张：17.375　插页：2页
版次：2023年1月第1版　　　2023年1月第1次印刷
字数：276千字

定价：39.80元

目 录

江南赋

小狸奴

一、舟中变

“江南好，风景旧曾谙。日出江花红胜火，春来江水绿如蓝。能不忆江南？”

清脆的吟诵之声自江面的一叶乌篷船上传出，船篷口坐着一名蓝衫少年，十七八岁的模样，长发束起，身形娇小，生得面貌清秀，手上转着一根狗尾巴草。吟诵完后，他大声喊道：“大叔，还有多久到琴城？”

在船另一头的船夫扶了扶斗笠，回应道：“姑娘别急，还有一炷香的工夫便到了。”

“什、什么姑娘？”少年脸腾地红了起来，扭头看向船篷深处，道，“喂，我……那么明显么？”

里头坐着一名男子，男子在昏暗的船篷中只露出一个轮廓，只听一个低沉的声音传出：“你说呢？”

蓝衫“少年”为之气结。

她自小听说书先生说过无数女扮男装行走江湖的佳话，心向往之，岂料今日扮了个男装，遇到十个人，全都认出了她的女儿身。就连码头的瞎子都追着问：“姑娘，算命不？五文钱一次……哎，你要诚心算的话，只收三文！”

这事越想越来气，她索性不去想了，将狗尾巴草叼在嘴上，靠着船篷看向江面。这是通往琴城的一条小江，名唤盱江，比不得长江的辽阔湍急，却也别有一番气势。

时值深秋，两岸山峦重叠，山林如点燃的火焰般，由远而近，深深浅浅地红了个通透。而远方红日逐渐下沉，在江面映出粼粼波光，亦如两岸的火焰烧到了江面。

忽然，从左侧的山间传来一声沉闷的鼓声。那鼓声在林间兜兜转转，传至江面，仿佛将远处的红日又敲下去半分，随后又是一声。共响了三声。

“丫头，哪来的鼓声？”船篷中的男子突然问道。

“叫我阿九！”蓝衫“少年”秀眉微蹙，将口中的狗尾巴草拿出，朝船夫喊道，“大叔，谁在敲鼓？”

船夫指了指左侧，道：“这山上有个寺庙，叫顺风寺，每日日出时鸣钟，日落时敲鼓，这鼓声一响，说明酉时到了。”

篷内人影晃动，那男子也挪到了篷外。他穿着一身灰扑扑的粗布衣裳，长发随意束起，二十七八岁的模样，五官俊朗，只是左脸至额头却多了一道可怖的疤痕。那疤痕从脸颊穿过眼部，割断了长眉，直至额中发际，犹如一条可怖的长虫，所幸造就这道疤痕的伤并没有伤及左眼。

“顺风寺。”阿九嘻嘻一笑，转头朝男子道，“说明我们此行一定能一帆风顺！”

男子没有回答，“铿”的一声将一柄长剑放于脚边，那剑没有剑鞘，剑脊两侧雕了一些复杂的花纹。

“到了琴城，你便自行离去，不要再跟着我了。”

“不要！”阿九秀眉微蹙，一脸委屈地道，“南哥哥，你忍心放任我一个弱女子流落街头吗？”

“忍心。”

阿九一愣，将狗尾巴草朝男子脸上扔去，男子头微微一侧，将草叼在嘴中。

“沐赋南，我最讨厌别人骗我了，你答应过我要送我回家的，别想甩开我，哼！”

沐赋南将草吐到江面，看着它随波远去，低声道：“不是我想食言，只是我此行凶险，未必能活着回来。如今已至琴城，那群山贼想必也不会追到这儿，你本身轻功不弱，换走水路的话，回家应是没什么问题。”

“我不管！”阿九有些赌气地看向江面，“你就是想丢下我，难怪说书先生说，男人都爱始乱终弃，没一个好东西！”

沐赋南有些尴尬地咳了一声，道：“我不过是之前顺手从山贼手下救了你而已，你跟了我三个月，我也并未对你做过什么非礼之事，怎么能叫始乱终弃呢？”

阿九冷哼一声，说道：“先生还说过，男人一旦开始解释，那一定是心里有鬼。”

沐赋南舔了舔嘴唇，一时竟不知该如何回应。

此时红日隐没了一半，半边天空都仿佛被点燃，蜿蜒的盱江宛如一条从天边垂下来的红绸，浮光流转地铺就开来。

阿九一时忘了生气，惊叹地张开了嘴。沐赋南看着她白皙的面孔，在晚霞中映得透红无比，嘴角忍不住微微上扬。

突然，船身微微颠簸了一下。

沐赋南猛地将剑握紧，横于胸前。阿九看着他，问道：“你干吗……”

她话音未落，船身突然又是猛地一颠，这次力道甚猛，阿九“哎呀”一声朝前扑去，这乌篷船本就窄小，她这一扑，眼见便要跌落江中，沐赋南猛地起身，一手将她扶住。

“你坐进去，不要出来。”

阿九已经被颠得晕头转向，苍白着脸钻进了船篷中。沐赋南猛地纵身跃起，足尖在篷顶一点，又起身落在了船的另一头，船夫正若无其事地摇着桨。

“怎么了？”沐赋南沉声问。

“客官别怕，这里旋涡多，会有些颠。”

沐赋南看着江面，船行之处荡开层层涟漪，突然，他脸色微变——在船的四周，有许多涟漪由水底升起，继而融入船行的水波中，若不仔细看，确实难以察觉。

“水中有人！”沐赋南低声道。

“客官可别说笑了，老夫行船几十年，还没见过活在水里的人哩。”船夫大笑着，继续摇动着桨。

“靠岸。”沐赋南沉声道，他看向两岸，此时船至江心，距两边都有十丈之远，哪怕轻功再好也不可能一跃上岸。

“好嘞！”船夫说着，摇桨的方向一变，船头方向果然跟着一变，但却并不是朝岸边靠去，反倒是在江心打起了转。

“你在做什么？”沐赋南脸色一沉，紧盯着船夫。

船夫背对着他，斗笠遮住了头部，只听他忽然哈哈大笑道：“老夫做什么，与你何干？年轻人，不要多管闲事！”

“你是何人？”

沐赋南话音刚落，船头的船夫突然纵身跃起，他手握船桨，霍地直拍而下！

沐赋南早有准备，长剑朝上一挡，只听“当”的一声震响，那船桨竟裹了一层铁皮，与剑身撞出一溜火花。沐赋南身形一侧，剑身贴着桨柄直刺而上，眼见便要刺至船夫虎口处，船夫大喝一声，铁桨横扫而来，撞开长剑。

两人刚一交手，心中都是一凛。那船夫年纪不轻，少说也有几十斤重的铁桨在他手中却宛若无物，显然不是一般的山野贼寇。而那船夫心头更是吃惊，他向来力大，但方才重桨被这年轻人长剑一撞，自己虎口竟一阵发麻，他暗提一口气，舞动铁桨急攻而去。

此时，船篷中的阿九探出头来，怯生生地问道：“你们在做什么？”

沐赋南一剑隔开铁桨，大声道：“丫头，别出来！”

他说完，挑出一朵剑花，霎时间寒光闪烁，将船夫逼退至船头。船夫眼看形势不妙，忽然大喝一声，格开长剑，铁桨猛地击向甲板。只听“啪啦”一声，甲板瞬间被劈出一道口子，江水从洞口汩汩涌出。

沐赋南暗道不好，却见那船夫站在船头大笑一声，放下铁桨，随后身体朝后一栽，“扑通”跃入水中。沐赋南追至船头一看，已然不见了船夫的踪影，仅剩一个斗笠在水中漂动。

甲板上的江水越来越多，沐赋南跃回甲板，一脚堵在那个洞口，但水依然从脚底涌入。此时船在江心，他和阿九皆不通水性，若船下沉，怕是凶多吉少。

突然，“夺夺”几声，沐赋南循声望去，只见船篷四周已然被钉上几个钩子，钩子由细线牵引，线的另一头在水中。

“不好！”

沐赋南话音未落，只听“哗啦”一声巨响，船篷突然被撕扯开来，散落在江里。本躲在篷里的阿九惊呼一声，茫然地看着四周，似乎不能理解为何船篷突然间没了。

“夺夺夺！”

又是几声连响，那几个钩子突然从水底飞出，钩在了船帮之上。沐赋南跃至一旁，长剑起落，削断了两根，突然听得“哗啦啦”声响，他回身望去，只见另一头的水面猛地跃出两个人，那两人身形极快，朝阿九抓去！

“小心！”

沐赋南低喝一声，身形一闪，抢先护在阿九身前。那两人错身落在船的两头，一个人极胖，一个人却极瘦，双手舞动，“哧哧”直响，几枚铁钩被丝线牵引着急飞而来。

沐赋南一声低喝，纵身跃起，长剑将钩子卷起，同时翻身落在船的另一头，那两人被带得也飞落而去，远离了阿九。

就在此时，又是“哗啦啦”几声，水中猛地又蹿出三人，“夺夺”两声响，其中两人一高一矮，甩出几只钩子，先前那胖瘦两人双手舞动，钩子宛若活物，与高矮二人的钩子交错，刹那间，引线将沐赋南围了起来。

他们四人身形各异，胖的极胖，瘦的极瘦，高的足足比常人高出两个头，而矮的却如同孩童，着实是个怪异的组合。而另一人站立船头，正是方才的船夫，他头发花白，看上去有些年纪了，已重新将铁桨握在手中。

沐赋南站定不动，冷冷地看着他，问道：“你们究竟是何人？”

船夫捋了捋胡子，指了指后方一脸惊慌的阿九道：“年轻人，老夫要的是这位姑娘，你若不多管闲事，我们自会放你一条生路。”

沐赋南侧头看了一眼阿九，冷笑道：“放我一条生路？你怕是说反了。”

“哦？年纪不大，口气倒是不小。”船夫将铁桨一立，“老夫倒要看看你有多大本事。”

沐赋南面沉如水，握紧了剑柄，突然剑身一转，夕阳在剑脊上映出一抹红光，那抹红光突然暴涨，转瞬间仿佛在船上绽开一簇烟花，只听“哧哧”声响，方才还被高矮胖瘦四人绷得笔直的钩绳，突然间齐齐被斩断！

那船夫大吃一惊，舞动铁桨正要回防，只听“当”的一声，只觉虎口一阵剧痛，手中的铁桨竟脱手飞出，而沐赋南的剑却并未有丝毫转向，朝他当胸刺来！

他大吃一惊，身体猛地朝后一跃，钻入水中，其余四人也纷纷落水，刹那间不见了踪影。

沐赋南看向船头处，仅有一丝血花涌出，方才那船夫再慢半刻，便会命丧于他剑下。

此时船上的水已漫过足部，而船失了方向，一直在江心打着转前行，阿九扶着船帮，“哇”地吐了出来。

沐赋南看向左岸，此时距岸尚有十丈之远，他心头微动，走到船帮处，将方才瘦子留下的钩子取下，随后捡起几根被斩断的绳索将钩子穿起，随后朝阿九道：“扶稳了！”

他说完，长剑一挥，寒光闪过，一片巨大的木板被劈下，江水瞬间灌入，船身倾斜起来。沐赋南却丝毫不慌，“夺”的一声将钩子穿入木板，随后起身一扬绳索，那块木板被他甩在半空，甩了几周后，他暗运真气，猛地朝前一送，那块巨大的木板呼地飞出，落在了几丈之外。

此时船弦已被淹没，沐赋南一把拉起阿九，朗声道：“抱紧我！”

阿九急忙紧紧抱住他，沐赋南低喝一声，纵身从船身一跃而起，两人刹那间凌空而起，跃出了数丈之远，精准地落向那块木板之上，沐赋南足尖在木板上一点，借力重新跃起，稳稳地落在了岸边。

“你还好吗？”沐赋南将阿九松开。

“好美。”

“什么？”

“日落，好美。”阿九指着江的那一头，此时太阳已完全消失在视野中，方才如火的一色江天，在瞬间被暮色浸染。

二、夜间客

“刚才落日好美啊，你真的没看到吗？太可惜了。”阿九在一旁蹦蹦跳跳地说着。

沐赋南在黑暗中皱起了眉头，方才两人命悬一线，而这丫头居然只顾着看日落。他停下脚步，朝前方哼着小曲的阿九喊道：“等等！”

“怎么了？”阿九回头望着他。

“你究竟是什么人？”沐赋南凝视着她，“那群人为什么要抓你？”

阿九垂下头，没有回答。

沐赋南冷冷地道：“你若是不说，那我们便在此处分道扬镳，你是死是活，我都不会管。”

三个月前，他在浔阳郊外的一群山贼手中将阿九救下，阿九说自己是被主人赶出家的丫环，孤苦无依，自那日起便死赖着他，起初他自是不愿，但这丫头会点轻功，而且古灵精怪，居然怎么都甩不掉，这一跟就是三个月。

但从今日的情况来看，她的身份显然不可能是一个丫环那么简单。

阿九有些委屈地看着他，低声道："你、你知道浔阳的白鹤门么？"

沐赋南点点头，道："白鹤门门主沈白鹤是武林名宿，我自然知道。你是白鹤门的人？"

阿九点点头，说道："嗯……沈白鹤就是我爹，他、他要把我嫁给一个王员外的草包儿子，我、我不喜欢，就逃出来了。"

沐赋南皱眉道："你那点三脚猫的功夫，也敢学人家离家出走？"

阿九怯生生地走了过来，拉了拉他的衣袖，忸怩道："所以说，我要赖着南哥哥嘛。你答应过我的，在你办完事后把我送回家，不能耍赖，我最讨厌有人对我说谎了！"

沐赋南道："那群人为什么要抓你？"

阿九叹口气，道："我也不知道啊，不过我听我爹说过，他在几年前来琴城时，遇到过一群叫'盱江八鬼'的人在江中行凶，就出手杀了其中三个，刚刚那五个人，恐怕就是剩下的五鬼，他们是想抓我去找我爹报仇吧。"

她说着，眼珠一转，道："所以说，我在琴城也是很危险的，你可不能抛下人家不管。"

沐赋南边走边道："我和你说过，我是去报仇的，这可不是什么好玩的事。"

阿九道："所以那人到底和你有什么仇呢？你要跑这么大老远来。"

沐赋南看向黑暗的前路，淡淡地道："杀父之仇。"

阿九微微一愣，低头跟在一旁，良久才道："我总觉得，报仇是一件没有尽头的事情。比如我爹杀了三鬼，假如今天五鬼杀了我的话，我爹必然再去找他们报仇，如果我爹杀了五鬼，那么几十年后，五鬼的后代一定还会去找我爹报仇，那时我爹年迈，打不过他们，被害的话，我师兄也一定会再去找他们报仇。这样无穷无尽，后代也永远在报仇，这样又有什么意义呢？"

沐赋南沉吟片刻，淡淡地抛下几个字："你还小，不会懂的。"

阿九没有再说话，跟在他后面前行。两人走了半炷香的时间，只见前方出现一处亮光，再到近处，那是一家客栈，屋檐挂着一串灯笼，分别写着“无尘客栈”四个字。灯笼想是有些年份了，红色的纸封已经褪色泛白。

阿九一把拉住沐赋南的手臂，低声道：“这荒郊野外的，会不会是杀人越货的黑店？”

沐赋南没有回答，一把推开了客栈的门。

一阵饭菜的香味扑鼻而来，这是一间不大的厅堂，其间摆放着三四张方桌，有一张桌子坐了两名大汉，正在饮酒谈话。

“客官，打尖还是住店？”

掌柜的是一名中年男子，留着三绺长须，看上去倒是个面善之人。

“给我们备一桌饭菜，再打理两间干净的房间。”

“好嘞。”掌柜应完，转头喊道，“谷儿，给客官擦桌子。”

他说完，只见那两个喝酒的人桌边跑来一个六岁上下的男孩，男孩脸圆圆的，看上去很是机灵，利落地抹了抹桌子，待两人坐下，又跑回那桌边，津津有味地听着两人讲话。

只听一个满面虬髯的汉子忽然大声道：“当日若不是沐大侠舍命相搏，武林恐怕早就被那紫霄派搞得天翻地覆了！”

听到这句话时，沐赋南神情微动，阿九转头看了看两人，也侧耳听了起来。

另一个年轻些的男子道：“好在那次紫霄派终被沐大侠除掉，一个不留，而沐大侠也全身而退。”

虬髯汉子道：“全身而退倒不能说，那次沐大侠和贺紫霄一场恶斗后，自己也受了重伤，这才在后来让那奸人步剑尘钻了空子。”

年轻男子道：“我听说十几年前，那步剑尘和沐大侠齐名于武林，被人称为日月双剑，名震江南，怎的后来又反目了？”

虬髯汉子冷笑一声道：“知人知面不知心，武林中伪君子太多了。那步剑尘本和沐大侠带领一众武林正道齐上白云山铲除魔教，但步剑尘却在暗中勾结了魔教，才有了那场恶战，我正派中人伤亡惨重。”

“勾结魔教，可真是太可恶了！”年轻男子愤愤道。

虬髯汉子饮了一口酒，大声道：“谁说不是呢？更可恶的是，沐大侠因为与贺紫霄大战元气大伤，而之后步剑尘居然去找沐大侠决战，趁人之危，重伤了沐大侠，决战后没几日，沐大侠便撒手人寰。”

年轻男子道：“这可真是武林之不幸！那步剑尘后来去哪了？倒是没

听过他的消息。”

虬髯男子嘿嘿一笑，又饮下一口酒，有些得意地道：“实不相瞒，那步剑尘在数年前便被家师斩于剑下了。”

年轻男子大吃一惊，道:“真的吗？那步剑尘的剑法据说出神入化……”

“你这话什么意思？”虬髯汉子脸一沉，“我师门的剑法就弱了？这些年你可曾听说过步剑尘的踪迹？”

年轻男子摇了摇头。虬髯汉子冷笑道：“因为家师将他除掉了。只是家师为人低调，不想被人知道而已，所以至今无人知晓。”

那桌边的谷儿瞪着一双大眼睛，问道：“步剑尘为什么这么坏呢？”

虬髯汉子笑道：“小娃娃，你还小，大人的事说了你也不明白。”

此时，掌柜端来两份饭菜，在两人桌上摆好，低声道：“客官慢用。”

沐赋南看了眼掌柜，掌柜拿着托盘朝后堂走去，喊道：“谷儿，别打扰客人吃饭，到后面帮娘洗碗。”

谷儿应了声，垂着头跟了过去。

没了听众，那桌的两人渐渐聊了别的话题，没一会儿便上楼歇息去了。沐赋南低头吃饭，阿九看着他，低声道：“他们说的，是你爹吗？”

沐赋南没有答话，只是点了点头。

阿九道：“可他们说步剑尘已经死了，你要找谁报仇呢？”

沐赋南淡淡地道：“我自有计划。”

两人用晚餐后，一名妇人从后堂进来收拾。那妇人衣着朴素，长得还算清丽。收走碗盘后，沐赋南却并没有要起身的意思，从怀中取出一个物件细细端详起来。

烛光下，可以看出那是一支细长的金簪，顶部是合起的，宛若一朵含苞待放的梅花。

阿九看着那枚簪子，道：“这是谁的簪子呢？你总是看它。”

沐赋南道：“是我从别人手里骗来的。”

“哦？这看起来可不便宜，你为什么要骗人家？”

沐赋南没有回答。此时，掌柜拿着抹布过来抹桌子，问道:“二位客官，饭菜可还满意？”

阿九笑道：“挺好吃的！”

沐赋南看着掌柜，若有所思，当掌柜的抹布抹到他身前时，他轻轻将那支金簪放在了桌面上。

掌柜看着那支簪子，脸色猛地一变。

此时，谷儿和那妇人从后堂走出，谷儿打了个哈欠，道："爹、娘，我困了。"

掌柜双目未曾离开簪子，口中说道："素珍，你和谷儿先回房休息。"

待二人上楼后，掌柜站直身体，直视着沐赋南，沉声道："阁下是何人？"

沐赋南抬头看向他，冷冷地道："取你性命之人。"

阿九震惊地看向沐赋南，一时没搞明白状况。却听那掌柜笑了声，道："我一介村夫，在这山野活了几十年，从未结过什么仇人，阁下想是认错人了吧？"

沐赋南冷冷地道："我找了你许多年，总算被我查到你的下落了。你认不出我的长相，我脸上这道疤，你会不记得吗？"

掌柜看着他的脸，久久没有回话。

沐赋南将那金簪收回，道："我看你有了家室，我也不愿过多惊扰无辜之人，便多给你些时间，你自己安顿好家人，明日酉时我会取你性命，如若失败，你便杀了我。"

掌柜看着他，良久才道："我听不懂你在说什么。"

沐赋南冷冷地道："听不懂没关系，你只要别忘记你的名字便好，步剑尘。"

三、一剪梅

那是一个纷乱的梦。

他梦到了父亲与步剑尘的决战，而步剑尘最后一剑刺在了父亲胸口。他还梦到十年前进入紫霄派的那一夜，满耳尽是杀戮之声，当时还是少年的他被溅了满身的血，蜷缩在一个角落里。

在角落里，他看到了一双眼睛，那双眼睛充满了恐惧、绝望与仇恨。随后，一个尖锐的物体从他脸庞上划过，那一瞬间他没有感到疼痛，直到血流进他的眼眶，流入他的嘴角，他尝到腥甜的血液，随后，才感到脸上钻心的痛。

"当——当——当——"

远处，鸣钟之声将他从梦中惊醒。他看向窗户，天边已微微透白，那钟声想必是从顺风寺中传来的，那此时想来是卯时了。

这些年来，他睡觉一直很浅，中途一旦醒来，便会睁眼到天亮。他从怀中取出那支金簪，透过微弱的光芒看着金簪在黑暗中的轮廓，合拢的那一端，就像一个花蕾，层层叠叠地包裹着什么不为人知的秘密。

“这是一剪梅，有了它，你就可以随时来找我玩了。”

有个声音在黑暗中响起。

“对不起……”他轻声回应，“对不起……”

金簪冰冷的触感自掌心传遍全身，他将金簪重新放回怀里，继续看向逐渐变白的窗户。也不知过了多久，他听到步剑尘一家起床劳作的声音，不久后，昨日那两个饮酒的客人也结账离去，此时日光已从窗外投入，他这才决定起身。

朝食之后，步剑尘依然在柜台前拨动着算盘，他此时不动声色，仿佛无事发生。

阿九神秘兮兮地拉着沐赋南跑出客栈，道：“带你去个地方！”

两人大概走了一盏茶的工夫，只见前方突然一片金黄映入眼帘，竟是一株巨大的银杏树，树干极粗，也不知有多少年岁了，满树的叶子尽染成金黄，落叶也铺了一地，清风拂过，微微颤动，如同无数黄色的蝴蝶展翅欲飞。

“是不是很美？”阿九嘻嘻笑道，跑到那厚厚的落叶中去，俯身捧起一捧落叶，往空中一抛，霎时间群蝶飞舞，她在其中转了个圈，直到树叶落地。

沐赋南静静地看着阿九，眼前的少女仿佛随时可以把一切烦恼抛诸脑后，或许……是因为年纪还小的缘故吧？

“你又没来过这里，如何知道这儿有银杏树？”他问。

“谷儿告诉我的！”

沐赋南想起那个看上去很机灵的孩童。

阿九捡起一片银杏叶，对着阳光照了照，道：“你看，银杏叶多美，只是它落地归根后，很快便要化作泥土。人也一样，人一生这么短，何必处处与自己、与他人过不去呢？”

沐赋南听出她话里有话，抱剑走到树下，道：“落叶归根是它们的宿命，每个人也都有自己的宿命。”

阿九将落叶从掌心吹走，看着它落地，淡淡地道："是啊，每个人都有自己的宿命，但就怕错把他人赋予的使命当作宿命了。"

沐赋南眉头微皱，道："你想说什么？"

阿九粲然一笑，道："没什么。对了，你那个簪子到底是谁的？我总是见你拿出来看，昨天掌柜看到似乎也认识。"

沐赋南闻言，将金簪从怀里取出，道："它叫'一剪梅'，并不是簪子。"

阿九有些好奇地盯着那枚"金簪"，问道："不是簪子，那是什么？"

"这是一枚极厉害的暗器。"沐赋南将一剪梅捏在指间，顶部金色的蓓蕾在阳光下反射着光芒，"这是一枚子母钉，梅花绽放之时，里面会有无数细针弹射而出，细针都染了剧毒，中者感受不到疼痛便会死去。"

阿九听了，脸色唰地变得惨白，转身躲到了银杏树干后，道："那、那你赶紧把它丢了吧，这种东西放在身上太吓人了。"

沐赋南将一剪梅收回，微微一笑道："无妨，我自不会随意触发的。"

阿九这才从树后走了出来，道："所以这一剪梅，和你爹的事情也有关？"

沐赋南微微点头，但并未回答。

阿九从袖中取出一个金灿灿的果子递了过去，笑道："这是蜜橘，只有琴城能够吃到的，你尝尝。"

沐赋南接过蜜橘，将皮剥了，放了一瓣于口中，那橘子入口清香，汁多甘甜。只听阿九道："这是谷儿给我的。"

沐赋南闻言，将即将送入口中的第二瓣放回橘皮之中。

阿九道："我跟你在一起的这几个月，总是看你睡不好，没事的时候也一个人发呆，心事重重的样子。你心里，一定一直记挂着报仇的事吧？"

沐赋南看着她，没有回答。

"你看谷儿多可爱，但想想，如果你杀了他爹，那他是不是从今往后，也会和你一样整日愁思难解，心事重重？然后，在十年后，或者二十年后，找到已经老去的你报仇？"

"那又如何？这便是宿命……"

"这不是宿命。"阿九打断他的话，"你爹和步剑尘的仇怨，是他们之间的事，与你并没有直接的关系。如今，你爹走了，步剑尘也远离江湖，那他们之间的事就应该了结了，你有自己的人生，不应该把自己一生都放进去，延续那段仇恨。”

“杀父之仇，不共戴天。”沐赋南眉头紧锁，道，“你还小，什么都不懂。你说的那些话谁都知道，但又有几个人可以轻易放下？人活一辈子，如果连仇都报不了，那也太窝囊了。”

阿九秀目圆睁，但一时想不到好的反驳之词，良久一顿足道：“我不管你了，你自己爱怎样便怎样吧！”说罢，一甩袖离开了。

沐赋南看着她远去的背影，轻叹一口气。她方才说的话，他又何曾没有想过，可是复仇之念日日啃食着他的心，倘若他不复仇，这一生又有何事可以去做？

用过午饭之后，他又独自回到银杏树下，出来前，他给步剑尘留下一张纸条：酉时，银杏树下。

他轻轻坐在银杏树下，看着落叶一片片从眼前飘落，思绪仿佛也飘到了远方。

十年前，他也曾是无忧无虑的少年，但一切，都在那场武林正道与“魔教”紫霄派的大战中改变了。

他缓缓闭上眼睛，仿佛在瞬间又回到了那一夜，火光冲天，哀号之声不绝于耳。他手握着长剑，茫然地站在一棵枯木之下，剑刃滴着血，脚底下躺着一名魔教的教徒——那是一名与他年龄相当的少年，就在前一刻，被他一剑刺死。

那是他第一次杀人。尽管自幼习得绝妙的剑法，剑在手中他从未惧怕过什么，但那一刻，他却感觉恐惧包裹住了他的心脏。

一个与他一样年轻的生命就这样结束了，尽管不杀对方，自己便会死于对方剑下，尽管同行的长辈都说那是魔教子弟，当杀，但只要他想起那少年临死前逐渐变得灰暗的眼神，浑身的力气便如被抽走一般。

他拎着长剑躲在阴暗的角落，眼睁睁看着父亲与步剑尘大战魔教教主贺紫霄，那时倘若他提剑上场，或许可以轻易将贺紫霄击退。

但他犹豫了，那个少年临死前的眼神深深印在他脑海中，直到他眼看着父亲被贺紫霄一掌击中，却依然没有勇气走出去。

往后多年，他永远忘不了那一刻，那一刻，倘若他勇敢提剑出战，或许父亲就不会受重伤，那么父亲在日后与步剑尘的决斗中就不会再度受伤，那么，父亲亦不会死去。

而他自己，也不用背负着仇恨度过余生。

只是，一切都发生了。自那日起，他便日日告诫自己，万事都不能退缩，要做的事情，一定要做到。报仇亦如是。

也不知过了多久，他缓缓睁开眼睛，太阳不知何时隐没了，天空变得灰暗，浓厚的云层涌动着。

现在是什么时辰？他心中想着，看向昏暗的天空，天色或许已经不早了，那步剑尘也该来了。

“咚！咚！咚！”

远处，顺风寺的鼓声飘来，宣告着酉时已至。他抬眼看向来路，却并没见到人影。

或许，此刻的步剑尘也一样思绪万千吧，想得太多，步履自然便慢了。

一盏茶工夫过去，依然没有人过来。他心头一紧——难道，二十年前名震武林的“皓月之剑”，竟然如此胆小，临阵脱逃了？

他犹豫片刻，起身朝客栈的方向走去。他轻功绝佳，不消片刻便到了客栈中，客栈的门半开着，他推门进入，里面却空荡荡的，没有半个人影。

“步剑尘！”他大声喊着，然而没有半句回复。忽然，他心头一紧，喊道，“丫头？阿九！”

依然没有回音。偌大的客栈，此刻仅剩他一人。

四、暮时鼓

顺风寺中，一群僧人齐齐奔向鼓楼。

“这酉时未至，何人在击鼓？”

一名老和尚怒气冲冲地走在最前面，口中吐出的气把胡子吹得老高。一群僧人纷纷拥入鼓楼，没人看到，在鼓楼的檐角，此刻正蹲坐着一名蓝衫少年。

待僧人尽数进了楼内，阿九得意一笑，纵身越至楼下的一株菩提树上，最后在树干上借力纵跃至另一头，几个起落便出了顺风寺。

顺丰山本低矮，不多时她便下得山来，山口处站了一男一女两个人，各自背了一个行囊，正是无尘客栈的掌柜夫妻。方才在客栈，她费了好大的劲才说服步剑尘带着家人离开。

步剑尘远远见她走来，沉着脸道："阿九姑娘，你这是何意？"

阿九笑道："沐赋南与你酉时约战，你酉时回去便是，并不影响你的约定。"

步剑尘皱眉道："你故意在此时击鼓，便是要让他误以为酉时已到，久等不见我而自行离开？"

阿九摇头道："不，我是希望你带着家人离开。以他的性格，即便你酉时过去，他也必然会等到那时。"

步剑尘看向来路，淡淡地道："那我更该回去了。"

"问天！"素珍抓住他的手臂,脸上泪痕未干,"我不管你以前做过什么,但现在你是我的丈夫，是谷儿的父亲，你不能抛下我们娘俩！"

步剑尘缓缓闭眼，叹气不语。

"爹、娘，送给你们！"

一个稚嫩的声音响起，谷儿从一旁跑了过来，手上抓了几片红色的枫叶，他将两片分别给了爹娘，又拿了一片递给阿九，道："阿九姐姐，这个给你。"

三人拿着枫叶，沉默不语，良久，素珍才道："你若不走，那我和谷儿便和你一同回去。那人要杀你，那便连同我们母子一块儿杀了吧！"

步剑尘看着妻子，叹气道："罢了，走便走吧！"

素珍悄悄别过头，抹了抹眼泪。

四人出山行了一段路，便到了一处码头，只见一名船夫正在岸边打盹。阿九上前喊道："船家大叔，现在走吗？"

船夫睁开眼睛，好一会儿才道："走！走！"

步剑尘扶着妻儿上船，看向岸边的阿九道："阿九姑娘，你跟我们一起走吧，不然……他知道你让我们走了，万一……"

阿九回头望向来路，良久才点了点头，跨上了船。

船缓缓离岸，几人看着客栈的方向，思绪万千。忽然，步剑尘将行囊放到甲板上，低声道："素珍，谷儿就交给你了。"

素珍吃了一惊，道："问天，你要做什么？"

步剑尘解开行囊，从里面取出一柄长剑，他将剑握于手中，看向阿九，道："阿九姑娘，我若能活着，必不忘大恩。"

说罢，他又拍了拍谷儿的头，突然双臂一展，凌空而起，直接掠过江面，落到了岸边。

“莫问天！”素珍大吃一惊，她看向岸边的丈夫，嘶声喊道，“你快回来，回来！”

步剑尘站在岸边朝她看了一眼，随后扭头便转向了另一方，很快消失在视线中。

谷儿拉着母亲的衣袖，带着哭腔问道：“娘，爹不要我们了吗？”素珍看向步剑尘消失的方向，两行眼泪滚滚滑落。

阿九在一旁看着，只觉得心下凄然。此时船已至江心，在船头的船夫忽然停了手，缓缓将斗笠摘了下来。

阿九看了他一眼，失声道：“是你？”

“正是老夫。”船夫将斗笠扔下，苍老的脸庞露出一丝诡谲的笑容，“这次我看还有谁能救你，乖乖跟我去狐狸岩！”

阿九退至船帮处，道：“做梦！”

船夫哈哈一笑，他足尖一踏桨柄，那几十斤的铁桨翻越而起，被他一手稳稳接住。此时素珍也发现异样，她扭头看着船夫，将谷儿护至身后。

船夫将铁桨在手中掂了掂，缓缓走近阿九，道：“老老实实跟我走，我或许能留他们两条性命。”

阿九看了看素珍母子，脸色一变，她轻咬朱唇，道：“我跟你走便是了，你不要为难他们。”

船夫哈哈一笑，道：“很好。”

他话音未落，猛地响起一个声音：“阁下何人，竟敢如此放肆？”

那声音宛若平地惊雷，直把船上四人的耳膜震得生疼。船夫脸色大变，双手紧握住铁桨，却听谷儿大声喊道：“是爹爹！”

只见远处突然飘出一枝枫树细枝，上面还挂着几片鲜红的叶子，那树枝逆风而行，却轻飘飘地掠过五丈之远，落在江面之上。

树枝随波漂了一段距离，随后缓缓下沉，与此同时，一个人不知从何处飞跃而出，宛若画中冯虚御风的仙人，正是步剑尘！

步剑尘掠过江面，在即将下沉的树枝上借力一点，随后再度跃起，朝船上落来。

船夫脸色剧变，忽然双手一扬，铁桨霍地甩出，直奔素珍谷儿母子，同时一掌朝阿九抓来，阿九空有一身不俗的轻功，但避无可避，只觉手臂一紧，已被船夫一把抓住。

只听“铿”的一声巨响，步剑尘人未到，剑鞘已脱手飞出，将铁桨撞落，与此同时，阿九惊呼一声，被船夫抓着“扑通”一声跌入水中！

步剑尘轻巧地落至船上，他一甩衣袖，朝江面看去，但见波纹四起，却完全没了两人踪影。

一片落叶缓缓从身前飘落，沐赋南闭着双目坐在银杏树下，虽说步剑尘当年做过令他不齿的卑劣之事，但他确实万万没想到，那个在多年前名震武林的“皓月之剑”，竟然会临阵脱逃。

他花了多年打听步剑尘的下落，却不想一个疏忽便让其逃了。

而阿九……阿九也与他们一家共同消失，没有留下任何踪迹，尽管不愿相信，他却隐隐猜到，或许正是那个古灵精怪的大小姐说服了步剑尘一家逃离。

看阿九模样便知，她自小受宠，未感受过人间疾苦，更不知深仇大恨，却偏偏生了副菩萨心肠，从沐赋南无意中说出自己此行为复仇时，便不停劝阻，着实令人哭笑不得。

可这回头一想，自己偏又带着她一路走了几个月，也是不可思议。此时她不仅一走了之，还将自己眼看便要完成的复仇大任搅黄了，沐赋南越想越气，闭着眼“唰”地将剑一扬，飘在额前的一片银杏叶瞬间化为两半，惨淡坠落。

良久，他才轻轻说了一句：“臭丫头。”

“咚——咚——咚——”

突然，远处传来一阵鼓声，他睁眼望向天空，只见乌云涌动，分辨不出时辰。只是，顺风寺酉时击鼓，方才不是已经响过了吗？而他在客栈中搜寻许久，又回到银杏树下坐了良久，细细算来，怕是也有一个时辰了。

他静静看着天空，一时心下了然。尽管乌云重重，但此时尚有天光，应是刚至酉时。而刚才的鼓声显然是有人故意击鼓误报时间，只因当时也是乌云密布，一时分辨不出时辰而已。

也就是说，现在才刚刚酉时而已，那么，步剑尘会如约而至吗？

此时，一阵脚步声传来，他循声望去，只见一名女子正大步跑来，正是步剑尘的妻子素珍！

沐赋南霍地起身，飘然落至素珍身前，素珍吓了一跳，一把明晃晃的剑已指在她的喉间，寒光映着她瞳孔中的恐惧。

“步剑尘在哪里？”沐赋南冷冷地道，“如果他不出现，我就杀了你……们。”

他说完，目光落在素珍身后不远处——此时，谷儿正愣愣地看着他，双目布满了恐惧。

那一瞬间，沐赋南心头猛地一震，思绪仿佛再度被拉回十年前的那一夜，他蜷缩在角落里，角落更深处，他看到一双恐惧的眼睛。

“你为什么要骗我？”一个声音在他耳边响起。

“为什么？我恨你。”

五、悬魂阵

狐狸岩是琴城郊外有名的一座山包，因其背靠大山，依附盱水，形成聚宝盆之势，因此逐渐成了一座坟山，各家期望着已故之人在这风水宝地能够庇荫子孙。如此一来，好好一片聚宝之地便成了琴城人口中的极阴之地，因其每到夜晚，便有乌啼狼嚎之声，更有人见过鬼火飘荡，还伴着“嘤嘤”抽泣声。此后这狐狸岩逐渐成为令当地人胆寒之地，若非家有丧事或扫墓时节，完全无人敢来。

此时戌时过半，天色全黑，完全透不下一丝光，仅有如墨的云层在天的尽头涌动着。夜风拂过，狐狸岩发出沙沙的嘶吼声，仿佛地底的鬼魂正在破土而出。

杂草丛生的墓地中，一人背剑前行，三绺胡须在风中轻扬，正是步剑尘。

他脚步轻快，在这令人胆寒的狐狸岩中快步前行，同时不放过周边一丝一毫的动静。

狐狸岩成为坟山已有几十年，其间坟包密集，杂乱无章，仅有一些极小的路穿插其中。走了半晌，他在一座墓碑前停下，墓碑上的文字在夜色中看不清晰，碑前放着半只熄灭的白烛却清晰可见。

已经是第三次路过这个墓碑了。这个并不大的坟岗，此时却仿佛迷宫一般，他来来回回走了许多遍，似乎始终在兜圈子。

鬼打墙。

一个念头在他心头缓缓升起，尽管他不信鬼神之说，但人对死亡的惧怕本是天生，此刻也不禁感觉背脊升起一股寒意。

突然，身后传来一声哭号，宛如冤魂泣诉，他心头一凛，转身望去，只见远处一个白衣人飘然而来，尽管身形不快，但步剑尘倒抽了一口冷气！

那白衣人长舌吊出，长衣下方空荡荡的，居然没有双腿，就那样凌空朝他飘来！

步剑尘低喝一声，左手一拍背上的剑鞘，长剑铮然脱鞘而出，他右手反手握住剑柄，长剑化作一道寒光刺破黑暗，直斩向那白衣人！

“啪”的一声响，白衣人一分为二，坠落在地上，却未见一丝血。步剑尘低头看去，那哪里是人，分明是裹着麻布的纸人！

纸人的瞳孔直视着他，仿佛正在发出无声的嘲笑。

“何人在此装神弄鬼？快快现身！”步剑尘长剑指地，沉声喝道。

无人回答，只有尖啸的夜风回应着。

突然，夜风带来了一声轻笑，那笑声极为诡异，仿佛从上方传出。步剑尘甫一抬头，便见着一个画着胭脂的红衣纸人从树上朝他落来。

寒光闪动，他长剑已出，同时身形飘然越出数尺，那红衣纸人化作猩红的碎片飘落。

步剑尘紧握长剑，绕开坟墓前行。突然，一阵窸窸窣窣的声音传来，有人在靠近。

他盯着那个方向，止住了脚步。突然，一道寒光闪过，一柄长剑直刺而出，快如闪电，而他早有准备，身形一侧，长剑上扬，格开对方的剑，一串火星迸起。

那一瞬间，他看清了来人。

“是你？”

双方几乎异口同声，来人居然是沐赋南！

“你来多久了？”步剑尘问。

“半个时辰了，转来转去只见到一个纸人，后面听到你的声音我才走过来。”

步剑尘道：“我本想送妻儿上船后……”

沐赋南将长剑收回，冷冷地看着他道：“他们和我说过了，我们的账回头再算，先走出这鬼地方救了阿九再说。”

步剑尘环顾四周，看向沐赋南，低声道：“这里，倒让我想起一个地方。”

“什么地方？”沐赋南将目光移开，不与他对视。

“紫霄派。”步剑尘道，“紫霄派在白云山中，入口处乱石成林，外人进入便会迷失其间，完全走不出去，那石阵名曰‘悬魂’，你可记得？”

沐赋南微微点头，道：“记得，你是说，这坟山也是一片悬魂之阵？”

步剑尘点点头，道：“坟包、墓碑与树，便是当年的石林，只是这儿依附坟山，其间还有人装神弄鬼，比那石阵更凶险，我们要当心。当年我们如何破那悬魂阵的，你可还记得？”

沐赋南心头微微一震，他长剑抱胸，冷冷地道：“不记得了。”

步剑尘没有多问，持剑走在前方。两人一前一后顾着四周，如此走了一盏茶的工夫，突然，不知何处传来一阵丁零零的声响，仿佛有银铃在风中摇晃。很快，前方不远处传来窸窸窣窣的声响，两人定睛望去，只见前方山岩拐角之处，突然出现一堆纸人，纸人分列两队，中间簇拥着一顶轿子，轿子四角各挂着一串铃铛，就那样朝两人奔来。

那些纸人木然不动，但凌空而来，诡异无比，尽管知道是有人作祟，但沐赋南依然觉得浑身汗毛竖起。

两人长剑指地，站在原地等待着那群纸人飞至。

纸人来得飞快，两人身形乍起，两柄长剑化作寒光刺破黑夜，一阵砰然炸响，那两列纸人瞬间被剑气绞为碎片，沐赋南一剑将那顶轿子挑至半空，“砰”的一声，轿子四裂开来，伴随着嗤嗤风声，其间无数无法看见的暗器飞射而出。

沐赋南长剑荡出一片寒光，将暗器尽数扫落。

与此同时，步剑尘长剑握于掌中，凝然不动，他的剑身缠上了无数细小的丝线——那是操控纸人的引线，他冷笑一声，朗声道：“诸位现身吧！”说罢，长剑一沉。

他的真气由引线送出，只见黑暗中，四个人影从树上翻落而下。沐赋南与步剑尘身形极快，霎时间便到了四人身前，四人尚未站直身体，两人的剑便指了过去。

“是你们？”沐赋南看着地上高矮胖瘦的四人，眉头紧锁。

“你们是紫霄派的人？”步剑尘问道。

四人看着他们，闭唇不语。沐赋南冷笑道："魔教余孽，杀了便是！"

他长剑微动，朝胖子咽喉点去，步剑尘用剑身抵住他的剑，道："紫霄派早就不复存在，用不着多造杀孽。盱江五鬼在琴城也没做过什么恶事，罪不当诛。"

沐赋南看了他一眼，朝四人道："阿九在哪里？带我们过去。"

四人一言不发，在两人剑刃之下起身带路。六人穿过无数墓碑，忽然眼前一片开阔，竟已走出了那片无边无际的坟场，耳边传来水流之声，前方是一处崖口，下方便是盱江。

此时，阿九手脚被缚，坐在悬崖边缘，她长发披散着，被夜风吹得乱舞，口中塞着布条，无法发声。她看着沐赋南走出，脸上有眼泪滑过。

"丫头！"沐赋南低声喊道。

阿九身边，站着一名须发斑白的老者，正是那位船夫！

船夫哈哈一笑，看着两人道："皓月之剑步剑尘、旭日之剑沐知君的传人，二位果然不同凡响，轻易就破了老夫的悬魂阵。"

步剑尘上前一步，冷冷道："原来是你，紫霄派左长老余青松，刚才在船上我居然没认出你。"

余青松捋了捋胡子，笑道："别来无恙，当年你们名门正派用卑劣手段攻破了我紫霄派，不知二位这些年，良心可安？"

沐赋南长剑一指，冷笑道："邪魔外道，危害武林，本就该格杀勿论！"

"危害武林？"余青松长声笑道，"我紫霄派立派不过十年，所杀之人，还不及你们一夜的成果。我可以帮你们算一算，我紫霄派统共一百五十七人，劫后余生的，不过十三人，其中还有几个重伤，没多久便死去了。你倒是算算，我紫霄派可有杀过一百四十多人？"

沐赋南心头一震，一时竟无言以对。他看向步剑尘，步剑尘眉头深锁，闭唇不语。

余青松继续道："你们所谓的武林正派，灭我满门，不过因为我们是'外道'而已。我紫霄派虽为后起，但门下弟子众多，盛名在外，怕是你们这些名门正派担心名声被压，因此处处针对，将我们传为魔教，误导江湖中人。"

沐赋南冷笑道："魔教便是魔教，都灭门了还在这狡辩。当年魔教所做之恶，人尽皆知，岂是你三言两语便可抹去的？赶紧放了阿九，不然这狐狸岩，便会是你们的葬身之地！”

“是吗？”余青松哈哈笑道，“你们可还记得，当年你们是如何破得我们的悬魂石林的？”

沐赋南心头猛地一震。

余青松看着他，虽然脸上带笑，但双目中却透着森森寒气。

“当年，你们使奸计诱骗我教中孩童，在石林中撒下花粉，花粉招蜂引蝶，你们便循着蝴蝶的踪迹穿过了石林，这计谋，可着实高明得很，我没记错的话，正是令尊沐知君的主意。”

“闭嘴！”沐赋南沉声喝道，他将剑指向余青松，但不知为何，持剑的手居然微微颤抖起来。

余青松看在眼里，笑道：“若不是令尊的启发，我也不会想到今日的计策。”

“你什么意思？”沐赋南看着他，手颤抖得更加厉害了。

余青松笑道：“刚才的纸人，都被我撒上了一层‘云绵散’，云绵散无色无味，也不伤身，但可以让你们慢慢失去力气，浑身绵软无力，很快，你们连剑都要握不住了。”

他话音刚落，“当”的一声，沐赋南手中的剑再也持握不住，坠在地面。而此时步剑尘长剑抵地，额头冒出了豆大的汗珠。

“卑鄙！”沐赋南咬牙道。

“卑鄙？”余青松笑道，“你是在说我呢，还是在说……令尊？”

“闭嘴！”沐赋南喝道。

余青松冷笑道：“当年沐知君为了坐上武林盟主之位，对我派极尽所能地污蔑，而当初攻上紫霄派，也全是他主导的，这个仇，我永世不会忘记。”

沐赋南默运真气，只觉丹田空荡荡的，完全聚不起丝毫真气。他看向余青松，咬牙道：“你胡说，我父亲一生光明磊落，也从未把武林盟主之位看在眼里，你们魔教滥杀无辜，谋杀多位武林名宿，此事人尽皆知，岂是你能狡辩得了的？”

“也罢，你死期已近，我也懒得跟你多费口舌。”余青松又看向步剑尘，道，“当年你们杀戮之时，我见你曾为无辜之人求情，今日便也放你一条生路。”

步剑尘道：“我自不会独自离去，要走也是带着他们二人一同离开。”

余青松冷笑道："那你们便一起去死吧！"

沐赋南冷笑道："步剑尘，你少在我面前假惺惺的，只恨我此生不能手刃你为我父亲报仇，你便当捡回一条命多苟活几年吧。"

步剑尘长叹一口气，他重新将剑指向余青松，道："往事不可追，当年赋南还是个孩子，一切都是我和他父亲主导的，阿九姑娘更是与此事无关，你放他二人离去，我任你们处置。"

沐赋南喝道："步剑尘，你带着阿九走！姓余的，你要杀要剐，冲着我来便是。"

他说完，踉踉跄跄地朝余青松走去，此时他浑身软绵绵的，如踩在棉花上一般，每走一步都天旋地转。

余青松冷冷地看着他，阿九坐在崖边，满脸泪痕。

夜风呼啸，沐赋南在风中几乎站立不住，他们相隔不过一丈之远，但那一丈他却似乎始终走不过去。

终于，他身体支撑不住，跌落在地。而在他跌落的瞬间，袖中的手忽然伸出，指间捏着一枚金簪。

余青松的脸色猛地一变！

只听"嚓"的一声轻响，一剪梅顶部的蓓蕾突然绽放，花瓣四散，飞旋而出，其间的花蕊由极细的十二枚金针组成，金针瞬间激射而出，余青松要躲避已然来不及，他只觉得胸前微微刺痛。

一剪梅他再熟悉不过了，花开之时，无人可挡。

"好！果然是沐知君的儿子！"他怆然笑道，"名门正派，不同凡响。"

他说完，身体直挺挺地朝悬崖倒栽而下，良久才听到"砰"的入水声。

"大哥！"

其他四人大吃一惊，步剑尘长剑一指，凛然喝道："我看谁还敢造次！"

看他模样，似乎云绵散对其已然失效。四人对视一眼，忽然走到崖边齐齐跃下，很快便听到入水之声。

"哐当"一声，步剑尘的剑也落地，他半跪在地上，他功力虽深厚，但依然抵挡不住云绵散的药效，倘若再迟半刻，便要支撑不下去了。

"丫头……"沐赋南用尽力气朝阿九爬过去。阿九口中塞着布条，不能出声，但眼泪却不停地滚落。

步剑尘歇了片刻，重新拎起长剑，替阿九解了束缚。阿九爬到沐赋南身边，将他的头抱到怀中，低声道：“你怎么这么傻，怎么这么傻？”

步剑尘坐在地上，低声道：“再过一个时辰，这云绵散药效便该散了，到时我们再回去吧。”

沐赋南苦笑一声，道：“明日我再找你报仇，不等酉时了，免得又被鼓声左右。明日申时，银杏树下，不见不散。”

步剑尘看向他，良久才道：“不见不散。”

六、心中结

昨夜秋风肆虐，银杏的树叶落了大半。

沐赋南靠在树干上，从怀中取出一张纸条，那是阿九留给他的：不愿见你们自相残杀，顺风寺下码头，不见不散。

一阵脚步声传来，他将纸条放回怀里，抬目看去，正是步剑尘。

“你来了？”

“我来了。”

沐赋南长剑指地，道：“你武功自是在我之上，但今日我会尽全力，不论谁胜谁负，都不要手下留情，就让这一世的恩仇，做一个彻底的了结。”

步剑尘淡淡一笑，道：“了结？我当年也和你想的一样，可是这世间万事，如有千千结，解了此结，还会生出更多的结，终其一生，也解不完。”

沐赋南道：“能解一个是一个。”

他说完，剑锋一颤，“嗡”的一声激起一道剑气，地上的落叶无风自动。步剑尘手握长剑，岿然不动。

突然，沐赋南的剑如长虹贯日，朝步剑尘直刺而来。步剑尘身形飘然而起，长剑卷起一片光华，如水银泻地般瞬间将沐赋南的剑气吞噬。

两人转瞬间便交了数招，满地黄叶腾空而起，如同一群蝴蝶围绕着两人翩然飞舞。

“当”的一声，沐赋南一剑刺向步剑尘胸口，被他挡住。

沐赋南按住长剑，道：“我且问你，昨晚余青松说的关于我爹的……那些话，是真是假？”

步剑尘将他的剑引开，道：“你自当相信你爹的人品，他为人光明磊落，年轻时确实曾立志一统武林，但那只是豪言壮志，并非勃勃野心。”

沐赋南连出三剑将步剑尘逼退，道：“那你当初为何要趁人之危，在我爹重伤之时与他决斗？”

步剑尘突然站定，任由他的剑指在自己胸前，只是静静地看着他，道：“你真的想知道么？”

沐赋南将剑抵在他胸口，点了点头。

步剑尘看着满树黄叶，道：“当年紫霄派以暗器与毒药闻名，各名门正派自然不屑与他们为伍。但原本互不干扰也便罢了，那年突然有多名武林人士离奇死去，要么为暗器所杀，要么中毒而死，大家自然而然认为是紫霄派所为。

“原本我和你爹是召集诸位武林同道前往紫霄派讨个说法，但不知为何，风声突然变成我们认定紫霄派是凶手，并且消息不胫而走，很快所有人都将紫霄派视为仇敌。当时同道极为气愤，定了个日子攻入紫霄派，但紫霄派有悬魂阵守关，无人能进入，当时，众人便想了那个法子……”

步剑尘看向沐赋南，沐赋南心头猛地一震。

他思绪仿佛瞬间被拉到了十年前，那时少年的他也对魔教充满了仇恨，在那次群雄大会中，有人提出那个计谋后，他自告奋勇，决定献一份力。

他花了一个月的时间，在白云山下结识了一个来自紫霄派的女童，并获得了对方的信任。

“把这花粉撒在一条人少的路上，这样以后你每天出来身上可以香香的，蝴蝶就会跟着你跑啦，不要告诉别人，不然蝴蝶都被别人带走了。”

步剑尘继续道：“我本不愿见你爹参与江湖之事，但怎奈当时所有人都为你爹叫好。我们就好像没帆没桨的船，只能顺着河水流，一切的走向都开始失控。

“那一夜突破悬魂阵，没人记得最初的目的是什么，在同道人的眼中，我只看到了愤怒和杀戮。当时我和你爹去找贺紫霄，而当我们反应过来时，紫霄派已经成了人间炼狱……”

沐赋南握剑的手微微颤抖起来，他永远忘不了那一夜，他蜷缩在黑暗的角落里，他看到了黑暗中的那双眼睛，那是曾经对他敞开心扉的、稚嫩的眼睛，而此时，却布满了绝望与仇恨。

“我想阻止，但根本阻止不了，于是我离开了……”步剑尘低声道，“现在想想，当时如果我不去逃避，而是尽力阻止的话，或许……或许事情不至于到今天这个地步……

“很快，我的名声就坠入谷底，有人说我勾结魔教，有人说我临阵脱逃，总之没什么好话。我暗中调查最开始那几位武林中人的死亡，最后发现，他们真的不是死于紫霄派。当时紫霄派在武林中如日中天，有许多式微的门派眼红，武林中人本就互有恩怨，一些人寻仇后，故意伪装成紫霄派下手的模样——其实只要稍加留心便能发现破绽，但这么多武林正派，居然无人深查，就那样自然而然地形成了铲除紫霄派的结盟。”

沐赋南心头一震，他看着步剑尘，道：“所以说……余青松的话是真的？”

“他确实没有说谎，只是他的角度也并不全面。”步剑尘道，“我调查发现，你爹也在调查背后之事，很显然，他也知道真相。我无法接受的是，他既然知道真相，为何还和那群人一道铲除紫霄派，于是，我约了他出来决斗。”

沐赋南的手颤抖得更厉害了。

“他准时赴约，在我的质问下，他才说出了心中之事。当时的他被推为群龙之首，但这也只是虚名而已，所有人都只有一个目的——铲除紫霄派，而他，只是被众人同时操纵的武器而已。紫霄派覆灭后，他也查清了真相，心中万分悔恨，但人在局中时，往往身不由己。当时我年轻气盛，他几句话激怒了我，双方便动起手来，岂料他故意弃剑，被我一剑刺伤，我不知他原本就有重伤，如今想来，也是悔恨万分。”

沐赋南颤声道：“你是说，我爹是故意让你刺伤的？”

步剑尘点了点头，道：“他空有一身抱负，但这江湖之事，本就纷乱复杂，往往有志之人，越容易受他人摆布。可怕的是，我和你爹虽然知道这一切有人在背后操纵，但我们却始终不知道是谁，或许根本就没有那么一个人，有的只是所有武林正派党同伐异的心，他们今日以你马首是瞻，但你若不与他们同行，明日便会成为口诛笔伐的奸邪之人。”

沐赋南只觉得手中之剑突然变得无比沉重，良久，他才说道：“你说的可是真的？”

步剑尘点点头，道：“绝无半句假话。我也是厌倦了这纷乱之事，才隐姓埋名，寻了这安义的琴城落足。只是你爹确是因我而死，若你杀了我，可解你心结，你便动手吧。”

说完，他右手一松，将剑抛于落叶之上。

沐赋南咬了咬嘴唇，良久才道：“杀父之仇，不共戴天。”

他说完，将长剑缓缓置于步剑尘脖颈之间。

“我寻了你这么多年，只为这一刻。”

一片枫叶落在江面之上，随着江水漂流而去，一只蚂蚁在上面不知所措地爬来爬去。

一只手伸过，将枫叶从江面拾起，放在地上，蚂蚁马上离开叶面，匆匆离去。

阿九看着它走远，直到脚步声靠近。

“你来了？”

“我来了。”

沐赋南在她身旁坐下，沉默不语。

阿九转头看着他，问道：“你……报仇了？”

沐赋南点点头，将剑抱于胸前，剑身上的纹路被半干的血填满了。

阿九点了点头，只是说道：“那我们，走吧。”

沐赋南一言不发，跟着她上了船。艄公撑开船，扬起了帆，船顺着风前行着。阿九看他嘴唇干裂，端了一碗水过来，道：“喝一口吧。”

沐赋南一口喝完。

“报仇之后，感觉怎么样呢？”阿九问。

沐赋南勉强挤出一个笑容，说道：“还好。”

阿九点点头，将碗放回船篷，走出来道：“这船若没有了帆和桨，会怎么样？”

沐赋南看着江面，道：“随波逐流。”

阿九淡淡一笑，道：“随波逐流，将自己的命运交给江水。水向哪儿，船便向哪儿，即便你想让船去另一个方向，也没有任何办法。”

沐赋南看着她，没有答话。

“可很多时候，我把帆扬起来，你却又把它落了下来。”阿九看着他，轻声道。

沐赋南道：“丫头，你在说什么？”

阿九淡淡一笑，忽然抬眼直视着他，道：“你真的不记得我了吗？”

沐赋南望着她的双眼，突然心头猛地一震！

“当年，你骗了我。”阿九似笑非笑地看着他，“紫霄派因为我撒在地上的花粉，一夜之间被你们灭门。你的模样，我一辈子都不会忘记。”

沐赋南只觉得一阵天旋地转，眼前阿九的双眼，与他记忆中那双在黑暗中充满绝望、恐惧与仇恨的瞳孔缓缓重叠。

“我一直想要找你报仇，因为你爹杀了我爹，但我根本不可能杀得了你，因为你武功比我高出太多了。余叔他们早就知道步剑尘的下落，一直潜伏在琴城。我也知道你必然会来琴城报仇，便在途中假装被山贼抓了引你救我。

“我一路跟着你，但你戒心太重了，我无法下手，于是我暂时放下了报仇的想法，与你一同游历，也让你降低防备。果然……你对我渐渐没有了戒心，而我……”她的声音突然哽咽起来，“我也突然不想报仇了……”

沐赋南只觉得双腿开始发软，和昨夜中了云绵散的感觉一般。他扶着船帮，缓缓坐倒在地。

阿九蹲坐下来，缓缓将他无力的身体抱在自己怀中，低声道：“我们多么像啊，一直被仇恨裹挟着过了这么多年，但在放下仇恨的那两个月，我感觉自己无比轻松，我想要一直过那样的生活，和你。

“可是……你一直那么坚定地要报仇，好像那是你活下去唯一的动力一般。你都放不下仇恨，我又怎么说服自己放下呢？”阿九看着江面，此时日落西山，将江面染得通红，“你看，这江南的景色多美，可惜你心里只有报仇，从来没有看到过。

“我一路上都在劝阻你，其实，那也是在劝阻我自己。”她苦笑一声，继续道，“我总想着，如果你能放弃杀步剑尘的话，那么我，也可以给自己一个正当的理由，不去杀你了。我以为我设计了那么多的阻碍，可以让你放下的，可我没想到，你比我想象中的还要坚定。

“沐赋南，你太傻了，太傻了。你不但杀了步剑尘，也给了我杀你的机会。”

她说着，不知何时手中拿出一支金簪。

“一剪梅，你当年从我手中骗走了一支，后来我用这支划伤了你的脸。”她另一只手缓缓抚摸着沐赋南脸上那条疤痕，“你当年骗了我、接近我，如今我也骗了你、接近你。你当年害我们紫霄派灭门，但你在离开时又偷偷掩护我逃走。我们本来扯平了。但你偏要把报仇当作宿命……原本……原本我们可以扬起帆去自己想去的地方，可你一次次地把帆收起来了。船上不止有你，还有我，还有余叔他们，还有步剑尘、素珍、谷儿……

“是你……是你把我们的命运都扔进了江里，不给任何人退路。”

沐赋南看着她，忽然，嘴角微微扬起了一丝笑，他轻笑道：“丫头，那你可以报仇了。”

阿九用衣袖擦掉脸庞上的眼泪，将一剪梅抵在沐赋南胸口，说道：“你不是很会骗人吗？为什么你不骗我。哪怕……哪怕你骗骗我，你已经放下仇恨了，我也可以让自己去相信你。”

沐赋南只是笑着，没有回答。

“嚓”的一声轻响，一剪梅绽放，沐赋南只觉得胸口传来一阵轻微的刺痛，但刺痛很短暂，很快便感觉不到了。

阿九轻轻搂着他，道：“你看这日落，多美。”

“很美。”沐赋南感觉自己的力气渐渐消散，他用力睁眼看着江面的落日，这一生，他曾无数次见过这样的场面，但唯独这一次，他才真正感受到了落日的壮美。

如步剑尘所说，他这一生有无数的结。而此时此刻，他心中最大的结解开了，他用力伸手去触摸阿九的脸庞，将她的一滴眼泪擦掉。

“丫头，你报完仇了……”他用尽最后一丝力气说道，“从今以后，你可以开心地活下去了，我希望你开心。”

他的声音越来越微弱，直到失去最后一丝力气。阿九颤抖地抓住他的手，将他的手贴在自己脸庞，直到那只手掌逐渐变得冰冷。

江面的尽头与天边的红云融为一体，阿九低声道：“余叔，我们去哪儿？”

艄公道：“大仇已报，我们回北方吧。”

阿九望向远处低声道：“再也不来这江南了。”

余青松道：“小姐不喜欢江南吗？”

阿九将沐赋南抱得更紧了些，低声吟唱道：“江南好，风景旧曾谙。日出江花红胜火，春来江水绿如蓝。能不忆江南？”

她望着远方，低声重复了一遍：“能不忆江南？”

尾　声

立冬的那日，谷儿坐在盱江的岸边等船。

他悄悄打开了父亲的行囊，将里面的长剑握在手上。剑沉甸甸的，她学着父亲的模样抽出一段剑刃，只觉得寒气逼人。

“谷儿，放下！”

一个声音突然响起，谷儿吓了一跳，回头一看，父母正大步走来。

谷儿怯生生地看着父亲，道：“爹爹，上次我亲眼看到那个大哥哥用剑划伤了你的脖子，你才会留下疤的，我也要练剑，长大以后，我要帮你报仇。”

步剑尘心头一震，他将长剑握在手中，拍了拍谷儿的后脑勺，道：“爹不需要你报仇，爹和大哥哥的结已经解开了，谷儿也不用学剑，你倒是要好好学算账，以后爹的客栈可是要你继承的。”

谷儿嘟着嘴，双眼依然看着那柄长剑。

步剑尘看在眼里，叹了一口气。他将剑轻轻抚了一遍，低声道：“潋月啊潋月，你伴我数十年，只是从今日起，我决心不再用你了，若有有缘人，便将你捞去吧。”

他说完，用力一抛，那柄当年名震江湖的潋月剑“扑通”一声坠入江中，沉入江底。

南　渡

陈小手

一

宋建炎三年七月，临安府。

夜至三更，柳泉坊的更夫许旺从坊门出发，手里敲着小锣，咣……咣……一路走过各个冷寂的街市。按照城里打更的规矩，过了三更天就能歇上一会儿。

他叹了口气，从腰带上解下一个葫芦，咕咚咕咚接连灌下四五口凉水。这是个闷热的夏夜。

此时虽已近立秋，浓浓的暑气却仍未散去，如一片巨大的阴影，笼罩着临安府的四面八方，就像北方的金朝窥伺这座大宋的行都一样。

听府衙的杂役说，扬州城早在二月就被攻破了，有一股金兵甚至已在江北扎下大营，不日就会渡江南下，将战火燃到临安左近。

不过，这不是许旺该担心的事情。皇帝老儿都不慌，他慌个什么劲呢？

许旺是应天府人士，前几年逃兵灾才来到临安。

最初，他以为待上两年就好了：西军善战，稍作休整便会入京勤王，将南下的金兵统统打回老家。落叶归根，有朝一日他肯定能回到故土。

谁知道，西军让金兵挡在潼关外，接下来的事态发展超出所有人的意料——汴梁陷落，二帝被掳，连康王也跑到临安当起了太平皇帝，歌舞升平的大宋忽然就成了落水狗。

恁朝廷里都是些什么腌臜货色！当然，这些话只能闷在许旺心里，绝不能说给第二个人听。

不过，百姓的日子终究要过下去。许旺在临安府落下脚，白天扛大包，又找甲正领了个夜里打更的活计，每个月能分到些例粮，全家总算安顿下来。

这几年兵荒马乱的，到处都有逃灾避祸的人，妻儿有一口吃食算是极幸运的了。

许旺绕着柳泉坊走完了一整圈，背上的汗巾已经湿透。

夜色更浓，连道旁的树蝉也停止了鸣叫，整个天地似乎都安静下来。该回去歇一歇了，他这么想着，开始放慢了脚步。

小屋就在街道的尽头，坊门的边角上，妻儿大概都已睡熟了吧。

忽然，坊门外侧空地上的某个物件引起了他的注意——那东西细细长长，像一截桃树的枝丫冷不丁从地上冒出来。

许旺记得，那是一片荒地，早晨刚下了一场暴雨，将地底的黄泥都冲了出来，成了遍地烂泥的湿沟。

这片荒地离官道和街市都有些距离，自然也没人管它。怎么忽然就长出一棵矮树来了？

不可能吧。许旺每天都从这片空地边上走过，早就熟识每一块泥团、每一颗碎土。

可事实并不容他质疑。那截枝丫顽强地伸出地面，遥遥半指天空，似乎在嘲笑他的迟疑。

许旺是个好奇心旺盛的人。他从低矮的竹质坊门上跨过去，小心翼翼地踮起脚，唯恐裤腿沾上腥黄的泥点。要是让婆娘见到了，大概会拿擀面杖敲他的头。

花了半炷香的工夫，他才走到枝丫的跟前。凑近了一看，许旺倒吸一口气，挣扎地往后坐下，连身后湿滑的黄泥也顾不上了——

眼前是大半截腿脚，头颅则埋在地里，只有胸膛以下露在外面。

那是一具死尸！

二

虞侯卢秀成带着几个小校赶到现场的时候，死尸已被甲正和几个闲人从泥地里扯了出来。

卢秀成点点头，没觉得哪里不妥。要是放在太平年代，那个胖胖的老甲正保不齐要被佐尉大人训上一通。连抛尸现场都破坏殆尽，让大人们怎么断案呢?

如今，倒是没什么讲究了。金兵就在眼皮子底下安营扎寨，临安府早就实行军事管制。

什么县丞县尉，什么捕快衙役，统统都失去了效用。

外头打着仗呢，到处都有逃难的饥民，死个把人算得了什么？寻个乱葬岗埋了就是。

人命有时还不如一根蒲草。

何况，卢秀成有着武将的傲气，弹压治安并不是他的强项。比起巡街，他更喜欢外出作战，在疆场上冲锋陷阵。

他远远地站在官道上，心里烦闷，朝甲正点了点头。甲正就连同几个帮手将死尸搬过来，放到路边的石台上，接着用一张薄薄的草席盖上。

“大人，您看一眼，是个女的。”甲正边将草席拨下一半，边恭敬地说。

天气炎热，但尸首溃烂并不十分严重：乌发缭乱，肤色像是涂上了一层石膏，透着一种妖异的灰白。

身上的衣衫倒是整整齐齐，脚下穿一双精巧的绣花鞋。

她的脖颈处有一道深深的瘀痕，女人似乎是被绳索勒死的。看来，她死了没多久，约莫就在暴雨前两三天。

死者为大。卢秀成随意地瞥了一眼，就打算让甲正觅地掩埋，早早了事。

余光掠到死尸的肩肘上时，卢秀成的眼睛忽然睁大——他看到女尸外衫下露出的月白亵衣，被泥水染成了姜黄色，但边上分明绣着一圈弯弯绕绕的纹路。

那是内廷才有的记号。

卢秀成早年是个鳏夫，拼命作战立下苦功，受时任统制使的韩帅赏识，得赐一位逊退的宫人为妻。

新妻带了好些旧衣裳和饰物做陪嫁，都出自内廷织造署。

那些旧衣上也有一些细密的云纹，跟女尸身上的衣物一模一样。这些专属宫闱的云纹很多忌讳，极少流入民间。

卢秀成的呼吸一下子变得凝重起来。内廷的云纹，荒地里的女尸，两个绝不该联系在一起的东西居然同时出现在自己面前。

他按住身后的腰刀，刀柄冰凉的触感让他稍稍冷静下来。

知情不报是死罪，然而牵扯内廷，假若惹出更大的祸端，那也是死罪。

“先送到府衙的仵作那里，等几位大人看过之后再说。”卢秀成转过身，竭力装作若无其事的样子。

甲正奇怪地看了他一眼，低头领喏。

三

向两个小校交代了几句，卢秀成马不停蹄，立即动身前往城南。

从临安府凤凰山东麓起，至万松岭以南，东至中河，南至梵天寺以北，南城这一片土地已修葺完毕。

外城套内城，内城套皇城，宫殿连片，一派奢豪之气，成了大宋皇帝的行在。

以卢秀成的官职，自然进不了大内。他的目标是织造署，就在内城的外围。

朱红色的院墙里，晒着天下闻名的杭锦和蚕纱，三五成列紧密地排在一起，从南到北几乎望不到尽头。染坊工人和内所的织女在其间来去匆匆，忙得不可开交。

赶往南城的路途中，卢秀成已经理清了思路。能够接触到那些云纹的人，只有内廷的女官和织造署的役工。

大内戒备森严，侍卫们做事干净狠辣，若是对宫人们有什么异心，不至于将尸首草草掩埋到市坊，当值的宫人也绝无可能自由出入。

这样一来，专掌制衣的织造署便有了最大的嫌疑。

朝慵懒的门丁亮过腰牌，卢秀成低声表明身份，提出要见织造署的监令。

“关于一件可怕的命案。”卢虞侯将手掌擎在明晃晃的腰刀上，神色肃穆。

连裤带都系歪了的门丁吓得面如土色，连滚带爬地跑去报信。

很快，卢秀成就见到了织造署的主人，监令张栩。

张栩是个六十来岁的老人，他穿着青黑色的官吏便服，戴一顶双翅帽，个子矮小，满脸带笑，看起来倒像个沐猴而冠的土地公。织造署监令是九品衔，芝麻大的官职而已。

“张大人，我是韩帅帐下的都虞侯，暂领临安府一十六坊缉捕事。我叫卢秀成。”尽管心底里看不起这些偏安一隅的小官吏，但他还是很客气地做了自我介绍。

张栩脸色一紧，立即敛起那副讨媚的笑脸。织造署位列内廷机构之一，署监却不是内廷官，而受临安府节制，并没有免诉的特权。

见张栩脸色沉静，老谋深算的样子，卢秀成的心思忽然一动，打算按兵束甲，先探个虚实：“张大人，临安最近来了很多流民，听说有金国的探子混在里面，四处都有凶案发生，治安很不好。您的织造署有没有人员失踪或者逃走呢？”

张栩摇摇头，不卑不亢地说：“劳虞侯大人关心，本官手下的署工都是登记在册的良人。他们可是从汴梁城一路追随皇帝陛下而来的，怎么会无故逃走呢？请问，究竟发生了什么事？”

卢秀成叹了口气：“死了一个人。”

“是内廷的官员吗？”张栩似乎提起了兴趣，但很快住了嘴。

以两人的身份，议论内廷可不是一件好事。

“张大人，听您的口音，是汴梁人吧？”

“对，我的族人世代都住在汴梁，可惜，我已经很久没有回去了。”张栩点点头，又问，“你们查清死者的身份了吗？”

卢秀成眯了下眼睛，不置可否：“这件事还在调查中，具体状况，要交由推官大人定夺，我也不太清楚。不过，能否先带我去里面看看。”

“这个嘛……”张栩沉吟了一会儿，“既然您管的是缉捕，自然有权力进织造署。您要找人问话，也是没问题的。不过，还请虞侯您速行速决，若是耽误了染坊的工期，老朽可担当不起责任。”

卢秀成微微颔首，心里腹诽，这个监令还真是只老狐狸。

四

“监令大人，甲字四号缸出了点问题，您得去看看。”

远处传来急不可耐的喊声，张栩点点头，又很为难地看看卢秀成，似乎不太放心。

“您先去一趟吧，我看一看就走。”卢秀成挤出一个人畜无害的笑脸。

对他来说，这倒是很好的时机。张栩被织造署的杂务缠住，短时间内脱不开身，卢秀成伺机溜进染坊，有了安心细查的机会。

“我说这位军爷，您往边上去一点，别碍着我干活。”有个叫武通的年轻染工一边手脚麻利地将布卷浸入染缸，一边朝卢秀成嘟嘟囔囔。

“我哥哥就这个臭脾气，大人您多担待。”身为弟弟的武越，看起来反而比哥哥老成持重。

这一对兄弟仅是普通的织工，并没有注意到卢秀成的官阶。他们显然没有意识到，眼前这个衣着朴素的军人，其实是韩少保帐下的骁将。

正因他谨慎机敏，韩帅才命其下马卸鞍，担任临安府军管时的刑狱官。

“我只问几句话，知晓后立即就会离开。”卢秀成对武通的言辞不以为意。他是行伍出身的武将，还没有染上大宋官吏的习气。

“张大人说了，让我们不该说的别说，知道的也要装不知道。”武通语速极快，显然不是一个能够保守秘密的人。

弟弟武越则跟在后头帮忙擦屁股：“大人，别听他瞎说！倒是手头这一批锦布马上就要出坊了，宫里的昭仪娘娘催了好几次，前几天还亲身驾临，监令大人被狠狠训了一顿。我们的确忙得四脚朝天，连吃饭的时间都没有呢。”

“内廷的人也会来你们织造署？”卢秀成一愣，脑门开始绷得紧紧的。

“是啊，听说是一位姓张的昭仪，嫌尚服局做的衣服不好看，自己过来挑颜色哩。”武越低头恭敬地说，“看来，那位昭仪很得皇帝陛下的宠爱。她不仅能够自由出入大内，还去灵隐寺上过香。”

卢秀成的脑子转得很快：“姓张？那么，她和你们的监令是什么关系？”

“大概是远亲吧，我听说……”武通迫不及待地想要说些什么，但被弟弟捂住了嘴巴。

“我们不知道，大人。”武越抬起头，目光里充满了深切的惶恐。

卢秀成微微一笑，从腰间摸出一块光亮的铜牌：“真的不知道？”

普通的织工也许不认得具体的官吏，但他们常年在内城居住，自然熟识各类腰牌。黄铜铸制的方块厚片，边缘镶以暗红色的楠木，上刻“平贼绥远”，伴以金虎饰纹，这是配发给韩帅旗下都虞侯以上武官的专用物件。

兄弟俩立即跪下来，磕头如捣蒜：“小的冲撞了大人，万请恕罪，万请恕罪。”

卢秀成并不答话，而是冷冷地看着地上的两兄弟，一言不发。

武越终于反应过来，四下望了望，低声说：“宫里来的张昭仪，正是我们署监的侄女。我听几个前辈说，昭仪的父母早亡，一直由她叔父养大，后来被选进康王的潜邸为妾。如今康王登宝，摇身一变成了皇帝陛下，昭仪也顺理成章地晋身后宫。”

“她经常来织造署是吗？”

“不常来，但上个月来了好几趟，说是挑颜色，不多时就走了。”

武通眨眨眼，补充说：“昭仪娘娘今天还会来一趟呢。她在宫中一直遣人催着工期，但有些已染好的布料却并不取走，看来也不是太急。”

卢秀成缓慢地点了点头。

一直等到傍晚，张栩和昭仪似乎约好似的，一起出现在织造署的公事房里，旁边则有两队精壮的士兵保护。

张栩一路小跑，忙前忙后地侍应宫里来的贵客。偶尔，他还会攒眉蹙额，偷偷地四处张望，似乎在寻找卢秀成的踪迹。

所有织工几乎都跪了下来，连头也不敢抬，卢秀成则悄悄藏在一张绛红色的锦布后，将目光凝聚在远处的丽人身上。

这些锦布的阻挡可以让他很从容地观察那位后宫宠妃的容貌。

等丽人回过头，露出一张如花似玉的俏脸时，卢秀成却像让针扎了一下心口似的，膝盖不断颤动，差点跳起来。

她长得和女尸一模一样！

五

“大人，这具尸首的确有些奇怪。”胡子花白的老仵作一边给女尸盖上白布，一边转过头，对行色匆匆的卢秀成说道。

老仵作身材高大，但常年伏案工作，使得他的腰肢有些异常的弯曲。

“奇怪？”卢秀成伸了个懒腰，将身后的佩刀解下来，小心地立在墙角。

他不喜欢跟府衙的胥吏们打交道。自从接受韩帅的委任，卢秀成这些天不是待在军营，就是闷在府城各厢的巡检亭里。至于老仵作这个无人问津的公事房，也成了他常来的地方。

公事房建在府衙大牢的地窖里，铺着阴寒的青砖，旁边存着几箱粗冰，使得里头极冷，又放着近来收殓的几十具刑案尸体，并不是一个惬意自在的地方。

然而在卢秀成看来，这里却比富丽堂皇的府衙大堂干净多了。

老仵作难得遇上亲民的刑狱官，自然跟卢秀成很谈得来，办事也十分尽心尽力。

“是很奇怪，这个女人看起来像是窒息而亡的，但她病入膏肓，就算不被勒死，也活不了多久了。”

卢秀成哼哧两声，点点头。他实在很惊讶。

“大人请看，她的肝里有一处凸起。我想，这大概就是某种肝积症。瘤块深入肌理，已经烂透了，就算神医扁鹊再世，恐怕也救不回来。”老仵作摇着头说。

“老先生，您还懂医术？”卢秀成肃然起敬。

“一通百通，我学了四十年仵作之法，倒也算半个郎中了。”老仵作自嘲地笑了笑。

仵作是贱籍，比起识字通经的郎中，两者可谓云泥之别。

石质矮床上，女尸已经被老仵作的巧手做了解构。天气炎热，尸首终究有了些腐烂的迹象，卢秀成用一块纱布捂住口鼻，强忍着不适，探下身子细看。

果然，女尸的胸脯间有一处巨大的肿块，如膨胀的拳头，几乎占满了肝部。

宿主生机已逝，这处暗红色的肿块也干瘪下去，像个破旧的水囊。

卢秀成盯着病灶看了半天，也没看出个所以然来。

他的余光扫到女尸的脸庞，心里又是一阵战栗。不知为什么，他想起了日间见到的张昭仪。贵为宫嫔的昭仪和此时此刻眼前的女尸，她们究竟是什么关系？

天下真的有长得一模一样的人吗？难道，死去的女人才是真正的昭仪？

不可能，这其中的道理根本说不通。

“更奇特的事情还在后面。我察看过她的手脚、臂膀、脊背，全身上下没有任何反抗和挣扎的痕迹，连一处外伤都没有。与其说是被杀，不如说是自缢而亡更合适。”老仵作的眼神开始变得狐疑，“按您从现场得出的结论，她应当是被抛尸的，对吗？这样说来，凶手也太大意了。区区自缢之人，何必葬到柳泉坊的荒地上。往城外走二十里，野冢多得数不清。只要花几十个小钱，就能雇上两个脚夫抬过去。

“除非，她是一个重要人物，一旦公开露面就会引起巨大的风波。”

卢秀成心里一动。前任道君皇帝荒淫成性，后宫佳丽有数千之巨，但今上的妃嫔并不算多。位列九嫔之首，仅次于四妃的昭仪娘娘，足够称得上一位重量级人物。

“老先生，您说世上会有长相酷肖的人吗？她们的眉眼、口鼻、身形，几乎没有任何差别。”卢秀成摸摸额头，叹了口气。

“或许只有双胞投生，才有这样的情况发生吧。”老仵作挠了挠头，“我曾听说，江湖上也通行易容之法，但肯定做不到一等一的完美。毕竟，人是有习惯动作的，再相似的人，她们的神态也应该有所差异。”

“两个一模一样的人……”卢秀成低声自语，心里有些沮丧。

这件事原本可以十分简单地解决，找上事主当面问询便是。可张栩是朝廷命官，昭仪则是正二品宫人，其中的牵涉极广，远不是一个都虞侯能够轻易插手的。

六

距离尸首被发现，已经过去了九天。

这些天里，卢秀成捕到三十多个结伙剪径的盗匪，将其中的一半枭首示众，余下全用乱棍打死，曝尸荒野。

乱世用重典，雷厉风行的判决收到了一些预期效果：府城的治安状况好了不少，酒肆和乐坊又兴盛起来。

夏天快要过去了，气温逐渐下降，卢秀成的内心却愈加焦灼。

老仵作告诉他，按照府衙的规矩，无人认领的尸首会被葬到城外的草冈上，一坑四五十个人，男女不论，连半块墓碑也没有。

冰室的维持费用很高，女尸能够停在公事房的时间只剩下一天。

卢秀成静静听完老仵作的叙述，立马出了门。他决定去临安城的几家药铺碰碰运气。

事实上，他已经将嫌疑对象锁定为张栩，却拿不出更有力的证据。

他需要一个头绪，将这件乱成一团的烦心事抽丝剥茧。

“这位大人，您是瞧病呢，还是审犯人呢？”

临安府最有名气的得月堂，坐堂大夫叶金湖的眉毛挑了一下，对卢秀成的问话毫不客气地予以拒绝。

卢秀成怒火冲天，却发作不得。

他只是谈及一起命案罢了，叶大夫便不耐烦地拒绝接下来的询问。

叶氏乃临安名手，据说王渊和李相都来过他这个得月堂，倒怪不得叶氏自视甚高。

大概名医都有些怪癖，不愿将死者和刑狱之类的忌讳带到药铺里。

“要审案子，就把我抓去府衙的大堂便是，不要脏了这里的药气。”叶金湖自顾自转过身。

卢秀成只好老老实实地说，女人死于肝积症。这是他预备的杀手锏，没有郎中会拒绝这个话题。

毕竟是老本行，叶金湖终于提起了兴趣：“肝积？我倒是瞧过几个。可惜，得肝积症的病人平时无痛无碍，等到找大夫的时候，往往已经贻误了时机。”

卢秀成脑子一激灵，脱口而出：“就这两个月的工夫，您瞧过肝积吗？”

叶金湖谨慎地看了他一眼：“你刚才说，你是临安府的哪位大人？”

卢秀成身后的小校一拍桌子，抢先接过话茬：“韩少保帐下都虞侯，领临安府一十六坊缉捕事，府衙的推官见了我家主人也要行大礼。”

叶金湖看起来倒是毫无惧色，只是皱起了眉头，似乎在思索些什么。

卢秀成挥挥手，小校知趣地退出小楼，在门口当起了卫士。

“我的确帮一个妇人瞧过病，就在上个月。我想一想，应该是在月初。妇人肝积已深，沉疴难去。现如今，想必剩不了多少日子了。”叶金湖十分惋惜地说。

“是个美人，贵气逼人，对吗？”卢秀成追问道。

叶金湖点点头。

赌对了！卢秀成忽然想到什么，决定冒险一搏。

他站起身，一边装作拨弄架子上的医书和摆件，一边不动声色地说：“那位病人，她在你这里留的名讳，不会姓张吧？”

叶金湖好奇地看了他一眼：“你既然已经知道了，还来消遣我做什么。我无法告诉你她的真实身份，因为我并不知道她是哪家的女眷。她姓张，当天有两个侍女同行，排场的确不小。我想，她不是哪位大人的亲眷，就是富商的妻妾。话说回来，究竟是什么样的命案，能引动虞侯大人亲自出马？”

卢秀成点点头，又摇摇头：“不瞒您说，我只猜到了一半。至于后面的事，就要等正主告诉我了。”

七

当天下午，北线告急。战报一封接着一封，从军中的快马脚下接连飞至。

听说，皇帝陛下已决定避往绍兴。大军即将开拔，临安城人心惶惶，连最破落的酒肆里，也聚满了绝望的百姓。

走，还是不走，这是一个很现实的问题。

卢秀成已经收到朝廷的新委任。他即将出任一支新组建厢军的指挥使，赶赴江边布防。

这么一来，临安府的推官又要重掌刑狱的职责。当然，或许那位推官并不需要费多大工夫，因为等金兵攻下城池，一切就都成了空。

跟大牢地窖里的女尸一样，卢秀成所剩的时间不多了。

他决定如张栩所说，来一个速战速决。

奔赴沙场之前，他一定要知晓这件事背后的秘密。

卢秀成迈入织造署的时候，张栩正好从染坊里走出来。

院子里晾晒的锦布都被收起来，存放到各个公事房里，再用泥灰封住门闩。

这些东西已经成了官军的累赘，自然不可能带走。按照金兵的习惯，他们劫掠之后就会离开。或许，这些为大宋皇帝织就的彩锦会落到金兵手里，穿在某个金朝重臣的身上；又或许，金兵没有发现这些小屋，它们还有被献给皇帝陛下的机会。

“前线告急，卢大人，你还没有走吗？”张栩低下头，朝卢秀成行礼。

卢秀成意味深长地说：“此间事还没了结呢，走什么走。”

老人缓缓抬起头，眼神暗淡无光，似乎对卢秀成口中的命案毫无兴趣：“卢大人不走，下官可要离开了。大宋的杭锦一天都不能断，那些染缸里的料子娇贵得很。要是耽搁几天，再配出同样的花色可就难了。”

说罢，张栩稍稍弓下腰，忽然往前加快了脚步，似乎打算中断这次谈话。

两人交身而过，卢秀成轻轻地说：“你不想跟你侄女再见一面吗？”

张栩的脚步猛地一顿。接着，他回过头，脸上的表情纠结成一团，很惊讶的样子。

“我家侄女远在宫闱，昨天就先行一步，现在应该已经到了绍兴。卢大人，你究竟想说什么？”

卢秀成淡淡地将方才的话重复了一遍：“你不想跟你侄女再见一面吗？织造署监令，张栩大人。”

老实说，卢秀成对这个年迈的监令有些轻视。真相近在眼前，只隔着一层薄薄的纱，老狐狸却仍然摆出那副油滑的样子，似乎对即将临头的大难无知无觉。

但很快，有那么一瞬间，卢秀成几乎以为自己眼花了。老人的身形轻轻颤动，忽然将腰杆挺得笔直，并抬头与他对视。

卢秀成这才发现，摆脱原本畏缩的表情之后，直起腰身的张栩并不瘦小，反而身材高大，面相丰伟，颇有一番气度。

丢掉了那层伪装，老人就像变了个人似的，从唯唯诺诺的胥吏，转变为一个脸色沉肃的文士。他的眼睛十分明亮，眸子里则燃着一团熊熊的火光。

卢秀成吓了一跳，不由得往后退了一步。他是经历过战场搏杀的武将，却仍然被这个老人瞬间展露出的锐气所折服。

或许，每个人都有不为人知的另一面。任七八岁的孩童也看得出来，这位织造署的老监令是个有故事的人。他会有怎样的难言之隐呢?

卢秀成收起原先的轻视之心，默默立在一旁。他打算等张栩先开口。

“卢大人，说来话长，我该怎么跟你解释呢。”

张栩脸上原本平静的表情渐渐消逝，接着转为难以名状的痛苦和挣扎，间或夹杂着一丝苦涩。

太阳快要落山了。暮色侵染大地，将朱红的院墙也晕染成淡橘色。两人静静伫立，似乎都在欣赏远方的山景。

卢秀成犹豫了一会儿，首先打破了沉默："你想见见她吗?走吧，我带你去府衙。"

八

大牢地窖下的公事房依旧寒冷透骨。老仵作已被支了出去，整个小间里只剩下卢秀成、张栩和一具无言的尸体。

张栩静静地看着矮床上的尸首,沉默不语。但很快,沉默就变成了抽泣。他开始流泪，将身上青色的官服都浸湿了。

“她是自缢而死的，为了张氏上下六十口人。”张栩沙哑地说。

卢秀成拍了拍他的肩膀，点点头。

张栩似乎终于鼓起了勇气，开始讲她的故事。

“阿柔一直是个乖巧孝顺的孩子。有时我都会心疼她，为她的冷静和睿智，为她的善良。她从小就很聪明，书读得极好，如果妇人能够参加科考的话,阿柔一定可以中进士。如果我没有劝她选秀,她大概也不会进康王府,直到后来成为昭仪。我为她高兴,可她总是想着我,想着张家。她得了肝积,是不治之症，大夫说，活不了几个月了。”

卢秀成立即提起心神，他终于要接触到背后的真相了。

“阿柔说，她绝对不能死在宫里，没了昭仪的名号，张家就完了。我只是一个九品官，族人根本没有资格随军。为了我们，为了张家能以宫亲的名义南渡,她将自己的胞妹乔装打扮,教她宫里的规矩,教她皇帝的喜好,教她怎么应对那些多事的嫔妃。她终于办成了这件大事。”

张栩一字一顿，几乎泣不成声。

“为了防止泄密，她自缢了？”卢秀成的喉咙窒住了。这个叫做阿柔的女人称得上“坚毅”二字。

张栩艰难地点了点头：“阿柔早就安排好了所有后事。她说，皇帝陛下常常在外，宫内的戒备并不严密，一时半会儿也发现不了异常。将尸首运出城反而是一个难题，守城的兵将们为了抓探子，绝对不会放过任何一个可疑对象。为了稳妥起见，阿柔教过我一些办法。等她死后，我把她埋在一口枯井中，用石头压了上去。谁也不会猜到，宫里的昭仪已经换了人。张家仍然是货真价实的宫亲，绝不会受他人欺侮。但是，临安府开始军管，挖掘枯井寻找水源，以备之后的围城战。我们只能把她转移出去。”

卢秀成深深地呼了一口气，事实上，掘井备战的命令就是他下的。

他明白，金兵临城，这场灾祸恰恰让张栩无路可走。身为昭仪，女人既不能死在宫里，也不能在风声鹤唳的临安城之内被发现。所有巧合都凑在一起，阿柔的命运忽然多了变数。

“一下子找不到合适的地方，我只能先把她藏在柳泉坊的荒地里。那里远离官道，很僻静。谁会想到，当天就下了一场暴雨。后来的事，你也知道了。”张栩虚脱似的往后瘫坐。

“她叫阿柔……”卢秀成看着眼前的尸首，怔怔地出神。

他的眼前不觉浮现出那样的场景：在某个黑黢黢的星夜，老人蜷下身子，背着一具死尸，慢慢地走过一条条安静的街道。

光是想一想，那样的情景就让卢秀成的嗓子一阵阵地发紧、发涩，张开嘴，却嘶嘶地说不出话来。

回过神，卢秀成将目光重新转到事件的主角身上。冰室终究难敌酷暑，尸首的下半身已经开始腐烂。失去了生前那副光鲜的外表，但她终于拿回了自己的名字——阿柔。

“值得吗？”卢秀成喃喃自语。皇宫乃是非之地，天子的家事充满了血腥味。他虽为在外作战的武将，但也对宫闱间的秘事有所耳闻。就拿道君皇帝来说，他出了名的荒淫无度，内廷里里外外都是他的猎场。有幸承露的女人，又有多少能够得到名号呢？或许侥幸晋身，也常常死得不明不白，莫名其妙便香消玉殒。那可是以权斗倾轧闻名的后宫禁地。

张栩的脊背不可抑制地颤抖，眼神里燃起点点的火光，但他很快就平静下来，说：“我有一大家子要照顾。”

宋室移都，留在北方的百姓是最惶恐的人。从晋到宋，衣冠南渡听起来轻轻巧巧，对庶民阶层却是毁灭性的打击。身在宫闱的痛苦，哪有异族的铁蹄可怕？

“在扬州时，皇帝陛下乘舟南下，金朝的骑兵就在后头追赶，而数不清的百姓哭于河道两旁，没有逃走的办法。”张栩捂住胸口，声音开始变得嘶哑，“后来，官家贴出告示，说是兵力不足，让百姓自行逃命，官军只能保护那些贵人。”

听到这里，卢秀成按住身后的刀柄，呼吸也开始变得急促。

“阿柔是陛下的宫人，我们这一家子才得到随军南渡的机会。金兵肆虐，到处都有剪径的盗匪出没。如果失去官军的保护，依靠自力迁徙的百姓只能活下一半。听说，就连三品的朝廷大员也在渡江时被水贼所杀，连妇孺孩童都惨遭屠戮。”张栩的声音越来越轻，“阿柔……生前，她为张家做了太多事，哪怕死后，她仍渴望护佑我们一家子的性命。请相信我，她是天底下最勇敢的女子。”

卢秀成脸色木木的，看不清表情。他的思绪开始纷纷扰扰，忽然飘到了北方。

“衣冠南渡，衣冠南渡，一国的精气神，真的能渡过大江吗？”

小间里的烛火燃尽，光线开始变得昏暗。

灰蒙蒙的斗室中，张栩悠悠叹了一口气，接着伸出双手：“给我上枷吧，我认罪，欺君之罪。看在她是一位昭仪的分上，请将她好生安葬，入土为安。卢大人，这是我唯一的请求。”

卢秀成深深地看了他一眼，按紧腰后的佩刀。

烛光灭了。

尾　声

惊怖之夜已过去了十天，更夫许旺意外地得到了一笔钱。

他从坊外打更回来，看见两个披坚执锐的小校站在家门口，似乎等他很久了。

许旺腿肚子一抖，但仍艰难地迈出步子。妻儿都在家里候他归来呢。

“从今天起，记住，你没有发现荒地上的任何东西，也从来不是个打更的更夫。”小校瞪圆了眼睛，恶狠狠地说。

另一位小校看起来要和气一些，他的脸色沉静，语气也十分诚恳：“许家兄弟，去岭南吧，金兵马上要打进来了。这里的钱足够置下几亩水田，再买上一头牛，好好过安生日子。”

许旺机械地点了点头，他当然没有丝毫违抗的念头。兵锋过境，百里难闻鸡鸣。他早就准备离开了。

夜色渐渐淡去，妻儿们发出轻微的鼾声，将夏夜映衬得更加静谧。

目送士兵渐渐走远，许旺将门闩合上之前，鬼使神差地往坊门外的荒地看了一眼。

清冷的月光下，那里空空荡荡，什么也没有。

猎 狮

王二喵

一

夜，无月，有风。

月隐于雾，风冷如刀，恰如十年前那个令姜行舟刻骨铭心的夜晚一样。

那时，他还是个不愿学武、负气出走的孩子，半夜饥饿难耐偷溜回家时，却发现姜家上下十三口人被杀得干干净净，男子尸首分离，女眷惨遭凌虐。

他父亲的头颅高悬于门楣之上，旁边留着血淋淋的标记——一头肋生双翼的雄狮，正是势力遍布天下的天狮堂象征。

天狮堂，战天雄。八岁的孩子将这两个名字连同仇恨深深刻进骨血，从今以后，他要为报仇而活。

他将自己的名字改作姜恨，数年后设法投入天狮堂，一路忍辱负重，终于成为二当家公孙岳最信任的心腹，一步步接近天狮堂最机要的权力中心。

但他还是没有杀战天雄的机会，连见仇人一面都很困难。

直到有一天，姜恨从公孙岳口中听到一个重要情报：战天雄练了一种独门内功，每隔七天就要在密室打坐散功半个时辰，其间全身僵硬，动弹不得。

这是姜恨唯一的复仇机会，他等了十年，已不想再等！

于是他在这个无月有风的暗夜潜入天狮堂后园，夜晚的戒备比白天更森严，但姜恨早已将地形熟记于心，轻而易举地解决守卫，摸进战天雄的住处。

房门紧闭，里面半点儿声音也没有，战天雄常坐的金狮交椅醒目地摆在面前，扶手上一对金属狮头泛着幽亮的光。

姜恨走上前去，依据从公孙岳手上偷来的机关设计图，将右手狮头正转三次，左手狮头反转两次，随即就听到锁链绞盘声响起，墙壁上出现一道暗门。

他看着暗门缓缓升起，心跳越来越快，握紧刀冲进去。

“战天雄，还我爹娘的命来！”

战天雄端坐在密室正中，听了这句话却一点儿反应也没有。

因为他已经是个死人，一把刀插在胸口正中，直没至柄。

姜恨沸腾的血液已变冷，是谁杀了战天雄？难道天狮堂里潜伏着其他杀手，抑或另一个伺机报仇的人？

他呆立当场，突听身后衣袂带风声，一个鬼魅般的人影迅捷地冲出门去。

这人一定是凶手！姜恨回身想追，才刚踏出一步，已被冲进来的天狮暗卫团团围住，十几把钢刀对准他的胸膛。

有人惊呼：“堂主死了，是这小子干的！”

一股寒意自姜恨背后升起，他忽然发觉自己掉进了一个巧妙而恶毒的陷阱。号称“算无遗策”的公孙岳怎会如此随便地将战天雄的秘密道出，又怎会轻易让他偷走机关设计图？

答案只有一个，公孙岳才是杀战天雄的凶手，而他姜恨则是完美的替罪羊。

姜恨没有选择，他不能死在这里，他要活下去，洗清身上的冤屈，揭穿公孙岳的阴谋。

一想到自己竟要为了揭穿仇人的死亡真相活下去，他就想笑，甚至想哭。

形势不容犹豫，姜恨挥刀逼退离他最近的暗卫，再一刀砍下另外一人的头，更多暗卫如潮水般冲进来，刀光剑影，血肉横飞。

纵使他武功再好，单打独斗也赢不过这群训练有素的暗卫。直到姜恨负伤，力竭倒下，冷眼旁观的公孙岳才缓步走近，瞟了战天雄僵硬的尸体一眼，淡淡地说了两个字：“刑堂。”

进了刑堂的人通常只有两种下场，一种是死，另一种是生不如死。等你看过那些刑具和刑罚手段就会明白，死，对他们才是仁慈和解脱。

姜恨也不例外，进入刑堂三个时辰后，他已奄奄一息，全身上下没有一块好肉。

唯一不变的是他的眼睛，还是那么亮，燃烧着满满的怒火和仇恨，直勾勾瞪着公孙岳。

公孙岳坐在对面，悠然自得地开口道："从你第一天进天狮堂，我就认出了你。你本名姜行舟，是'万华刀'姜归景的独子。十年前姜家灭门血案后，你一心想找天狮堂报复，所以我将计就计，故意将你收归门下。"

他摇着头："你实在太蠢，全然未想到自己本不该爬得如此之快，这几年我着意提拔，你竟完全没看出来。"

姜恨瞪着他，艰难地从干裂的喉咙里吐出几个字："是你……杀了……"

公孙岳打断他："不错，是我派人杀了战天雄，再嫁祸给你。他这堂主之位早被我架空，四大长老多年前就已是我的人，现在正是收网的时候，刚好用得上你。"

苦心谋划多年的计划终于成功，战天雄一死，他就能名正言顺地接掌天狮堂。时机已成熟，就缺最后一把刀。

姜恨就是这把刀，借刀杀人的刀。

公孙岳叹道："其实我本可以将你留下，可惜你满脑子都是复仇，若将这样一个人留在身边，就太危险了。何况凭武功智计，卓云哪一点都比你强得多。"

卓云垂手站在旁边，他是个深沉稳重的年轻人，最令人满意的一点是绝对服从，只要公孙岳吩咐下去的话，他绝对毫不犹豫地执行。

——例如杀了战天雄。

姜恨无话可说，公孙岳看着他垂死挣扎，嘴角忽然露出一个诡异的笑容："死之前，我不妨告诉你一个秘密——十年前屠姜家满门、杀父辱母的不是战天雄，而是我，我才是你真正的仇人！"

这句话仿佛一个炸雷在姜恨耳边响起，他想呐喊、想报仇，但什么也做不了，只感觉全身血液翻涌沸腾，随着气力不断从伤口流出。

透过眼前血红的迷雾，他看见公孙岳向卓云做了个手势，随即冰冷的刀锋挟着杀气迫近。

姜恨盯着卓云的眼睛，用最后一点力气说："杀了我。"

卓云冷冷地回望姜恨："我知道。"

他面无表情地握紧那把杀了战天雄的刀，徐徐刺入姜恨的胸膛。

二

寂静的天狮堂总舵不时传来惊叫惨呼，忠心拥护战天雄的老部下还未清醒，就在睡梦中惨遭屠戮。公孙岳悠然听着此起彼落的哀号，仿佛听着世间最美妙的音乐。

天亮了，惨呼声悄然断绝，“猎狮行动”最后一枚棋子落地，战天雄一手创立的天狮堂易主。想到这里，公孙岳心中不禁充满狂喜。

从此刻起，势力纵横大江南北的天狮堂就全是他公孙岳的，数不尽的权势、财富、女人……

卓云轻敲书房的门，恭恭敬敬地道：“启禀堂主，四大长老求见。”

公孙岳眯起眼睛，这一声堂主叫得他很舒服，卓云这孩子审时度势，的确是可造之材。至于四大长老那几个见风转舵的鼠辈，不妨让他们等久一点，眼下还有更重要的事做。

他吩咐卓云一声，起身来到后园，穿过一片娇艳的芙蓉，就看见那个令他朝思暮想的人。

发黑如墨，唇红似血，映衬着雪白姣美的容颜，灵动深邃的双眸。

她叫红伶，原本是公孙岳的女人，却被战天雄一眼看中。公孙岳明知战天雄对待女人的手段极为残忍，但为了巩固自己的地位，只好忍痛将她送入天狮堂。

送进天狮堂的女人通常活不过三天，红伶却活了下来，不但如此，还成了战天雄最宠爱的女人。

公孙岳偶尔会遇到她，但总装作不认识的样子，天狮堂里耳目众多，他不能冒这个险，但他时常在心里呐喊，总有一天要亲手将她夺回来。

现在这一天终于到了，他久久凝视她，心脏狂跳不止，喜悦之情溢满胸膛。

红伶也看见了他，目光中带着几分惊诧，几分恐惧，还有隐隐的希冀。

公孙岳勉强抑制情绪，缓步走到她面前，柔声道：“不用怕，战天雄已经死了，我是特地来接你的。”

红伶嘴唇轻颤：“他真的死了？”

“真的。”公孙岳嘴角现出笑意，“我谋划多年就是为了这一天，你再也不用受苦了。”

一滴眼泪自红伶眼角缓缓滑落，她像个孩子般跳起来投入他怀中，喃喃地道：“你终于来了，你知不知道我等这一天等了多久，受了多少罪……”

公孙岳嗅着她的发香，甜言蜜语安抚着。红伶柔软的身子在他怀中摩挲颤抖，很快激起埋藏多年的欲望。他心里仿佛有把火在烧，一把抱起她向卧房走去。

他低头看着她深陷情欲的迷醉神情，正准备释放自己——

突然间，一种异样的感觉掠过心头，旖旎春光弥漫的卧房里竟有冰冷杀气悄然卷入，公孙岳来不及多想，本能地抽身而退，滚落床下。

只听“夺夺夺”数声，几枚乌黑的短箭贴着红伶玲珑有致的身子飞过，深深钉在墙上。若不是公孙岳躲得快，现在身上已多了几个洞。

红伶惊叫连连，酡红的脸庞瞬间发白，公孙岳顾不得管她，双掌横胸护住自己，厉声喝道：“什么人？”

门外有人叹道：“想不到在这种时候你还能察觉，我倒真是低估了你。”

听到这个声音，公孙岳全身血液仿佛在一瞬间抽空：“你——”

门外那人截住他的话头：“我知道你最不想见的人就是我，可我却非见你不可。”

说着话，他已将门推开一条缝，公孙岳目光闪动，忽然道：“等一等！”

门外的人道：“等什么？”

公孙岳努力让语气冷静下来：“至少等我先穿件衣服。”

他弯腰捡起地上的衣服，心里飞快地盘算着，后园埋伏的十三处暗卫很可能已经被干掉，但他还有别的人手，对方却只有一个人。四大长老和卓云都离此不远，必要时振臂一呼，天狮堂精锐出动，掌控局面的还是他。

想到这里，公孙岳放下心来，慢条斯理地将衣带系好，这才道：“请。”

门霍然推开，一个人走进来，公孙岳盯着他，脸色难看到极点。

若说死人能复生，那么现在就是了——来的不是别人，正是刚死去不久的天狮堂堂主战天雄。

他胸口刀伤仍在，被血洇湿一大片，目光灼灼地盯着公孙岳，哪里像个死人的模样。

战天雄瞟了瑟瑟发抖的红伶一眼，冷笑道：“我刚死没多久，我的兄弟就急着接手我的女人，很好，很好。”

公孙岳怒道："她本来就是我的，是你抢走了她。”

战天雄道:"所以你设计杀我，也是为了她？”他摇摇头，接着道，“你当然不止为了夺回这个女人，你还要我的权势、财富，要我流血流汗打下的天下！”

公孙岳干脆承认："是又怎么样？你当了这么久的堂主，难道要我永远做你的手下？”

战天雄面色阴沉："可惜你输了，我还活着。”

公孙岳嘴角肌肉抽动，他亲手验过战天雄的尸体，死也想不通这是怎么回事。

战天雄似乎看穿他的想法："几年前我真气逆行，每隔七天就有半个时辰动弹不得。但经过调理,我已将这套内功心法控制自如。”他咧嘴一笑，“装个把时辰的死，对我来说简直易如反掌。”

公孙岳道："所以你发现卓云来杀你，就故意中了他一刀，然后装死等我上钩。”

战天雄道："那本来就是柄带着机关的刀，最多能刺进去一寸三分。”

公孙岳沉默片刻，冷笑道："那又如何？四大长老早已对我俯首帖耳，堂内精锐尽数归我麾下，你这个堂主早已虚有其名，如今又受了伤……难道还想翻盘不成？”

战天雄道："你想怎样？”

公孙岳冷冷地道："既然你没有死，我不妨让你再死一次——卓云！”

他算得很清楚，战天雄受伤不假，但野兽濒死余威仍在，何必亲自冒这个险。就算卓云杀不了战天雄，至少也能耗去他大半力气，自己再动手就容易得多。

卓云果然来得很快，手中刀血迹仍在，寒光一闪，当头劈下。

——劈的不是战天雄，而是公孙岳。

公孙岳身子一转堪堪躲开，又惊又怒："你疯了？”

卓云沉着脸不答话，一刀紧似一刀，公孙岳赤手空拳落在下风，好容易还了两招逼退卓云，怒喝道："你竟敢背叛我？”

卓云仍不开口，冷眼旁观的战天雄接口道："他没有背叛你，因为他从来就不是你的人。早在云儿七岁时，我就秘密将他收为义子，然后安插在你身边。”

公孙岳的肺都气炸了，他怎么也想不到，多年来悉心培养提拔的卓云竟是奸细。他怒极反笑，厉声道：“既然如此，那我就不客气了！”

墙上挂着柄装饰用的长剑，公孙岳身形暴起，夺剑出鞘，反手挽起一串剑花，直刺战天雄。

战天雄有伤在身，行动慢了半刻，幸好卓云及时接下这一剑。

公孙岳冷笑：“你小子一大半武功都是我教的，如今却来对付我？”

他剑招陡然一变，变得轻灵飘逸、绵密无间，每一剑刺出都留有后招。满眼都是变幻莫测的剑影，映得人眼花缭乱。

卓云的刀法也变了，变得大开大合、干脆爽利，看似平平无奇，实则化繁至简，将招式中所有的变化凝练至一处。

变化的尽头就是不变，不变即万变。

若说公孙岳的剑阴险狡诈如毒蛇出洞，那卓云的刀就是凌厉霸气如猛虎下山。战天雄看着卓云将他亲授的“烈斩刀”发挥到极致，满意地微微点头。

只见卓云一刀快似一刀，刀刀不离要害，公孙岳从容不迫地应对，游刃有余。卓云毕竟还年轻，时间拖得越久越容易露出破绽。

就在公孙岳这么想的时候，卓云又是一刀横劈，但他好像忘了这一招刚才已用过，公孙岳不慌不忙闪身避过，正准备出剑反击——

谁知他身法竟无缘无故慢了，这一招未避过，肩膀被划了一道口子。

卓云第二刀随即落下，公孙岳举剑招架，可他万万没想到自己的手竟然不听使唤，“当啷”一声长剑坠地，紧接着刀锋已至，左腿鲜血横流。

更令公孙岳惊讶的是，他竟感受不到伤口疼痛，四肢就像变成木头，一种麻木的感觉很快蔓延全身。他惊呼着倒下，像条垂死的野狗般翻滚挣扎，姿势丑陋扭曲。

很快他就一动也不能动，恐惧地盯着卓云的刀。

“刀上有毒？”

卓云早已停手，面无表情地答道：“我从不用淬毒的刀。”

就在这时，突然响起一阵大笑，公孙岳瞳孔骤然收缩，他想不到这个人会背叛他。

三

笑声如银铃般清脆悦耳，带着几分复仇的快意。

红伶赤裸裸地站在公孙岳面前，美丽的眼睛充满恨意："你一定想不到我会背叛你，因为你从未将我当作真正的人看。"

她举起纤细柔美的手，修饰得完美无缺的指甲上闪着诡异的光。毒就藏在她的指甲里，方才抓破他的背时，毒就已渗入。

公孙岳目瞪口呆，嘶声道："为什么？为什么要害我？"

"因为我恨你。"红伶回答，"早在你亲手将我送进天狮堂的时候，我就恨透了你。"

公孙岳大叫："不是我，是战天雄……他一眼就看上你，我若不听话，只有和你一起死！"

红伶冷笑："所以你明知送给他的女人只有死路一条，却还是牺牲了我，五年来我每天都生不如死，换来的是你步步高升、权倾一方。"

她的语气讥诮而刻薄："你知不知道，其实战天雄早就不行了，他强行要走我，只是为了向别人证明他还是个男人。"

战天雄脸色骤然沉下来，红伶又开始大笑："你们两人将女人当作玩物，一个出卖背叛，一个虚荣可笑，倒真是……"

战天雄霍然起身，重重一掌打在红伶脸上，冷冷地道："闭上你的嘴。"

红伶嘴角的血滴在胸膛上，但她仍在笑，笑得愈发疯狂。

公孙岳冷汗直流："但你至少活了下来，不是么？"

红伶声音冰冷："我能活下来，因为我运气好。"

她光滑的肌肤上忽然起了一阵战栗，不是因为寒冷，而是想起了那段悲惨屈辱的经历。

一个已经"不行"了的男人，对待女人的手段往往格外残忍。进天狮堂当晚，红伶被折磨得死去活来，然后被丢进冰冷黑暗的石屋等死。

就在她以为自己快死了的时候，身旁传来窸窸窣窣的响声，有人在石墙上开了个小洞，推进一只盛满肉粥的碗。这碗粥让她恢复了一些生气，挨过难熬的第一夜。

第二天半夜那人又来了，不但送了粥，还送来一碗汤药。

红伶盯着这碗药，忽然道："不要再来了，战天雄不会放过你的，像我这种女人根本不值得你冒险。"

她摘下身上唯一值钱的珠花放入墙洞："这算我对你的酬谢。你是个好人，希望你为了自己好好地活下去。"

状如红莲的珠花，其红如血。

那人一句话也没有说，此后再没有出现过。

两天后战天雄发现她还活着，就将她带了回去。自此之后，红伶就坠入暗无天日的地狱。

她想过死，但更想活下来。只有活着，才有机会报复！

"我输了，彻底输了……"公孙岳面如死灰，忽然大叫，"你们为何还不动手杀了我？"

战天雄露出一丝阴沉的笑意："因为还要等一个人，我答应让他亲手了结你。"

姜恨是被人架进来的，他伤势太重，简单包扎过的伤口仍不断有血渗出，此刻全凭一口气站住。

他的眼睛依然很亮，燃烧的怒火似乎要将公孙岳整个人烧成灰烬。

公孙岳终于明白自己从头到尾被算计了，但他仍然想不通："我知道卓云是你的人，但姜恨明明恨你入骨，为什么……"

战天雄道："早在三个月前，姜恨就来找过我。他是个正直磊落的君子，就算报仇也不屑于暗中行刺，而是光明正大地向我挑战。"

他欣赏地看着姜恨："他是个很聪明的年轻人，知道谁是真正的仇人后，立刻答应跟我联手。为了亲手报仇，不惜以身赴险。"

卓云用来杀姜恨的同样是那把带着机关的刀，只有这样才能瞒过公孙岳的眼睛。

公孙岳嘶声道："所有人都认为是你灭了姜家满门，你也从未否认！"

战天雄道："因为我想让旁人认为我是个无恶不作、嗜杀成性的恶人，这样他们才会怕我。但为了对付你，我不得不向姜恨洗清自己。"

公孙岳惊讶地看着姜恨，怒喝道："他说他不是凶手，你难道就信了？"

"我信。"姜恨回答，"这十年来，我对他的性格、行事调查得很清楚，他也许是个恶人，但绝非贪生怕死、满口谎言的鼠辈。"

战天雄悠然道："有句话说得很好，最了解一个人的往往不是他的朋友，而是他的仇敌。”

公孙岳道：“你……你根本无法洗清！能证明你那晚不在姜家的人都被我杀了！”

战天雄道：“可惜你百密一疏、节外生枝。”他语气中带着种奇特的悲哀，“你不该侮辱他的母亲，更不该利用一个身负血海深仇的孩子。”

公孙岳愣住，忽然想到红伶的话——战天雄是个“不行”的男人。

他哑口无言。战天雄又道：“卓云早已将你的预谋告诉我，所以我安排他们将计就计，引你上钩。现在不但钓出了你，还有四大长老和一些小头目，刚好肃清天狮堂内部。”

他微笑着看向公孙岳：“你还有什么话说？”

公孙岳长长叹了一口气：“我只求让我死得痛快些。”

红伶用一种复杂而怜悯的眼神看着公孙岳，徐徐开口道：“等一等。”

公孙岳心里升起一丝希望，难道她还爱着他，想为他求情？他会不会还有翻盘的机会？

红伶转向战天雄，淡淡道：“我不喜欢看杀人，你答应过放我走的，天狮堂堂主该不会食言背信吧？”

战天雄脸色阴晴不定：“我可以放了你，但你最好不要将这里的秘密说出去。”

“我不会说的，你以后也不要来打扰我。”红伶美艳的脸上毫不掩饰厌恶之意，“你们这些男人，无论哪个都让我恶心。”

她俯身捡起衣裳，掩住赤裸的身子，头也不回地走出门去。

她从卓云身边走过，薄薄的纱衣自肩头滑落，露出白皙光滑的肌肤。卓云立刻移开视线，从进门开始，他就没向她看过一眼。

姜恨早已等不及了，从卓云手中夺过刀，冷笑着向公孙岳走去：“这把刀杀过我也救过我，用来杀你这种阴险狡诈的小人再好不过。”

公孙岳死到临头反而镇定下来，大笑道：“不错，我的确利用了你，但战天雄难道是什么好人，你怎知你不是他手中的棋子？”姜恨步步紧逼，公孙岳仍狂笑着、嘶吼着，“我跟他流血流汗几十年，到头来不过如此下场！他明明没有死，却眼睁睁看我杀光忠心不二的老部下！总有一天你也——”

姜恨手起刀落，笑声语声霎时断绝。

尾 声

姜家血海深仇已报，天狮堂重回战天雄手中，但这个故事还没有结束。

战天雄向姜恨道：“你今后作何打算？”

姜恨的神情轻松许多：“我要回老家去，用仇人的头祭父母在天之灵。”

战天雄点点头，审视着姜恨身上的伤口：“你的伤很重，最好留在这里调养几天。”

姜恨摇摇头：“不用了。”

战天雄又道：“我喜欢你这样的年轻人，如果你愿意，四大长老的位子就是你的。”

姜恨笑了：“多谢堂主美意，我已在天狮堂待得太久，早就想去外面闯一闯。”

战天雄惋惜地看着他：“你真的不肯留下？”

姜恨没有回答这句话，向战天雄抱拳行礼，然后带着公孙岳的头走出门去。他走得很慢，一颗心却飞扬跳跃，隐姓埋名离家十载，终于可以回家告慰父母在天之灵。

战天雄看着他慢慢走向盛开的芙蓉花田，向卓云道：“四大长老何在？”

卓云道：“我来这里之前，就已经送他们上路。”

“上路”通常只有一个意思，就是死路。

战天雄点点头：“很好，叫小何来。”

小何才十五岁，是战天雄义子中年纪最小、做事最机灵的一个。他一进屋，立刻向战天雄跪倒：“小何听堂主示下。”

战天雄道：“姜公子受伤行动不便，你为何不去送他一程？”

小何眼睛亮了起来：“是。”

他出去不久，外面就传来姜恨的惊呼怒喝，伴随着兵刃相击、刀剑砍进血肉的声音。听着这些可怕的声音，卓云只觉得手脚冰凉，他没想到战天雄连姜恨也要除掉。

随着一声凄厉的惨呼，所有声音戛然而止，小何带着一身血污回来：“启禀堂主，小何已送姜公子上路。”

战天雄淡淡点头：“将他送回姜家与父母合葬，公孙岳的头就在他们坟前烧了吧。”

他向卓云解释：“姜恨毕生心愿就是替父母家人报仇，如今得偿所愿，可以瞑目了。”

卓云紧闭着嘴，他怕自己一张嘴就会吐出来。

战天雄对小何道：“从现在起你来顶替姜恨的位置。你是个很有前途的孩子，假以时日，四大长老的位子早晚是你的。”

小何的眼睛更亮了，平生第一次杀人后，他觉得全身充满了热血。

战天雄挥手示意小何离开，随即转向卓云：“姜恨在堂中多年，知道很多秘密，所以不能放他走。”他盯着卓云低垂的头，接着道，“何况这人性格太过隐忍偏激，既不能为我所用，就更不能留给别人，你明白么？”

卓云好容易才开口：“我……属下明白。”

战天雄语气缓和了一些：“众多义子中你的性格、武功最好，只要肯努力，将来这天狮堂多半就是你的。”

他刚对姜恨和小何说过类似的话，卓云听在耳中，心里不知是何滋味。他默默向战天雄行了个礼，刚要退下，战天雄又道：“有件事情替我办下，那女人一定还没走远，去杀了她。”

卓云惊愕地抬头：“堂主！”

战天雄语气森冷：“我并非为了自己，而是为了整个天狮堂的名誉，这女人非死不可。”

江湖中人若知道威震九州的天狮堂堂主是个“不行”的男人，只怕笑掉大牙。杀死一个女人，对他来说好比碾死一只蚂蚁。

卓云别无选择，握紧手中的刀，慢慢退了出去。

红伶不知道她走后发生的事，在她心里，那个充满血腥阴谋的残酷世界已消失。她脚步轻快，就像刚逃出囚笼的鸟儿，飞向广阔自由的天地。

她身上一文钱都没有，但她不怕。清晨的风吹透薄薄的衣襟，全新的人生在眼前招手。

转过一片开满野花的山坡，她就看见了卓云，他的神情还是那么冷淡，眼中却似乎燃烧着火焰。

红伶目光落在冰冷闪亮的刀锋上，沉默很久才叹道：“我早该猜到，像战天雄那种人，怎么会容许一个知道他秘密的人活在世上。”她撕开自己的衣襟，“杀了我吧，然后回去交差，这样对我们都好。”

白皙的胸膛上残留一抹嫣红的血痕，形成强烈的对比，但卓云的目光却没下移半分，仍旧灼灼地望着她的眼睛。

“我不是来杀你的。”卓云轻声开口，“我要离开天狮堂，你……你愿不愿跟我一起走？”

他忽然变得拘谨而羞涩，就像情窦初开的少年，惴惴不安地等着意中人的回答。

红伶吃惊地看着他，然后笑了。

“若换作十年前，我一定不顾一切地跟你走。”她的笑容美艳而凄凉，“但如今我已是残花败柳，既不敢高攀，更不能害你，所以你最好还是……”

卓云打断她的话：“自从七岁时跟了战天雄，我就没有过一天正常的日子，他将所有人都当作棋子，直到把他们的价值榨得一干二净才狠狠抛弃。”

红伶同情地看着他，她自己又何尝不是如此。

卓云道：“我本以为自己的心早已经死了，但有人曾说，我是个善良的人，要我无论如何也要为了自己活下去。”

这句话唤起红伶久远的记忆，她迟疑着开口：“你……”

卓云道：“所以我活下来了，不但为了自己，也为了她。”

他另一只手在她面前摊开，掌心赫然放着朵珠花，状如红莲，其红如血。

红伶定定地看着这朵珠花，美丽的眼睛里忽然盈满泪珠。泪水流过苍白的面颊，冲淡胸膛上干涸的血痕，也冲去她心里最后一分茫然和恐惧。

纤长的手指颤抖着拈起珠花，随后被另一双年轻有力的手紧紧握住。

“你要带我到哪里去？天下虽大，却未必有我们容身之处。”

“正因为天下之大，所以一定会有我们的去处。”

“不管怎么说，我们总算是活了下来，而且活得很好。”

“不错，从今天起，我们要为自己而活。”

水月观音

洋公子

一、知音人

子夜时分，莲斋中的几株蓝莲花愈发幽香，虽然若水居中随处皆有莲花，但观奇音唯独喜欢莲斋中所盛开的。若是恰逢在师父的正果殿研习心法，她也总会借与师妹月容清相约切磋之由提早半个时辰离开，然后便像现在这样，倚靠在窗边遥望月色静静等候。

今夜的那轮圆月仍是皓白明亮的，温柔的光映在她清澈明亮的眼眸里、照在她那头高束的长发还有那身如夜空般的墨蓝色的长衫上，这般令人心驰神往的画面让在旁作画的月容清不禁发出一丝惊叹！

“你可是在画我？”闻声，观奇音微微侧头对着掩嘴轻笑的月容清挑眉打趣道，“我若入画，可会如你以往所绘的观音法相一样，让我从中悟得更多心法之精髓，好让我的箫音掌更上一层楼？”

说罢，观奇音立即从腰间拿出一支缀着墨蓝流苏的凤箫，只见她轻闭双眸，嘴角含笑，满是自信地对着月容清吹奏起了一段深远、缥缈的乐曲。

瞬时，莲斋内迎来了一阵又一阵忽柔忽烈、似暖又凉的风，就连月容清的几缕及腰长发也被吹散到了半空之中婀娜地飞舞了起来。当曲声渐弱时，那阵阵清风又变成了一道潺潺涌动的溪流，轻轻摩挲着那些被吹乱的发丝。

曲终，几株已盛开的蓝莲花花瓣已散落满地，有一些较为厚实的花瓣竟已被生生分成了两瓣，四瓣……无数瓣，细看像是被什么锋利的武器切开的，切口干净整齐，可见下手迅速利落。谁又能相信那些清丽的蓝莲花是被那幽幽箫声摧毁的呢？

“前几日刚从师父的‘水月观音’心法中钻研出了这么一小段刚柔并济的掌音，方才也只用了两成功力罢了，你听上去感觉如何？若使上八九成，恐怕你这莲斋也要变成‘墟斋’了！”一谈起内功心法之事，观奇音的兴致便分外盎然。

月容清见状，掩笑不语。只见她轻轻放下手中的湖笔，边站起身子边整理着微微卷起的白衫袖子，然后拿起桌案上的一个玉瓶向着摆放在桌案前、窗台边的一些新培育的还未盛开的绿莲与紫莲浇洒了些许清水。

随即，莲香扑鼻。

“我不懂何为心法精髓，我只知若一心向善，世人皆是观音。”说罢，她从地上拾起几片蓝莲花瓣，并刻意取了顶端颜色较深的放在了石碗里，用石锤捻碎成粉，再将蓝色粉末与玉瓶中的清水一同倒入一个玉碟之中，然后便拿起湖笔蘸了蘸这飘着莲香的颜料，继续描绘着她桌案上的这幅“水月观音”座下的海浪之姿。

细看，水月之容如梦如幻，如烟缥缈，令人沉醉；观音之貌慈祥、庄严、清丽不可方物。于这月明之夜，海浪晶莹，莲花盛开之际，观音乘莲瓣而至，其神、其态、其意境，慈悲深远，可谓包罗万象。

观奇音静静地看着在烛光与月光双双照映之下的月容清作画时的神情举止，一如当年师父为她取的名字，又如她莲斋中亲自培育的莲花，清丽脱俗，圣洁高雅。

“今夜月色正浓，不与你那‘知音人’箫笛和鸣？”忽地，月容清轻声问道，语气满是笑意。

观奇音微怔，半晌都没出声。只因她还是头一回听到自己这位一向娴静文雅的月师妹竟会说出这样一番颇有趣味的话语。

细想想，约莫也有二十多年的光景了，从自小拜师于苦海山到跟随师父来这姑苏城半年有余，月师妹从来都是潜心于养莲与绘画，而她呢，也时常能从她所绘制的那些变幻万千的观音法相之中获得启发，如今她的箫音掌能够悟至此番炉火纯青之境界，她的月师妹功不可没。

无论何时，她们二人皆是相得益彰的。

自然，这一切的成果都归功于她们的师父——十二尊。

“素未谋面的哪算什么‘知音人’！充其量只不过是有些音律上的默

契罢了！”观奇音紧握凤箫感叹道，“可惜单凭笛音难辨老少、雌雄、善恶。不过，那人的笛音总是透着一丝悲伤，尤其是上个月的月圆之夜，那人的曲风之锋利，倒让我想起了苦海山上狂啸的海风，想必是……”

“想必是什么？”见观奇音垂眸迟疑，月容清不禁抬眼笑问。

“我自觉，那人应是同我一样，是个修习音律内功之人。”话毕，观奇音不由自主地嘴角含笑，当她深深地望向那轮高挂的圆月之时，心怀激动，那种咫尺天涯的共鸣之情实在难以言喻。

遥想半年前，她到莲斋欣赏师妹月容清新培植的蓝莲花之时，见窗外月色柔美，便颇有兴致地吹起了凤箫。记得那一段还是她新作的曲调，并非是箫音掌那般强劲有力的曲风，那只是一小段飘逸雅致的旋律。未想，不远处竟响起一记幽幽笛音与她和鸣，直至破晓时分。自此，每逢子夜时分，只要凤箫声动，不远处总会有笛音不约而同地与其共鸣一曲。

这半年里，凤箫与笛，始终心灵相通。

“我早知你喜欢蓝莲花是假，想借我这莲斋邀你那位‘知音人’共鸣才是真！”月容清略顿了顿手中的湖笔，然后笑意深浓地道，“至于老少雌雄，既然心灵相通，应是无关年岁性别；而善恶之事又该如何分辨呢？师父不是常说，人之善恶，有时不过是各有各的处境与难处罢了……”

“哈哈，知我者，莫若清清！”观奇音甩了甩高束的长发，豪爽笑道，“人生知音最是难求，我有清清与笛音相伴，幸甚至哉！”

“我的两位好师姐，这样月色迷人的夜晚，怎么就忘了我呢？”

正当观奇音想要拿起凤箫吹奏之际，一记清亮欢喜的声音忽地从门外响起。

只见撩开竹帘匆忙而入的是一位头戴白玉莲花簪、明眸红唇的红衣小姑娘。她正是二人的小师妹——花子镜。虽是二八芳华的年岁，但眉宇之间却已有成熟女子的妩媚之色。

“五百遍的《普门品》这么快就抄写完毕了吗，小镜？”见到一向任性的小师妹笑容狡黠地跑进来，观奇音佯装严肃地将两手置于胸前，“若你没有抄完就偷跑过来，小心师父再罚你抄上个五千遍！”

“既然领了师父的罚我又怎敢不遵从呢！”花子镜笑眯眯地拎着裙摆转了几圈，随后便走到了月容清的身旁，一边细细地欣赏她笔下的精湛，一边俏皮地说道，“月姐姐画得真是好呀，我看着这尊观音法相端坐在海浪上的模样倒与我所修习的镜花坐有着异曲同工之处，难不成是月姐姐特意画给我的？”她两眼放光地凝视着月容清的面容，期待着她给予肯定的回应。

“等完成此画，我定会挂于正果殿，到时大家可一同参详！”月容清并没有正视花子镜，只是用余光稍稍留意了那袭红衣片刻，默默思忖。

花子镜听后虽脸上难掩失望之色，但想及一些即将发生的趣事时，便又狡黠笑道：“那月姐姐可要加紧些画才是，这样才能安安心心地陪师父去参加段府的那场商议大会呀！”

听罢，观奇音与月容清二人默契对视了片刻。

“你为何又跑去正果殿偷听师父与那些前辈的谈话！”观奇音蹙眉严厉道，“师父最忌讳我们参与城中纷杂之事，这样只会让我们分心，误了钻研修习的要事！为何你总要逆师父的意！”

虽说这大半年里，她谨遵师命，一心研习，不曾踏出若水居半步，但这期间偶尔也会透过居室外头传来的些许嘈杂而对姑苏城之中所发生的事情了解一二——诡计多端的独孤城，频频来犯，扬言势必侵占姑苏，城中百姓胆战心惊。

这时日久了，就连常来若水居与师父商谈的前辈们她也无意中在莲斋窗口外的绿荫小道上遇见过几次，来来回回不过是两三张老面孔罢了。近来，也是从师父的口中才得知了他们是守护姑苏城的重要人物——段府当家段鸿鹄、剑锋堂金百炼、霹雳门火龙，其中段鸿鹄还是师父的第十一位师兄，也就是她的师伯。

在得知这些信息之后，观奇音对于“箫音掌”的研习便更加用心了。因为她清楚地知道自己今后的使命究竟是什么，她定不会让师父与城中百姓失望！

只可惜，她的这位小师妹不愿安分守己，师父忙于城中要事，便将管教之事交托于她，如今她竟又这般胡闹，该骂的骂了，该罚的也都一一罚了，仍是无用，她这个做师姐的也不知该如何是好了！

“看来即便是五千遍的《普门品》也不足以让小镜你心生悔意！”月容清轻声一叹，无奈摇头。

花子镜听后不以为然，只见她肆意用手指沾了沾玉碟中的蓝色颜料，自顾自地玩弄片刻后又兴冲冲地走到窗前踮脚仰头，对着眼神微怒的观奇音嬉笑道：“奇音师姐，我倒想问问你，我们从不问世事的苦海山来到这繁华秀丽的姑苏城究竟是为了什么呢？”

这一问，倒让观奇音沉默了，思量半晌后，她才沉声道：“我们来此的责任是守护姑苏，但若自身修习不精，谈何守护？况且，人心难测，师父不让我们过早参与，必有她的用意！”

“可是……”

不等花子镜争辩，观奇音忽然向她使了眼色，像是察觉到了什么，示意让她安静。紧接着,月容清也果断放下了手中的湖笔,从容地站起了身子。

三人互视片刻，随即便匆匆走出了莲斋。

空气中弥漫着一股特有的馨香，那是她们的师父十二尊同时召唤她们三人时点燃的沉香发出的。

“莫不是师父又从‘水月观音’中悟出了什么精髓，召唤我们一同参详？”

“夜已深，我看这回是另有急事吧……”

“哈哈，肯定是有关那场商议大会，我前面偷听到师父与剑锋堂堂主、霹雳门门主的对话，像是段府出了什么大事，一向觊觎姑苏城的独孤城也不知使了多少见不得人的手段，这才要急忙召集大家一起前去商议呢！”

“这回偷听的事情，等会儿见了师父你自行领罚吧！”

“好啦奇音师姐，我知错了！快些走吧，别让师父等急了！”

当她们走出莲斋的那一瞬，窗外不远处的那一曲熟悉的笛音竟忽然吹奏而起，旋律满是悲愁，比起以往，更是令人觉之伤痛。

闻声，观奇音心头一震，想要回到窗边以凤箫和鸣回应，但她又不敢轻易停下脚步，只因沉香召唤，必有要事!

至于那位曲风哀伤的“知音人”，也只能待有缘再与其共鸣一曲吧。

二、月夜袭

一切确如花子镜所言，段府出了大事——当家人段鸿鹄，亦是守护姑苏城的领军人物，因病亡故。

丧礼极简，厅堂中除必要的牌位、香案、蜡烛、供品、白绸布置等，其余并未大肆铺张。就连到场吊唁之人亦是屈指可数，场面异常冷清，放眼看去，不过只有剑锋堂与霹雳门的两位当家人相视而坐，主位上却是空无一人。

观奇音、月容清紧跟在师父十二尊的身后疾步走入段府厅堂。

今夜，还是她们二人来到姑苏后，头一回踏出若水居的大门。见师父十二尊摘下白纱斗笠、拨动手串玉水珠，对着段鸿鹄的牌位恭敬一拜后，二人便也默契地双手合十，以表敬意。只见，信步而至的花子镜虽褪去了常着的红衣，换上了白衫，但看起来倒是出奇地轻松欢喜，一副漫不经心的模样，虽也对着牌位拜了一拜，却是勾着嘴角，眸中透着轻狂不屑的笑意。

当十二尊挥袍转身入座时，似是察觉到了异样，忽地脸色一暗，神色微怒，那双丹凤眸子里像有一场狂风侵袭，可只一瞬便又风平浪静。不仅是那双犀利眼睛，年近五十的她浑身上下都散发出一种柔中带刚的非凡气势！就连剑锋堂与霹雳门的两位当家见了她，都要起身示意一番。

自然如此。

她，本是身在有着仙山琼阁美称的苦海山之上研习佛家绝妙心法的女菩萨。她的师父无上大师座下有三十三名弟子，源于佛家三十三观音之由来。她是第十二名弟子，无上大师便将三十三观音之第十二篇章的“水月观音”心法传授于她。

此心法奥妙无穷，经她参悟之后，又将其传授于观奇音、月容清、花子镜三人继续研习，可通音律、可入丹青、可定禅坐，长此以往，“水月观音”已拥有连绵不绝的领悟。

至今，她还记得她的师父无上大师对她的教导——世道艰险，人心难测，修习自律，心怀苍生，功德无量！

所以，在那一刻起，她便知道自己的使命与责任！而如今，斯人已逝，她定当承其之志，守护姑苏城！

纵观她苦海山上所有的师兄弟姐妹，又有哪一位不是为了守护一方城池而倾尽所有，奉献了一生？

当她沉重地注视着段鸿鹄的牌位，遥想当年段师兄下山历练，后为守护姑苏亦是殚精竭虑、在所不惜，让她感慨的同时不免揪心。

但此时此刻，更令她痛心的，则是身后的那位举止不端的花子镜！

只见，她不动声色地将白纱斗笠递到了花子镜的跟前，示意其保管，可就在花子镜刚要接手的那一刻，那顶白纱斗笠忽然被她转交到了观奇音的手中。

顿时，花子镜双颊绯红，这种刻意的细小举动实在让她深受打击、难堪不已。微微抬眼时，唯见十二尊犀利的眼神正不偏不倚地落在了自己的身上，她心中惶恐，便再不敢造次，只得咬牙不甘地退到了观奇音的身后。

“这种场合你还这般轻佻，不知礼仪轻重，难怪师父要生你的气！”见花子镜委屈地噘着嘴，观奇音便将手中的白纱斗笠交给了她，月容清则贴心地将她拉到了自己的身旁。

“谢谢奇音师姐，谢谢月姐姐……”花子镜咬住嘴唇将斗笠紧紧捧入怀中，眼神中尽是倔强的光芒。

“从若水居走出来的果然都如十二尊一样，皆有着如水如月的观音之貌，大雅之风！”说着，剑锋堂堂主金百炼端起茶碗闻着茶香，用极其欣赏又羡慕的目光一一注视着立于十二尊身后的三位风姿不凡的徒弟，“十二尊真是好福气，想我膝下一子一女相貌尚可，也都精于剑道，堂中亦是不乏出众之辈，我虽不知她们三人武功如何，但若论这气韵神采，令徒着实出色许多！”说罢，他放下茶碗，按住置于桌上的一柄透着寒光、剑柄刻着一个“金”字的、色泽如他身上的那件白亮锦缎的长剑，那是他剑锋堂的至宝——霜雪。

听后，霹雳门门主火龙忽然跷起了二郎腿，一手摸着络腮胡，另一手把玩着三个如汤圆般大小、雕镂着龙形模样的火红小铁球，名唤“烈玲珑”。只见他笑眯着眼睛，对着十二尊调侃道：“难怪您老来到我们姑苏后要把徒儿们藏匿起来，瞧这一张张讨人喜欢的小脸蛋，要是成天在姑苏城晃悠，也不知会掀起多少‘腥风血雨’！在这大半年里，您老藏得好，藏得好啊！火龙真是钦佩不已！”

“我这三位女徒武功平平，阅历尚浅，二位见笑了。”十二尊心事重重地拨动着手中那串晶莹透亮、回响着海水翻腾之声的玉水珠，叹息道，“若不是段师兄突然离世，姑苏城安危难定，我也断不会让尚在修习的她们过早参与其中。”

话音刚落，火龙竟未顾丧礼之仪，骤然发出一阵不羁的狂笑。

“您老又何必如此菲薄了自己这般出类拔萃的徒弟！”猛地，火龙直立起身，双手背后，一双如鹰的眼眸直勾勾地盯住十二尊身后的三位清丽，“事到如今，在段老牌位跟前，我也不瞒大家了！当您老踏入这姑苏城的那一刻起，我的门徒就早已将关于您老的一切悉数汇报于我——十二尊，与段老曾一同师承苦海山无上大师，其‘水月观音’内功心法博大精深！徒弟有三，分别是‘箫音掌’观奇音、‘丹青妙相’月容清、‘镜花坐’花子镜，其中花子镜原是您师弟一叶的徒儿，听说是因任性骄纵的缘故，才交给您老调教，我可有说错？”

“你——”突然被当众指名道姓地羞辱，花子镜心中气愤，若不是观奇音及时按住她，以她任性的脾气，恐会大闹丧礼！

“门徒能够第一时间搜集消息，说明火门主教徒有方！”观奇音屏息，直视火龙，昂首挺胸地道，“守护姑苏是在座诸人的责任，我们三人虽不知敌情究竟如何，但也定当全力以赴协助师父与两位前辈，与姑苏共进退！”

“说得好！”金百炼不禁拍掌起身，对着言语慷慨的观奇音颔首道，“我看真正教徒有方的是十二尊才是！好一个‘箫音掌’观奇音，若有幸，我还真想见识见识这门武功的威力！”

“到底是大徒弟，沉稳大气得很哪！”火龙见金百炼对自己使眼色，才觉自己方才过于鲁莽。于是，立马和颜悦色道，“我那么做虽不怎么光明磊落，但我火龙不为别的，知己知彼，才能齐心协力，一同守护好这座姑苏城！您老觉得对吗？”他冲着十二尊露出一丝阴冷的笑意。

十二尊不愿理会，所以故意回避火龙眼神，将注意力全然放到了段鸿鹄的牌位之上。许久后，只听她哀叹道：“这么许久，怎还不见段府的新当家出来？可惜段师兄走得匆忙，一时之间那孩子恐怕难以接受这残酷的现实吧……”

“凛然虽年轻，但为人处世却是异常成熟老练！段门乃是堂堂姑苏名门，丧礼却办得如此冷清，我想，若不是段老临终的意思，就是凛然为了大局着想而刻意为之！”金百炼紧握长剑霜雪，严肃道，“近来独孤城气焰嚣张，若大肆操办丧礼被他们得知段老去世的消息，恐会趁我们不备大举侵犯姑苏！前不久，剑锋堂发现了两个从独孤城混进来充当剑徒的贼子细作，被我当场截获了有关剑锋堂铸剑密室的地图后，二人立马服毒自尽！

“哼，想那独孤城主独孤雄早在一年前就老死了！唉，区区一个异族小部落罢了，能够建立一方城池已是不易，竟还想侵占我姑苏，简直是痴人说梦！如今，其义子独孤野不过是小兔崽子一个，如今仅是安插两个细作，再派些人马肆意在我姑苏城内恶意散播谣言罢了，成不了什么气候！老子在世时都不能将我姑苏如何，那小崽子又能如何？”火龙挑着眉，目不转睛地盯住那个空荡荡的主位，阴阳怪气地道，“不过嘛，剑锋堂也太不小心了，看来是难当守护姑苏的重任啊！如今段老不在了，段凛然不过区区一个不懂人世险恶的孩子，真把这当家的位子交给他，恐怕……不妥吧……”

“妥与不妥，我们大可一较高下！”这浑厚之声是从厅堂侧门的屏风后头传来的。

随即，唯见一袭素服，眼眶略红，神色哀伤却又冷峻的高大男子挺立于主位的跟前。

“家父病逝，难免有觊觎主位之人！可当下，守护姑苏才是头等大事。方才金堂主说起了独孤城的贼子混入我们姑苏之事，我们断不能忽视！今夜，便是想与大家共商守护姑苏之策！”话毕，段凛然伸手取下置于背后腰封间的一支翡色玉笛，然后端坐于主位之上，其目光坚毅深邃，额骨隆起，举手投足尽显大气之风，实属引领风骚之人！

十二尊静默地看着段凛然坐于主位之上那一副气宇轩昂的模样，那一瞬，像是看到了当年段师兄在苦海山上认真修习的情形，心中暗叹不已。她想，若是当年未发生那件伤心事，如今，兴许会更加如虎添翼吧。

而在场的观奇音却是惊住了，目光久久停驻在段凛然的身上，只因他手中的那支翡色玉笛让她不得不联想到了那位与她几度隔空共鸣的“知音人”！

许是明亮的目光停留太久，段凛然也很快注意到了立在十二尊身后，正满眼好奇地凝视着自己的观奇音。

这互视的一瞬，二人的心中皆起了些莫名的波澜。

猛地，一阵阴风来势凶猛，幸得段凛然眼疾手快，及时飞身握住了直冲段鸿鹄牌位的一把闪烁着血色之光的利刀刀柄！

未等众人反应，厅堂白烛骤然熄灭，借门外圆月之光，依稀可见一矫捷黑影跃入厅堂之中。

顿时，厅堂酒香弥漫。

正是那抹黑影身上所散发出的。

姑苏的酒香，素来清雅。

众人心中揣测，应是独孤城贼人偷袭。

十二尊第一时间将文弱的月容清护在身侧，然后又按住了观奇音的肩膀，附耳提醒她谨慎小心，静待时机，切勿冲动。

黑暗之中，火龙手中的烈玲珑骤然发出如火焰般的红火之光。随即，只见三簇龙形烈焰张牙舞爪地从烈玲珑的镂空之处凶猛地冲向黑影，这一猛烈攻势，让黑影猝不及防，烈焰进攻之时，也终于让在场之人看清了黑影的大致模样——原来是一位身材健硕，头戴银色兔形面具的黑衣男子。

猛地，段凛然心中犹如晴天霹雳，只因眼前骤然出现的那枚兔形面具让他不禁对这名黑衣人的身份产生怀疑，同时，还有诸多往事忽涌心头……

这时，唯见烈焰如龙腾云海，于黑衣人周身盘旋飞舞。

几招下来，黑衣人竟能赤手空拳地将龙形烈焰逐一击灭，金百炼见状即刻拔出霜雪与之对抗。火龙自然不甘示弱，又以内力逼出烈玲珑中的龙形烈焰，一同加入战局。

在火光与剑光的双双逼迫之下，只听得黑衣人发出一丝轻蔑的冷笑，段凛然闻声，迅速拿起血色利刀砍向黑衣人，却不想被机敏的黑衣人转身反握，顺势直冲段凛然的命门要害。

危急关头，十二尊闭眸拨动了一颗玉水珠，霎时，其光如皓月之泽，而后只听一声浩荡佛音随着滚滚海水翻腾而至，当黑衣人还未有所反应之时，他的右手腕竟已被突如其来的玉水珠打伤，其力道之凶猛剧烈，似被一股巨浪击中，让黑衣人不禁发出一记痛苦的呻吟。但就在利刀落地之前，他又强忍剧痛，及时用左手握住，飞身于高处。

猛然之间，又是一阵阴冷刀风大肆袭来，刀光似血，一如黄昏时分天上浮动的流霞，瑰丽又妖冶！

三簇龙形烈焰被再次击灭！

酒香，随着血色利刀的不断挥舞，变得愈发浓烈刺鼻。

一时之间，只听得金百炼一阵怒吼，瞬时粼粼剑光与血色利刀于半空展开了一阵厮杀！

就在这时，花子镜突然取下莲花簪，小心翼翼地挪步到了观奇音的身后。从白烛熄灭，黑影闯入之时，她的心底好似一直有一个声音在提醒着她——机会来了！

对于观奇音，她自始至终都是嫉恨的！

自从一叶抛下她下山远去，她心中的恨便更加深刻了。她一直反复思量一个问题，为何她观奇音能够成为心怀壮志的十二尊的徒弟，而她却偏偏跟了一个只知逃避现实、闲云野鹤的一叶！就连整日只会挥舞笔墨的月容清都深得十二尊的爱护！可在十二尊的眼里心里，偏偏容不下她！

她一直觉得，只要十二尊师父给她机会，她一定会做得很好！这次守护姑苏之事，就是她表现的绝佳时机！她想，若没有观奇音的存在，她花子镜才是十二尊引以为傲的徒弟！

她也早就有所准备，若此刻她刺了下去，不过只是于黑暗中为了对抗外敌而不慎误伤罢了！她们只知她的“镜花禅”是以禅坐之态变幻无数影像，如同镜中之花，虚无缥缈，可守可攻，却不知她暗中苦修了“镜花坐”的另一绝妙之处，这还得感谢她原来的师父一叶所赠的这一枚莲花簪所带给她的启示！

所以，谁会怪她这样的无心之失？

但她不知道的是，她如今的一举一动都落在了月容清的眼中！

果真如此。

小师妹确实一直对奇音心怀嫉恨！

平日里的对话、举止、眼神，处处都透露着她的这种心思。

小师妹争强好胜，若是争不过，会是如何？更何况，师父处处维护奇音，却处处刁难于她……长此以往，哪有不恨呢？

当月容清刚想要开口呼喊观奇音之际，不想一曲威力迫人的箫声骤然响起，让紧握莲花簪的花子镜一阵惊愕，她深知“箫音掌”的威力，无奈只得先退避在旁，静观其变。

刹那，凤箫之声似猛虎于山顶拍掌呼啸，又如狂风大吼、海浪翻腾，其势之凶猛，紧逼黑衣人！

几乎是在同一时间，段凛然吹弄玉笛，其声凄凄，亦有震耳欲聋、索人颈骨的威力！其旋律如猎鹰盘旋于苍茫之天地，又如阴府无常之追魂索命链，甚是寒气逼人！

厅堂中的牌位、香案、蜡烛、供品、白绸、桌椅、屏风、茶碗等的一切，都已被迫人的箫笛和鸣之音震得凌乱不堪、支离破碎！就连黑衣人头戴的那枚银色兔形面具也因此崩裂了一双兔耳。

黑衣人未想到箫笛之势如此威猛，虽以手中利刃勉强抵御，终是不敌。只听他不屑地闷哼一声后，便猛然挥舞利刀冲破众人阻碍，匆忙飞身至一树荫暗处后，随即跃身远去……

空气中的酒香也已随之逐渐散去。

很快地，烈玲珑闪亮起了三簇温暖之光。

火龙重重地拍了拍段凛然的肩膀，赞叹道："好小子，内功了得啊！真是深得段老的真传，他能有你这么个好儿子也该瞑目了！即便是你那……哈哈……"自知险些触及不该提及的段府往事，失了分寸，火龙即刻大笑掩饰道，"哈哈，好小子，你方才吹奏的究竟是什么，听得我也是打着冷战呢！"

"寒笛索。"段凛然言简意赅，目光却紧紧盯着地上的那对崩裂的兔耳，若有所思。

"原来是你……"观奇音下意识地喃喃自语。借着火光，她怔怔地凝视着段凛然及他手中的那支翡色玉笛，显而易见，从方才的笛声中她已然听出了真相。

而段凛然，亦是如此。

"你呢，你吹的又是什么？"忽地，段凛然满怀新奇地径直走到观奇音的跟前，一双深邃明亮的眸子亦是笑意深浓地注视着她。

"箫音掌。"她柔声道。

"哦……原来是你，知音人！"段凛然柔声道，一双炯炯有神的眼眸始终注视着她。

知音人。

二人互视的那一瞬，眸中之色一如那烈玲珑中散发出的火光，炙热滚烫！

月容清注视着被火光照亮的一对璧人，不由得会心一笑，但转眼看向一脸不甘、紧握莲花簪的花子镜之时，她的心中不禁又担忧起来。

十二尊虽也看出了二位年轻人之间渐露的端倪，但此时此刻，她的心思却只在方才的那位装扮奇异的黑衣人身上："这黑衣人的身手绝非等闲，他那把血色利刀让我想起了当年以刀闻名的独孤雄，方才那黑衣人舞刀的气势像极了独孤雄的‘狂风啸’！”

“您老觉得，来人是独孤雄的义子，独孤野？”金百炼敏锐道。

“哈哈哈，你们可是在说笑？”火龙不禁仰天大笑起来，“那黑衣人若真是独孤野小崽子，我看哪，独孤雄还真是要死不瞑目了！一生的雄心壮志啊，到死都不能将我姑苏如何，竟要将希望寄托于一个弱不禁风的小孩子身上吗？不过是被十二尊的手串打中便吃痛得不行！哼，方才若不是他耍了些小聪明，故意弄灭我的烈玲珑，凭我们几人之力还奈何不了他吗？”

“今夜，诸位前辈都乏了，还是早些回去休息！等来日我们再行商议！”段凛然紧握玉笛，沉稳地说道。

在众人陆续离开之际，观奇音与段凛然又默契地对视了一眼。

虽是片刻，却有一眼万年之感。

三、苦海望

若水居中的绿荫小道两旁的蓝莲花愈发清丽馨香了。月容清细心培育的绿莲与紫莲也都盛开了大半，每逢傍晚，她都会来此洒些清水，若遇到灵感迸发的时候，便会带上笔墨，摘些莲瓣，席地研墨作画。

可她近来却毫无创作的心思。

虽说那夜在段府，亲见大家与黑衣人较量的激烈场面让她颇有感触，回到莲斋也想要一鼓作气地动笔，但是一想到花子镜拿着莲花簪咬牙切齿的阴狠模样，她实在是后怕不已，哪还有什么闲情雅致动笔呢？

这几日，当天色稍暗时，她便会来到绿荫小道旁的雅亭，望着大门，坐等近来时常早出晚归的那个人。

她明白，芸芸众生，知音难寻，知音之间所产生的那种共鸣更是无与伦比的。

所以，她便就此沉迷下去了吗？

难道说，知音之间的情意，会让她看不清身边潜藏的危机？

忽地，若水居的大门被打开了。

月容清急切起身上前，却不想，迎面走来的竟是那夜立于火光之下，彼此含情脉脉的一对璧人。而眼下，二人更是同袭墨色长衫，缎带束发，腰间各配一箫一笛。这韶华英姿，昂首阔步间，看起来更是般配。

“清清是特意在这儿等我？”观奇音见月容清难得这般神色紧张，又见她打量段凛然时一副欲言又止的模样，她心中已多少有了些答案。

段凛然自然也感受到了眼下这些许压抑不明的气氛，思量片刻后，便对着月容清礼貌颔首道：“今日是段某思虑不周，本就孝期在身，还贸然来访，望月姑娘见谅！”

见段凛然如此识大体，神色举止又显正派之风，月容清才慢慢卸下了忧虑，对着他微笑示意。

观奇音生怕月容清心存误解，便主动上前，轻抚了抚她纤瘦的臂膀，微笑道：“我这几日也是遵师父之命，与段公子一同于独孤城内外勘察形势，晚上再快马加鞭地回到姑苏，与金前辈还有火龙前辈商议如何对抗独孤城的计策。今日时辰尚早，段公子便提出送我回来，顺便面见师父，交代个中要事。”

“大家着实辛苦，奈何我无法为你、为师父分忧……”月容清垂眸轻叹道。

听到如此谦辞，段凛然忽然眼眸闪烁，欣然道：“这些时日，我常听奇音说起与月姑娘你一同在苦海山修习与生活中的趣事，奇音说她这位月师妹手中的湖笔十分了得，所画之物栩栩如生，深藏乾坤，可谓是才貌双全之人！”

月容清听后心头不由得一震，不是因他赞美自己，而是他口口声声，十分亲切自然地唤着“奇音”二字……

察觉到月容清的神色变化，段凛然又款款而道：“月姑娘放心，段某尚在守孝，绝对不会对奇音做出逾越之举。再者，眼下独孤城实在难以估测，我与奇音追查时并未见城中有丝毫想要与姑苏交战的异常动荡，委实有些奇怪，许是他们心思老辣、隐藏颇深的缘故！但那黑衣人能够单枪匹马闯入段府，可见其心猖狂，不知有何预谋！如今段某所作所为自然都是以姑苏为重，至于我与奇音之间，待三年孝期满了之后，段某自会向十二尊师父提出结亲之事。”

话毕，观奇音不禁眸光闪烁地看向段凛然，脸颊忽显嫣红，而段凛然亦是给予了她一个坚定不移的眼神，颔首微笑时，二人竟是那样的心有灵犀。

月容清心中虽已十分明了，但见段凛然如此决然的态度，脸上仍是难掩震撼之色。

一个男子的担当与责任，应是如此。

月容清不禁在心中深深祝福着这一对风华正茂的知音人！

这时，有一股清雅的桂花酒香从大门口飘了进来。

经风一拂，那些绿荫小道两旁的莲花香也随之飘舞，微微掺杂着些许桂花酒香，闻起来，倒也别有一番奇妙滋味。

原是花子镜用自己的那支白玉莲花簪提着一个小酒壶，噘着小嘴，两眼灿灿地瞅着正相谈甚欢的三人。

那一刻，观奇音的目光落在了那只外观红艳的酒壶上，月容清微微蹙着眉头，紧盯着那支白玉莲花簪，而段凛然则不动声色地看着她们师姐妹三人之间的神情变化。

这女子之间流转的感觉，实在是微妙不已，只一个眼神，好似也能夺了对方的性命，堪比沾了毒的暗器，阴狠哪！

那夜，于段府，屏风前后，或是混乱交战之时，他心底约莫也有了数。

竞争、攀比、嫉恨，这些事情不仅仅是属于她们师姐妹之间。江湖中，输赢成败，争争斗斗，比比皆是。

正当三人暗自思索时，花子镜忽然欢喜地伸手挥动了一下红裙，然后飞奔到了月容清的跟前，将挂在莲花簪上的小酒壶放在其眼前晃了晃，咧嘴笑道："月姐姐，这壶桂花酒可是我特意为你买的呢！这几日，虽师父没有特意吩咐，但我也帮衬着大家四处打探那夜黑衣人的行踪，碰巧路经酒坊时，听老板说起了桂花酒的各种好处！听说，用这酒养育的花儿，会开得更鲜丽长久！"

话音未落，她已迅速地将手中的那壶清雅的桂花酒从高处泼向了雅亭旁那几坛半开的绿莲花之上。

"哇，快闻闻，多香啊，那酒坊老板果真没有骗我！月姐姐快看，那些莲花是否更加鲜丽了些？"她说得分外用力，笑起来的模样像是天真无邪的孩童，但她那双灵动的黑眸却染着一层厚厚的冰霜。

月容清镇定自若地看着她，并没有说话。

她明白花子镜此举此话的深意。

那夜，于段府，她已然察觉到了她所察觉到的。

而此时此刻，观奇音也同样意识到了这一点。其实，这样暗流涌动的气氛，并不是头一回发生了。

那夜，于段府，当她吹奏起“箫音掌”之前，她也察觉到了于她身后的那份危机。这么多年来的朝夕相处，她不是不知道小镜的心思，但无论如何，她都念及她是她的小师妹，应以规劝与谦让为先。无论是师叔一叶的徒弟，还是师父十二尊的徒弟，都是同门的缘分，何苦积怨？

可这女子的心思啊，本就是无法揣测的。

一如她们师父十二尊所传授给她们的那变幻莫测的“水月观音”心法，除音律、丹青、禅坐之外，又能开创出多少无穷无尽的武功呢？

一切都可随心境变化，一切都是未知之数。

“镜儿此举，岂不是枉费了你月师姐的一番苦心？”猛地，一记厚重之声，终是打破了这份蠢蠢欲动的战火。

十二尊手持一串玉水珠，着一身浅灰长袍，目光如炬地从绿荫小道的深处缓步而至。

每走一步，她手中的玉水珠便会发出一记响亮的水流涌动的声音，却难以分辨手串中蕴藏着什么。似溪流潺潺，清泉叮咚，又似瀑布轰隆，巨浪咆哮，在这愈发昏暗的天色之下，那颗颗饱满圆润的小珠子又如皓月一般，闪烁着温柔迷蒙的光亮。

见师父驾到，花子镜急忙将酒壶藏于身后，然后低着头，慌忙解释道：“师父，小镜只是……”

“既然做了，就无须多言！”十二尊一脸严肃道。她并不想给花子镜狡辩的机会，花子镜那份小心思已是昭然若揭。

天性使然，是很难调教的。

当年，一叶独自下山后，花子镜便毅然决然地跪在十二尊的跟前，苦求拜十二尊为师，花子镜眼中的那份倔强已然暴露了其心中的野心。十二尊的师弟一叶，素来向往无拘无束的逍遥日子。回想起来，花子镜看一叶的眼神也曾让十二尊有所疑虑，那样熠熠闪烁的神采，不像是一个徒弟在看自己师父时该有的光芒。后来，她想，这许是一叶当初突然抛下徒弟下山的缘由吧。

无论是作为这孩子的师伯，或是师父，她都希望花子镜能够拥有美好的未来。她不是没有考虑过给花子镜施展才能的机会，可那夜段府丧礼，花子镜的不知轻重让她甚是恼火！直到与黑衣人混战之际，她看见花子镜手中紧握莲花簪的阴狠模样，她不得不做出一些抉择。

奇音，可是当年她从上山求学的千百人之中唯一选中的徒弟，而奇音亦从未辜负过她的教导！至于花子镜，兴许她是该装聋作哑让这孩子在外吃些苦头，也唯有如此，才可收敛其心性，让其懂得迷途知返！

“正巧凛然也在，为师有要事交代！”十二尊将玉水珠握于手心，紧绷下颚，逐一凝视了四人一番后，又将目光停驻在了观奇音的身上，“明日一早，奇音前往苦海山继续修习精进，勘察独孤城动向与调查黑衣人一事交由子镜协助凛然完成！”

话毕，观奇音愕然，心中难明，而段凛然却并未露出惊愕之态，反倒是从容地对着十二尊颔首示意。

花子镜虽不知师父为何突然重用于她，但心中已然欢呼雀跃，兴奋不已。

“师父，为何突然要让奇音回苦海山去？山上的师叔师伯与同门都已下山身负重任，眼下的苦海山寂寥冷清，奇音只身一人，恐怕……”

“月儿也可同去！”十二尊忽然面色柔和地注视着月容清，“清冷之地，最宜修习！此去你们定要潜心修习自身技艺，这是为师为了日后姑苏的安定，也为了你们今后的前程所做的决定！小镜年纪虽小，但一直有拼搏之心，此番也是历练的好时机！你们……都好生把握吧！”

“谢谢师父，小镜定不负师父所望！”花子镜急忙将藏于身后的酒壶塞进腰封间，随即欢喜地对着十二尊抱拳作揖，当余光瞥向一旁愁眉不展的观奇音时，她的嘴角更是露出了一丝骄傲又揶揄的笑意。

胜过观奇音的滋味，已然让花子镜兴奋得心颤不止！

而此刻,观奇音仍是处于迷惑之中。她想问师父为什么,但她问不出口。她自知没有做出任何不当之举，处处谨慎小心，箫音掌亦是日以继夜地修习，不曾马虎怠慢分毫。

究竟是何事，让师父突然对自己这般不满意？

她实在难以想象，一向看重自己的师父，竟会当着众人的面，这般冷漠地赶自己走。是嫌自己学艺不精，还是因迟迟追查不到黑衣人的下落，又与段凛然走得亲近，怪自己只顾男女之情，误了正事？

就在她深思之际，一只温暖有力的手悄然按住了她的肩膀。迎上段凛然坚定的双眸，观奇音原本疑惑焦躁的心才稍许平稳了一些。只因他的那双闪烁着柔情的眼眸好似在与她说：放心，一切有我！

“今夜，不知晚辈可否留在若水居？”段凛然对着十二尊沉声道，“凤箫此去，便要与玉笛相隔千里。晚辈是想在此之前，箫笛能够再共鸣一曲，聊表心意。”

十二尊没有表态，只是垂眸略笑了笑，便转身向着绿荫小道的深处走去。

“小镜明早便要忙于这姑苏城中的要事，应该是来不及送别二位师姐了，你们可别怪小镜呀！”花子镜轻咬了下嘴唇，然后从背后的腰封间拿出酒壶，饶有兴致地将残留的些许桂花酒倒进嘴里，“真是好酒，月姐姐放心吧，你不在的这段时日，我会用心替你照料那些莲花的！”说罢，她得意洋洋地撩了撩散于胸前的长发，对着段凛然笑得诡异，“段大哥可不要吹笛吹得太劳累，日后我们可是一起守护姑苏的搭档，我可不想在重要时刻出什么乱子，让师父怪罪于我！”说罢，她便扬起脑袋，提着酒壶，穿过雅亭，向着自己的房间走去。

待花子镜走后，月容清看向愁容满面的观奇音，一时之间也不知该如何开口宽慰。

段凛然见状，细心道：“天色已晚，月姑娘先行回房整理行装，也劳烦替奇音准备一二！段某有许多话想与奇音单独交谈，还望月姑娘能够明白！”

“自然。”月容清点头，“我定会准备妥当。你们……好好聊聊吧！”临走前，她又握住了观奇音的手腕，附耳道，“不要思虑过度，师父定有用意！”

皓月，已然当空。

观奇音两手紧拽着缀在凤箫上的墨蓝流苏，坐于雅亭，愣愣出神。

段凛然端坐在她的身旁，默默陪伴，不曾出声，当月色照进雅亭，他便趁性从腰间拿出玉笛，吹奏了一小段清冷的曲调。

“这是什么曲子？从未听你吹奏过……”观奇音微微侧头，怔怔地望着闭眸投入的段凛然。

“即兴吹奏的乐曲，还没有名字。不过嘛……”看着观奇音神情缓和了一些，他又故意卖起了关子，想要借机宽慰她心中的惆怅。

“我没心情打趣……”观奇音眼眶略红，深深蹙眉道，“从我拜师于苦海山至今，师父还是第一次对我如此冷漠无情！前有剑锋堂混入细作，后有段府新丧之夜黑衣人暗袭，独孤城敌意明确，与姑苏城终是难免一战的！在这样的危急关头，师父竟然要赶我走？为什么……究竟是为什么？我实在不明白……小镜的那些心思，难道师父看不出来吗？”她连连摇头，沉重地叹着气。

“奇音，若十二尊已经看穿了花子镜，眼下让你远去苦海山，岂不是对你的一种保护吗？”段凛然握住观奇音的手心，认真分析道，“明枪易躲，暗箭难防。那夜在段府，初见你们，我已隐约感觉到了不少端倪。而十二尊又是自小教授你们的师父，心中怎会不明？暂时的退避，隐藏锋芒，专注修习，何尝不是上上之策？我觉十二尊，是十分在意你与月姑娘的，你实在不必自寻烦恼！”

“兴许，是你所想的那样。但我更想的是正面较量，光明正大的，我不想暗中取巧，这不是我的性子！师父她，不该替我做这样的决定！”观奇音愤愤不平，“无论明枪还是暗箭，我都可以应付！可是当众把我赶去苦海山，实在让我过于被动！小镜的武功虽是不差，但心思狡猾，让她做你的帮手，恐怕会成了你的拖累！”

“哈哈，难不成在你眼中，我连一个十几岁的小姑娘都对付不了了吗？”段凛然难得笑得这么灿烂，“你且放心去苦海山，与月姑娘好生做伴。我会在姑苏安排好一切，待平定独孤城之后，便亲自接你回来！”

“不，你没明白我所说的话。小镜她从不沾酒，即便她再怎么放肆，也从没有这么堂而皇之带酒回来！”观奇音深深地注视着段凛然，郑重其事地道，“我恐她在外头胡乱结识了什么贼人，间接对姑苏不利！她到底还小，虽平时言行举止显得老成一些，但心智尚不成熟，又太过争强好胜，若受贼人利用从中挑唆，我怕……”

“我懂，你说的我都明白！”段凛然用力按住她因焦急而颤动的双手，柔声安抚道，“我会好生看住她的！这桂花酒与那黑衣人身上浓烈刺鼻的酒香是否有所联系，我也会调查清楚！一切有我，你大可安心！”

观奇音听后，不禁露出一丝坦然的微笑。

果真，他是她的知音人，她心中所思所想，他都能懂得！

今夜的月，分外明亮。

清风拂过，莲香亦是沁人心脾。

“好了，良宵苦短，箫笛是否可以共鸣一曲了呢？”段凛然深情款款地说道。

观奇音对着他莞尔一笑，月色之下，她的笑容让段凛然看得痴迷。

箫笛之音，缠绵缱绻。

这样即兴而奏的曲子，唯有知音人才可互相成就。

“姑且就唤作‘苦海望’可好？”段凛然抚住观奇音的肩头，柔声道。

“何解呢？”观奇音顺势轻靠在他的肩头，与他一同仰望这夜的月色，共享这清风的吹拂。

段凛然温柔表白：“今后，每一个夜晚，你都是苦海山上的明月，我会望着你，盼着你！你若听到这首‘苦海望’，便就知道了我对你的牵念！”

“苦海山离姑苏千里之远，我如何听得到？”观奇音故意作弄他。

“容我苦练技艺，练就‘千里传奇音’！”段凛然打趣。

许是二人都过分痴醉于眼前的月色，痴醉于这难得独处的时光，竟丝毫未曾察觉到一个不曾被月色温柔到的、离雅亭只有一墙之隔的昏暗处，立着一个人。

那人站在那里，纹丝不动，已经许久了。

当月色稍稍偏移，唯见地上出现了一双兔耳的影子，细细长长的，好似锋利无比的刀刃，正无情地划破这月色的温情，透着刺骨的阴冷。

四、交织情

天际刚划开一道微光，云朵才染上些许嫩黄，观奇音已驾着马车与月容清飞驰于郊道。段凛然本想亲自驾车送二人一程，奈何临行前，段府有人来报有关于独孤城的消息。大局为先，段凛然与观奇音本就心灵相通，分别时虽彼此甚是不舍，但也没有矫作停留太久，大方拥抱互道珍重后，便即刻前往各自奔赴的方向！

江湖儿女，不比寻常百姓家的儿女，他们之间，不仅是情深意长，更重要的是有共同的信仰与目标，努力与希望！

行至颠簸处，观奇音特意减慢了速度，见马车内的月容清没有动静，以为是在小憩，可当她撩开珠帘侧头望去时，却发现月容清竟是对着昨夜那几盆被桂花酒浇洒的绿莲愣愣出神。

“清清，我知道你心疼，小镜也是小孩子脾气，从小到大总是会做出些离经叛道的事情引起大家的关注，你也无须记恨她！”观奇音一边驾着马车，细心观察着周遭的一切，一边又回头瞥了一眼那几盆仍散发着桂花酒香的绿莲，宽慰道，“不过现在看上去倒也并没有很糟，待回去苦海山，你细心养护一段时日定能让它们起死回生！”

“不，我倒要感谢小镜才是！”月容清颇有些激动地道，“我竟没有想到，桂花酒对莲花有如此神奇的功效！你快看，昨夜的这几盆绿莲还是半开未开的，如今不仅是盛开了，而且竟还开出了半绿半青、半黄半紫的颜色。我养莲多年，还从未培育出这样的绮丽特别的品种，实在稀奇！奇音，你说这算不算是因祸得福？”说罢，她又异常欣喜地将其中一盆半绿半青的莲花捧到观奇音的身侧，供她欣赏这新奇的美丽。

观奇音还是头一回看到她激动到如今这般忘乎所以的模样，回想之前刚培育出绿莲与紫莲的时候，她也是欢喜的，却远没有眼下这般兴奋之态。

“既然桂花酒有如此奇效，那我回头即刻飞鸽传书给凛然，让他送些到苦海山，供你养莲吧！”提及段凛然的名字，观奇音下意识地摸了摸置于腰间的凤箫，想到昨夜他所说的字字句句，她的眼中已闪烁起了无尽的璀璨之光。

月容清看着她一副享受于情爱之中的幸福模样，心中难免有些担忧，可一想到花子镜的所作所为，又不禁令她毛骨悚然，于是，她沉重道：“奇音，此去苦海山不过是师父的权宜之计，小镜近来实在是太过放肆，师父此举是为了你我着想！”

“我懂，我都明白！你与凛然说的话一样，我此生知己与爱人的两个重要角色，早被你们占得稳稳当当的了！”观奇音微笑着打趣，但想及小师妹花子镜，那个从不让人省心的孩子，她的心中也是充满了忧愁，“凛然答应会帮我看住小镜，还有许多蹊跷之事也会逐一查明！眼下，我们便在苦海山安心修习，只希望小镜在师父的教导下安分收心，至于姑苏，相信我们定能以自己所学守护住这座城，守护大家的平安！”

“一定可以！”月容清点头肯定，想着路途遥远，观奇音一人驾车定是劳累不已。于是便小心翼翼地提着衣裙，撩开珠帘，坐到了观奇音的身旁，陪着她说话解乏。

“所以说，桂花酒要是不要呢？”观奇音笑着打趣，见前方路途平坦，她便即刻抽动马鞭加快了速度，想要在天黑前到达苦海山，但又怕月容清会感不适，便又稍稍调整了速度。

“还是不要麻烦了，物以稀为贵，若莲花全养成了新奇的色泽，反倒失了原有的兴致！”月容清认真地想了一想，又补充道，“不过这样一来，我倒是很愿意去尝试一些其他的培育方式！回想起来，一叶师叔曾用碧螺春茶水浇过他的那几亩菜地，炒出来的菜果真是要比寻常施肥的菜还要碧绿爽口！眼下看，倒是觉得勇于推陈出新，定会有别样的收获！”

“嗯，一叶师叔向来是个洒脱风趣之人，是这么多师伯师叔之中最喜标新立异的一个！记得以往我们在苦海山修习的时候，他不仅常做好吃的给我们，还时常给我们分享他下山游历的趣事！可惜啊，小镜她不知珍惜，总做出些荒唐事让一叶师叔担忧！”观奇音无奈摇头。

“一个上善若水，一个争名夺利，两者本就相悖，如何能够成为长久的师徒呢？”月容清一针见血道，“她定觉跟着师父来到姑苏，必能有所得，岂知守护一方城池的重任，又是何等艰巨？”

“此番留她一人历练也是好事，小镜还是聪慧的，许多道理总要让她慢慢领悟才是！”观奇音沉声道，虽知花子镜心思不纯，但在她的心底仍是对这个小师妹充满信心！

天色渐暗。

清风微凉。

马车行至一处弯道时，观奇音忽闻一波潺潺流动的水声。她甚觉奇怪，有意放慢了马车前行的速度。环视四周，皆是葳蕤，偶有野花留香，不见任何水源。她记得，当初随师父下山前往姑苏时，也曾路经此处，印象中却未发现有水源流动的迹象。

月容清也听到了流水的声响，当她瞧见观奇音极其严肃的神情后，心下顿生警惕，只见她按住观奇音的肩膀，轻声地道了一句“千万小心”后便迅速回到了马车内，神色有些紧张地望着观奇音的背影，双手紧握静坐不语。

是独孤城贼人来犯？

是她们的小师妹仍旧执迷不悟？

还是……这水流之音听着绵柔又熟悉，且未有丝毫的敌意与杀机，但这突然而至又不明来意的声音实在不得不让人有所戒心！

当观奇音从腰间拿出凤箫之际，竟见一连串剔透的水珠从天而降，并电光石火般地奔涌进马车之内，聚集在了那几盆色泽新奇的莲花瓣上。

“难道是……”见状，观奇音与月容清心中似有答案，二人默契地会心一笑后，观奇音却仍旧认真地吹弄起了凤箫。

顿时，葳蕤躁动，野花纷飞。

时而如绵掌轻抚脸庞，时而如猛兽重击山崖，这声声轻盈又声声凶猛的箫音让聚集于莲花瓣上的水珠们也按捺不住。忽地，不知是箫音之力还是四周的某一神秘力量，只见一串小水珠竟使劲摘下了其中一片绿色莲瓣，并纷纷拥护着冲出了马车，飞至半空时才慢慢停驻了下来。

当观奇音将凤箫收于腰封，与月容清一同并肩微笑着仰望天际时，一如二人所料，唯见一白衣飘飘的男子脚踏一片莲瓣乘兴而至。于落地之前，白衣男子又随手一挥，就轻而易举地将水珠与莲瓣一同送至马车内的盆栽之中。

“一叶师叔！”二人对着白衣男子恭敬作揖，见他垂于脸颊两旁的刘海依旧那么随性凌乱，身上白衣仍被他改良得那么潇洒不羁，嘴边胡子茬儿仍被修剪得十分精致，二人不禁想起了以往一叶师叔在苦海山上的那些有趣画面，心下一阵欢喜。

“放心吧阿月，莲瓣入了土，只要悉心养护，也能活得鲜丽！”一叶背着手，朝着马车内瞅了几眼，鼻子略用力嗅了几下，接着爽朗道，“我们才多久未见啊，阿月这就变了性子了，如今竟不用清水养花改用桂花酒了？当年我让你用香醇可口的碧螺春茶浇花，你怎么就死活不愿意呢？唉，看来还是信不过我这个师叔啊……”

许久未听一叶师叔说起如此风趣的话语，月容清忍不住掩嘴笑道：“师叔说得是！日后我定要用碧螺春试上一试！不过那桂花酒还是小镜的‘意外’功劳，倒是给我养的绿莲浇出了许多新奇的色泽出来！”

“哦？阿花的‘意外’功劳吗？呵呵，我就知道那孩子到哪里都不是个省油的灯！”一叶伸手捋了捋散乱的刘海，眯眼犀利道，“这都多少年了，还是那么顽劣！居然迷上酒了？难道现在变成小酒鬼了？我那位向来严厉的师姐也不管管？阿音你呢，你这个做大师姐的，也不管了？”

“小镜的事……说来话长！”观奇音轻叹道，“眼下师父让我们两个前往苦海山各自修习，也是因为小镜的缘故！那孩子……我也不知该如何是好了！”

“阿花的性子我是最清楚不过了，我可是自小养她的师父，她那些小心思我怎会不知？这趟重回苦海山，也是委屈你们两个了！来来来，我来驾车，待回去后我亲自炒几个小菜，再泡壶上好的碧螺春给你们接风洗尘！”说罢，一叶兴冲冲地挥动衣衫，一眨眼的工夫便飞身坐上了马车拉好了缰绳。

“师叔要同我们一起回苦海山吗？”观奇音一边走向马车，一边问。

“你觉得我们在此地相遇是偶然吗？”一叶笑意深浓地打趣。

“但……您在外游历多年，以往的菜地已长年无人照顾了……”月容清细声提醒道。

“师叔难道会让你们喝西北风吗？”一叶撇嘴吹了吹自己的刘海。

“这么说来，师叔一直暗中留意我们在姑苏的动向吗？”观奇音好奇道，“既然一直留意我们，为何不现身呢？师父与我们都很挂念你！以往师叔在苦海山的时候，我们是最欢乐的了！”

“什么叫暗中留意，我可是光明正大地看你们，是你们自身修习不精，发现不了我！哈哈哈……”一阵自信地大笑后，一叶又忽地一本正经地道，“不过方才阿音的‘箫音掌’颇有深度，不止浑厚有力，而且还刚柔并济！不错不错！大有可为啊！”

“今日再见师叔的‘流水禅’，尤觉境界更为高深，阿音佩服！”观奇音笑声豪爽地对着一叶行了一个抱拳礼。

“好了好了，不要给我油嘴滑舌了！”一叶心下雀跃，嘴上却佯装严肃，“还是快些赶路吧，待我快马加鞭兴许夜宵还有个着落！”说罢，他紧拽着缰绳，连忙催促道。

待二人在马车内坐定后，他又兴致勃勃地转身看向月容清，挑眉笑道：“不知阿月的画工有没有长进啊？带湖笔了没有？回去后好好画一幅给师叔欣赏一番，说不定也能助师叔的‘流水禅’再创佳境哟！”

“师叔，我们饿了！”观奇音眸光闪烁，强忍笑意。

“哈哈哈，这就走，这就走！”一叶大笑一番后，便甩动缰绳，马车飞驰而去。

抵达苦海山已是次日卯时。

观奇音与月容清未见疲惫之态，只因一叶师叔一路伴她们欢声笑语，说尽了他这么多年来游离于五湖四海的各种趣事。

当冉冉初升的太阳照耀在三人的脸上，山崖下的海水也已翻腾起凶猛的浪潮，像是在呼唤着他们，欢迎着他们再次回归到了最初的地方。

一切依旧。

山风狂放，水啸不羁，殿宇嵯峨，妙香轻舞，清冷出尘。

观奇音环视四周的一草一木，暗叹离开不过大半年的时光，再见种种，才觉心中尤为想念。自无上师祖与世长辞后，山上的大部分前辈与同门都已陆续下山，或历练或是守护一方城池，而她师父十二尊及她们师姐妹三人是最后离开的。若不是段师伯来信，告知师父身体抱恙的消息，恐怕师父还会继续在山中修习，不会那么匆忙下山。

走上一百零八级石阶，穿过无上大殿来到东侧后门，有一处清雅小院，那是观奇音与月容清修习居住之所——“留音”与“如月”。一叶悉心地将月容清带来的几盆莲花、湖笔与画卷安置好后，便带着二人来到南侧后门，当三人走上那一条青石板长廊时，当年在此修习玩耍的画面宛若昨日一般清晰，实在令他们怀念不已。

很快，三人便来到了一叶精心播种的地方，他还为此处取名为“随园”。

见到那些蔬菜碧绿桑青、生机勃勃的品相后，观奇音与月容清甚为吃惊，又见一只鸡与一只鸭这两只小可爱先后在菜地中大摇大摆，二人更是忍不住捧腹，才知一叶师叔这一路上的笑语并非玩笑，他当真是时常回来照管“随园”的。

在二人如雷霆般的掌声与欢呼之下，一叶甚是得意洋洋，只见他捋起衣袖，撩开刘海，奔波于菜地与厨房之间，预备一展精湛厨艺！

直到巳时三刻，阳光普照之时，一叶终于完成了一桌色香味俱全的菜肴，观奇音与月容清便在一叶临时搭建在菜地旁的小桌小椅上，喝着一叶所泡的碧螺春茶，享受着这份难得的闲逸时光。

“其实，而今的独孤城原是西域中的一个草原小部落，民风淳朴，百姓以铸造银器生活。只是首领独孤雄颇有野心，自然也是因其刀法精湛的缘故，所以一心想要侵占我们中土的大好河山。后来，独孤雄引领着大家迁居到了离中土不远的一处荒废之地，不惜任何代价，终于建造出了一座繁华城池。”一叶撕了两个大鸡腿放到了观奇音与月容清的碗中，自己却独自靠在厨房外墙上品着碧螺春茶水，神情肃穆地思索着。

“这么说来，师叔对于独孤城与独孤雄很熟悉？”观奇音十分好奇地看向一叶，虽腹中早已饥饿，但听一叶提及有关独孤城的信息，她又迫不及待地想要深入了解。毕竟，她的师父还有段凛然都在姑苏城为了平定独孤城而苦心筹谋。

“许多年以前，我曾在那个小部落小住过一段时间，与独孤雄也算是有那么一点点交情吧！”谈及往事，一叶不禁仰天感叹，“唉，真是往事一去不复返哪！记得当初，当他得知我是中土人士后非但没有与我刀剑相向，反倒与我把酒言欢，还豪言称自己有朝一日必能在中土杀出一片天地！只不过，后来发生了一件令他极为痛心的事情，也让独孤城的命运发生了巨大的改变！不过……”

“不过什么？”观奇音与月容清异口同声地问道。

“不过嘛，现在独孤城与姑苏城都较为安定，这是一个非常好的现象！就让我们以茶代酒，敬贺这两座城池的安逸与富庶，来日定会越来越好！”一叶对着二人挤眉弄眼，情感十分充沛。

观奇音与月容清互视片刻后，没有即刻作声，二人深知一叶师叔是在有意回避，观奇音却踌躇了，几番思量下，还是忍不住起身走到一叶的跟前，诚恳道：“师叔见多识广，定是通晓了许多我们晚辈所不知道的因果。师父她自去到姑苏后便整日悬心，我们……”

“阿音觉得，你那许多个师伯和师叔们与我、你师父，还有你已逝的段师伯关系如何？”一叶不仅硬生生地打断了观奇音的话，还甚是莫名地提出了这般没来由的问题。

观奇音微怔，虽一时之间不知一叶师叔为何突然发问，但见一叶十分期待地看着她，她索性直率地笑道：“我师父与段师伯、一叶师叔有着不是亲人却胜似亲人的感情。虽然段师伯逝世，一叶师叔您未能到场，但我们心中清楚，师叔素来洒脱，视名利生死为虚无。记得当年无上师祖仙逝，大家伤感不已，都在追忆与师祖之间的往事，您却独自一人站在殿外的石阶上，遥望远处。至于其他几位师伯师叔嘛，偶有志同道合、气性相投的，又大多是在师祖面前维持表面上的和气，而暗自较劲。自他们纷纷下山自立门户后，基本也无他们的消息了……”说到此处，观奇音心中难免有些伤感。

所谓的同门情义，到头来，不过是各奔东西的同林鸟罢了。

“聪明！通透！说得极好！”一叶对着观奇音连连鼓掌，称赞道，“我就说嘛，我师姐能有你这么个才貌双全的徒弟，真的是修了几辈子的好福气啊！”

“其实小镜她也……并不差！”观奇音小心翼翼地说着，不时观察着一叶的神色。

“唉，不提了，都是从小养大的孩子，我却养了个野心勃勃的小野狼！”一叶不禁轻叹了一声，接着示意观奇音坐下吃菜，自己也跟着拿起筷子，品尝起了自己亲手烧的菜肴，还十分自恋地频频叫好。

提及花子镜时，有那么一瞬，月容清真的很想将近来花子镜的所作所为告诉一叶师叔，但又迟迟未能开口。因为眼下这个熟悉的环境，让她回想起了曾与花子镜一同生活的画面，她们之间还是拥有过美好回忆的师姐妹啊，所以，她还是忍住了，她不想亲口去破坏回忆中的美好，就像奇音所说，终有一日，小镜会有所感悟，有所成长的！

只见一叶一边有滋有味地啃着鸡翅膀，一边望着眼前那几亩碧绿的菜地，惆怅道：“独孤雄病逝前，我曾有缘见过他一回。在病榻前，我还是头一回见到他那么苍白无力的模样，那时的他已全然没有了当年在草原策马挥刀的雄姿。唉，都说将死之人，其言也善，他对我说，无论自己是生是死，都已交代下去，从此独孤城不再与姑苏为敌！我信他！毕竟是堂堂的草原男子汉哪！所以他死后的很长一段时间，我都住在独孤城里，想看看他手下的人究竟是否食言，结果，自然是美好的！”

“可是，段府新丧之夜，确有头戴银色兔形面具的黑衣人暗袭！”观奇音放下筷子，激动道，“不仅如此，剑锋堂有独孤城的细作潜入，城中百姓也因两城交战之事终日惶恐！这些事情又该如何解释？”

“不错，那夜段府之事我也是亲眼所见！”月容清补充道，“如师叔所言，独孤城人以铸造银器而生，那黑衣人头戴的银色兔形面具极为特别，非姑苏产物，应是有力证明，这是其一；其二，黑衣人刀法了得，师叔也说独孤雄刀法精湛，想必黑衣人定受独孤雄亲传刀法，听闻他有一义子独孤野，所以那黑衣人是独孤野应该也是八九不离十；其三，剑锋堂堂主金百炼前辈手刃偷盗细作，这也是不争的事实！”

一叶随手扔掉骨头，嘬嘬手指，勾起嘴角，不羁地笑道：“看来小野那小子着实是不确定因素啊……至于细作啊，百姓惶恐之类的事情，说是有意者为之也未可知啊！你们说呢？一如阿音所言，你们师叔师伯们为了在师祖面前尚且可以忍住性子维持表面上的友善，私下却暗自较劲，那么，那些潜入的细作与惶恐的百姓为何不能是有心人故意安排的戏码呢？有时候，人为了达到某种目的，做出些匪夷所思的行为也属平常。师兄弟竞争是为了得到师父的关注与赏识，这关乎自己日后的前途；那么，若是城中领军之位空悬呢？你们自己好生思量吧……”一叶并未细说下去，当他抬眼望天时，发现已是红日当空，于是又喝了一口碧螺春茶，两手一拍道，“好了，吃饱喝足便早些回房睡个午觉吧！等睡醒了，师叔再给你们做好吃的！”

“师叔……”

“安心睡个午觉，姑娘家，睡觉有助美容养颜！”

各自回房后，一叶的话语仍让观奇音情不自禁地想起，一遍遍的，深陷其中，可又着实寻不到关键之处，无奈，她只得拿起凤箫，吹奏乐曲，暂排忧愁，也希望千里之外的他能够听到她心中的呼唤。

不知，他现在可练就了千里传奇音的功力？

她暗想着，嘴角不禁微微上扬了几分。

“留音”与“如月”仅有一房之隔，一夜未眠的月容清回房照镜时才发现眼下有些乌青，于是洗漱后便闻着观奇音的幽幽箫声沉沉地入睡了。

当她醒来时，透过窗纱望向窗外，发现竟已入夜，月色柔和。更让她惊奇的是，她隐约闻到了房中飘着一股淡雅的桂花酒香，原以为是观奇音当真兑现了承诺，但转念一想，这姑苏与苦海山相隔千里，即便是飞鸽传书，快马加鞭，这速度又怎会如此之快？

当她满怀疑惑之际，眼神又不禁落在了不远处的那个画案上。她依稀记得，一叶师叔将画卷成卷地放在了案上，如今又怎会摊开了几幅？于是，她即刻下床，一边整理衣衫一边走向画案想要看个究竟！

走近时，她心中又是一阵惶恐与讶异！

原来，画案上展开的是那副在段府丧礼之夜还尚未完成的“水月观音”，而在观音法相的右上角竟无端出现了两行诗词，笔法甚是狂野不羁！

是谁？

究竟是谁？

“这诗写得可配得上此画？”正当月容清迷惑不解时，竟有一只健硕有力的左臂从她的身后轻轻地搂住了她的肩膀。见她下意识地想要出声，身后之人又即刻贴上她的耳朵，嘶哑道，“我若想要害你，你出声喊叫也是来不及的！所以，听话，来念念我这首诗，写得可好？”

“你是……那夜的黑衣人？”月容清虽心中忐忑，但神情依然沉着，丝毫不见惊恐之色。她想，眼下奇音定不在隔壁房中，不然断不会察觉不到她房中的异常动静！

“哦？这言下之意，看来你是对那夜的我念念不忘啊……”这语气满是诡异暧昧，听得月容清顿时心生厌恶，“是你那枚面具出卖了你！”说罢，她稍稍转头看向不远处的梳妆镜，看着镜中的那个高大健硕、头戴银色兔形面具的男子，正亲昵地搂抱着自己。

“唉，瞧着一副冷若冰霜的样子，真是扫兴！这样看来，好似还是你那位好胜的小师妹更对我的胃口！”黑衣男子并没有想要放开月容清的意思，仍是轻搂着她，附耳道，“小小年纪就有雄心壮志，想要自立门户，真是个讨人喜欢的好姑娘！不过，这些时日观察下来，我还是更倾向于你，因为你画的月亮实在是美得令我窒息，和我小时候拉兔子灯时看到的月亮是一样的，真的好美……好美……”当他痴迷地凝视着画卷上的那轮明月时，他的声音已越发低沉嘶哑，脸颊也不觉地贴着月容清的耳后与颈部，一呼一吸异常炙热，气氛暧昧不已！

月容清咬住嘴唇，眼神坚定，丝毫不为之所动，反倒言辞犀利道：“你若妄想伤害小镜，离间我们同门之情，我们绝不会饶过你——独、孤、野！”

当听到自己的名字时，黑衣男子不禁冷笑了一声，随即放开了月容清，并堂而皇之地直立在了她的跟前，一边深深地打量着她，一边又转头对着一旁放置着的几盆莲花肆意笑道：“你实在不该对我如此冷漠，你快瞧瞧，若不是我将桂花酒力荐给你的小师妹拿回来给你浇花，你又怎能培育出如此新奇的色泽呢？你该感谢我，不是吗？”说着，他从衣襟内掏出一只精致小巧的银瓶，仰头品尝着桂花酒的香醇。

原来如此。

月容清这才明白，从头至尾，小镜都在与独孤野暗中勾结！小镜想要自立门户，独孤野想要利用小镜入侵姑苏，二人正好各取所需，狼狈为奸！

着实可怕！

她未想到，小镜竟会为了自己的私欲出卖大家，出卖自己的良心！

那么，正如一叶师叔所说的，那些细作与城中的混乱之态皆是小镜与独孤野里应外合的结果？目的就是搅乱姑苏，引起内斗，趁机开战！

真的会是她联想的那样吗？

好似，事实早已摆在眼前，让她不得不信了！

猛地，月容清下意识地捂住胸口，事实着实残忍，让她心痛不已！

“你很难过吗？这样就很难过了，是吗？”独孤野忽然走向了被轻纱遮掩的窗口前，望着夜空中高挂的那轮弯月。

他这一背身，月容清才清清楚楚地看见他身后背着的那把鲜红如血的利刀，就是它，曾在黑暗中掀起一阵阵狂风巨浪！

独孤野察觉到了她看见他那把“血刃”时的惊叹与惊慌，但此刻的他并不在乎这些！窗外月色如醉，使他不禁回想起了许多往事，许多，许多……

“那夜是元宵佳节，家家户户但凡有孩子的都会出外拉兔子灯，我便与哥哥一起抱着兔子灯到外头玩耍，可是因为人多的缘故，竟与哥哥走散了，那年我只有三岁。后来，是义父找到了我，带我到草原上生活……此后，每当月圆之夜，义父总会带着我拉一夜的兔子灯，他说兔子灯是中土在元宵节那日的习俗。他还说，有朝一日，他定会带着我在中土创立自己的天地！富贵秀丽的姑苏，就是他的目标！但是……”许是说到伤情之处了吧，独孤野的声音渐渐低哑，又显得有些凄凉，“但是，我再也没有见到过哥哥。义父说，哥哥是故意丢下我的，因为只要有我在，就会被我剥夺掉爹娘一半的宠爱！可是我不信，我相信阿爹阿娘，还有哥哥一定会来找我的！但是，直到义父去世，我都没有等到……”他略顿了顿，微微低了下头，怔怔地看着手中的那只银瓶，又道，“义父去世前，曾叮嘱我不要再与姑苏为敌，还让我不要记恨阿爹、阿娘与哥哥，他说，他不该将当年因为与姑苏交战时失去亲子的痛苦与仇恨都倾注到我的身上！你能想象吗，一个曾经以刀法叱咤江湖的不可一世的王者，临死之前，竟会说他后悔了，后悔从小灌输我什么是恨……”独孤野的声音越来越轻，此刻他眼中的那轮月儿已然泛起了一层又一层粼粼的波光。

他并没有继续说下去，他也不知为何今夜竟会对着月容清说出这些话来！许是，她所画的月亮，真的是像极了那夜他与哥哥一同拉兔子灯时所见的那轮皓月吧！

可是，他已在仇恨中沉沦多年，一句“我后悔了”，如何能够拉得回他？

月容清听后，心中五味杂陈。

难怪他的声音会如此悲凉，原是从小就经历过与至亲别离的苦。虽然他戴着面具，但她还是能够感受到隐藏于面具之下的那份落寞与悲伤。比起他，她觉得自己是何其有幸啊，有幸于还在襁褓中的她就被师父抱回了苦海山。相比之下，她并未有过小时候那些不堪的回忆，师父待她如至亲，奇音也是从小陪伴她长大，她是何等幸福！

所以，他便将自己的苦、自己的恨都倾注到了别人的身上吗？为此，不惜暗中筹谋、挑拨离间，不顾两城百姓安危，只为达到自己的目的！

也是可怜之人。

她凝视着月色之下独自望月的独孤野，还有他背着的那把倾注着仇恨的血色利刀，有那么一瞬，她好似看到了一个受了伤需要关怀的孩子，此刻正在窗口痴痴地等待着至亲回来团圆的画面……

猛然之间，独孤野只感有一股强劲的力量正在不远处伺机而动。

今夜，他来此只想亲自会一会有着“丹青妙相”美称的月容清，未想到这一见竟不觉与她坦白了这么多心底的话语！他下意识地收紧了右手，先前在段府被十二尊的手串所打伤的手腕处，如今仍隐隐作痛！

如今看来，是他失策！

是他因一时的情感泛滥，而耽搁太久！

细心的月容清瞧出了他的担忧，也是，眼下天色已晚，一叶师叔应已备好晚餐，而今奇音不在“留音”房中，想必是去帮衬一叶师叔了，到底，二人之中总要有一人过来唤她的。想到即将可能发生的状况，她竟忽然小声又急切地对着独孤野道：“你快走吧，趁还来得及……”

“哦？你这言下之意，是舍不得我再次受伤吗？”独孤野勾着嘴角，笑得甚是邪魅，但内心早已动容。他不承想到她竟会主动开口让他离开，还是在得知他那么多秘密的情况之下，这一时之间，他又是激动，又是欢喜。

这应是，自义父离开之后，他所感受到的又一份温暖吧。

“应你之言，我们后会有期！”就在他预备跃出窗外之际，却又回头笑道，“对了，别忘了品品我写的那首诗，下次再见，定要与我分享你品阅后的感受！”

话毕，只见黑影翻身跃出窗外，再无踪迹。

唯留那淡雅的桂花酒，香溢四处。

面对方才脱口而出的那番话语，其实月容清也被自己给惊住了！

难道，她是在同情于他？

恍惚中，她拿起案上画卷，两眼怔怔地凝视着那两行狂野的字迹——

月下之莲月下怜，海上容色缈如烟。
浊世不染独清丽，湖笔轻点飞天仙。

一叶两手置于胸前，倚靠在离“如月”不远处的走廊石柱上，眼见那熟悉的黑影跃窗离去，他神色黯然，心中甚是惆怅。

他本想露面，却又不知该如何面对那个孩子。

未经他受过的苦，他又有何资格去规劝他，让他放下这本不该有的仇恨？

也怪他自己呀，当初在草原见到他时，既已认出了他的真实身份，为何没有及时阻止呢？或许，他心中也很清楚，仇恨生根，为时已晚了吧……

五、月下行

当段凛然快马加鞭地赶至苦海山时，眼前的一切着实让他惊叹！

他原以为令他牵挂不已的观奇音定会一门心思地闭关修习“箫音掌”，或是与她的师妹月容清一起沟通研讨武功心法，却不想她竟撩起袖子，扎起秀发，在菜地里浇水拣菜，全不似以往谈笑间或是与他箫笛共鸣时的那副豪爽气质，看着她如今踏实勤劳的娇俏模样，好似更令他动心了！

而观奇音见到他同样震惊不已，一袭青衫迎风，眸光闪耀如星。她未承想到才短短三日，他便这样迫不及待地赶来见她了？看来“千里传奇音”

的神功没有练成啊……她刚想迎上去调侃他一番，却被他带来的诸多信息给惊住了！

原来，那日二人分别之后，几个潜入独孤城调查的探子终于有了回复——首领独孤雄病逝前曾立下遗嘱，永不与姑苏交战，以往跟着独孤雄的几位元老也都安守本分。而今独孤城上下安居乐业，毫无起兵侵占姑苏的意图。只是其义子独孤野失踪，至今下落不明。

观奇音听后，感叹的同时又觉其中暗藏诸多蹊跷，才要开口，段凛然竟又说出了许多令她感到晴天霹雳的消息——为争姑苏首领之位，剑锋堂与霹雳门暗自较劲！剑锋堂的细作，还有在城中造谣引起众人恐慌的人都是出自火龙与金百炼之手！二人的所作所为都是为了名利与权势！

"原来，真如一叶师叔所言……"观奇音轻叹了一声，她看着眼前一片碧油油的菜地，抬头望着这明媚的天色，还有厨房顶上那袅袅升起的炊烟，这一刻，她似乎渐渐明白了一叶师叔这一生的追求与选择，竟是那么高深、明智与通透！

争名夺利，逍遥田园，一念之差，天壤之别。

"来此之前，我已与二位前辈恳谈了一番，他们毕竟都是与我阿爹携手守护姑苏的老人儿了，作为晚辈，我不想大动干戈，弄得彼此难堪收场！"段凛然紧紧握住观奇音的手，深切地凝视着她，虽别几日，但心中思念不已，眼下姑苏平安，实在令人欢喜，他便再也不用压抑自己的深情，于是，他一边亲昵地抚摸着她的双手，一边认真道，"我还未开口，二位前辈已主动向我曲意逢迎，并双双表示会像当年支持我阿爹那样支持于我，但我看得出来，二人仍是各怀鬼胎！对于权位，他们仍是不会轻易罢休的！再者，独孤城那边眼下虽太平，也难保日后不生异心，我只怕二位前辈暗地里捉摸些别的心思，让姑苏腹背受敌，趁机谋利谋权！所以这往后的日子，还是不让人省心哪！"

"放心，我会陪在你身边，与你一同并肩作战，一同守护姑苏！"观奇音伸手抚上了他的脸颊，自信笑道，"日后，我们一同练就'千里传奇音'的神功，定能让旁人望而生畏，不敢造次！"

"奇音，除此之外，我心中还有一事，想与你说一说……"百般踌躇后，段凛然垂下眼眸，从衣襟内拿出了一对长长的银色兔耳，于阳光之下，银光闪烁，正是银器铸造而成。

观奇音一眼就认出了这对兔耳是那夜混战之时，从黑衣人的面具上崩裂下来的。当时，她就见他格外注意这对残缺兔耳，却不想，事后他竟还将其带着身边，难道是有别样的用意？

二人四目相对时，彼此都看出了对方心中的疑问，于是，观奇音率先对着段凛然点点头，示意让他先说一说他心中的那件事。

“我有个小我三岁的亲弟弟，名叫段凛冽。二十三年前的元宵之夜，我们一同出府拉兔子灯玩耍的时候，不幸走散了，自此……再也没有找到他……”每当回想幼时的伤心事，那人潮拥挤，处处都是欢声笑语的一幕幕，始终让段凛然痛心疾首，“那年，正逢阿爹战胜了独孤雄，正是满城欢腾的夜晚，却是我与阿爹阿娘一辈子的痛！阿娘因为凛冽的失踪，终日以泪洗面，久病不起，不到半年就走了……”

他还十分清楚地记得，阿娘临走前紧握着阿爹的手，泪流满面地责骂阿爹虽为一城首领，武功卓绝，战无败绩又能如何？就连亲子都保护不了，还谈何保护全城的百姓！

他阿爹弥留之际也还记着阿娘那些话，他对他说，他这辈子最后悔的事情就是不该与独孤雄交战，他该化干戈为玉帛，一座城池与一个家庭是一样的，家和万事兴，凡事都该以和为贵！因为那场战斗，刀剑无眼，独孤雄失去了他的亲子，所以，老天爷也要让他承受这样的痛苦，所以，凛冽才会失踪……

念及伤痛，段凛然不禁眼眶发红，虽有微微清波涌动，但当他傲然地抬头望天时，一阵微凉的清风已然将清波吹送而去，不留一丝痕迹。

男儿有泪不轻弹，更何况是在他心上人的面前。

“所以，你怀疑那夜的黑衣人会是你那失踪多年的弟弟——段凛冽？”观奇音认真分析道，“只因为那枚兔形面具吗？若真是他，为何这么多年，你们都不曾怀疑他是被独孤雄掳走的？那夜听火龙的口气，独孤雄有义子一事，可谓是众所周知！段师伯断不会不派人调查吧？”

“自然！可是探子回报，反复确认了其义子独孤野乃是其堂兄弟的孩子，那年独孤城还大肆操办了欢庆典礼，满城欢度七天七夜，一切只为抚慰他失子的伤痛！”段凛然蹙眉叹声，“可是阿爹仍是不信，也曾暗自乔装潜入独孤城打探，结果仍是徒劳！而那夜，当我亲眼看见黑衣人头戴的那枚兔形面具时，我忽然有一种特别强烈的感觉，我总觉得，那人就是我的弟弟凛冽！许是，当年独孤雄故意施计，派人混淆视听，暗自养大凛冽，让他与至亲为敌，以报他失子之痛呢？我实在不愿这样设想下去，可是，我又不得不这样去想……”

“原来，他是段凛冽……”听到二人的一番对话后，在厨房准备茶水的月容清不禁自语起来。

却不想，她细小的声响早已被厨房外机敏的二人察觉。

“难道，清清你认识段凛冽？”观奇音走进厨房，按住月容清的肩膀，神色紧张地注视着她。

紧随身后的段凛然自然也是一脸震惊，他想，若不是见过，接触过，了解过，她又怎会脱口而出那样的话来？

月容清自知无法隐瞒，实则，事到如今，她也并不想去做任何的隐瞒！她想，误会，若是能顺利解开，岂非美事一桩？更何况，亲兄弟之间，本是不该存在任何的仇恨与隔阂的！所以，她便将昨夜所发生的种种一一告知了二人！

当段凛然得知一切后，他只默然转身，倚在厨房门口许久没有出声。直到观奇音抚着他的背脊，他才反握起她的手，紧紧地握着，他知道，此刻，唯有她这个知音人，才会懂得他的衷肠。

月容清怔怔地望着二人离开的背影，心中百感交集。她忽然不知自己的自作主张，究竟是对还是错。可是，隐瞒，真的好吗？她实在不愿看到，有朝一日，他们亲兄弟大打出手的惨烈场面！

这时，她的心中竟期盼着他的再次到来，因为只有这样，她才可以将当年的真相一并告知于他，助他解开误会，助他放下这原本就不该有的仇恨！

想着，她不由得发出一丝苦笑。

狂傲的他，当真能够听她的话吗？

猛地，身后又有一只手臂搂住了她的肩膀，她心口一震，原以为是他，却不想低头所见的竟是一抹鲜亮的红艳！

“月姐姐，想念小镜了吗？”

月容清听后又是一惊，这声音听来甚是虚弱无力，已丝毫没有平日里的清脆与欢腾！她是怎么了？难不成，这几日又做了什么出格的事情，被师父狠狠训斥痛骂了？

未想到，不等月容清反应，花子镜竟突然口吐鲜血，若不是月容清及时护住她的身子，她恐已仰头倒地！

“小镜！醒醒！小镜！”

只见花子镜红衫不整，衣襟与裙摆处皆有被火烧过的痕迹，其脸色也甚是苍白，嘴角的鲜血仍流淌不止。月容清心中万分焦急，才要向着门外大声呼喊时，一叶竟如电光石火一般地冲进了厨房扶起花子镜替她运功疗伤！

一叶看似虽如往常一般潇洒模样，但月容清知道，师叔心中格外在意他从小收养的这个徒弟！以往在苦海山时的许多瞬间，她总觉得他对她的在意已不全是师父对徒弟的那种关切与爱护，而眼下的情景，更让她深刻地觉得自己以往的感觉是正确的。

而她呢，自然也是很在意小镜的。

即便小镜曾想要伤害奇音，也曾挑衅于自己，但每每回想过去的点滴，月容清还总念及小镜从小黏着自己、唤自己“月姐姐”时的那份天真可人的小模样！她想，如今小镜这伤多半是因她争强好胜的缘故吧？可无论如何，月容清还是期盼着，以往那个纯真的小姑娘可以重新回到大家的身边！

半晌，一叶终于收起掌心，将仍在昏迷的花子镜横抱而起，并对着月容清沉声道：“暂借‘如月’一住，莲花有安神宁心之效！”

当踏出厨房的那一刻，有一物竟忽然从花子镜的身上掉落下来，那是一颗雕镂精致的火红小铁球！

“烈玲珑！”月容清惊呼，那不正是那夜在段府混战时，霹雳门火龙所使用的武器吗？

此时，一叶的眼神竟忽然变得异常幽暗！

花子镜醒后首先闻到的是熟悉的饭菜香气。

仍处于虚弱的她勉强从床上撑起身子，撩开纱帘，便看到床头矮柜上放着她爱吃的菜肴——红烧鸭腿、清蒸鲈鱼、什锦炒素、山药银耳红枣甜汤。

“山下那条小溪流里的鱼已没有往年的肥美了！”一叶跷着腿背着花子镜正坐在窗前，抬头望着窗外的月色，两手拨弄着一片半绿半青的莲瓣，“还是当年把你从山脚下带回苦海山时所抓的鱼最肥、最灵活。就像人一样，起初都是好的，时间久了，就变了！对吧，阿花？”

“什么阿花阿花，难听死了！以前是我年纪小不懂事，现在听上去这称呼简直就像个痴头怪脑的疯婆子！”花子镜不耐烦地白了一眼一叶的后脑勺，接着伸手拿起一只鸭腿就有滋有味地啃起来，“你这厨艺也明显没有以前的好了，鸭腿烧得不够烂，酱汁不够入味！”

她迅速地啃完鸭腿，随手扔了骨头到地上，然后嘬了下手指又继续拿起一碗山药银耳红枣甜汤喝了起来，尝了几口后，竟又开始对着一叶冷嘲热讽道：“这甜汤也不够甜啊，难道糖很贵，买不起了？唉，所以说，云游四海、无拘无束的生活并没有给你带来什么好处啊！倒不如拼一个你死我活，争一方天下来得痛快！”

“你如今身负重伤，可觉得痛快？”一叶转过头来眼神犀利地盯着她，“好端端地不跟着师父师姐们修习，却跑去招惹霹雳门？那火龙可是出了名的阴险好色，你小小年纪竟也敢去招惹那个混蛋！早知如此，当年下山前我就该把你的腿打断！”

“哼，腿打断？”花子镜闷哼一声，将碗重重地砸向一叶的后脑勺，但因重伤后体力不支，那碗不到半米就落了地。但她仍不死心，心下一横，嘴唇一咬，开始咒骂道，“养大我的是你，抛下我独自逍遥的也是你！不错，我是喜欢争喜欢斗，更喜欢赢的滋味！但认师伯十二尊为师父，原不是我的本意！这么多年，十二尊师父心里也只有奇音师姐与月姐姐，对我从不上心！哼，当年是你不要我在先，如今又有什么资格来打断我的腿！不要脸！”

听罢，一叶的心不禁一阵疼痛。

他这才知道，原来这么多年过去，自己仍是过不了自己那一关。

见一叶垂眸沉默，花子镜也跟着不再出声，当她看向矮柜上的那条鲈鱼，许多欢乐的画面已猛然在脑海中重现。

那年她六岁，一叶三十六岁。

相遇时，她是山脚下的流浪儿，他是苦海山无上大师座下第十三位弟子。他见她的身世与他颇为相似，便禀明师父将她收养在山中。

他教她的第一课就是抓鱼，想要以此磨炼她的耐心与反应。她天资聪颖，学得很快，不久就可以在短时间内抓到很多肥美的鱼，而他的厨艺也因她不停地夸赞而变得越来越好。

有一回，她因抓鱼落水，感染了风寒，高烧不退。他在床边不分昼夜地照顾她，昏睡中的她还要求他抱着她睡，他便应了她，将幼小的她抱在怀里，陪伴了她一夜。

那一夜后,她的烧终于退了。睁开眼的一瞬,幼小的她对他说了一句话，只是简单几字，却让他心颤不已！以至于以后的每一天，他都因为她的那句话处处躲避着她，甚至于他开始频频下山游历，少则一月多则半年也不见回来。

慢慢地，她变了，变得喜怒无常。再后来，他抛下她无声无息地走了，临走前只留下了一支白玉莲花簪。因为他曾对她说过，想要她长大后，成为如莲花一样圣洁高贵之人。

此后的十年里，她受十二尊师父指点，慢慢地从其“水月观音”心法及一叶的“流水禅”中参悟出了“镜花坐”。而后，一心钻研，终日想着争得只属于自己的天地！她的心中唯有一愿，那就是一叶所期望的事情，她偏偏就要违背！身负重伤如何？沉沦堕落又如何？她就是想要让他知道，她之所以会变得如此，都是拜他一人所赐！

“你今年几岁？”忽地，一叶终于出声了，但他没有看向她，只是靠在椅背上，微微抬头望着窗外的月。

“我十六了，早就是个大人了！”花子镜狠狠地瞪着一叶的后脑勺扬声道。

“我四十六了，很快就是个老不死的了！”一叶嘲讽自己，“十六岁看见的是太阳，四十六岁看见的是夕阳，我们所见之物永远不会是一样的！”说罢，他猛然起身，疾步向门外走去。

“师父！”花子镜大声呼喊道，“无论我六岁还是十六岁，那句话始终不会改变！”

“够了，你身体虚弱，还是早些休息吧。”一叶冷漠道。

“师父，我好喜欢你！”

就在一叶打开房门的那一瞬，他竟又听见那日幼小的她在他怀中所说过的同样的话语！

而这时，立在门外静候的观奇音与月容清也都惊在了原地，那样的震惊，不是因为一叶看见她们二人时的凌厉眼神，而是花子镜那突如其来的响亮又动情的表白，着实让二人觉得晴天霹雳！

原来，竟是如此。

观奇音与月容清这才慢慢回想起，当初在苦海山时，一叶与花子镜之间发生的种种异常之事，而今才知，原来如此。

望着一叶师叔离去的背影，观奇音不由得轻叹。

因为遇见了段凛然，她才明白了什么是动心动情。在只闻其音未见其人、不知对方雌雄善恶的时候，她便对隔空吹笛的那个人着了迷，等当真见了，便是一见钟情。更何况是朝夕相处的师徒，怜爱与疼惜，怎会不生出别样的情意？至于年纪，若与情之一字相比，实在是微不足道了些。

而此刻，看着床上眼眶略红又一脸委屈、气愤、不服的花子镜时，月容清的心中也有了另一番感悟。尤其是，望着天上高挂的月亮时，她的心既慌乱又欣喜，想及那首字迹狂野却寓意深刻的诗词，她的嘴角又不自觉地微微上扬。

她想，不知，何时才能再见到他呢？

“月姐姐，今晚你陪我睡吧！”这声音温柔乖巧，好似一个受了伤的孩童，此刻甚是需要大人们的宠爱与关怀！

睡梦中，月容清只感有一双明亮却透着阴冷的眼睛正狠狠地瞪着她。被噩梦惊醒后，她竟看到了脸色惨白的花子镜正趴在她的身旁，手握白玉莲花簪在她的脸颊处比画玩弄着。

“小镜，你想干什么？”月容清慌忙地向床后挪动，见她面目狰狞，笑容阴冷的恐怖模样，着实让她胆战心惊！

“瞧你那怕得要死的样子，一点都不好玩。”花子镜不屑地笑了一声，正当她想要将莲花簪重新插入发中时，却被身后一股强劲的力量击中，吃痛地倒在了地上。

月容清定睛一瞧，心下既惊又喜，原是那枚银色兔形面具又再次出现在了她的眼前！

见月容清脸颊有些绯红的娇羞模样，再瞧着那面具之下的那双眼睛正凶狠地盯住自己时，花子镜这才明了这前后因果，原来是怕她伤害了她呀？原来，他们二人竟然……呵呵，实在不可思议，令她始料未及！

“我还想呢，这么多时日你都不来寻我商议搅乱姑苏一事，原来是与我的月姐姐谈起了感情呀！”花子镜强撑起再次受伤的身子，直指独孤野气愤道，“若不是你迟迟不来与我商议，我又怎会听信火龙那流氓说是能够助我一臂之力的花言巧语，险些落入他设计的圈套！哼！如今你倒来管起我们师姐们的闲事了，真是可笑！”

“小小年纪，我劝你还是别再逞强的好！”独孤野冰冷道，“你我约定到此为止，今后你我之间不再有任何瓜葛！”说罢，他转身欲走，却又不知为何骤然停下了脚步，竟猛地拔出身后的那把血色利刀对着花子镜警告道，“你若胆敢伤害她，我保证让你死于我的‘流霞斩’之下！”

“你！咳咳……咳咳……”不知是因为气愤过度还是因伤势严重的关系，只见花子镜捂住胸口咳嗽不止！

月容清忙上前扶住花子镜，一边又深深地看向独孤野，一时之间也不知该说些什么。

这时，门外突有脚步声靠近。

当独孤野察觉之际，来人早已推门而入！

首先进门的是段凛然，观奇音与一叶紧随其后！

“你……可是凛冽？”再次看见那枚银色兔形面具，让段凛然激动不已。从月容清所坦白的事情中，他已能够肯定眼前黑衣人的真实身份，那就是他的亲弟弟——段凛冽！

“段、凛、冽？不是早就死了吗？”话毕，独孤野猛然挥刀冲向段凛然！

“小心！”一叶率先上前横在二人之间，对着怒气冲天的独孤野急忙道，“小野，许多事情不是你所想的那样！当我得知你就是段师兄所走失的那个孩子时，你早已被独孤雄灌输了仇恨的思想，我本该教化你，带你离开独孤雄的掌控，但你还记得吗，你根本不听我的劝告，一心只想成为与你义父一样的草原雄鹰！”

“哼！你现在与我说这些，还有什么意义？我还以为你与义父交好是因志趣相投，却不想你别有所图，从头至尾总想离间我们父子之情！”

“什么？你曾见过凛冽！为什么不当机立断带他离开！为什么！”

“凛然，你冷静一点！不要冲动！”

“哼！打吧打吧！胜者为王，败者为寇，亲兄弟又怎么样？赢了才是王道！”

“阿花！你给我闭嘴！”

“都说了，不要叫我阿花，难听死了！”

“既为血亲骨肉，何苦自相残杀！独孤野，放下你的刀，冷静地听大家解释，好吗？”

“放下？哈哈哈……”像是听到了可笑至极的话语，引得独孤野笑得无比痴狂，“如何放下？怎么，真以为独孤城那一群曾跟随我义父的老东西们甘心收手？他们只是没有找到合适的机会罢了！我可不像他们，我要主动出击，创造机会！义父是病糊涂了才会在临死前说他后悔了！哼！我可不会后悔！义父没有完成的夙愿由我来替他完成！”

说罢，独孤野迅速退后几步避开一叶遮挡，随即跃身，向着段凛然挥刀冲击！眼见血色刀光逼近，段凛然却并没有闪躲，也没有及时拿出腰间的那支翡色玉笛抵抗，只是镇定地立在原地，对着面具之下的那双锋利眼睛漠然道：“那你为何要一直戴着这枚兔形面具？世上面具形状何止百千，为何偏偏要戴兔形式样的？”

这一问，竟让那锐利无比的血色刀光骤然黯淡了下来。

是啊，他为何偏偏要戴兔形面具？

可是因为，他的内心深处始终还惦念着那夜元宵佳节，他们兄弟二人一同拉兔子灯的情景？

是因为这样吗？

这样的疑问，同时叩响了二人的心田！

显而易见的答案，何苦欲盖弥彰！

这时，一曲幽幽的箫声骤然响起。

毫无凶猛的攻击之势，亦无迫人的剧烈旋律，只有扣人心弦的暖意，荡气回肠的幽远意境。

此刻，月色温柔，极富诗意。

虽未圆满，弯弯一轮，但周围星光熠熠，好是令人动容。

刀光入鞘，黑影不再。

当众人默声地看向窗外的月光各自思虑时，强忍伤痛的花子镜终于忍不住吐血倒地……

耳边响起的水声潺潺作响，很是动听。

好似，以往在苦海山下抓鱼时，溪水淌过卵石时的声音。

花子镜是在小舟上醒来的，睁眼的那一瞬，已是夕阳西下。此刻，两岸山清水秀，舟上莲灯明亮，一叶正划动着小舟，不紧不慢。

“想带我去哪儿？”花子镜虚弱地呼吸着，满眼怨恨又充满期盼地望着一叶的背影。

“本想带你去草原，但怕管不住你这匹脱缰野马；又想带你去乡村农家，却又怕你觉得无趣寂寞。”一叶放下了划桨，但没有转身看她，只背着手遥望远处落日的方向，“我也不知要带你到哪儿去，总之，实在不愿让你再卷入纷争之中了！”

听着，花子镜忽地湿了眼眶。

其实，有时候喜欢一个人并非要得到对方什么炙热的回应，只要他心中有她，时刻关心着她，便就够了。她想，当年若不是他逃避于她，无情地抛下她独自下山，如今她又怎会落得这般伤痕累累的地步？师徒如何，爱人又如何，心系彼此，岂非幸福？

远处的河岸上，观奇音与段凛然十指相扣，一同遥望远去的小舟，遥望那即将高挂的、柔光四射的月亮。

“如今，凛冽不知去向，多方势力暗流涌动，姑苏内部亦是危机重重！奇音，往后的日子，你当真要与我共赴险境？”段凛然心事重重地凝视着她，语气格外沉重。

“你我箫笛共鸣，心有灵犀，凡事自然要共同进退！”观奇音坚毅地看着他，思忖片刻后，竟忽然调侃道，“你曾答应我要练就‘千里传奇音’的技艺，难道要出尔反尔？”

“对你，对姑苏，我必将从一而终，决不食言！”

段凛然深情款款地看着她的眼眸，然后拿出腰间那支翡色玉笛，与观奇音再次即兴吹奏出了一段幽静深远的旋律。

此音，许是随风吹送到了苦海山中。

月容清闻着耳畔隐约传来的箫笛之乐，遥想那一对璧人，心中动容。

当她想要再次看一看那副写有狂野字迹的“水月观音”画像时，竟发现画案上多了一只精致小巧的、装有桂花酒的银瓶。

她并不知他是何时将这只银瓶留下的，也不知今后能否还能与他相见，她只知道，如今的自己不再只是一门心思地执着于作画与养花，心中某处被月色照亮的地方，已另有念想。

“月儿。”十二尊站在“如月”门口，轻唤了一声。

“师父？您回来了？”月容清惊讶抬头。

当十二尊走到画案前，看到画上的那两行诗词时，月容清有些心虚地低下了头，但十二尊却并没有质问，只轻轻拨动手串玉水珠，淡淡道：“看来，为师是时候该重新闭关修习，感悟‘水月观音’更深刻的境界了！”

这世间之事，如流水之音、水中之月、镜中繁花，变幻万千，捉摸难定。

心中有爱，心怀苍生，且行且光明。

不知身何处

茶 壶

一

兜兜转转又回到了这家酒馆，好似镇上再没第二个喝酒的地方。脚被肚子里的馋虫控制，李堰不想来也没有办法。

酒馆里靠窗户的位置最好，看着外面人来人往，喝酒的人也不觉得孤单。

远处黄沙漫天，镇上倒是出乎意料的干净。他为了守住这地方，不知流了多少血，花了多少心思，可这地方除了尸体还有什么，他也是最近才清楚。

营里的兄弟们常说解甲归田之后，家里有老婆孩子热炕头，说得多了，李堰也心生向往。

可等真解甲了，李堰才意识到，自己没田，没老婆，连个归处也没有。周围出生入死的兄弟们一个个收拾行囊回家，只剩下他站在偌大的演武场上，不知往后怎么过。

思来想去，既然已经在军中待惯了，那索性就留在这里，反正从此之后这地方也太平了。

说起来，这里到底太平多久了？两年？三年？还是更多年？

李堰眯着眼睛算，却怎么都算不出个具体的数。不耐烦了，抓起壶喝下一大口酒。

不算了不算了，如果连他都记不清，那只能说明已经太平很久了。

越久越好，时间越长，过去的那些事就会越来越模糊，最后连影子都剩不下。这样他才有心情欣赏眼前的美景。

酒馆里最美的景是老板娘。

老板娘是个异族女人，白皙的皮肤，高高的鼻梁，一双幽绿如宝石的眼睛。笑起来，两颊上的酒窝像是能溢出蜜，甜到人的骨头里。

这镇上男人没有哪一个不想把她娶回家，路过小镇的商人，也没有哪一个不想把她带上自己的马车。可人来人往，摩肩接踵之后，酒馆如初，老板娘仍旧站在柜台后，卖着镇上最烈的酒，说着尾音微翘的中州话。

李堰又喝了一口酒，望着外面没人走的碎石路。

是太陌生了，还是这些年刀里来剑里去成了习惯？总觉得有人在暗处偷偷看着，又像是在提醒他，忘记了某件重要的事情。

是什么人，什么事？李堰一点头绪都没有。盯着酒壶看了半晌，自己笑自己，也许只是喝醉之后，凭空生出的错觉。

老板娘的裙摆晃了李堰的眼，他定神细看时，人已经坐在了对面，手托着腮，怔怔地看着李堰。

“看我做什么？”

李堰突然发现自己有点窘迫。

“你是英雄啊！”

老板娘笑着回了一句，然后转身走了。

二

英雄。

在李堰心里，这两个字是世上最糙的字眼。因为别的字入耳，都能云淡风轻地不留痕迹，唯有这两个字，会在他心上磨出两条殷红的血道子。

因为实在是太疼了，所以他不由自主地瞪大了眼睛，模糊不清的视线里出现了一把刀。一起一落，刀扎过的地方，有什么丝丝缕缕的东西被抽出去，然后疼得更加厉害。

李堰大叫了一声，拼了命地要挣扎，可手脚都被人给按住了，动弹不得。耳边隐约传来大同和小五一起喊他的声音，仔细听时又听不见了。他大吼大同和小五的名字，威胁他们放开自己。

没有人回应。

过了一会儿，手脚上的束缚感消失，伴着一声有心无力的叹息。

李堰被疼痛消耗了全部体力，此时已无力挣扎，只得歪头往床边看。随军的大夫正背对着自己，跟对面的人说话，一边说一边摇头，肩膀耸起又落下。

这老小子一定是在说，李将军没救了，等死吧。这些年在军中，他可没少听这种话，每一次他都不信，可又不得不信。

屋里的所有人都消失了，只剩下从门缝挤进来的声音。

是战鼓声，是厮杀声。

老将军还在的时候，曾跟他说，眼下这节骨眼上，接了这军印就是接过了不得安宁。睡着了是排兵布阵，睁开眼睛就是点兵厮杀。

李堰的心里忽然生出一个模糊的念头，然后越来越清晰。

自打突厥进攻到现在，他已经三天三夜没有合眼。劳累了许久，是时候睡一觉，做个好梦了。

三

李堰觉得心口疼，模模糊糊中，似乎醒了。

睁眼的时候，老板娘抚着自己的手臂正看着他，眼睛里满是心疼。

“梦见了过去的事？”老板娘笑了一下，继续道，“听你梦里叫嚷得厉害，是个噩梦吧？”

李堰愣了一愣，好一会儿才回想起，自己不久前已经娶她为妻了。两个人都无亲无故，所以省了三媒六聘、八抬大轿，只是简简单单地请了邻近的几家熟人，在李堰住的破院子里拜了天地，从此结为连理。

连李堰自己都觉得，妻子是好好的一朵鲜花插在了他这坨牛粪上。大概是因为经常这么想，所以自他娶妻至今，还时常会觉得那不过是一个孤独老男人的梦想。

“怎么了？”妻子支起身子，担忧地看着他。

“没什么。”李堰抚摸着妻子的秀发，温柔地回答。

妻子在酒馆里忙活，李堰在酒馆的后院劈柴烧火。

酒馆里卖的酒都是妻子自己酿的，据说是家传的本事，酿出的酒虽然与本地人常喝的口感不同，但很受欢迎。

李堰带兵守这镇子的时候，怕喝酒误事，自己不喝也约束着手底下的人不许喝。对这禁令最有意见的就是大同，他是个无酒不欢的汉子，时常念叨着解甲归田了要喝个痛快。

李堰弯腰把劈好的柴堆在一处，闻着弥漫了整个后院的酒香，心里想着，过些日子找个往大同家乡去的商队，托他们给大同带几坛妻子酿的酒，顺便也显摆一下自己娶了个好老婆。

心念才动，余光里瞥见后门口站着三个人。都穿着崭新的战袍，站在前面的两个人相互推搡着，谁都不敢先上前开口说话。

李堰怔愣地看着他们，全然不顾手里的柴散了一地。他使劲揉了揉眼睛，又朝着自己脸上打了一巴掌，火辣辣地疼。

不是做梦，他也没有眼花。大同，小五，还有老将军，他们竟然一起来看他了。

前面的妻子听见声音跑到后院，见着后门口站着的那几个人也愣住了，一种难以言说的表情在她幽绿的眼眸里一闪而过。

四个人在酒馆里落座，李堰给他们介绍了妻子，又请妻子拿了上好的酒。

“你们先坐着，我去看看有什么下酒菜。”妻子笑得端庄贤淑，可李堰看得见她眼睛里的忧愁。

为什么呢？是害怕朝廷再次征兵让他们上战场，夫妻分离吗？

“嫂子，我们就是来看看将军。”到底是小五有眼力，一下子看穿了她的担心，“要是朝廷真有心启用李将军，怎么可能只派我们几个来请呢？不说是三顾茅庐，也该是大排场才对啊！”

他话音落下，大家都笑了。

连眉间有浅浅痕迹的妻子也笑了，虽然笑得有些勉强。

唯有老将军没有笑，只是面无表情地坐着。

李堰坐在老将军对面，看着他灰白的胡子，心里有很多话想跟老将军说，却又不知从何开口。

自接了死守在此的命令之后，李堰就很少能见到老将军。因为在死守此镇的血战中，老将军的三个儿子都死了。就在他眼前，被乱箭射死，甚至连老将军自己也中了致命一箭。

之后呢？

“您已经痊愈了？”李堰非常惊讶，脱口而出地问道。

“别忘了，你要守住这里。”

老将军声音嘶哑，灰白的胡子微微颤抖。

恍惚间，李堰突然看到老将军受过伤的地方，有血迹在晕染蔓延，崭新的战袍眨眼间成了黑红色。

李堰大惊失色，想要去扶老将军，身体却怎么都动不了。两旁的大同和小五好似什么都没有看见，仍旧照常喝酒说话。

可是，李堰看得很清楚，他们崭新的战袍上也出现了斑驳的血迹。

一切，仿佛都是他亲眼所见。

可周围安静得可怕，无人回答自己。

这究竟是怎么啦？一瞬间，李堰感觉自己似在梦中。

这时，他只听到妻子幽幽地叹了口气，说道：“将军，你这又是怎么啦？”

四

突厥轻装突袭，想取下这兵家必争的小镇。

率军驻守的李堰被打了个措手不及，只得坚守不出，同时派人送信求援。可所有派出去送信的人都战死在半路，脑袋被悬挂在旗杆上示众，老将军那三个儿子的脑袋也在，直到老将军战死，都还没有摘下来。

粮草渐少，攻势愈烈。

李堰最后一次派人送信，决定背水一战，倾全军之力给这十个人开道。

没有人知道信是否成功送出，他们只知道，李堰将军是被人从死尸堆里拖出来的。

被抬回到军营中时，李堰的胸前插着一支似箭似钗的东西。这东西在李堰的身上好似生了根，像老树一样交错盘桓。随军的大夫说，这是突厥国特有的箭镞，能不能挺过来，只能看李将军自己了。

五

周围的景色扭曲成一团，所有的颜色都飞速褪去，李堰感觉自己似乎从椅子上站了起来，昏黄的天地间只剩下他和妻子。

“我求了主帅给我一个拉你入梦的机会，原来，这就是你心里埋藏最深的愿望。”妻子轻盈地走到李堰的面前，温柔地抚摸着李堰的脸说道，“解甲归田，有老婆有孩子，后半生安安稳稳。”

李堰没有回答，也没有阻止妻子的靠近。

“你已经过上了想要的生活，为什么还执着于过去呢？”她有疑问的时候就会歪着头看他，像一个什么都不懂的小姑娘，“因为求生的本能吗？冥冥之中担心自己沉溺在这梦境之中会死。”妻子弯起眉眼笑着，“可是，你好像不是这种惜命的人呢。”

“信送出去了，援军来得比我们想象得快。所以，敌军只能速战速决。”李堰凝视着妻子那令人沉醉的双眼，继续说道，“那一箭能射杀我最好，即便不能，主将昏迷，也是敌军进攻的良机。”

“只要你愿意，你梦想的那些生活其实都可以变成真的。”妻子靠在李堰的胸膛上，并不直接回答他的话，而是接着自己前面的话题继续说道，“我们可以离开这里，开一个小酒馆，过我们的日子。毕竟，混战之中主将身死也不是不可能的事。”

李堰将她揽在怀里，两个人像普通的夫妻一样相依偎着。

妻子幽幽地叹气，说道：“你的心跳得好快。”

“因为大夫要在我胸口受伤的地方剜下那个箭镞，很疼。”

“你似乎很喜欢梦里的生活。”

“是啊，可李堰不只是李堰。”他低头吻了吻妻子的发梢。

“英雄总是会背负很多。”妻子扬起头看他，俏皮地眨了眨眼，“很久之前我就曾听族人说起，李堰是个英雄，是个可怕的对手。”

李堰苦笑：“那么，以后我们真能在一起吗？”

“你说呢？”

“很难。”

“是呀，很难。“

话音刚落，李堰就突然感觉有什么东西将他们两人强行分开，一抹刀光在妻子的眼睛里闪现，箭羽擦着李堰的脖子掠过。

等李堰站稳的时候，妻子已经退后很远。

她笑眯眯地看着李堰说：“这只是一场梦，你留不下，我也留不下。李将军，梦该醒了。”

说完，她便隐入漫天飞舞的黄沙之中，不见踪影。

六

李堰昏迷了三天，终于睁眼醒了，正对上随军大夫熬得通红的眼睛。

他想要对大夫笑笑，可还没等张嘴，眼泪先流了出来。

突厥人撤兵之后，有人登门请求拜见李堰。

来的是一个十五六岁的异族姑娘，白皙的皮肤，高高的鼻梁。

她交给李堰一串刻着奇怪文字的念珠，说了些只有李堰才能听懂的话——

公主在突厥久闻李将军的威名，所以才答应随军前来，虽然只是与将军梦中相见，但总算了了一桩心愿。

目前，公主已被许配给东海国的国君，不日就会出发去东海国。所以，公主选择留在梦里，永不醒来。

公主说如果想她了，可以看看这串念珠，想不起了的话，也看看。

最后，小姑娘说，公主想知道，等你以后有孩子了，要叫什么名字？

李堰的指腹蹭着念珠上的纹路，仿佛看见老板娘就在他面前，歪头等着他回答。

“叫梦吧。”李堰苦笑道。

去国二十年

啸歌九天

一

夕阳斜照，一缕金色漏过巷口那株老树的枝丫，落在了一间简陋的铁匠铺门口。招牌早已破旧不堪，唯有门口竖起的那块生了锈的铁砧板，在告知着来往的人，这间铺子的作用。

平常路过的人，见这不过是一间再寻常不过的铁匠铺，最多只是低头看看衣角，生怕有铁屑玷污了衣服，只有镇上的孩子偶尔好奇地向里张望一眼。那位平平无奇又沉默寡言的老铁匠，有活时在自己的铺子里挥舞着铁锤，无事时就静坐着养神，只有熊熊的炉火把他的面庞映照得通红，仿佛能滴下血来。

但今日着实有些不同。

一匹骏马裹挟着沙尘翩然而至，鞍鞯精美，在夕阳的照耀之下闪闪发光。而马上之人更是衣着华丽，气宇轩昂，怎么看也不像是这个边陲小镇的人。

哪怕是这里最有钱的富户，也没有他这样的气派。

所以在这匹马闯入小镇的时候，瞬间吸引了全镇人的目光。大家本以为是个路过的贵族，却没想到，此人居然骑着马慢下步子来，缓缓踱到那间不起眼的铁匠铺子门前。

不少好事者赶忙在不远处围起了一个圈，想看看即将发生什么。

卖鱼的老张嫌弃这群人挡了他的生意，不满地嘟囔道：“你们这群人真是无聊，一个人骑马路过而已，何必如此好奇？你们买鱼不？不买让开，别挡着我生意。”

小镇里最长舌的麻子说道：“呵，这铁匠看来不一般。老张你不好奇吗？

他来我们这儿快半年了，但总是深居简出，别人问他什么一概不回答。上次找他做把剪刀，问他姓甚名谁都不肯说。”

老张想起了之前的事，也点头表示赞成：“我上次找他做把菜刀，也是问啥都不言语，要不是我问价钱回答了一句，我还以为他是个哑巴。只不过他的手艺确实好，价钱也公道。”

老张说着晃了晃手中的菜刀，银亮的光芒晃得人眼生疼。老张“啧”了一声：“别说，这刀又便宜又好用，这铁匠是个实诚人。”

麻子不以为然：“说不定是个杀人放火的强盗，来咱们这个小镇躲避追兵来了。你看他把自己的身份藏得这么好，生怕别人知道他一点底细。”

老张看了看那骑马的人，皱起了眉头：“看那骑马人的样子也不像是官兵，反而看起来彬彬有礼，似乎也没啥恶意。”

就在众人纷纷猜测之中，那人下了马，把马拴在了巷口，从袖口掏出了一把折扇，缓缓扇着，脸上保持着淡淡的笑容，颇有些文人雅客的姿态，径直走入了铁匠铺中。

二

这铁匠铺又破又旧，炉火闪烁不定，铁匠斜靠在一旁的布兜上，一动不动，仿佛睡着了。

来人向四周望了望，笑道：“来生意了，师傅您就这么坐着不动，怕不是客人都要被气跑了。”

铁匠听到此话，才缓缓从地上爬了起来，火光映照着他半边脸庞，胡子拉碴，眼眶通红，这一脸疲惫的模样，就仿佛守了好几夜的炉火。

“您要做什么东西？”铁匠总算张口了，声音沉闷沙哑。

来人上前一步，仔细打量着这张面庞，对于这么冒失的行为，铁匠神色自若，似乎懒得搭理他一样。

来人盯着他的眼睛，缓缓说道：“我要做一把枪。”

“哦？”铁匠问道，“一把怎样的枪？”

来人摇着扇子，缓缓说道：“不知道您可曾听说过这么一柄枪？玄铁为锋钢为骨，白缨如絮刃如冰。一丈游龙手中握，梨花漫天四海平。”

来人一边说着，一边死死盯着铁匠的眼睛，但是依旧看不出任何波澜。

"没有。"

铁匠的回答让来人略显失望，他收起了扇子："那就劳烦您给我做上这么一把。"

那铁匠佝偻着背，在身后的铁块里翻了半天，最后嘟囔了一句："没有玄铁了。"

"哦？"来人笑道，"我可不信，你莫要糊弄我。"

铁匠缓缓坐了下来："我没有糊弄您，最多只能帮您做把钢枪。"

来人眉峰一敛："我再多加些银子，如何？"

铁匠摇了摇头："玄铁那东西岂是好得的，再加多少我也变不出一块来。"

来人仿佛没听到铁匠所说的一般，伸出一根手指："我给你一百两，如何？一般玄铁刀剑也就十两银子上下，这个价格让你做个枪头，不算过分吧？"

铁匠还是摇头："这不是钱的事。"

"一千两？"来人仿佛没听到铁匠所说一般，依旧加码，微笑地看着铁匠的反应。

铁匠依然摇头。

来人直接从袖子里掏出一千两的银票，晃到了铁匠面前，笑道："这银子拿去，作为定金，后面你还想要多少，尽管开口。"

铁匠叹了口气："既然您这么固执，我现在就给您做柄钢枪。但那玄铁的枪头，我也没有法子。"

铁匠转身去身后的铁石堆里挑出了几块，送进了炉子里。

但来人还是固执地把银票摆在铁匠的眼前："我就要我说的那种枪。"

铁匠叹道："客人，我这里没有玄铁，你给再多银子也没用啊。"

"哦？"来人笑道，"那我若是搜出来一块玄铁，那该如何？"

来人的眼神，不由得往铁匠身后的布兜瞥去。

铁匠没说话，慢慢坐下来，拉动风箱，等待着铁石熔化。来人缓缓踱到他的身后，摸上了他的那个破旧的布兜。

此时，铁匠手上猛然一拽，一大片的火星倏忽飞出，扑向了来人，惊得他赶忙缩回了手。

来人的瞳孔猛然缩紧，这个铁匠难道有功夫在身？

他开始仔细观察铁匠的一举一动，约莫半个时辰过去了，也没发现半丝端倪，似乎看不出练过武功的痕迹。

就算是曾经练过，而后松懈了，残存在身体上的记忆，也不会一点都看不出来。

而且他疑心的那个布兜，也不太可能装下一杆枪来。

来人有些泄气，莫非，他根本不是自己所要找之人？

三

但是来人并没有轻易放弃，他相信自己在江湖上的线人，也相信这个面对着一千两银子都毫无反应的穷困铁匠，绝对不是一般人。

来人望向铺子外，不远处围观的人都已经散去，夕阳的余晖已经愈见单薄，屋子里的炉火在渐渐降临的夜色中显得更为浓艳。

又是半个时辰过去，熔铁完毕，那铁匠抡起铁锤开始敲打，烧出白光的铁块在那铁锤的敲击下，慢慢变了形状。

从这铁匠的力道来看，也算不上奇特，任谁抡上铁锤十几年，也该有这样的力气。

来人盯着铁匠动作看了半天，已经快要放弃了。只不过他脸上还留存着微笑，静静等待着铁匠的活计。

“客人，您要做多长的枪？”铁匠悠悠问道。

他上前仔细望了望烧得火红的铁块，笑道：“不是说了吗？一丈长……”

倏忽间，跃动的火光照亮了铁匠的左手，来人这才看清，铁匠的无名指和小指居然都被削去了一半。

“你……你就是……”

来人的心脏都差点跃出了喉咙。但他还没来得及喊出那个名字，铁匠就已经抡起烧得火红的铁块向他袭来。

“褚言非！”铁匠怒喝道。

宛如流星赶月，那裹挟着火星的长条铁块直接扑向了来人。他感到一股热浪瞬间袭来，脸上的汗毛都被烧得精光。他一时间手足无措，在这狭小的铁匠铺里，铁匠庞大的身躯又遮挡住了火光，他无法躲避，只得抖开手中的折扇，反手挡住了铁匠的攻势。

抡起的铁锤力道千钧，又被烧得通红，他强行用折扇挡下的这一招，惊人的力道已经顺着扇骨传递到他的手腕，他的指节被震得酥麻。折扇原本精致的山水扇面刹那间悉数尽毁，来人却只是笑笑："好招式！不愧枪神之名！"

两人目光一接触，皆心领神会，他们已经互相猜出了对方的身份。

来人刚刚展示的银票上，就有着褚家的签章。出手如此阔绰又有着这么罕见的姓，来人是谁也并不难猜。而自己左手残疾暴露之后，来人瞬间明白了自己是谁，更让铁匠确定了眼前人的身份。

就是那个卑躬屈膝的文官褚越的儿子，褚言非，他继承了父亲的职位，也只不过是另一个褚越而已。

铁匠怒目圆睁，盯着褚言非一副小人得志的模样，愈加恼怒，抡起铁锤再次袭来。褚言非刚刚留意了铁匠铺的布局，已经有所防备，闪身躲开之余，又抖开了手中已经被烧毁的扇子，只听铮然一声，清脆而重叠的交击声宣告着，这柄扇子的扇骨，居然是铁制的。

铁匠的锤子并未停歇，搅动着汹汹的热风迎面砸来。褚言非自知自己的兵器不占优势，双脚施展幻影步，借助轻功在这有限的铁匠铺子里腾挪。愤怒中的铁匠力道更增，把铁锤舞得虎虎生风，火光烧得满屋子都亮堂了起来。

褚言非渐渐被逼向了墙角，飞溅的火星已经把他华贵的衣服烧出了几个洞。铁匠汹涌的攻势就算是靠着他灵活的身法也难以避开，见铁匠确实存了杀死自己的心思，被逼到绝境之时，褚言非转守为攻，奋力挥舞起手中的扇子，将火星尽皆扇了回去。

乱飞的火星组成了一片金色的火雾，迷了铁匠的视线，而褚言非瞅准机会，极速抖动铁扇，藏在扇骨里的暗器被甩出，三道银光冲破了金色的火雾，直直袭向了铁匠面前。

许久不曾练武，到底还是生疏了。铁匠遇到暗器，一时不知如何应对，居然向后倒退了几步，堪堪避过了暗器，但是褚言非却瞅准了机会，扬起铁扇，扇顶打在了铁匠手腕处的穴道。铁匠瞬时泄了力，锤子掉了下来，轰然巨响间激起一片火花。

这是个好机会，褚言非本可借着机会给铁匠致命一击，但他居然合起了扇叶，任由铁匠慢慢踱到了布兜旁边。

铁匠果然从布兜里掏出了一截兵器，褚言非眯起了双眼仔细端详，竟是传说中的定坤枪！这个铁匠果然是定坤枪枪神陆丹臣！

不枉他安排了这么多人在江湖上苦苦搜寻多年，没想到，大盛的猛将陆丹臣，居然藏匿在邻国边塞这不知名的小镇中。

他到底还是没离他的故土太远。

褚言非叹息着，注视着陆丹臣将定坤枪捧在手上，但那一瞬，褚言非却愣住了。

传说中那一掷惊天地，可截日月光的定坤枪，居然已经断为了两截。

断枪和断指，在最后一丝余晖相照之下，象征着一个英雄的夕影。

“这……”褚言非被惊愕得无话可说。

四

陆丹臣看褚言非的惊愕神情，只觉得有些可笑。

陆丹臣在心中忍不住痛骂：和那些卖国贼一丘之貉，又在我面前演起戏来了吗？

褚言非规规矩矩地给陆丹臣行了个礼，说道：“久闻陆将军大名。”

陆丹臣冷哼道：“我只不过是一个普通的铁匠，受不得褚相如此的礼节。”

“陆将军是我的前辈，亦是我大盛的英雄，无论如何，我都该行礼。”褚言非说道。

“褚相找我何事？”陆丹臣不想再听这些话，直截了当地问道。

褚言非又行了一个大礼：“请您回去，大盛子民需要定坤枪。”

出乎意料的是，陆丹臣忽然哈哈大笑起来。

“我的枪都断了，褚相应该断了念头吧？”陆丹臣把“褚相”两个字念得极重，褚言非自然也听出了讽刺的意味。

褚言非笑道：“神枪断了，但枪神不还在吗？”

陆丹臣眉头一敛：“还不肯放过老夫吗？”

褚言非抖开手中铁扇，在扇骨铮铮响声中，他不紧不慢地说道：“定坤神枪，怎能轻易放过？”

“好吧，任老夫隐姓埋名，你们也不肯放过我，此次莫怪老夫出手了。”

褚言非勾起了嘴角：“能与枪神较量，我褚言非死而无憾。只不过……”

陆丹臣冷笑道："怎么？嫌弃我枪断了吗？老夫现在攒出这柄枪来，也要让你死个明白。"

陆丹臣将断枪放到铁砧上，夹着烧红的铁块在两截断枪中连接，反复锤打，延伸的铁块渐渐包住了枪的断面。

褚言非看着陆丹臣的动作，仔细观摩着定坤枪，这柄神枪伤痕累累，每一道缺口都是一段英雄的过往。

褚言非上前一步，指尖拂过枪上的缺口："前辈，这枪刃上的凹陷，应该是您第一次上战场留下来的吧。"

陆丹臣看到了褚言非专注的神情，心里微微一动，褚言非此时颇像他的父亲，那个让陆丹臣又恨又感激的人。

他也忍不住抚摸起枪身，往昔的一切渐渐浮上心头。

五

说起来，褚越也算是他的师兄。

他们的师父，是凌飞阁的阁主，是那传闻之中，文韬武略冠绝天下，却隐居深山的凌峰。

褚越是凌峰正经的关门弟子，而他陆丹臣仰慕凌峰之名，不远千里前来拜师，却被拒之门外，还差点坠崖，多亏路过的褚越伸手搭救。褚越被他求师的决心感动，和师父多次求情，凌峰才勉强松口，让他做了个旁听的弟子。

得到这样的结果，陆丹臣已然喜出望外，他所想的，只是学有所成，守卫大盛。

他年幼时，正是大盛国力最为强盛之时，那时的大盛，万国来朝，富庶和繁盛令天下人心向往之。可惜在一次内乱之后，大盛就开始走了下坡路。

陆丹臣祖上便是大盛的开国将领之一，后来家族破败了，但是这份赤忱还是流传给了他。陆丹臣想重新振兴他的家族，也期盼能给大盛重新带来往昔的荣光。

那日课上，凌峰谈起了天下大势，说起了大盛的北境，言语中不甚乐观。凌峰让弟子写应对北境之策，陆丹臣洋洋洒洒写下了收复失地的种种办法。

交上去之后，却不料得了一个“下策”的评判。

陆丹臣看到褚越的策论，果不其然又是“上策”，他好奇地借来一读，却忍不住怒不可遏。

他直接将褚越的策论拍到师父的面前：“师父，我不明白。”

面对着如此大不敬的弟子，凌峰并不生气，只是淡淡问道：“不明白何事？”

陆丹臣冷哼一声：“收复失地便是下策，懦弱退缩就是上策吗？天下没有这样的道理。”

凌峰叹了口气：“孩子，这天下之事，你尚且不懂。保存实力，以退为进，尚有反击之机。”

陆丹臣皱起了眉头，他第一次怀疑起了师父，他的师祖当年跟着太宗皇帝，不过两万人，依旧大破十几万的敌兵，现在的大盛还有几十万的兵力，哪有退缩的道理？

“不知师父有没有听说过这句话，以地事秦，犹如抱薪救火，一旦开始退让，便全输了。”

师父看着这个少年坚毅的眼神，有些动容，长叹一口气：“好吧，我教不了你策论了。”

听到师父如此说，陆丹臣冲着师父行了一个大礼，准备下山，师父此时悠悠说道：“但是，老夫的枪法和兵阵想传授给你。”

“枪法？”少年的眼睛里，闪出了激动的神采。

师父从书柜后的暗格里拿出了一柄枪，银亮的枪身宛如天晴后的雪地，那是他第一次见到定坤枪。

“瞧好了。”师父怒喝一声，银枪打着旋刺出，犹似神龙飞腾，白缨飞起，仿佛飘动的龙须。那枪虽是钢身，但师父使得急，用得猛，枪身居然在力道千钧的同时不失柔软灵动，更如神龙摆尾，灵蛇出洞。银枪舞起，水泼不进，枪尖干脆的破空之声仿佛就响在他的耳边。枪在师父手中仿佛活了一般，彻底成为他身体的一部分。待到一路枪法收起，屋子里都暗了下来，只有三丈外，窗边摆放的一盆荷叶被激起的气流震得滚下了一滴水珠来，激起一阵涟漪。

待到荷叶盆里的涟漪平静下来之时，枪上白缨也停止了晃动。沉重的银枪就这么稳稳被师父捧着，那垂下的白缨居然可以纹丝不动，那一刻，仿佛时间凝滞了。

他被眼前的景象吓得大气不敢出，那一刻，他只觉得他的眼前心中都只有这柄定坤枪了。

“这定坤枪，你可愿学？”师父问道。

“弟子愿学！”

他跪下来冲着师父磕了好几个响头。

六

他和褚越，一个继承了师父的文韬，一个接受了师父的武略。

他们二人同朝为官，一时有了文褚武陆的美名。他靠着一柄定坤枪，率领着二十万官兵死守大盛北境。北狄的将领乌坦也是不世出的武学天才，在遇到陆丹臣之前，无一败绩。

两人第一次交锋，多年来未尝败绩的乌坦看不起这个毛头小子，他手上的乌璘剑，刺破万千铠甲，可断无数神兵。乌坦武功之强再加上兵器之利，一直觉得天下间并无敌手。却没想到，陆丹臣的一记回马枪，灌注了真气，那定坤枪宛如蛟龙戏水，白缨巧妙避开了乌璘剑的剑锋，那最后一掷气吞山河，如猛虎忽然伸出了利爪，巨蟒猛然吐出了长舌。陆丹臣居然破了乌坦的招式，定坤枪直接戳入了他的胸口，险些要了他的命。

定坤枪的枪头，也就这样留下了第一道伤痕。

后来两人几次交锋，乌坦都败下阵来，狠狠挫败了他的锐气。在大盛边境都不太平的几年，陆丹臣居然能为面临着最大威胁的北境争取了连续多年的和平。

褚越虽不带兵，但是也凭着他的手腕，去周边各国游说，几次阻挡了外敌来袭。两人在大盛的名声更盛，陆丹臣觉得，他们也算没辜负师父的栽培。

这段日子，是陆丹臣一生之中，仅有的意气风发的时刻。

北境平稳之后，陆丹臣已经有了收复失地的打算，为此准备良久。他几次上书，都没能获得皇帝批准，这使得他心急如焚。

内乱之后，大盛的国库也被花掉了一大半。二十万大军，每在边塞多待一天都是巨大的损耗，而乌坦被击败，正是他意志消沉，用军多疑的时刻，天下大势，瞬息万变，他觉得不能丢失这个良机。

他见上书总是石沉大海，决定去京城面见陛下，但没想到皇帝居然找了好几次借口都对他避而不见。他四处打听之下，得知皇帝本来是打算批准的，但却遭遇了一众官员阻拦，而最让他想不到的是，褚越却也是阻止他的人之一。而他之前请求过褚越帮他争取出兵的机会，褚越居然都置之不理。

他最初只是不解，便约褚越出来，想把这一切问个明白。在京城最大的酒楼明月楼里，一向节俭的陆丹臣难得破费，准备了一桌丰盛的筵席，只是想问出褚越的心里话。

他们师出同门，褚越亦对他有救命之恩和提携之情，他不信褚越会如此待他。

褚越来了，他举起酒杯一饮而尽："陆将军，多年来守卫北境，真的辛苦了。"

那一刻，也说不出来为什么，陆丹臣只觉得面前的褚越极为陌生。

陆丹臣给自己满上，却没喝，只是捏着杯子开门见山："我想问问褚相的高见，为何要阻拦我收复失地？"

褚越倒了一杯酒，笑道："陆将军远在边塞，可能不知朝中局势。这朝中并非只有你我二人，这是皇上的想法，也是朝中大臣们大多数的想法，我无力阻拦。"

陆丹臣捏紧了酒杯，冷笑道："是吗？朝中多为文官，贪生怕死又贪功自傲，我不意外，但是我想不到，连褚相都要阻止我。"

看着陆丹臣失望中略带讥诮的眼神，褚越波澜不惊，只是淡淡一笑："阻止你，正是因为不合时宜。现在大盛人心不稳，对外危机四伏，若贸然出兵，只怕守不住根基。"

"不合时宜？"陆丹臣哈哈大笑，"这就是褚相的高见吗？我不知哪里不合时宜？养兵用兵俱是损耗，而现在正是北狄意气暗淡之时，本就应该乘胜追击。之前的失地物产丰富，更重要的是，收复了失地，自然就可赢得民心。这场仗胜算之大，就算输了尚有青云关天堑为挡，而赢了之后所得甚多，我不信褚相看不明白。"

褚越仰头又喝了一杯酒，悠悠说道："善于谋国，不善谋身。你可知……"

褚越说出这番话，陆丹臣已经彻底明白了他的意思。

不等他说完，陆丹臣就把酒杯狠狠杵在褚越的面前，酒浆洒出，溅了褚越一脸。但是褚越也没动气，只是用袖子慢慢擦干了酒水。

陆丹臣冷笑道："谋身？这就是褚相的计谋吗？身居高位，就应该对得起这份俸禄，不为谋国，那不如直接隐居山林，岂不更为谋身？"

褚越不紧不慢地又给自己倒了一杯酒，说道："师父把定坤枪传给你，是应该的。"

陆丹臣冷哼一声："是啊，定坤枪传给你，你也只会收枪那一式。"

褚越喝完第三杯酒，笑道："丹臣，今日我们可能要分道扬镳了，但是我还是想和你说最后一句话，师父给我的策论评判，并非偏心。"

陆丹臣抽出一把匕首，斩断了自己袍子的衣摆以及自己的一缕头发，他转过身去，留下了最后一句话："师父的恩情，你的救命之恩，我不会忘却。但是今日我们已再无挚友之谊，我感恩于师父和师兄你，但是我不同意你们的种种决策和想法，一寸山河一寸金，我哪怕死了，都决不放弃。只可惜今后，我大盛再无文褚武陆之名了。"

"好。"看着衣摆和那缕头发飘落在他的面前，褚越的声音里也渐渐带上了颤抖，"我大盛有你这样的武将，是我大盛之福，原谅我没有你定坤枪这样的胆气和固执。"

陆丹臣准备离开，但是褚越摇摇晃晃地站了起来，已经有了些许的醉意："丹臣！师弟！"

陆丹臣的心被这一声"师弟"猛然一惊，但还是没有回头，果断离开了明月楼。

陆丹臣如若回头，他可能就会看到，褚越的眼神，正向不远处的一处屏风那里瞥去。

七

陆丹臣倾尽自己所有的力量，只想说服皇帝能早日同意，却不料自己居然经历了一波又一波的诋毁，先是大将军上书，说他居心不良，不顾大盛的现况，和大将军同处一派的官员也联名上书，罗织了各种罪名，连他那日请褚越的那顿宴席都成了被他们攻击的靶子。陆丹臣见自己遭受诋毁，更是心有不甘，他直接向皇帝请求，愿接受调查，证明自己的清白。

褚越虽然没有和那些人一起上书诋毁自己，但是褚越的所作所为却更令陆丹臣无法接受。陛下听说褚、陆二人好像不和，还专门问褚越，褚越说道：“陆将军的劳苦，是我们这些文臣所不知的。边塞环境之恶劣，常年只得饮冰挨饿，将军有所抱怨也是难免的。今日若因为几句无证据的空话就调查陆将军，只怕会使得朝中人心动荡。”

皇帝见褚越如此说，也来了兴趣，问道：“那依褚相之见，陆将军会做这些事吗？”

褚越不置可否，只是笑道：“那日将军请臣的那顿饭上，只不过冲臣抱怨了几句罢了。”

那字字句句传到陆丹臣耳朵里，他只觉得自己耳膜生疼。褚越不愧是文官，他早已和褚越说了那么多出兵北狄的优劣利弊，褚越居然一点都没听进去吗？还要在皇帝面前中伤他，他陆丹臣又怎会是贪图享受之人？

但是皇帝倒也没再追责于他，也没有调查他，只是云淡风轻地批评了他两句，还额外赏赐了他不少财物。这更坐实了他贪图名利的事实，搞得京城里已经有了不少关于他贪污的传闻。

陆丹臣第一次感受到了褚越的厉害，原来他想栽赃搞臭一个人，只需要这轻飘飘的几句话。他还想请求皇帝调查，能给自己一个清白。但时局却不允许，文褚武陆有嫌隙的事居然都传到了北狄，而他因为不在边塞，乌坦的伤也好了，北狄抓住了这个机会，前来进攻。眼见自己的计谋反被敌军所用，陆丹臣顾不得自己的名声，只得赶回了北境。

这次，卷土重来的乌坦让陆丹臣彻底见识到了北狄名将的本事，两人在北狄纠缠数年，互有胜负。定坤枪，也渐渐留下了一道道细微的伤痕。

但是，错失的良机就这么在朝堂势力的拉扯之下转瞬即逝了。

八

往昔的一切浮现在他的眼前，陆丹臣不停手中的动作，反复敲打着，似乎想抚平枪上所有的痕迹，而褚言非似乎看出来陆丹臣心中的所想，缓缓说道：“当时……朝中大将军势力顽固，无人可挡……家父和我说过，他此生后悔的就是没和陆将军说清楚……”

陆丹臣冷哼一声，没有言语，手中的锤子敲击得更狠了，震得整座小铺都晃荡了起来。

褚言非知道自己提及父亲，必然惹得陆丹臣心中不快，但是没有办法，这其中秘辛，他必须告诉陆丹臣，否则解不开这多年的宿怨。

褚言非弯下了腰："前辈，我父亲当时，被大将军的眼线盯着，几次和您来往通信都被大将军的手下提前截下拆开过，我父亲的种种作为，可能您有些误会，父亲并非有意陷害您……"

陆丹臣停住了手上的活计，惨然一笑："唉，我知你父亲，可惜你父亲并不知我陆丹臣。他以为我不知道他的那点筹谋吗？他褚越能在文治之余把武功传给你，与他齐名的陆丹臣就是胸无点墨之人吗？我若是如此愚钝，还能活到今日吗？"

褚言非不由得瞪大了眼睛。

陆丹臣不是不知道褚越的心思，文褚武陆之名，不仅盖过了众臣的功劳，也盖过了皇帝的名头。他所想的，不过是渲染自己贪财喜功的一面，以此来打消皇帝的猜忌,顺便给了大将军他以为的"把柄"。那日决绝之时，和他朝夕相处多年，陆丹臣还是看出了他有难言之隐，联想起之前褚越的回信，那火封上隐隐有被拆过的痕迹，陆丹臣便猜出了一点端倪。陆丹臣的决绝，也是他的一出戏，给他们两人减轻一点猜忌。

他早已不是年少冲动之时，把师兄策论拍在师父案前的那个陆丹臣了。在他找师父理论之后，回去读了多遍褚越的上策之论，他已经知道师父和师兄心中想的，是朝堂斡旋中变革，谋得其身也谋得其国。可是褚越若是能看看自己虽为下策的策论，就知道他陆丹臣，也不是有勇无谋之人。

可是一切都晚了，在两人缺少交流之下，陆丹臣猜出了褚越的想法，可惜褚越在朝中用尽手段保他，反而破坏了他的策略。

他想靠着一身清白为自己宣扬出清廉之名，借着名声，他就是扎在朝堂中的那根无人敢动的刺。世人只要都信他是个忠臣好官，那反对他的人，就是被揭露出来的乱臣贼子。那时候，为他说话反倒能增长威望，他的阻力都会成为他的推手。

陆丹臣嘲讽般一笑："你父亲到底还是个文官，不知破釜沉舟，背水一战的道理，我早将生死置之度外，会畏惧这点威胁吗？他只看到我们对大将军的威胁，却看不到大将军对陛下来说，也一样是威胁。"

褚言非听到陆丹臣的这番说辞，被震惊得一时无话可说。许久之后，他才行了一个大礼，说道："前辈的赤诚与智谋，晚辈佩服不已。本来还担忧家父与您之前的过节，现在看来，还希望您可以再度出山，重整故国山河。"

陆丹臣阴沉着脸，一锤接着一锤狠狠砸了下去，每一锤都是为了弥合这处断痕。

"你可知这定坤枪是怎么断的吗？"

九

在他坚守北境的那段时间里，他也知道褚越依旧在朝堂斡旋中坚守。他手下的军队，能获得的军饷被连年削弱，即便他的定坤枪再厉害，也只是拼了命维持不被打败。可是大盛的东境和南境几度失手，大片的土地都被掳去，这使得陆丹臣心急如焚。

面临着西境大军压阵的压力，陆丹臣准备上书请求将他转到西境护卫，褚越居然提出来割地求和的主意，这让陆丹臣怒不可遏。现在的局势，哪里还有忍让的余地？

陆丹臣几度上书，也给褚越写了很多次的信，哪怕被大将军拦截也无所谓了。大将军好歹也是为大盛上过战场的人，就算忌惮他们，也不应该眼睁睁地看着大盛沦陷吧？

可惜他是有心杀贼，无力回天。在让出西境的龙跃山之后，战乱依旧不断，割地求和也没得几年安宁。内忧外患之下，北境部队的军饷被削弱得可怜，甚至有时候连粮食都供应不上。被逼得无可奈何的陆丹臣，只得带领着军民在干旱的北境掘井灌田，勉强解决了粮食的问题。但是在他苦苦坚挺的时候，其他战线接连被破的消息，让他只觉得可悲又无奈。

大将军觉得陆丹臣面临着最强大的北狄反而不落败，显得自己更加无能，于是对陆丹臣攻击得更加厉害。大将军的势力盘根错节，皇帝能上位也多得他仰仗，陆丹臣也无力与之对抗。在陆丹臣被调离北境的时候，褚越前来送别。

看着褚越悲哀的眼神，陆丹臣不由得叹息道："褚兄，你可知你的斡旋，已经要失败了吗？"

褚越长叹道："其实师父当初要传你枪法，也是觉得我们二人性子截然不同，或许这两个法子，总有一个会给大盛带来转机。”

陆丹臣现在才恍然大悟：“原来师父是如此想的，可我还是觉得，定你为上策，我为下策，我依然不服。”

褚越苦笑道：“现在是上策还是下策重要吗？这不是一样的吗？你我都失败了。”

“一样吗？”陆丹臣轻蔑一笑，“褚兄，刀兵相见即便输了也是赢了，割地求和即便赢了也是输了。你以为在保护着天下人，但在天下人眼中，是你把他们拖入了屈辱和深渊。”

陆丹臣此时对褚越极为失望，事到如今，他居然还心存幻想。两人最后的见面也不欢而散，陆丹臣扬起马鞭，果断地离开了。

他被调离之后，北境果然失守了，可惜他被剥夺了兵权，只能干着急。他多次上书，恳求可以带兵夺回失地，但是他的每一次上书，都变成了朝堂斡旋的一枚棋子，他只觉得自己做的所有努力，都仿佛扔入大海里的一块石头，只掀起了面上的一点波澜。

当北狄大军入境的那天，本来放置在案上的定坤枪，忽然就掉了下来。

他听闻朝中人居然商量着打算投降，这让他震惊不已。他赶忙去见褚越，只看到褚越失魂落魄一般歪在椅子上，一言不发。

陆丹臣大怒道：“你们居然打算投降？你问问大盛的百姓，他们同意吗？我们尚有几十万兵力，都不打算奋力一搏吗？”

褚越摇头道：“陆将军，兵力是有，可是你知大盛国库还剩多少钱吗？你知道这些年战乱又死去了多少人吗？大盛余威还在，但是也经不起这样的折腾。我们虽然投降了，但是也可成为北狄的藩属，保全百姓……”

“呸。”陆丹臣听不得这话，啐了一口，“藩属？这样的主意居然是你们想出来的？我堂堂大盛，如此广袤的土地，居然成为北狄的藩属？”

褚越叹道：“我大盛的百姓，也经不起伤亡了。”

“是吗？”陆丹臣冷笑道，“那你们对得起开国之时死去的百姓吗？对得起死守边境这些年牺牲的将士们吗？”

褚越没再说话，陆丹臣放下了心中的愤怒，请求他再向皇帝上书，给自己再战一次的机会，但是褚越没有动作，至此之后，他心里对褚越的最后一丝感激，也消失殆尽了。

十

“你父亲是个懦夫。”陆丹臣冷冷说道，但是泪水却从他的脸庞滑落，坠到了烧红的铁块上，在轻微响声中，化作几道水汽。

褚言非愣了一下，脸上一直浮现的温文儒雅的笑容也消失了，转为了一副凝重的神色。

“我知道我父亲的所作所为，他也是被逼无奈，当时大盛连年灾害，确实也打不动了，如果不是投降，也保不住这大部分土地。而这，也算留存了东山再起的根基。”

“是吗？”陆丹臣最后一锤落下，断枪已经连接好了，他在静静等待着铸铁冷却。

褚言非问起了他一直关心的问题：“晚辈早就听闻定坤枪的威力，凭着前辈的武功和枪的坚利，居然还能遭受如此重创。这枪，到底是怎么断的？”

陆丹臣缓缓说道：“天下能斩断定坤枪的武器并不多，乌坦的乌璘算是一把，要是断在他的手里，也算是值了，只可惜，只可惜。”

“那是断在谁的手里？”褚言非问道。

陆丹臣望着他的眼睛，平静地说出了那个名字。

“褚越，你的父亲。”

褚言非听到这个名字，瞳孔都不由得放大了。

关于陆丹臣的事，他大多听说过，父亲也提起过，但这件事，他却闻所未闻。

大盛沦为藩属之后，陆丹臣却不愿放弃。

大盛的储君也已经被北狄扣押为人质，大盛的赋税比以往更为沉重，百姓生活得更加艰难，还得背负着天下人的嘲讽。

他并不愿大盛就这么屈辱地投降，于是默默组织了对抗北狄的军队，回到了他熟悉的北境作战。

就在他的战线逐渐扩大，他以为有希望复国之时，他迎来的，不是大盛的支持和认可，而是叛军之名。

朝廷几次前来劝降，陆丹臣面对着好不容易拼来的一点胜利，自然不肯放弃，也被这群人的懦弱给震惊得无话可说。

但是，过了几个月，朝廷忽然变了态度，说要支援他，大将军带着一队人马到了北境，陆丹臣开了城门准备迎接。他骑马刚走到大将军前不过三丈的距离，对面忽然放箭，他的几个手下因这意想不到的袭击丢了性命，死前大呼叫他赶紧离开。那一刻，陆丹臣的怒气冲上了头，他从未想过，这群面对敌军畏缩屈膝的人，居然能把最尖利的刀刃割向自己人。陆丹臣大喝一声，声势震得这些朝廷官兵不由得一哆嗦，他自马上一跃而下，冲着大将军的脑门直直锄了过来。

大将军本以为在自己的偷袭下，陆丹臣必然兵溃如山倒，没料到陆丹臣如此不怕死，他手足无措之中，人头已经被定坤枪挑下。

陆丹臣知道自己虽然拿下了大将军的人头，但是到底也是敌众我寡，他负责断后，让自己的士兵们成功撤退。在这种冲动之下，也彻底坐实了陆丹臣叛乱的罪名。他只得流亡，但一直都在北境附近晃荡。

半年之后，褚越又找到了他，说道："现在大将军已死，他的势力已经崩溃，我等有皇帝手谕，希望陆将军能回来。"

陆丹臣听到自己有报国的希望，没有防备，兴冲冲地伸出双手去接手谕，却不料褚越单手拔出陛下赐予的斩马剑，朝他的脖子斜劈而去。

这突如其来的一招让陆丹臣措手不及，他向后几步躲开，但他的手不及抽回，被削去了一半的无名指和小指。鲜血溅出，但是斩马剑依旧不饶，如密集的雨点又毫不留情地扑来。陆丹臣情急之中向后连退几步，抽出了定坤枪，用力一挡，霎时间火星四溅。他强忍着手上的疼痛，举枪来迎。一招"爆散梨花"，银色枪尖散出如一片梨花飞舞，但是这片花雨之中却夹杂了血色。

此时，褚越反身跃起，御赐的斩马剑本来就削铁如泥，灌注了真气的剑刃更是势不可当，陆丹臣暂时还只是想着抵抗，并没有灌注真气在定坤枪上，却不料斩马剑居然一下削断了定坤枪。"当啷"一声，枪尖落地，白缨已经全沾染了血水。

一个反手挑剑，斩马剑的剑尖就对准了陆丹臣的喉咙。

陆丹臣在那一刻，忽然失去了所有的愤怒与恨意。

褚越的眼波微微一动，他长叹一声，悠悠说了一句："你走吧，我就当你坠入悬崖了。"

陆丹臣喉结上下移动，他缓缓拾起了断了的定坤枪，离开了这里。

而他拼命攒下来的这一点胜果，也消失殆尽了。他的残部，也尽皆消散。

十一

褚言非听到了这些话，讶异得颤抖了起来："这……前辈的断指，不是在抗击北狄时被斩断的吗？"

陆丹臣轻蔑一笑："这就是你父亲所做之事。"

褚言非脑子一空，只觉得自己身体已经凝固了一般。他只知道父亲说过，陆丹臣被斩断了双指，可凭此点找到他。但他万万想不到，这伤居然来自自己的父亲。

那今日想请陆丹臣出山，必然不可能了。

说话间，定坤枪已然冷却，陆丹臣拎了起来。虽然只是一个平凡不过的抬手式，陆丹臣的眼神也是平静的，但他抓起枪的一瞬，周身的气势就散发开来，那枪在他手中，就是他身体的一部分。

褚言非抓紧了手中的铁扇，他知道，即便他现在说什么，都会被认为是前来谋杀的人。但是紧张之余，一丝笑容却浮现在他脸上。

"能和定坤枪交手，是我褚言非的幸事。"

话音刚落，定坤枪使了个枪花，白缨如雪，令人眼花缭乱。尖利的破空之声连绵不绝，也宛如雪夜的风声一般让人不由得战栗。仿佛身处一场暴风雪之中，褚言非手上兵刃灵活诡异，但是定坤枪在力道之下亦不失灵活，而那纷扰的白缨也极大地阻隔了视线。那枪锋也会如雪夜里的猛兽，待他走神的一瞬间，忽然袭出，一招制敌。

褚言非处乱不惊，他以铁扇小心应付着，腾挪步法闪避着招式。忽然，陆丹臣使了一招"横扫千军"，银亮的光芒如一线潮水，蕴藏着毁天灭地的力道，褚言非知道此招非同小可，飞身跃起，堪堪避过了这一枪。但是定坤枪又迅速调转方向，在陆丹臣手中一个旋转又向他掷了过去。

褚言非此时避无可避，只得强行拿起铁扇格挡，只听一声清脆的断裂之声，一片扇叶竟被震裂脱落下来。他手指也被震得生疼，险些就要拿不住铁扇。但好在挡了定坤枪的力道，让他暂时免除了性命之忧。

但是陆丹臣的定坤枪不会轻易饶了他，而是及时抽回，陆丹臣后退一步，收起了攻势。

“现在你可知我武功深浅？”陆丹臣语气严肃地问道。

“不愧于定坤枪之名！”褚言非虽然已经被极险的几招惊出了冷汗，但还是忍不住赞叹道。

“你现在投降，我还可饶你一条命。”陆丹臣淡淡说道。

“褚言非虽为文臣，但也知江湖规矩。只有输，没有降，否则愧对定坤枪。”

“好！”陆丹臣大喝一声，枪来得更急，阵阵疾风压着人面袭来，褚言非抖开铁扇，或点或撩，时进时退，试图找到陆丹臣的缺点，这定坤枪力道沉，自然招式便转换不快，总能找到弱点。但很快，他就意识到，在这压迫性的气劲之下，任何缺点都会被定坤枪的力道遮掩过去。

“你今日若是不能胜我，那就留命在此吧！”陆丹臣的话，掷地有声，让褚言非心中一惊。

两人差距显而易见。褚言非虽然年轻，练武又勤，相比之下，陆丹臣长久不练武，身上又带了残疾，但好歹是当年的定坤神枪，褚言非深知自己获胜的可能性是万中无一。可是陆丹臣已经放出了狠话，褚言非也只得小心应付，如果今日死在对方的枪下，就当代替父亲给他赔罪了。

褚言非深吸一口气，手中的铁扇“啪”的一声合上了，紧紧攥入了掌心。

十二

面对着定坤枪的千钧之力，摊开扇叶只怕碎得更快，他把扇子合起，便是一柄极厚的匕首，才不会被定坤枪轻易折断。

陆丹臣使出一招“乌云盖雪”，白缨忽然劈头盖下，褚言非打了滚躲开，反手向陆丹臣手腕点去。之前遭受过他如此招式吃了亏，陆丹臣吸取了教训，双手松开躲过了扇顶，左脚一踢定坤枪，银亮的枪身飞起，弹回他的掌心。

褚言非瞅准这个机会，欺身上来，他的兵刃短，此刻更能发挥长处，一连几招点向陆丹臣的要穴。陆丹臣向后闪避，试图腾出空间好刺出枪来。但是褚言非知道，现在的机会瞬息万变，他不能轻易舍弃。手上的招式更密，又配合着步法，紧紧追着陆丹臣，居然把他逼到了墙角。

陆丹臣的机会来了，他向后一蹬墙面，接着反弹的力量，定坤枪如蛟龙出海，扑面而来。枪来得极快，褚言非一时闪避不开，举着铁扇斜削下去，可算打偏了枪尖一点。枪尖擦着他的喉结掠过，险些丧命。

巨大的力道让他的几片扇叶霎时断裂，褚言非当机立断，猛地向前甩去，断裂的扇叶也如暗器一般弹射了出去，陆丹臣的枪刚脱手，当下没有兵器阻隔，这些碎裂的扇叶居然对他造成了威胁，逼得他跃起躲避。

褚言非不敢怠慢，连忙上前踢飞了定坤枪，陆丹臣飞身夺枪，电光石火间，两人拼起了拳脚，斗了三招，在陆丹臣抓到定坤枪之时，褚言非手中攥着的最后一片扇叶顶上了陆丹臣的喉咙，而他的手为了藏住这片扇叶，好来迷惑陆丹臣，已经被划得鲜血淋漓。

“你这个小子，居然赢了。”陆丹臣哈哈大笑。

褚言非收起了扇叶，冲着陆丹臣一拜：“这都是前辈那篇策论里所写的，今日这场比试，我也只是占了前辈的聪慧。”

陆丹臣微一点头：“看来你明白了我这场比试的原因。”

褚言非笑道：“这是一场试探，不是吗？当时看来，北狄正强，大盛已弱，似乎并无胜算。倘若当年您没有错失反攻的良机，我大盛内外如扇叶一般合拢，找准北狄几处致命的关塞缺陷，化攻为守，而后在玉龙关埋伏最后一手，所失去的便都能夺回来了。只可惜了，那篇策论，您得了下策。”

陆丹臣长叹一口气：“你懂我。”

听到这句话，褚言非放下了心，这意味着自己通过了考验，获取了信任。

褚言非深深一拜：“晚辈请您再次出山，父亲死前极为后悔，这是父亲的心愿，也是晚辈的恳求。晚辈在朝堂耕耘多年，大将军的余党已经全部拔除，我只愿可以光复大盛，了结悔恨。”

定坤枪忽然一转，抵住了他的喉咙：“死国可矣，但老夫要你发誓，定不负大盛，不负我军民。”

褚言非攥着扇片，在掌心缓缓刻下两个字——“不悔”。

见他如此决心，陆丹臣微笑着收回了定坤枪，突然跪倒在地，冲着大盛的方向连磕几个响头。

二十年了，他足足等了二十年！终于盼来了这一天！

不待多时，那银亮的定坤枪又会闪耀在北境。

玄铁为锋钢为骨，白缨如絮刃如冰。

一丈游龙手中握，梨花漫天四海平。

凤凰于飞

张 茜

一

冰雪初融，杨柳稍稍抽出一点新绿的芽，正是初春的好光景，然而因着金兵围城，金陵城内一丝活气也没有，官道上人迹罕至，几只乌篷船胡乱泊在码头上，一对青年男女坐在船舱内低声密语，头戴斗笠的船家跟里面的客人打了声招呼，驾轻就熟地摇开船桨，准备渡河。

“船家，等等我。”

清脆得如同黄鹂鸟一般的声音从岸上传来，船家回头，一位绯衣少女涉水而来，只见她双足轻点，身轻如燕，不消一会儿就稳稳地落在了船头。

饶是见惯了武林高手的船家，都要暗赞一声好轻功，绯衣少女立在船头，忙不迭地从袖兜里掏出一个沉沉的钱袋扔给船家，急声道：“船家，快送我过河。”

船家看着面前明艳娇俏的少女为难地搓了搓手：“姑娘，实在不好意思，这船被里面的两位客人给包了，您还是赶下一趟吧。”

“什么？”

绯衣少女急起来，白皙的脸蛋涨得通红，身形一顿，似乎是想要使轻功飞回岸上，走了两步又折回来，哀求地看着船家道：“您能不能行个方便，帮我跟里面的客人通融通融，我实在着急过河。”

“这恐怕……里面的客人指名要包船。”船家拿着钱袋进退两难。

“我去跟他们说！”绯衣少女留下这么一句话，立时就要去撩客舱的门帘。

然而一只修长如玉的手快她一步，一位朗眉星目的公子从客舱里探身出来，两人打了个照面，差一点碰到头。

从船舱里出来的公子着一袭白袍，墨黑的长发用玉冠束起，英挺的眉毛下是一双黑曜石般的眼睛，站在初雪稍融的春意里，身长玉立，丰神俊朗。

他看着面前呆滞的少女，不由得轻轻一笑，绯衣少女这才发觉自己竟然一直在盯着人家看，白皙的脸蛋腾地红起来，忙收回目光。

“公子，这位姑娘也想要渡河，不知您可否行个方便？”船家轻咳一声，与未铮打商量。

绯衣少女这才想起自己还有正事要办，看着眼前的俊朗少年，一向无所畏惧的她难得涨红了脸，低声道：“麻烦您行个方便。”

“罢了，捎她一程吧。”未铮朗声道。

绯衣少女高兴得不知如何是好，抱拳道：“万分感谢，不承想你们中原也有这般仗义的人。”

这话说得古怪，未铮细看了她一眼，面前的女子一身胡人装扮，轻裘短靴，英姿飒爽，毫无一丝中原女子的羞涩扭捏。

“姑娘自西凉而来？”未铮低声问道。

“公子好眼力……”绯衣少女正要与他细谈，船舱内忽然传来一阵低低的咳嗽声，未铮神色一黯，朝着容颜娇俏的少女颔一颔首，转身进了船舱。

“话这么少……”绯衣少女似乎有些失望，有一下没一下地踢着船上的桅杆。

“姑娘可是看上我们中原的好儿郎了？”船家笑着打趣。

“大叔不要胡说。”绯衣少女的脸再次红到了耳根，手指无意识地拨弄着腰间的金错刀。

“这兵荒马乱的，金人都围城了，姑娘此刻出城，怕是不安全。”船家善意提醒。

“我不管，我才不要留在这里，我要回西凉去。”绯衣少女满不在乎地撇了撇嘴。

微风拂过，初春的暖意袭来，空气中有淡淡的花香，绯衣少女与船家有一搭没一搭地说着话，尚觉春光甚好。

然而只是刹那之间，细不可闻的风声传来，只听“夺”的一声，接二连三的暗器呼啸而至。

绯衣少女反应极快，想也不想地拔出腰间的金错刀回身格挡，她身形敏捷，一把短刃被她舞得密不透风，一时间，密如雨点的暗器竟无法近身。

然而，终究是身单力薄，不消一刻，少女的气息便急促起来，一个失手，铁灰色的暗器扎进了肩膀，淡淡的血色在绯衣上渲染开来，无数刺客点水而来，将乌篷船围得密不透风。

密密麻麻的暗器扑面而来，绯衣少女呼吸一滞，胳膊却被一只大手拉住，朗眉星目的公子自船舱飞掠而出，将身着绯衣的少女护在怀里，手中的青影刀如白虹贯日，刀锋所过之处不见血色，然而不消片刻，有殷红的鲜血从刺客口鼻里喷涌而出，围上来的刺客七零八落地落入水里。

“未铮，你护好这位姑娘，剩下的我来吧。”一个清越的声音自船舱内传来，只听一声轻叱，着烟灰色衣裙的女子腾空而起，挽起万道剑花，似白练当空，森冷的剑光直取刺客咽喉。

“浅雪，帮我留一个活口。”在剑气逼入最后一个刺客的咽喉之前，身着白袍的公子这样吩咐。

被唤为浅雪的女子停住了手中剑，将刺客押至未铮面前，未铮俯身捡起一枚银灰色的暗器，眉目间闪过了一丝淡淡的厌弃，仿佛他手里抓着的是什么肮脏之物，他缓步走到刺客面前，黑曜石般的眼睛里闪过森然的冷意，双指一并，劲风扫过，银灰色的暗器噗地没入刺客胸膛。

刺客闷哼一声，未铮盯着他的脸一字一字道：“回去告诉你的主子，等我死了，这位子自然是他的，不用这么着急。”

浅雪听见这话，一脚把刺客踢下了水。

四目相对，他们方才意识到这里还有一位被吓傻了的绯衣少女。

“姑娘，你没事吧？”未铮走过来拍了拍她的肩。

谁承想绯衣少女“哇”的一声大哭起来，她一面号啕大哭，一面抓过未铮的衣袍擦拭脸上的鼻涕眼泪：“要……要不是你们，我今天就死在这了，我还没有见着我二哥，我还没有回西凉，可不能死……可不能死。”

眼见自己素净的白袍上有了斑驳的痕迹，未铮哭笑不得地看着大哭的少女，只能轻轻地拍着她的肩，等她情绪平静下来。

太阳落山之前，绯衣少女终于情绪平静，她看着眼前眉目俊朗的未铮，拔出腰间的金错刀，平举至未铮跟前，说道：“多谢你的救命之恩，那宁无以为报，唯有这把金错刀相赠。”

“你叫那宁？”未铮瞧着她，脸上闪过一丝古怪的神色。

“是啊，你可别小瞧了这刀，在西凉，见此刀如见可汗。”那宁以为他是瞧不上这把不起眼的短刃，耐心地解释。

“既如此，姑娘还是先把这刀收着吧，我们以后怕是还有再见的机会。”未铮沉吟了一会儿，将刀推了回去。

“啊？”那宁惊讶地睁大眼睛。

未铮下意识地去看站在船头的浅雪，然而湖面早已没有了烟灰色的身影。

二

夜近子时，空旷的金陵城内，马蹄声由远及近，身骑白马的那宁从狭窄的甬道内一跃而过，朝着紧闭的城门疾驰，这是出城未遂后的第三天，被困在内苑的那宁终于找了个机会溜出宫，朝着故乡飞奔，让她跟一个素昧平生的太子完婚，这可不是她的性格。

城门近在眼前，身轻如燕的那宁喝停白马，纵身一跃站在马背上，准备跃上城墙，肩头的包袱却不知何时松散开来，掉出几个白白胖胖的馒头，滚落在金陵城冰凉的地面上。那宁一愣，想起来这是溜出宫之前，阿拓给她准备的干粮。

几个馒头而已，也不值什么钱，那宁拍拍衣裙上的灰准备跃上城门，身后却莫名传来一阵类似于兽类抢食的撕扯声。那宁警觉地拔出腰间的金错刀，转身，片刻前还空无一人的街道，此时不知道从哪里冒出来几个人，掉落在地面的几个馒头被几人争抢。一只干瘦开裂的手伸在她面前，映入眼帘的是一张萎黄的脸，眼窝深陷，形销骨立，恍若在一具骷髅架子上蒙了一张薄脆的皮。饶是胆大如那宁都被结结实实地吓了一跳，她很快意识到，这是由于金兵围城，被困在城里的难民。

“给口吃的吧。”眼前的难民气若游丝地说。

那宁心里一阵难过，赶紧解开背上的包袱递给他一个馒头。另一只手朝她伸了过来，难民不止一个，他们不知什么时候起围成了一个圈。一样褴褛的衣衫，一样薄脆的皮肤，只有在看到食物的那一刻，眼里才发出了光。那宁手里的馒头，像野火一样点着了他们瞳孔里的光，一簇一簇地亮了起来，幽幽的，鬼火一般，亮在沉沉的夜色里，莫名地有些瘆人。

那宁正要递出第二个馒头，一个低沉的声音在头顶响起："不要给！"

那宁还没反应过来，一只大手就环住了她的腰。那宁只觉得身体腾空而起，耳边是呼呼的风，眼角的余光瞟到了一角白袍，双脚落地的时候，已经稳稳地站上了城墙。柔和的月光洒下来，在未铮的面庞上结下一层冷霜。待看清了身边之人的眉目后，那宁惊喜地叫出声来："是你啊，未铮，我们又见面啦！"

未铮淡淡颔首，隔得那样近，却是淡漠而疏离的，眉心有一道深刻的痕。

"对了，你为什么不让我给他们馒头？"那宁想起眼下的事情来。

未铮没有回答，只是近乎悲悯地看着城墙下的难民。

唯一的粮食源头被切断，城楼下的难民愤怒起来，拍着城门，朝着城楼嘶吼："把粮食给我们！"

那宁把包袱解开，把随身带的馒头扔下去，只是一瞬，馒头就在众人的撕抢中消失得无影无踪。数量毕竟有限，没有抢到馒头的人怒火无处发泄，片刻之后，盯上了那宁绑缚在城墙下的白马，掏出身上随身带的锐器刺向了马脖，随着白马负痛的嘶吼，殷红的鲜血从马脖子里喷涌而出，难民一拥而上，生剥起了马皮。

"呀！我的马！"那宁惊呼，就要跳下城楼去救自己的马，胳膊却被未铮牢牢抓住。

"危险！不要去。"

"可是……"那宁还要再说什么。

楼下难民生分马肉的狂热结结实实地骇住了她，马的悲鸣渐渐微弱了下去，很快被难民们分食得只剩一具巨大的骨架。鲜血流了一地，一张张萎黄的脸泊在鲜血里，状如鬼魅。

"怎么……怎么会这样？"那宁有些失神。

"金陵被围困得太久了，粮食短缺，再不破防，就是金兵不攻进来，这里也会是一座死城了。"

那宁一时间不知道该说些什么，这是她第一次接触到战争的残酷。她有想过，太子求亲是有所图谋，却没有想过，金陵城内已经困顿成了这个样子。

那么……如果，不和亲，阿爸有没有可能出兵呢？那宁搓着手指，心里百转千回。楼下分食完马肉的难民再次叫嚣起来，胆大一些的拍着城门对着楼上的两人喊话。

“看你们的穿着，不是达官也是显贵，一定认识金陵太子，让他滚出来跟我们说话，我倒是要问问这群吸人血肉的猪猡，这战事什么时候是个头！”

未铮沉默良久，突然从腰间摘下一块龙凤玉佩，对着楼下的难民朗声道：“我就是金陵太子，我们现在兵力有限，但是作为一国太子，我发誓，必定死守金陵，除非是踏着我的尸首，否则金人的铁骑不能伤我城民分毫！”

空气有了一瞬间的凝滞，那宁呆呆地看着眼前的未铮，未铮是金陵太子？自己结亲的对象居然是他？冷风渐起，看着身旁挺拔如松竹的少年，那宁不合时宜地红了脸。

安静只持续了一瞬，在得到这样的答复之后，楼下的难民再次骚动起来。有人以头撞墙，在血泊中绝望地嘶吼：“死守这破城有什么用？让金兵攻进来好了，只要能给口吃的！当奴隶我们也情愿！”

听得这席话，未铮的眼底有了一丝不易察觉的隐痛，攥紧了手里的玉佩，厉声道：“我金陵的子民从何时开始这么没有血性了？你们认为只要投降，金人便会给你们一条生路？妄想！你们忘记两国交战，屠我上万百姓的历史了吗？！这血泪史还记在历代的城志里，未铮一刻不敢忘怀！”

淡淡的月华下，温润如玉的公子陡然间所迸发出来的杀意让人为之一震，楼下的难民面面相觑，难得地沉默下去。

未铮转身看定了那宁，像是拿定了主意，轻声道：“那宁，我是未铮，金陵的太子，金陵的情况你也明了了，与我结亲，对你来说，不是一个好的选择，你回西凉去吧。”

那宁没承想他会说出这样的话来，在这样的困境里，他都不愿以他们的婚姻作为筹码，解这燃眉之困，金陵的太子……原来是这样磊落的人啊。她瞧见他眼底的疲惫，莫名觉得不忍，然而，夜幕之下，一方是身陷囹圄的死城，一方是西凉广阔的天地，那宁动摇起来。

“走吧。”

他递给她一包碎银。

“再不走，皇宫的人来了，就走不成了。”

那宁退后两步，城门之外，居然有人给她备好了马匹。那宁不再犹豫，朝着身形挺拔的未铮抱拳，足尖轻点，朝着城楼一跃而下，不偏不倚地落在了城楼下的马背上。那宁最后看了一眼城楼上的未铮，他正负手立在万丈高楼之上，肩头落满清辉，如同一只负重万钧的松鹤。

那宁心里莫名一阵酸楚，她轻叱了一声，骑着马朝西凉奔驰而去。

有冰凉的雨点飘洒而下，身后的骚乱逐渐远去，然而不知怎的，每前行一步，那宁便愈加烦闷，未铮的脸一再浮上心头。那样意气风发的少年，身上却担负着倾国之困，这样的雨夜，他只怕也要死死留守，他也只是一个人哪。

在西凉的葱茏岁月里，那宁也无数次地幻想过自己未来的夫君是什么样子，不说其他，他一定是一个有担当、不懦弱的铁血汉子，那么未铮，不就是那样一个人吗?

那宁轻叱一声，徒然调转了马头，像是下定了什么决心，朝着片刻前一跃而下的金陵飞奔而去。

三

金陵城内骚乱渐起，大批的难民拥向城门，叫嚣着向金人投降换取生路。城墙上架满了弓箭，只等未铮一声令下，城楼下骚乱的难民就会被射成一只只马蜂窝。未铮眉头紧锁，却迟迟没有下令。他抬头瞧了眼满月的清辉，不知从何时起，他便总是处在这样两难的境地，进一步虎狼，退一步深渊。

一只冰冷柔软的手搭在了他的肩头。未铮一转身，便看到了一张清丽柔和的脸。淡淡的眉眼，不惊艳，眉梢眼角都是从容，安静地望着他。看得久了，心里每一条烦躁的褶皱都被抚平，多少年了，不论是烟花三月的扬州，还是泥泞的沙场，她一直都在这里，一直都陪着他，与他并肩作战。

“阿浅。”他哑声唤她。

“嗯。”浅雪轻轻地答应了他一声。

他突然很想把她抱在怀里，但是他不能，他是即将与西凉公主结亲的太子，而她是二皇子的未婚妻，摆在他们面前的路，每一条都是死的。

“怎么又起了骚乱？”浅雪皱眉看着城楼下的难民，眼底承载着跟他一样的悲悯。

“饿狠了。”

“粮草还有多少？要不……”

“加起来只够军中用上三日。”

浅雪眼里的光寂灭下去。

“那宁呢？这几日你有没有去找她？”

重新燃起一丝希望似的，浅雪满怀期望地看着他。

“你要我去找她么？”未铮反问。

浅雪低头，一时间沉默下去。天空中不知何时下起了小雨，和着烈烈的风，卷动着两人翻滚的衣角。

“未铮。”

一个清脆的声音在两人身后响起，未铮回头，看见了站在冷雨里的那宁，绯色的裙裾在风中飘摇，如同一团燃烧着的火焰。

“你怎么回来了？”

那宁没有答复，像是下定了什么决心：“你讨厌我吗？”

未铮被她问得一愣，不知如何作答。

那宁直视着他，目光灼灼，逼得他不敢直视，良久他才说：“不讨厌的。”

“我也不讨厌你。”

那宁上前一步，握住未铮冰凉的手，未铮下意识想要松开，浅雪不动声色地朝他摇了摇头。

“如果我们联姻，能救一城百姓的命，那为什么不呢？阿娘跟我说，感情是可以培养的，况且……”

那宁低头，脸颊上闪过一丝不易察觉的红晕。半晌，她坚定地看着他说：“况且我觉得你是很好的人哪，我觉得我会喜欢上你的。”

未铮没有回答她，他越过那宁去看那一抹烟灰色的身影。浅雪眼底闪过一丝不易察觉的痛苦，目光却是坚定的，她上前一步，拉住那宁的手放进未铮手心，不容置疑地说：“这就是天作之合了。”

浅雪的手凉得让人心里发冷，单薄的裙裾在夜风中飘摇，如同一只单薄的蝴蝶，仿佛随时都要振翅而去。

那宁脸上的红晕更深了一层，她拉住未铮的手高高举起，朝着楼下的难民喊话：“我是西凉可汗的小女儿那宁，不日我将和你们的太子未铮完婚。西凉可汗将出兵金陵，一举击溃金兵。胜利在望，请你们立刻停止骚乱，不要给即将出兵的太子增加负担！”

楼下暴乱的难民静默片刻，胆大的扬着头质问：“你说你是西凉的小公主，有何凭证？”

那宁“铮”的一声拔出腰间的金错刀：“见此刀如见可汗！”

即便是在这样昏暗的夜色里，刀柄上的宝石也依旧散发着璀璨的光芒。

有人轻笑：“你们西凉是塞外之王，何必费兵力来搭救我们这样一个即将倾颓的小国，谎话！”

那宁语塞，一时间想不出什么有力的凭证，只急得涨红了脸。她看了未铮一眼，像是鼓起了极大的勇气，踮起脚尖在未铮脸上重重地亲了一口，语无伦次地跺脚道：“就……就凭我喜欢他，你们管得着吗？”

做出了这样没羞没臊的举动，也是一时间害羞到了极致，那宁一跺脚，从城墙上飞奔而下，丢下身后错愕的金陵太子。不知道是不是那宁的话给难民们吃了一剂定心丸，又或是亲眼见一国太子被一个女子这样轻薄也不反抗，便有几分信以为真，城楼下的骚乱逐渐平复下去。

未铮却没有离去，而是静静地看着站在一侧的浅雪。许久，苦笑道：“阿浅，这是你想要的吗？”

有清冷的泪珠从浅雪眼角滑落，无声无息地没入暗影里，那样淡然的眉目里，还是有细碎的痛楚一闪而过，但是她转身直视着未铮道：“是的，这是我想要的，我想要的，不过是百姓安康，金陵太平。”

这是未铮第二次见到她哭。

她是那样坚韧而倔强的女子，第一次哭是什么时候呢？大约是数年前，肃穆庄严的大殿里，父皇面无表情地宣布了她与二皇子的婚事。那时战事未起，她与自己在大殿跪了一夜，只求父皇收回成命。那时的他们那样年轻，也那样无畏，只为自己活着。他们是从少年时便相伴的恋人啊，于他而言，她是从沙场回来时，书房的一盏暖灯；于她而言，他是信念是依托。很早的时候，他们便根植在了彼此的生命里，无须解释，也无须多言。他们是要私奔的，然而战事一层一层地围绕上来，他们所依托的便不再是彼此的感情，而是偌大的金陵城。只此一夜，他们之间便是隔了万重人海了。

未铮伸手，却没能触摸到昔日恋人的脸，于是他说：“阿浅，再为我唱首歌吧。”

浅雪沉吟了一瞬，徒然开口，清丽婉约的声音便在宫墙上飘荡：“凤凰于飞，翙翙其羽，以情相悦，以心相许，以身相偎依，可逆风不解，挟雨伴雪，摧梅折枝去……”

四

月明星稀的夜里，万丈高楼之上，未铮负手而立，风吹起他宽广的袍袖，犹如一位遗世独立的仙人。身披斗篷的女子如约而至，摘下斗篷，露出一张清丽的脸。

“二皇子心急了。”浅雪扔下一粒小小的丸药，淡淡道。

“他这次准备下手的人是谁？”

“那宁。”

未铮眼底闪过一抹复杂的神色。

“自小他就急躁，其实金陵城已经成了这样，谁当皇帝又有什么要紧。”未铮苦笑。

浅雪没有答话，只是轻轻地为他披了件斗篷。

“你听到城外的鼓声了么？”未铮点了点城外某处。

“是金兵在想念他们的家乡啊。”浅雪的指尖划过木制的栏杆，心底腾地升起一股透心的冷意。

“那宁怎么样？你跟她……处得来吗？”浅雪艰涩地开口。

她的话并没有得到回应，耳边只有呼呼的风声。像是下定了什么决心，她握住了未铮的手，对方的手跟她一样冷，并不能传递给她什么温暖，但她还是转头看着他。

“未铮，我们不能再等下去了，你即刻就要跟那宁完婚。这样，西凉可汗才会同意借兵，再这样下去……金陵就完了。”

未铮却置若罔闻，只是看着阁楼下的万家灯火，呓语似的低声道：“阿浅，我们走吧，这金陵城不要也罢。”

浅雪豁然挣开他的手指，指着阁楼下的万家灯火疑惑地问道：“我们走了，他们呢？他们又能走到哪里去？”

未铮低头看着自己年少时的恋人，眉心有一道深刻的皱痕。

这位身负家国社稷的少年，其实也才不过二十出头，却独自一人承担了这么多。浅雪突然有些心疼，她伸出冰凉的手指，抚平他眉心的皱痕，柔声道："我不该对你发火，但是你知道的，未铮，我们已经退无可退了。"

"那宁……她是无辜的，她不该被卷入这样肮脏的纷争里。"未铮眼底闪过一丝不易察觉的痛苦。

"大厦倾颓，近在眼前，国都要亡了，儿女私情是最不打紧的了，未铮……你是知道轻重的。"她低低叹息。

四下无声，只有春风轻轻拂过。浅雪顿了一顿，像是下定了决心，往后退了一步，冷声道："我们以后不要再私下见面了。"

未铮看着那个身着斗篷的烟灰色身影，在烈烈的寒风中显得倔强而清冷，如同一盏易碎的琉璃，眉目间却是不惧风寒的坚韧，年少时的恋人不知从何时起，长成了一位坚毅果决的女战士。

未铮突然握住了她的手，俯身亲吻了她冰凉的额头。这吻冰冷而炽热，她一时竟挣扎不开，眼角有咸涩的泪珠滑过，最终还是沉沦。

一声轻叱在黑暗中响起，长鞭呼啸而至，未铮反应极快，搂着怀里的女子飞身跃起。

一袭绯衣在黑暗中燃烧，那宁不知道什么时候跃上了阁楼。她看着眼前相拥的男女，眼里是不可置信的震惊与愤怒，像一团熊熊燃烧的火焰，愤然道："有人跟我说你们经常在这里私会，我还不信，只当是同我开玩笑，没想到居然是真的。与别人的未婚夫私会，你们中原女子都是这么不知廉耻的吗？"

"那宁你听我说，不关阿浅的事，我们只是……"

"只是什么？"

那宁上前一步，眼里清亮的雪光逼得未铮不敢直视。他苦笑一声，像是拿定了主意，颓然道："我只是爱着浅雪而已，对不起……那宁，我不能同你完婚了。"

"不是这样的，那宁你听我解释。"浅雪推开他，看着面前的那宁，焦急地解释。

那宁却轻轻地笑了，泪从她的眼角滑过，她满不在乎地把它擦掉："互相喜欢又不是什么罪过，喜欢的话在一起就好啦。只是你为什么要骗我说想娶我呢？我还以为是真的呢，你看……弄得这么尴尬。"

那宁用力地扯出一个笑脸来，却比哭还难看。之前她得知与她和亲的太子就是乌篷船上救她的未铮时，心底居然有一丝丝的窃喜。原本想要逃回西凉的打算也放弃了，整日地缠着未铮，带她各处游玩，只是没想到，他居然是有爱人的。

“那宁……”未铮艰难地开口。

“算了！”那宁打断了他。

“我们西凉的儿女最是洒脱，你们既然是真心相爱，我退出便是了，我们西凉大把的好儿郎，我又不是嫁不掉。”她毫不拖泥带水，扬手擦干了脸上的泪痕，收起手中的长鞭，飞身跃出了阁楼。

“这可怎么办……”浅雪看着远走的那宁，抓紧了未铮的袍袖。

未铮却低声轻笑：“我们总算放过了一个无辜的女子，阿浅，你怕什么呢？我们总归是要在一处的。”

浅雪抬头看着他许久未见的笑颜，忍不住也轻笑起来。

五

那宁的二哥巴图找到她的时候，金兵已经攻入了金陵，城内一片兵荒马乱，四处都是四散奔逃的百姓。

“二皇子叛国，勾结金兵开了城门，金陵城陷。现在太子带着一干武将死守皇城！大家能逃的快逃。”

前线负伤的士兵飞马来报。闻得此讯，即将出城的那宁身形一震，她迟疑片刻，飞身下马，就要往城内跑，却被她孔武有力的二哥巴图拉住。

“阿爸在城外等你，你这是疯了不成！”

巴图怒喝，低头却看到了一张忧心忡忡的脸。

“未铮他救过我的命哪，我得回去救他！”那宁皱眉，神色无比坚定。

“那个负心汉！有什么可救的，随我回西凉！”

铁钳似的大手丝毫不肯放松，那宁急得快要哭出来了。她铮然一声拔出金错刀，抵住咽喉，大声道：“你不让我去救他，我就死在这里！”

铁骨铮铮的西凉汉子看着自己着急去送死的小妹，额上青筋直跳，然而只是一个分神，动如脱兔的那宁，立马挣开了他的钳制，双足轻点，往皇城飞掠而去。

无数的百姓拥向城门，一时间哭声四起，大量金兵攻入皇城，那宁艰难地杀出一条血路。

然而，还是迟了一步。

两军对峙，浅雪被人高高地绑在了城楼上。金兵首领恬不知耻地望着楼下的太子未铮，慢慢地举起一把锋利的小刀，讪笑道："你杀一个金兵，我就在她脸上划一刀，我们来看一看，谁的血先流干。"

浴血而战的太子双目赤红，他抓过身边侍卫身上的箭筒，羽弦轻震，数箭齐发，箭羽直入咽喉，竟生生地将浅雪身旁的两个金兵钉死在廊柱上。百米之外竟能取人性命，楼上的金兵一阵骚动。首领被激怒，寒芒一闪，浅雪的脸鲜血飞溅。

"阿浅！"未铮低喝，素日平静的声音里有一丝凝滞。

但身形瘦削的浅雪居然一声都没有吭，她只是静静地看着楼下的未铮，浅褐色的眼底漾起星光，恍若楼下的男子是这世上无上的珍宝。

片刻的静默之后，她徒然开口唱起了一首小调："凤凰于飞，翙翙其羽，以情相悦，以心相许，以身相偎依，可逆风不解，挟雨伴雪，摧梅折枝去……"

未铮神色大变，不管不顾地朝着城楼奔去。

"疯婆娘，住嘴！"金兵首领扇了浅雪一个耳光。然而只是一刹那，她嘴里吐出一枚细细的银针，直击首领面门。首领挥刀格挡，一抽身的空当，浅雪从高高的城楼上一跃而下，如同一只断线的纸鸢，朝着地面坠落。

"阿浅！"

这声音如同从地狱里传来，眼见那一袭羽衣轻飘飘地坠落，未铮状若疯魔，剑气盈满全身，寒光乍起，所过之处，尸横遍地。这样的武功，已经近乎于"神"。

"我来帮你！"那宁轻叱一声，长鞭一扬，打开几个想要从后背偷袭的金兵。两人并肩而战，于千万人之中杀出了一条血路，未铮直取金兵首领的面门。

看着面前妖异如鬼的白衣少年，首领胆寒，然而他手中的刀还未出鞘，青影刀就插入了他的咽喉，将他钉死在身后的城墙上。

"未铮，我们怎么办啊？"一轮士兵倒下，新一轮的士兵又扑上来，看着越缩越小的包围圈，那宁不由得带了哭腔。然而包围之外，厮杀声四起，大批铁骑冲入了阵营，为首的正是那宁的二哥巴图。

"二哥，我在这儿！"那宁喜极而泣，一面挡开那些纷拥而至的兵刃，一面跳起来冲着巴图挥手。

失了头领，在汹涌的铁骑之下，金兵很快就溃不成军。那宁拉了未铮的手道："未铮，我哥哥来救我们了，我们走吧。"

未铮却没有出声，那宁回头，只见他轻轻地抱起一具支离破碎的尸身，片刻之前还在城墙上高歌的女子此时已经变得无声无息了。

未铮仔细地擦干她脸上的血痕，俯身吻了吻她的额头，仿佛怀里的女子是一盏易碎的琉璃。那个决绝地从高楼上跃下的女子，临死之前，嘴角还挂着一丝淡淡的笑意。

不知怎的，那宁心底居然有一丝羡慕，她羡慕这个无声无息躺在这里的女子，生前被人这样爱过，死去也是无憾的吧。晶莹的泪水涌上她的眼角，但这一次她没有去擦，而是任凭它从颊畔滑落。

她拉了拉未铮的衣角，哽咽道："未铮哥哥，我们走吧，浅雪姑娘她……救不活啦。"

未铮似乎有些恍惚，沉吟片刻，伸手爱怜地摸了摸她的头，哑声道："谢谢你，那宁，你跟你哥哥回西凉吧。"

"我不回去。"那宁哭丧着脸。

"那你为我吹奏一曲《凤凰于飞》吧。那宁，就是……阿浅方才唱的曲子。"

未铮提出了一个古怪的请求，那宁看着他，以为他是伤心得疯了，但她还是拿出西凉特有的筚篥，低低地吹奏起来。她本就音律天赋极高，又听阿浅唱过几次，第一次吹奏也流畅悠扬。

低低的音律在修罗场上游走，未铮抱着孤身殒命的爱人，眼里没有一丝活气。

巴图找到了吹奏筚篥的那宁，一把将她抓上了马，这一次，他再没让她有机会逃脱。

"二哥，我们带未铮一起走吧。"那宁低声哀求。

"你看他还有活下去的劲头吗？你已经兑现了你的诺言，救了他一命。我们该走啦。"

巴图看着泪盈于睫的小妹，很难得地没有开口训斥。

不知从何时起，纷纷扬扬的雪花落了下来，初春的第一场雪慢慢地覆盖住未铮的眉眼。那宁最后看了抱着尸首静坐雪中的少年一眼，不再强求，低头重新吹奏起了筚篥。

“凤凰于飞，翙翙其羽，以情相悦，以心相许，以身相偎依，可逆风不解，挟雨伴雪，摧梅折枝去……”

马蹄疾驰，音律声渐行渐远，那宁伸手接了片雪花，轻声呢喃道：“中原的雪花，是这么苦的吗？”

巴图低头看着她，只见一滴泪珠从她眼中滑落。

天道局

方悠哉

一、算卦

七月的骄阳似火，烧在青石板铺成的大街上。天地间静谧得没有一丝风，就连树叶也无力地垂下了头，一条伸着舌头的狗从对面胡同中跑出来，越过有些安静的集市，朝远方奔去。

墙角边的路上，一个撑着海棠花油纸伞的女子刚从万记绸缎庄出来，手里拎着一包衣物。阳光打在她的伞上，在她的脚下投成一片影子。由于伞面遮挡，看不出她的模样，但从简洁的服饰上来看，她或许是哪个大户人家的丫环，也或许只是一名普通的民女，因为喜欢万记绸缎庄裁缝的手艺，所以才甘愿顶着这酷热的天气出来。

那撑伞的女子边走边用目光在一众摊位上扫视着，直到看见一个算命的卦摊，她的嘴角才翘起了一道弧线，赶紧朝卦摊走去。映入她眼帘的是一条用竹竿撑起的布幡，上面精工细笔地绣了一个大大的“命”字，在其下方还有八个小字：只勘生死，不问尘俗。这真是一句奇怪的标语！在这个布幡之下，是一张铺了同样布料的桌子，桌子上放着笔墨纸砚和卦签，但桌前的座位竟然是空的。难道卦师也怕正午的骄阳而躲到一边偷懒去了？

这时，那女子已来到卦摊前，先是看了那个布幡上的字，稍微有点发怔，脸上也有些失望的神色，就好像一个满怀希望的人突然扑空一般，她轻轻地念出那几个字，似乎在犹豫该不该离开。谁知就在这时，桌子底下突然传来一个声音：“姑娘是要算命？”

那女子先是被吓了一跳，紧接着轻抿一下嘴唇，温润地答了一声：

"嗯！"

可算卦先生慵懒而又漫不经心地说："你可知道我这卦摊只勘生死，不问尘俗？"

女子问道："你这话什么意思？"

依旧是慵懒的声音说道："尘俗的卦由尘俗的相师来解，我只解生死，姑娘还是请回吧！"

那女子没有再说话，只呆立了片刻，便无奈地走了。中午的阳光打在她的伞上，竟然有种说不出的萧索，惹得附近的人对那相师颇有些侧目。可相师根本不去理会，甚至都没有从桌子底下钻出来！

女子的到来，在正午的集市只是一个插曲，众人虽然觉得那相师颇为古怪，但也只是付之一笑，一个算命的不问尘俗，那跑来算什么卦呢？世间会有谁跑到卦摊过问生死的？花钱买奉承话，那是傻子都会做的事；花钱买不吉利，那却是聪明人都不乐意干的！

这时，又有一个人走了过来。其实他先前从这里走过，众人并没有注意到他。他们只是觉得稍微有那么些凉意，然后抬头时，便看见集市的尽头，一个身着黑衣而又裹得严严实实的年轻人走了过来。那人身形消瘦，手里还抓了一个宝剑形状的包裹，由于柳树的掩映，众人看不清楚他的脸，只是觉得有点古怪：大热天穿一身黑衣，还裹得严严实实的，难道不怕热吗？

等他来到近前时，众人才看清他的面容，这是一张很年轻的脸，只是这张脸上的冷漠沧桑却绝对不是这个年纪该有的。他的脸绷得很紧，完全一副拒人于千里之外的表情。可奇怪的是，整个人看起来很有爆发力，瘦瘦的躯体内像是蕴藏了无限的能量，就连他的步子也是大得出奇。

他似乎急着赶路，却突然停了下来，然后朝打量他的众人扫视了一眼，大家便立刻觉得宛若利刃加身般难受，纷纷低下了头，不敢去迎接他的目光。那年轻人低头想了想，似乎也觉得不值得多停留，抬腿欲走。但突然心生一种奇特的感觉，忍不住回头一看，发现一个人正笑吟吟地看着自己——正是那个算命摊主。

黑衣青年很快就走到卦摊前，但他并没有坐下，只是盯着那个相师。

那个相师朝他伸手道："请坐！"

他依旧没有坐下来，反倒是握紧了手中的剑包。

那相师又道："测字还是抽签？"

他没有开口，只是扫了一下面前的笔墨纸砚，依稀看到最上面的纸张有印压过的痕迹，他觉得那应该是上一个测字的人留下的笔痕。等抬头时，便看到了布幡上的字，他也跟那个撑伞的女子一样，默念了那八个字："只勘生死，不问尘俗。"

相师微笑了一下，点头道："没错，尘俗的事由尘俗中的相师来解，而我是个出世之人，所以只替人解生死！"

黑衣青年没有说话，他的眼中疑惑乍现，但很快恢复了平静。他并不打算算命，无论测字还是抽签，他只是想找出刚才令他内心一动的原因，但在面对这个年轻相师时，却又没了那种感觉，内心平静，平静得没有一丝涟漪，这反而更让他觉得不安！

相师上下打量着黑衣青年，从头到脚，又从脚回到头，又看了一眼他的两只手以及他手中拿的狭长包裹，仍微笑不语。

柳树下的众人也很奇怪地看着这对奇特的人在这里相互打量，他们甚至觉得那个算卦的长得其实不赖。但他们又很奇怪，虽然这个算卦的已经摆了好几天的摊，却从未露过脸，今天反倒是第一次出来。

黑衣青年还在那里静静地站着，并不去理会摆在右手边上的椅子，只是定定地盯着相师的眼睛。奇怪的是，相师竟然没有避开。众人心下不解，怎么他就不怕那人的目光？

黑衣青年终于开口道："你和别人不一样！"

相师又笑了一下，不过这笑不同于先前的笑，反倒是有种愿闻其详的意思。黑衣人点头道："你不怕我，他们怕我！"

相师笑了，很开怀的样子："因为我是我，他们是他们，我说过了我是个出世之人，不然我也就不敢窥探别人的生死了！你要不要算一卦，看看自己的生死如何？"

黑衣青年摇了摇头。

相师说道："你不信，可能是因为你先前遇到的不值得信，但如果你在我这里算上一卦，你以后想不信都难！"

这次换成了黑衣青年一脸疑惑。

相师点头，已经是满脸的自信："因为我算得很准！"

黑衣青年摇摇头，他的脸又恢复了冷漠，摇头的瞬间便已转身。谁知他刚要走，就听身后那个相师叹气道："我还以为你与众不同呢，原来你也不敢。万一你知道自己此行必死，想来也会接受不了。如此看来，不算反倒是最好的选择！"

黑衣青年停下，转头。"不敢"？听到这个词语时，他真的想笑，在他的人生中不知道还有什么是不敢的！

一遇逍遥侯，刺客不回头。这是所有刺客接任务的禁忌，三年中，前去刺杀逍遥侯的绝顶高手不下三十人，其中二十九人命丧当场，剩下一人死于逃亡的路上，而他不但取了逍遥侯的项上人头，还顺带折了逍遥侯府十七名高手。这一战之后，没有人不知道他的名字，这一战之后，他的佣金也从千银成了千金，所以他实在想笑，笑眼前人的无知，但他没必要跟这种人一般计较。

他的原意只是回头再看那相师一眼便走开，去接他的任务，可刚一转头，就听那相师道："你既然已经转头，我就告知你一个趋吉避凶的法子：今日勿拔剑，拔剑者死！"

黑衣青年闻言心中一怒，不由得就要拔剑，手刚搭上剑柄，又觉得有些不妥，这个相师断然不会为了找死才说这话，那他这是什么意思？

就听相师说道："我刚才私下打量你时，就已经替你算了一卦，卦词就在这首诗里，可以免费送给你，当然你可以不信！"

黑衣青年只是冷冷地吐出了一个字："讲！"

相师笑了笑，虽然他的笑在那黑衣青年的眼中已经有种说不出的讨厌，但他还是郑重说道："你听好，就是这首诗：人下一点口半张，两嘴不回吕亦伤。一抹夕阳持匕现，此去有力独彷徨！"

黑衣青年漠然道："好，我记下了。你叫什么名字？"

相师不由得奇怪地反问道："我的名字？"

黑衣青年冷然道："如果你算得不准，我会用你的名字给你刻墓碑，所以你最好不要撒谎！"

黑衣青年此语一出，不仅是相师，就连柳树下的一帮看客们也怔住了，所有人都没有想到事情会变成这样。但一帮看客们很快又高兴起来，这已经成了另外的一出戏，一出可供他们茶余饭后给妻儿们讲述的好戏。

相师看着黑衣青年的眼睛，终于说出了三个字："江横眉！"

黑衣青年点头道："好，我记下了。"言罢转身，大步离去。

倒是余音还在远远地传来："明日我会来这里找你，如果不想死，你现在就可以跑了！"

二、无敌

直到过了这道街，来到转弯的小巷子时，黑衣青年风凌阳都还在想着刚才的那个名字——"江横眉"。他只是不太明白，为什么那个叫江横眉的相师会跟自己说这样的话："今日勿拔剑，拔剑者死！"还有：人下一点口半张，两嘴不回吕亦伤。一抹夕阳持匕现，此去有力独彷徨！

风凌阳搞不懂，这段似诗非诗、似偈非偈的话，在暗示什么？当然，无论懂与不懂，此刻都不再重要了，因为风凌阳已经到了地方，到了这个让他必须抛开一切杂事专心面对的地方。

这个地方是风凌阳又拐过一道长街时才抵达的。并不是什么金碧辉煌的厅府大宅，不过是处寻常的民间小院，甚至就连屋檐下都还有燕子筑巢的痕迹。燕子虽不在巢中，屋檐下却站着一个人，一个穿着粗布衣服的老人。眼下，这个老人正在修剪手指甲。

老人修剪手指甲的动作很精细，精细得就像一个画匠给一副已经差不多勾勒完工的画着色，似乎生怕一个不小心便会破坏掉画的意境。

老人似乎没有注意到风凌阳来到了院中，所以还是静静地站着，缓慢地修着，先用左手修剪右手，再用右手修剪左手。等两个手的指甲都修完了，又小心翼翼地从怀中摸出一把锉刀，开始磨，磨的时候也是先右后左，磨的同时还不忘用大拇指轻轻摩擦，看看哪里还没有光滑。等到所有的手指磨好后，老人这才抬起头，满意地舒了一口气。

老人做这些事的时候，风凌阳只是静静地站在边上，低垂着头，他似乎已经很习惯这样的等待了。

这时候，阳光还很热辣，而且正好可以照到屋檐下的那片地方，但令人奇怪的是，在太阳底下站了这么长时间，老人的头上竟然连一点汗珠都没有。相反，他的神态却很舒适安详，像是不久前刚有清风拂过面颊一样。

老人舒完气后看向风凌阳，事实上，他甚至知道风凌阳是在他修右手的第二根手指时来的，他还知道，在对方来之前的一盏茶的工夫里，院子里便已经飞过三只麻雀，八十七只苍蝇。

本来还在等待的风凌阳头垂得更低，手中的剑也握得更松，严格地说更像是用手捧着剑。没有人敢在这个老人面前握剑，即使已经是名满天下的剑客也不敢。

风凌阳不敢，不只因为对方是自己的师父，而且还因为对方是长孙无忧。

三十年前，江湖上有条不成文的规定：见长孙无忧必弃剑，留剑不留头！这条规定不是谁强制定的，而是人们自发遵守的。当然，偌大江湖不信邪之人也有，只是不信的人下场都很惨。

在青阳镇游历的“武当一剑”木青子不信，结果魂断青阳；武当七子闻讯出山欲为木青子报仇，却是六死一伤；长安古道上，大侠“江南一剑”遇长孙无忧不解剑，半招内被击败，惊得京城余下的用剑高手纷纷弃剑而去，从此，京师绝剑；剑圣孙云鹤受同道之求去找长孙无忧比试，一去再无音讯。饶是折了如此之多的人，江湖上对长孙无忧的了解也只有两点：一、他叫长孙无忧，喜欢用剑；二、他不喜欢别人用剑！

其后，江湖上用剑之人大减，剑道迅速中落，各派习剑者或改修其他兵刃招法，或遁入深山归隐，更有甚者索性退出了江湖。好在，长孙无忧虽然性情古怪，却只在江湖上乍现一年便不知所终。此传闻得到证实后，江湖上人心大悦，只是长孙无忧人虽不见，余威犹烈，在其后十年内都没有人敢仗剑横行，直到十五年后，诸人才又佩剑行走江湖。

现在，长孙无忧不但出现了，而且还培养出了令江湖人震惊的四大徒弟：云蒸、霞蔚、凌风、骤雨，号称四大金牌刺客。此刻，长孙无忧看了风凌阳一眼，终于挥了挥手，于是一老一少很快走进了那间看似平淡无奇的小屋，那里曾酝酿了诸多震动朝野和江湖的刺杀事件。没有人会想到，令江湖中人闻风丧胆的刺杀帮派风凌阁就在这么一条破旧的巷子里，这么一处破旧的农家小院内。

但最令江湖人不齿且愤慨的是：风凌阁行刺不分对象好坏，只要价钱出得够，什么人都可以行刺。虽然行刺对象中恶人、坏人居多，但也有不少清正贤良之辈，如清官之楷模顾中玉、抗倭名将李思齐和武林前辈思过大师。顾中玉正要弹劾当今权宦魏忠贤，他的被刺导致东林党六君子事件；

刺杀李思齐时正值倭寇侵犯江浙，致使江浙倭患猖獗；刺杀思过大师则使武林正道锐气大减，以至于匪盗黑帮横行。

饶是如此，众人虽恨得牙根痒痒，却拿风凌阁没有办法。风凌阁之名反倒是如日中天，日甚一日。

小屋内很是简陋，只有一把藤椅、一条长桌、一张木床，其余的便只是一些生活必须之物。四周的墙壁满是灰土，显出斑驳之象。每次来到这里，风凌阳都不明白，像师父这样坐拥金山银海的人，何以会如此简陋？很多次他都想问原因，可是每次话到嘴边却又溜了回去。在面对这个亦师亦父的人时，风凌阳感到有太多的压力。

长孙无忧在唯一的那把藤椅上坐了下来。他端起桌上的茶壶，朝茶碗中倒了点茶，端起来试了试温度后，一饮而尽。喝完后甚至还咂了一下嘴唇，似乎想回味一下方才的滋味。直到这时，他才说了一句与任务无关的话："人的年纪越大，就越喜欢回忆一些年轻时的往事，可是越回味越觉得过去活得有些不明不白，甚至难辨好坏！"

风凌阳只是静静地听着，既不打断也不发问。他偶尔会瞥一眼放在桌上的画卷，他知道那里面有他这次行动的全部资料。

长孙无忧放下茶杯，继续说道："看来师父是老了，这风凌阁的担子迟早都会落到你们中一个人的身上。云蒸、霞蔚、凌风、骤雨，你四人俱名震江湖，且各有所长。然而，云蒸龙犀利有余，善后不足，若为刺客实属难得，但做掌门怕是非但难展其长，反倒会束缚手脚；蔚无霜心虽简单，却戾气太重，他若为主，风凌阁也难保久长；孙骤雨行事爽荡，却稳重不足，传于他，风凌阁日后能否立足于江湖实难料想；唯有你坚忍稳重，最为我看好，但你年纪最轻，公信力却不如他们几个。所以需久经磨砺，方成大器！你明白我的意思吗？"

风凌阳一愣，他没想到师父会如此看好他，当下强按激动，单膝跪地道："弟子明白！"

长孙无忧点头道："想当年，我得弟子二百一十八人，最后学成者只有你们寥寥四人，好在你们四人总算不辜负我，方有了风凌阁今日之貌！眼下又有一个新任务，我想让你借此再上一步，以便将来他们无话可说。这次任务的目标是黑道总盟主'只手遮天'谢广卫，你可敢去？"

风凌阳了解长孙无忧的脾气，知道他若这么问，恰恰是出于看中你，所以毫不犹豫地点头道："敢！"长孙无忧这才微笑颔首道："杀谢广卫本非难事，但雇主说了，若我们能在今日日落前行刺成功，他便另外追加千金。千金之数并不多，但我想要的是一个证明，如今江湖上不该有我们风凌阁办不到的事，所以你必须在日落前做成。你有信心吗？"

不知怎么的，风凌阳在听到长孙无忧这席话时，突然想到了那个奇怪的相师江横眉以及那句奇怪的话："今日勿拔剑，拔剑者死！"这让他的心不由得跳了一下，但在面对长孙无忧如炬的目光时，他还是点了点头。他知道对于自己来说，这次如若成功，以后的风凌阁之主便可以稳当在握了，他不能让师父对他失望！

但他还是忍不住问了一句："雇主为什么会提这样的要求？"问完后，他又觉得有些后悔，不该问如此幼稚的问题。雇主的要求，就跟雇主行刺的动机一样，不是他们这些做刺客的需要去了解的。

长孙无忧没有回答，他根本就是懒得回答。他只是接着说道："桌上的画卷上有你需要的资料。记住，你可用的时间已经不到三个时辰了！但我相信你能，所以这些时间也足够了！"

刺杀一个黑道盟主，从接任务到完成任务竟然只给不到三个时辰的时间，除了风凌阁，江湖上还有谁敢有如此强的实力？

三、入庄

依照画卷的指示，"只手遮天"谢广卫就在这青云城内，风凌阁在城东，而谢广卫则住在城西富贵山庄。富贵山庄表面上是青云城中的大商贾谢云清的家，事实上谢云清是谢广卫的表弟，这里算是谢广卫的"行宫"了。谢云清在私底下有个绰号叫"云淡风轻"，此绰号虽雅，但了解谢云清的人都知道这是在说他行事狠辣，做起坏事来眼都不眨，平静如常！

凭风凌阳的速度，大半个时辰就可以到达城西的富贵山庄。

青云城算得上是国之大邑，其分量之重，如同苏杭一般，只是地理位置和风景不如苏杭优美，也缺少湖泊，倒是山脉不少。富贵山庄便坐落在城西最大的富贵山上，传闻富贵山上有石头可以提炼出黄金。此处曾一度是官家之地，但不知怎么成了谢云清的私家宅邸。

风凌阳一路奔行，脑中却在想着画卷上的内容，此番谢广卫从黄山北来，表面上是为参加谢云清的寿辰，实际上却另有目的。他此行身边带有四人：

一个是常年跟随左右的一名中年汉子，这汉子复姓宇文，来自汨罗，经常戴一顶斗笠，用的是弯刀，相貌不知，准确名字也不知，身材高挑精瘦，手臂长于一般中土之人。记录中说他只出手过一次，就是谢广卫争夺黑道盟主那次，他在众目睽睽之下，一刀结果了最有可能与谢广卫争盟主之位的擎天巨盗孙黑河，使得再无一人敢上台争锋，成为谢广卫当上黑道盟主的最大功臣。据说谢广卫待他如同亲兄弟一般，二人向来是吃同席、睡同榻。

第二个是副盟主“五行折云手”白不离。此人个子矮小，相貌猥琐，甚至连头发都是极为罕见的金黄卷发，但身手极为灵活，与他对战的人有时根本就搞不清他到底是在自己的前方还是已经迂回到自己的后方。此人在十来岁时就因有人讥笑他相貌猥琐而一怒杀人，长大后更是杀人无数。据说此人城府极深，向来有窥探黑道盟主之位的野心，这事很多黑道上的人都知道，但不知为何，谢广卫还是待其如知己。

第三个第四个分别是回连天和吕接地，他们两个加一起有个外号叫做“连天接地无穷剑”，是长孙无忧之后二十五年中用剑最凌厉的两人。据说他们俩本来是某名门正派的弟子，因见长孙无忧持剑横行江湖而心有不甘，为对付长孙无忧，二人在山中隐居苦练二十年，终于悟出了这套连天接地无穷剑。其后两人改名为回连天和吕接地而步入江湖，风头一时无两。但后来不知怎么回事，两人却入了黑道，成了谢广卫身边的左右护法。

现在，风凌阳已经来到富贵山庄的脚下。富贵山庄是倚着富贵山而建的，山、庄相映，倒也气势恢宏。因为明日是谢云清寿诞的原因，富贵山脚到山庄的这段路已经被装扮过了，谢云清为了显示豪阔之意，头三日便在山脚下开设流水宴席，供行人和乞丐免费吃喝。

风凌阳也不用装扮，江湖上虽然知道风凌阁有四大金牌刺客，但从没有人见过他们的真面目，所以不用担心被认出来。风凌阳经过那些流水席时，远远看到一个撑着印花海棠油纸伞的女子款步走来，虽然看不到脸，但风凌阳觉得伞下面的人一定不普通。事实上，在一帮大老粗和江湖人中间，这名撑伞女子显得尤为特别。这女子似乎走累了，在一张桌子边坐下，顺道还斜过伞面，用另一只手轻捶有些发酸发胀的腿。风凌阳远远看到那露出的半截腿，宛如莲藕般鲜白。

走在风凌阳前面的一位文士打扮的中年人，摇着手中的折扇，轻轻吟诵道："窈窕淑女，君子好逑。求之不得，奈何呀奈何？"

他这么一说，旁边一位独目汉子不由得笑起来："秀才就是秀才，走路说话都文绉绉的！"

却听那个文士说道："人人若都如你蟹老六一般粗陋，那《诗经》还有谁去读啊？"

蟹老六嗤笑道："那《诗经》是教你去偷看人家女子的？还奈何呢，你奈何个屁啊！"

文士一见蟹老六如此揭穿他，脸涨得通红，但又不甘心受辱，忍不住分辩道："《诗经》中讲的东西，你一窍不通！"

将这一切尽收眼底的风凌阳觉得这是个机会，当下快步追上文士和蟹老六，说道："两位仁兄请留步！"

蟹老六和文士停下来盯着风凌阳看了一圈，这才道："这位公子，你有什么事吗？"

风凌阳抱拳道："刚才小弟上山来，闻听两位出口成章，不由得对两位很是钦佩。小弟姓风，敢问两位高姓大名？"

蟹老六闻言一皱眉头："妈的，又一个掉书袋的！"言罢也不理睬风凌阳，转身走了。

那个文士却指着蟹老六的身影道："别理这只死蟹子，在下'半个秀才'顾思文，风兄弟贵号何称？"

风凌阳笑道："小弟初入江湖，还未有名号，这次便想借着谢老爷子寿诞之机，结交一下江湖中各位好汉，却又怕无缘入庄！"

顾思文一听风凌阳如此说，不由得拍着胸脯道："那你可算找对人了，为兄虽不才，带你入庄却是不在话下！"

言毕看了风凌阳一眼，眼珠一转道，"风兄弟既然行走江湖，没有名号那可不好！这样吧，为兄就帮你取个外号叫做……风不同，怎样？"

风凌阳忙道："那就多谢顾兄了！"说罢，就跟着顾思文向前走。

到达富贵山庄的大门口时，蟹老六已经等在那里，在和迎宾的管事说话。蟹老六一见顾思文，不由得喊道："他奶奶的，秀才就是弱不禁风，屁长一点路还用了这老半天！”

顾思文有了风凌阳为伴，也不理睬蟹老六，只是朝风凌阳说道：“走，咱们进去！”

那管事的以为风凌阳是顾思文和蟹老六的同伴，就放他俩进去了。

四、布局

入庄后，风凌阳趁顾思文和蟹老六忙着斗嘴，没空搭理自己的工夫，便悄悄走开了。

这时候离日落还有大半个时辰。

风凌阳大摇大摆地在富贵山庄内乱转，倒也没人怀疑他。甚至有庄丁觉得他是个不认识路的贺客，还帮他热心指道。

风凌阳猜想谢广卫应该是住在富贵山庄的贵宾房，甚至是富贵山庄庄主的后院。他朝一个小厮问清了路径，便径自朝后院走去。哪知等他七弯八拐走到后院门口时，守门的庄丁却不让进去，还问风凌阳的名号。

风凌阳想了想道：“你去通报你们庄主，就说‘落叶追风风不同’有要事求见庄主和谢盟主！”

那家丁不疑有他，当下便入内通报。风凌阳打量了一下四周的环境，想看看在哪个位置伏击比较方便，但乍看之下却没有一处理想之地。看来只能随机应变了。

不一会儿，大门重新打开，和那家丁一块儿走出来的是一个身材高大的素衣男子，那人身材虽高大，相貌却不敢恭维。一张毫无血色的脸上突兀地长着一张大嘴，倒是两只眼睛小得如同绿豆一般。那家丁一边指着风凌阳一边道：“吕护法，就是这个人！”

风凌阳只看了对方一眼，便已猜到此人正是“连天接地无穷剑”中的吕接地。当下抱拳道：“在下风不同，有一桩买卖想找谢庄主和谢盟主商量！”

吕接地上下打量了风凌阳片刻，傲然道：“风兄弟自称落叶追风，鄙人怎么没听说过江湖上有这么一号人？”

风凌阳只好笑笑道：“在下微名末技，哪能入得吕护法视听。在下此次前来，确实是有桩买卖想借重富贵山庄和谢盟主的力量！”

吕接地不屑道："想和我们盟主和庄主做买卖的人多了，就是不知风兄弟你的买卖是哪一桩？"

风凌阳一怔，心想倒也是，谢广卫身为黑道盟主，不知干过多少大买卖，若是太过平常，自然难勾起他的好奇心。当下道："在下也知道谢盟主贵人事忙，如果是小买卖，吕护法觉得我会千里迢迢前来招人嫌吗？"

吕接地闻言不由得好奇道："哦，却不知是什么样的大买卖？还请风兄弟说来听听！"

风凌阳却摇头道："在下这桩买卖只有见到谢盟主才能说，毕竟人心难测，难保有人会见钱眼开，心生歹意，况且还得防范隔墙有耳，所以还请吕护法见谅！"

吕接地明知对方有一半是在拐着弯骂自己，但又不便发作。刚才吕接地出来前，盟主已经有所暗示，如果真有大买卖就让进来，然后想法杀人灭口，如果不是就直接轰走了事。所以他想了想，还是决定把对方带进去。便说道："既是这样，你就随我来吧！"

后院不如前院宽敞，但却比前院精致很多，屋宇纵横间有花树掩映成趣，还有一条小溪依山环绕，却不知水源在何处。风凌阳走在弯曲的水桥上，觉得那谢云清果真是财大气粗，能在半山上修建水榭亭台，青云城除他之外估计难有别家。

弯曲水桥的尽头是一间水阁，水阁的匾牌上写着"修心养性"四个大字。这间水阁虽然名为修心养性之所，实际上却是谢云清等人平时策划大事的地方。风凌阳远远看见修心养性阁内人头晃动，待走近了方知画卷上众人俱在内中！

"只手遮天"谢广卫、斗笠不离头的汨罗人、副盟主白不离、"连天接地无穷剑"回连天和吕接地二人，此外还多了一个"云淡风轻"谢云清，这些人加一块儿还真是棘手。风凌阳突然想起了算命相师江横眉的话："今日勿拔剑，拔剑者死！"右眼不由得一跳，多少有几丝不安。他平常行刺都是敌明己暗，如今却是第一次面对面行刺，风凌阳突然发现自己并没有十足的把握。

但临危之际更不能怯战，风凌阳强迫自己去想刺杀逍遥侯的事情来给自己壮胆。他必须激发自己的胆魄、意志和决心，才能一战克敌。

想着想着，他又慢慢安静下来。这才发现已经走到修心养性阁的门口了。

水阁中的众人开始看向他，用什么样眼光的都有。风凌阳先抑制住自己的杀气，在打量完整个场面后，他发现只有一击必杀才可能在如此多的高手中功成身退。

现在的位置是风凌阳站在门口，门内离他左手三步之远的是回连天，带他进来的吕接地则站在离他右手四步远的地方。白不离坐在左边中间的椅子上，谢云清与谢广卫并排坐在最里面的中央，而最里面到门口大约有七步半远，那个汨罗人则立在谢广卫的身侧。

谢广卫是个国字脸的中年汉子，身穿一身锦衫，乍看之下不会有人觉得他是个黑道盟主，反倒更像个富裕的员外爷。他身材不算太高大，但若站在你面前，你绝对无法忽视他。相貌虽然不出众，但那种凛冽之势却总会在不经意之间流露出来。眼下此人却朝风凌阳微笑道："听闻风兄弟有要事要见谢某？"

风凌阳只好点头道："在下获得了一批富贵，恐怕一人之力难以胜任，想到谢盟主和谢庄主一向急公好义，所以冒昧求见！"

谢广卫摆手道："既然来了，何不请里面就坐？"

能靠近谢广卫，风凌阳当然求之不得。风凌阳前迈两步，在一张椅子上坐下。他不敢一下子逼得太近，担心会泄露了行藏。只是他刚坐下就听谢广卫道："却不知道风兄弟的富贵指的是什么？"

风凌阳闻言忙站起来道："在下此来是有两个消息要告诉盟主，一个是与富贵有关，另一个却是与盟主的性命有关。不知盟主要先听哪个？"

但凡谁若听到有人要杀自己，总会坐立不安甚至面色大变。风凌阳此言出口，谢广卫竟然面不改色，反而豪气道："天下间想要谢某命的人实在太多了，若谢某因此就草木皆兵，那也做不得这盟主了。风兄弟既然想考较谢某人，那谢某人便选这其一吧！"

风凌阳咳嗽了一下，觉得这谢广卫的胆魄倒也首屈一指，当下赞叹道："谢盟主果然快人快语，如此胆魄确实令在下佩服。至于这富贵么……"言此一顿，看向诸人，见众人都在看着自己，这才道，"这笔富贵实在非同小可。而是一座金山，据兄弟所知，那座金山比富贵山脉只多不少！"

风凌阳知道富贵山脉底下埋藏着可以提炼黄金的石头，所以便编此谎言，以期能骗过谢广卫。岂料，风凌阳此语一出，众人皆是一惊，比刚才说有人要刺杀谢广卫还惊讶。但饶是如此，谢广卫还是很快恢复过来，轻轻一笑道："既然说的都是金山，那也就用不着隐瞒了，谢某人此番前来富贵山庄，便是打算会同谢庄主商量一同开采那云山金矿之事。所以，这个消息对谢某人来说已算不得消息了！"

风凌阳一惊，他虽然觉得谢广卫此番来富贵山庄并非单单是为祝寿，却没想到是此人竟然真的发现了另外一座金山。当下只好随机应变道："就算金山消息对你已无用途，难道谢盟主就真的不想知道是谁想杀你吗？"

谢广卫摇头道："生死有命，富贵在天。谢某人只信富贵，不问生死！"

风凌阳却道："话虽如此，但不知谢盟主有没有听说过风凌阁？"

谢广卫面色稍变道："可是'风凌独立，凌风出击'的风凌阁？"

风凌阳点头道："正是此阁！"

这时，一旁的谢云清忍不住插嘴道："若果真是风凌阁，你又是怎么知道的？"

风凌阳却道："机缘巧合，我自然知道，就像我知道金矿一样！"事实上金矿只是他碰巧蒙对的罢了，倒是他说此话时很是自信，谢云清一时摸不清他的底细。

谢广卫摆手拦了谢云清道："既然如此，谢某倒是愿闻其详！"

风凌阳点了点头，开始朝谢广卫走过去："据传风凌阁有云蒸、霞蔚、凌风、骤雨四大金牌刺客，他们中的风凌阳更是在不久前刺杀了逍遥侯，破了他杀不死的神话，而且临走前还顺带折了逍遥侯府的十七名高手！"说这话时，风凌阳走出了第一步，谢广卫和谢云清都侧耳听着，这事毕竟发生于不久前，所以众人倒也有所耳闻。

"听闻这次是有人出黄金千两要风凌阳再度出手，而且声明若在今日日落前刺杀成功，便再追加千金。我觉得风凌阳虽然在今日日落前断然杀不得盟主，但保不住什么时候会出手偷袭。况且被他惦记着始终是个麻烦，你说对吗，盟主？"说这话时风凌阳已经走出第二步，风凌阳虽问话于谢广卫，谢广卫却答不上来。谢云清也是神色黯然，风凌阁的手段他毕竟是听闻过的，顾中玉、李思齐、思过大师，哪个不是前车之鉴？

"据说此次的雇主地位颇高，而他行刺的目的便是为了窥探这盟主宝座！"风凌阳刚说到这里，就见众人的目光齐刷刷地扫向副盟主白不离。

看来江湖传言虽然有所夸大，但毕竟也不是无风起浪。风凌阳本来还想借怀中图卷来个诱敌之法，看来已经用不着了。

白不离一见众人看过来，不由得分辩道：“我白不离是有野心，但盟主待我如此恩重，我怎么会背叛盟主，又怎么会买凶杀人？”

五、惊杀

白不离说到“我白不离是有野心”时，风凌阳已经拔剑出手；“但盟主待我如此”时，风凌阳已经挥剑直刺谢广卫前胸；“恩重”两字刚说完，那个汨罗人已经挥刀拦向风凌阳的来剑；说到“我怎么会”时，风凌阳的剑越过汨罗人的刀直逼谢广卫咽喉，这时谢云清加入战团，谢广卫开始反击；“背叛盟主”四字刚出口，风凌阳的剑划过谢云清，谢玉清侧退不及，肩膀中剑，汨罗人趁机出刀，风凌阳以剑逼刀，迫使刀锋躲向无路可退的谢广卫，谢广卫来不及抽剑，只好发射袖剑；“又怎么会”出口时，风凌阳反剑回击汨罗人，劈开对方斗笠，露出面容。

风凌阳第一眼看到的便是对方的一张豁嘴，这让他一怔的同时，想起了江横眉那几句似诗非诗、似偈非偈的话：“人下一点口半张，两口不回吕亦伤。一抹夕阳持匕现，此去有力独彷徨。”他本来不知道这是何意，却在此刻突然明白了所谓“人下一点口半张”是在说这个复姓宇文的汨罗人，而“两口不回吕亦伤”却是在指“连天接地无穷剑”二人。“一抹夕阳持匕现”是指自己，因为自己要在夕阳落山之前杀掉谢广卫，第四句则是结果！

这个念头只是在电光石火间闪现于脑海，但就在这么一瞬间，风凌阳却已经来不及去躲开谢广卫的袖剑。与此同时，回连天和吕接地也挥剑攻来，风凌阳肩膀中了袖剑，后无退路。等白不离说到最后四字“买凶杀人”时，风凌阳后背已被回连天和吕接地的剑气划伤，但他不退反进，再度直逼谢广卫。谢广卫袖剑发出，身上已没有武器；而那个汨罗人斗笠突然被劈开，一瞬间不太适应射进来的光线，行动稍微凝滞了一下；谢云清虽见谢广卫被困，但因左肩受伤，行动不便，一时之间也救之不及。谢广卫道：“你是风凌……”“阳”字未曾出口，风凌阳手中的剑已经直入谢广卫天灵盖，透脑而出……谢广卫不甘心地看着风凌阳握剑之手甫起乍落，却再也说不出话来，整个身体逶迤着滑落下去！

那汨罗人乍见此变化，不由得大吃一惊，当下一个健步扑了上去，双手便要去接正在滑落的谢广卫，口中还哇哇地喊着什么。他这么一扑顿时空门大露，全然不顾身边还有风凌阳在虎视眈眈。

风凌阳返剑回落，剑锋刺入那汨罗人腰部，可那人却不去顾及，只是紧紧抱住谢广卫的身躯，口中更大声地哇哇叫着什么，声音甚是悲切，仿佛痛失至亲般凄厉。风凌阳无暇多想，一剑之后立马收手、侧身、闪避。这时，回连天和吕接地的第三轮进攻发动，并再一次在风凌阳身上留下了数道口子，好在风凌阳侧身躲闪及时，否则早已横尸当场。

那白不离先是自我分辩，待他说完那些话后，才发现瞬间已经有如此巨变，他刚要扑上去反击风凌阳，却见风凌阳将剑刺入谢广卫脑中。白不离心下一怔，不知是喜是悲。若说喜，是因为盟主已死，他这个副盟主不日便可达成所愿；若说悲，则是觉得盟主毕竟待自己不薄，这些念头只是一闪即没。但也就在这刹那间，风凌阳已击杀汨罗人后侧身躲闪，并抽剑出剑。风凌阳这一剑刺出,白不离倒是惊醒了。他知道,要想当上这个盟主,必须得先拿住此人，唯有如此，方有可能获得大家的支持。当下，他二话不说，猛地起身逼近。

风凌阳只是发剑虚刺，趁机转到了谢广卫和汨罗人先前站过的地方，这样一来，他背倚墙壁，便可避免腹背受敌。谢云清、白不离、回连天和吕接地，则是以一个扇面形状将风凌阳围在核心。

风凌阳情知耗下去对自己不利，大致打量了一下局面，这一打量之下已然掌握了退路。他先是飞脚猛踹身边的桌子，桌子经他大力一踹，直飞身侧的谢云清；却在收脚之时，借脚力上挑汨罗人的尸身，然后迎身滑步，趁机下压左肩，猛地朝那飞起的尸身一扛，让飞起的尸身去挡回连天和吕接地的双剑。这些动作在电光石火之间便已完成，而他本人则挥剑刺向右侧的白不离。

白不离身无兵刃，依仗的只是五行折云手，不敢拿手硬接来剑，只能脚踏八卦方位，侧身迂回，去捉风凌阳的手腕。风凌阳哪敢让他捉到，忙反手扣剑，想以此去削对方手臂，他倒不求断其臂，只盼对方回撤，这样一来便有机会跃厅而出。但白不离偏偏就不回撤，反而是改爪成肘，身形蓦然一低，疾扫风凌阳肩膀。风凌阳由于是扣剑，吃亏在威力不大，当下只好拼着挨他一扫。与此同时，握剑手腕突展，然后手掌回撤，猛然上扬前抓，一个急抄，反手握剑，疾刺白不离。他的剑尖刚抵达白不离，腋窝下方已被白不离扫中。

谢云清震开桌子以后，便想过来加入战团，但因为大厅打斗过于激烈，加之身边有回连天和吕接地两人正手忙脚乱挡汨罗人的尸身，一时间也是加不进来。

白不离一击得中，随即反扑。这时风凌阳已经站稳脚步，他见白不离迅猛而来，已越过长剑范围，当下心一横，猛地拔出插在肩膀上的袖箭，然后反刃向前。这样一来，倒像是白不离要往箭刃上扑一样。白不离刚发现箭刃，却已是收刹不及，当下两手灌注功力，便想着与风凌阳拼个鱼死网破。

风凌阳操箭之手猛地上扬，头则反箭势而下，于是白不离的肚皮硬生生地被划开了一道长口子，而他双掌也因为失去了目标而无受力之处，这使得他跌扑到门口，匍匐着死去。

风凌阳虽然躲开了白不离的攻击，却被白不离刚才以命相搏的招式一激，吓出一身冷汗。他不由得狂性大发，当下长身而起，大吼出声，两只眼内顿时布满杀意。那谢云清本来还想上前，却慑于风凌阳如此威势，一时不敢乱动。回连天和吕接地见对方在顷刻间于众人围困中刺杀了盟主、副盟主以及宇文先生三人，突然有些心灰意懒，只觉得局面变成现在的模样，已是输得一塌糊涂，再打下去不过是枉送人命了，进攻顿时减弱。

风凌阳边吼边退，两只眼睛还死死盯着对面的三人。被打斗声惊动的庄丁见风凌阳浑身浴血，都不敢上前，只是围在两边瑟缩着，心虚地喊道："拦住他！""抓住他！""不能放他走了！"声音却是越喊越小，越喊越没底气。一众围观的贺客也只是惊讶地看着眼前这副骇人的场面，无人敢上前。

风凌阳退走时，并没有在围观的贺客中再见到蟹老六和顾思文，倒是在山脚下见到了那个撑着海棠印花油纸伞的女子。不过，她已经收了伞，正在和一帮同样是路过的行人聊天。

六、天道

翌日，依旧是城西，依旧是那条长街，依旧是那个集市，依旧是那些货摊老板，甚至依旧是那个如同昨日的鬼天气。好在这时不是正午，而是上午。

这时，集市才开张，长街刚有些热闹的气息。那些货摊老板甚至还在为自己的生意忙碌着，吆喝着。

风凌阳走在这片忙碌之中。他这次不是为了什么任务，他的伤口甚至还没有好，昨日的剑伤隐然还有疼痛的感觉，但他的心里却很舒畅。无论是谁，能在昨天那种情况下完成任务，都会觉得舒畅！

逍遥侯一战名动天下，富贵山庄一战锦上添花，日后更可做主风凌阁，掌管许多人的生死。想到这里，风凌阳心中有几丝得意。

就在这时，他又看到了那个写着“只勘生死，不问尘俗”的布幡飘在空中，便觉得那江横眉果然自信。他此番前来便想看看他见到自己后会是什么表情！

若非是昨天的一卦，风凌阳根本就无法想象这个人竟然会是一个算命的，但眼下他还是故作冷硬道：“你胆子倒是挺大，竟然没跑！”

江横眉却是一脸微笑，反问道：“我为什么要跑？”

风凌阳冷笑道：“你昨天说要我勿拔剑，拔剑者死。我拔了剑，却没死。既然我没死，那死的人便该是你了！”

江横眉颇有深意地看了风凌阳一眼，笑道：“难道你还活着？”

这话倒让风凌阳迷惑了，他看了江横眉一眼，对于这样的问题他根本不知道该怎么回答。

江横眉接着道：“你昨天回头时，我送了你一首诗，你可记得？”

风凌阳点点头，说道：“我当然记得，你那些话虽然算对了我的行动和行动中遇到的人，但你却没有算对我的结果！”

江横眉这次绕过桌子，来到了风凌阳的面前，他又一次上上下下打量了风凌阳一番，不由得笑道：“哦，我昨日是怎么说你的结果的？”

风凌阳傲然道：“今日勿拔剑，拔剑者死！”

江横眉却笑道：“这句话只是个引子，谜底却在诗里面，你既然解了我的诗，就该明白是什么意思。可事实上你根本就没有解出来！”

风凌阳一怔，不由得又把那首诗默念了一遍。

江横眉头摇头道：“算了，还是我帮你解吧！”

说完，取出了纸笔，边说边写道，“其实这是一首字谜诗，你看，‘人下一点口半张’就是说‘人’字下面加一点再加半张口，这是个‘今’字；

‘两嘴不回吕亦伤’则是个‘日’字。因为嘴同口,两个‘口’字相互叠加,不是‘吕’字也不是‘回’字,那就只能是‘日’字了;至于第三句比较难解,‘一抹夕阳持匕现’,则侧重在那个‘一’字,‘一’字左边加夕阳的‘夕’字,右面则加持匕现的‘匕’字,最终就是个‘死’字;最后一句是“此去有力独彷徨”,去而有力,那么‘去’字加‘力’字,便是个‘劫’字,人若遭劫岂能不彷徨?现在你可以把这几个字连起来读一下!”

说到这里时,江横眉放下了毛笔,手指逐渐地合拢起来。

江横眉解释第一个字是“今”字时,风凌阳还只是惊异;解释第二个字是“日”字时,风凌阳已经有点不敢相信;而到了第三句解出来是个“死”字时,风凌阳已然有些惊骇;到最后一个字“劫”的时候,他的手指莫名开始发颤。风凌阳万万没想到这首诗的谜底竟是这样。所以,当江横眉让他连着读时,他突然有些发抖,那是陡感无力控制局面的恐惧感:“今——日——死——劫!”

江横眉道:“没错,今日死劫!”说完已然合拢的右手中指陡然绽开,那手指宛若利刃一般直刺风凌阳的气海穴所在。五指聚而合力,贯注于中,正是他那一指俯千夫的不世绝技“千夫指”!

风凌阳惶然回头,已经躲之不及,他刚要出掌硬抗,便觉丹田之内有一股剧痛传来,接着奇经八脉便跟火烧一般难受。风凌阳感觉自己呼吸困难,整个人仿佛被抽去了所有气力。他已经无力的手徒然努力地抓向江横眉的衣襟,心下却有太多的疑惑和不解:“你到底是谁?”

江横眉顺着风凌阳下滑之势蹲了下来,他低下头,朝风凌阳说道:“我的确是江横眉,不过我可不是什么帮派或者组织的,我只是一个普通的江湖人。代表江湖来向你讨还公道!”

风凌阳喉结蠕动着,刚要说些什么。就在这时,他看到了一柄伞,一柄海棠印花油纸伞,看到这柄伞时,风凌阳依稀想起了昨天下午在山下看到的那女子。他突然明白,这一切都非同寻常。

果然,那伞在来到他们身边时停下了,撑伞的女子也蹲了下来,下一刻,只听她朝风凌阳道:“我们先前见过面的,你可能还不知道我的名字。”说着便一笑,竟有几分羞涩,“我叫海棠,主要负责监视你的行动。你这次刺杀谢广卫的雇主就是我们,这是我们江湖人专门筹款为你设的局,名叫

‘天道局’。目的就是废掉你的武功，铲除你们这个善恶不分的风凌阁！”

“天道局……善恶不分……”风凌阳喃喃道，似乎想到了什么。

这时，江横眉补充道：“如果硬碰硬，我们自然没人能打败你，所以才凑钱布下这个局。你可以恨我们废了你的武功，还要毁了你们风凌阁，但你要知道，江湖人更恨你们为钱财驱使，肆意行刺，不辨善恶，不知还有天地良心！我二人不敢枉称正义，却会朝天下恶人叫板，让他们知晓天道有轮回，在作恶之后，不忘有恶报加身，不忘有血债要偿，更不忘这世间的公道准则不因钱财而在人心！”

风凌阳瘫倒在那里，不能动弹，也不想动弹。只是眼睁睁看着这二人简单收拾了一下行李，拿着那个布幡，悄然走了。

布幡所指的方向，正是江湖。

夺理

碳闪

我生活在一个位置偏僻的小镇。这里不常有人来，也不会发生什么惊天动地的大事。渐渐的，人们甚至连它的名字也忘了。只有在一些泛黄的旧地图上，你才有可能看到一个小点，旁边有三个模糊的小字："莫名镇"。

我只是一个十四岁的少年，但别人通常会叫我一声"伙计"，因为我在路旁的一家店里工作。这家店挂的招牌原本就是最简单的：一块方形的木板，上面用烧焦的木头写着一个斗大的"酒"字。但竟然还有人觉得它值钱，将它盗了去，大概是当柴火烧了。于是，招牌就更简单了，闻到了酒味，你自然就知道到地方啦！

来这里的人，没有多少真正的酒客，否则我就不会经常向酒里兑水啦。然而，有个熟客却是货真价实的酒客。他大约每个月都会来镇上一次，络腮胡子，骑着一匹瘦弱的老马，穿着不洗不换的衣服。然而，他腰间总是悬着一把从不出鞘的剑，这让他总是挺直了腰杆。

我每次听到熟悉的马蹄声，就把一坛酒摆到柜台上。那人很快就像一阵风似的旋了进来，向柜台上一拍——放下酒钱，然后单手抓起酒坛，咕咚咕咚，很粗犷地把一坛酒都灌下去，最后说一声："痛快！"

酒坛子并不小，但他的脸只是微红。之后，才是最关键的部分——他有时会给我讲一些外面的事。

虽然在讲的过程中夹杂着许多不太听得懂的话，但丝毫不影响故事的精彩。他讲的大多数故事，都是关于一个地方——江湖。

江湖究竟是一个什么样的地方？我也说不清楚，只是隐约觉得，那里比这个小镇要有趣得多。那里有许多人，有豪爽的大侠、儒雅的剑客，也有蒙面的神偷、青衣的道士，每一个人都有独特的武器、专有的名号。当然，还有许多人一起聚集起来形成一个什么帮派。哪个帮派上个月被全灭了，又有哪个帮派这个月兴起了。来来往往，听着很是过瘾。

我问他的姓名，他不肯说，但我猜他应该是个落魄的剑侠。因为当他说起某某大侠除暴安良、行侠仗义时，总是会亢奋激昂，而说到哪个侠客被人暗害之后，又义愤填膺，恨不得手刃凶手。受到他的影响，我也渐渐地开始崇拜那些大侠，梦想着有一天我也可以像他们一样。

时间一点一点地流逝。有一天，我突然发现，那阵熟悉的马蹄声已经三个月不曾响起了。究竟发生了什么，我也不得而知，我甚至不知道他的姓名，即使想打听些消息也无从问起。

于是，稍稍化开的时间再一次凝结成了固体，我与外界，与那个叫做江湖的地方唯一的联系断了，只留下一些梦的残片，偶尔会在午夜滑过。

柜头的一坛酒摆了好久，上面已经落了薄薄的灰尘，我却不愿意把它收起来，只当是对一个不知名的、浪迹天涯的剑侠的祭奠。

这些，都是我十四岁之前发生的事了。我清楚地记得，那一年的秋天，镇上又发生了几件事。而这几件事，未来将会影响我的一生。

那一天早晨，蒙蒙的秋雨将小镇笼在微妙的雾中，我站在店门口怔怔地看了一会儿雨，才开始把椅子搬下来，擦净桌子，准备一天的营业。

这时，我听到了一阵密集的马蹄声。很快，第一批客人就拥了进来。四个人装束一致，劲装、斗笠、腰间佩剑。四个人挑角落里的一张桌子坐定，一壶酒，几碟小菜，四把剑横在桌子上。四个人全都表情严肃，一言不发，显然，他们在等着什么人。

店里的气氛很冷，我也不知道该说些什么，这个时候，就连瞎子都知道将有什么大事发生。

就像连绵的秋雨将空气里的热气全部洗刷去了一样，一批又一批客人的到来也只让店里的空气越来越冷。有些人穿着怪异的衣服，说着生硬的语言，有的独自一人步行到这里，也有三两结伴走进店里来。由于充满了人，屋子立刻显得小了很多。还不到中午，小小的店里已经挤满了二十余人，所有的人都有两个共同点：带着武器，不说话。

同时，酒店正中间的一张桌子被空了出来，这更坚定了我的想法：他们是在等人，而且只怕等的都是同一个人。

江湖，是否已经延伸到了这里呢？

我时不时地向镇口的小路上望上一眼，这么多人等待的，会是什么样的人呢？

初时，细密的雨丝温柔地飘下来，没有一点儿声息。渐渐的，雨点儿大了起来，打在瓦片上，淅淅沥沥地响个不停，细流从屋檐上滴下来，在地面溅起水花。云层将天空完全遮盖住了，不留一点儿缝隙。

就在雨第三次由急促转向温柔的时候，路的尽头出现了一个身影。

一把青伞，一身白衣胜雪，只是眨眼工夫，一个面容俊朗的公子便迈步走进店来。他将伞收起搁在门边，身上没有一处沾上半点泥污。他踱着优雅的步子，坐在了中间空出的桌子旁边。

他与其他人有两个不同处：他没有带武器，而且并不介意多说几句话。

“伙计，先给我上一壶酒。”他说。

他虽然并没有笑，我却能感觉到他话里的笑意。同时，我也可以感觉到，临近几桌的人全都留意着这边的动静。

我手脚麻利地放了一壶酒在桌上。

“你去吧。”他又说。

我站在柜台的后面，心里忐忑不安。

他从怀里掏出一个白玉酒盅，缓缓地倒满酒，然后端了起来，一饮而尽。一瞬间，至少十多道目光从不同的地方聚集过来，定在了酒盅上，众人的目光立刻变幻起来。

其中一个用黑布把自己裹得比木乃伊还严实的人突然放声大笑，大声说道：“纵使你唐门少主名满天下，今天也难逃一死！”

“哦，兄台何出此言？”白衣公子这一回是真的笑了，他又往酒盅里注满了酒。

唐门？少主？我似乎听说过。

看到他这样平淡的反应，黑衣人脸上现出了惊疑的神色，但还是站起身，走到了中间的桌子前面。

“你刚喝下那一杯酒，便已身中奇毒。无药可救，一刻内必死！”

“是么？”那“唐门少主”又将酒盅托了起来，轻吸一口，像是在细细品味。过了一小会儿，他才轻声说，“这酒中的奇毒可不止一种。敢问，您下的是哪一种？”

黑衣人不知道如何答他，进也不是，退也不是，只有僵立在那里。

“让我猜么？”他又轻尝了一口杯中酒，闭上眼睛，说，“是死草？”

黑衣人的脸上“唰”的一下没了血色。

“不对？那么一定是散魂丹了。”

黑衣人脸上泛起了青色。

“还不对？难道是无色无味的阎王泪？”

黑衣人的脸色已经比腐烂的木头还难看了。

“喂，高人，给点提示嘛。”

“高人”摇摇晃晃，像是要摔倒一般。

这时，我看到有三个人把酒钱丢在桌上，悄无声息地离开了。他们大概是在酒中下了那三种奇毒的人。

此刻，我想起了以前听过的关于唐门少主的故事。前年就任的唐门少主唐式微，以从不杀人出名，是如今江湖上声名显赫的大侠。他从不携带武器，只凭着一手出神入化的毒功，便能震慑天下。不论是怎样的大恶人，他都会放一条生路。

“你该不会是说断肠草吧？”唐式微像是猛然想起了什么，说道。

黑衣人没有说话，但他脸上的表情已经相当于在点头了。

“我从小就把那个当茶喝，一时没反应过来，恕罪，恕罪。”

此时黑衣人心里在想什么，我可以猜得八九不离十。他一定在想：幸亏这个人不会杀人！他的眼睛已经开始向门的方向瞄去了。

他用嘶哑的声音说：“我听说你从不杀人？”

“的确，我从不杀人。”唐式微说。

黑衣人松了一口气，脚尖点地，以极快的速度向店门掠去。但他还未到门前，身体便一软，像是他的全身力气都被瞬间抽干了一样，摔倒在地上。

“不辞而别是不礼貌的，更何况你的酒钱也没付，难道想赖在我的账上？”唐式微神情不变，优雅地说，一个字一个字都很清楚。

“唐大侠饶命，唐大侠饶命……”狼狈地趴在地上的黑衣人不停地低声说。

“饶什么命，我又不会杀你。我这个人最讲道理，不仅不会动你一根毫毛，而且还要请你坐下来，把事情说清楚。有什么问题，我们可以商量。”

力气又注入到了黑衣人的身体里面，他像一把折尺一样一节一节地展开，终于站直了，却又向门的方向跑去。于是，他又一次软倒在了地上。

“你一定要坐下来。在你把话说清楚之前，我保证你出不了这扇门。”

黑衣人又一次恢复了力气，他有气无力地走到了桌边，一拍桌子，大声吼道：“有道是士可杀不可辱！有种你给我来一刀痛快的！”

“坐，先请坐，我不习惯仰着头与人说话。”唐式微一伸手，黑衣人双腿一软，跌坐在了椅子上。

唐式微继续说：“我这个人最讲道理，我们就从‘士可杀不可辱’说起。我绝对无意侮辱任何人，如果你觉得刚才的事情让你受了辱，那么，我道歉。”

黑衣人满脸愤恨的表情，喉结上下滚动，像是想说什么，却卡在了嗓子里。

“我想，如果我没有记错的话，我们两人素昧平生，往日无怨，近日无仇，你究竟为什么要置我于死地？”唐式微问。

黑衣人身为鱼肉，人为刀俎，却也敢“哼”一声，将头别了过去。

“为名？为利？或者，仅仅是因为在下面目可憎？”

黑衣人再也忍受不了他的腔调了，再一次咆哮道：“有种你杀了我呀！别假惺惺地充好人！”

唐式微听到这一句话，愣了几秒。最后，他只有幽幽地叹了一口气，说道：“罢了，你去吧。”

黑衣人实在难以相信唐式微这么轻易就会放自己走。他站了起来，试探性地迈了两步，见唐式微毫无反应，这才放心地奔出店门去了。

店里的空气又陷入了微妙的境地。

唐公子又多喝了两杯酒，才感叹道：“好人难做啊！五毒神君，你当年入了邪派，只怕也是迫不得已吧。”

坐在他邻桌的一个胖子突然冷哼了一声，端平了手中酒杯，一扬手，便将杯中酒液向唐式微泼去。唐式微不闪不避，任由那杯酒洒在自己的衣服上。然后说：“看来你并不同意我的观点。但你想杀我也没有杀成，还是听我几句话的好。”

我听到离柜台最近的一张桌子上的两人嘴唇微动，小声地交谈。

一个人说：“你看到他是如何出手的吗？”

另一个人说：“太快了，根本看不清！”

唐公子清了清嗓子，说道："据我所知，你上周毒死了十四人。就事论事，我并不敢认定这些人都是好人，你也肯定能说出一大通自己的道理。正派邪派，打斗起来都是一样的，只是说法不同罢了。所以，我现在不想跟你理论那些细节。我只想说的是，你的做法造成了巨大的伤痛，尤其是那些死者的家属承受的悲伤。"

唐式微说到这里，语气突然变得严肃起来："为了偿还这些伤痛，我只要你一只手，你可以选择是左手还是右手。"

那胖子的脸色已经难看到了极点。他一拍桌子，右手中已经多了一把闪着幽蓝光泽的短小匕首。一引身，匕首又快又狠地向唐式微扎去。

可惜，他还是不够快。唐式微随意地一伸手，便用两只手指钳住了胖子持匕首的右手腕。

"看来，你选择了右手。"

唐式微松手，在他的拇指按住的地方，已经出现了一个红点。红点就像朱砂浸入水中一样，在胖子的手腕上迅速地洇开。五毒神君一声怪叫，右手一阵抽搐，匕首掉落在地上，他的手也低垂了下去。

"你去吧。今后你是正是邪，我也难以干预。只是，无论你是正是邪，在伤人前务必想想他们会经受的痛苦，己所不欲，勿施于人，望你好自为之。"唐式微说道。

那个胖子——五毒神君在两个同伴的搀扶下离开了，屋子里更加沉闷了。

唐式微再次向酒盅里注满了酒，然后说："在座的各位恐怕都是来夺我性命的。刚才发生的事，大家都看到了，我是最讲道理的。如果有谁还想同我理论一番，请在我喝完这杯酒之后留在店里，我很乐意奉陪。"

他举杯，饮尽杯中酒。待他把空杯放在桌上时，店里已经只剩下我一个了。

整件事从始至终，都不曾流一滴血，刀剑都未曾出鞘。

然而，我看到的的确是江湖，真正的大侠！唐门公子在谈笑间震慑群雄，行事令人心折。实在是以德服人，令人崇拜的大侠！

我从柜台后面跑出来，激动得语无伦次。半天才说出一句："大侠，我很崇拜你！"

唐公子和颜悦色地说："大侠？不敢当。我只是个讲道理的人罢了。"

“刚才大侠真的是很威风啊！我从小就想当侠客，锄强扶弱，希望大侠能够给我指点一条明路！”我说。

“没想到你这么小，却也胸怀大志。你觉得怎样才称得上大侠呢？”他微笑着说。

“当然是心怀天下苍生，杀奸邪，诛暴戾，为百姓主持公道！”我说。

他轻点头，说：“不错。但有许多时候，暴力是解决不了问题的，这时就需要讲道理。世间万物，大不过一个‘理’字。行侠仗义，也要讲理。正所谓得道多助，失道寡助。只要人心所向，即使手无寸铁，也能成为大侠。”

“即使手无寸铁，也能成为大侠……”我默念道。

他把桌子上的白玉酒杯向这边推了推，说：“小兄弟，在这里遇到你也算有缘。用这只酒杯喝酒百毒不侵，我现在把它送给你，当作你迈向大侠的第一个资本。有梦想，就一定会实现！”

我诚惶诚恐，推让道：“这样的异宝，小人实在是受不起……”

“并不是白送给你。”他说，“等你当上了大侠的那一天，再把它还给我。玉本易碎，你也要保护它，保护自己。不到万不得已，不要用暴力解决问题。”

“我明白了，我会记住的。”我说道。

那一天的雨究竟下了多久，我记不清了。我只记得那一天的天始终是灰蒙蒙的，然而，我却感觉世界在那一天突然打开了。

那一天我遇到的，是天下最讲理的人。

从那一天开始，酒肆的酒里再也不曾兑进过一滴水。而我也开始锻炼自己，希望有一天能走出小镇。

时间，又像流水一样过去了。

次年春天，偶尔来小镇的人都说，南边的山上出了一伙穷凶极恶的山贼，周围的几个村庄都被血洗。虽然离这里尚有一些距离，但山贼迟早会来这儿的。

第一个人这样说，人们都还不以为意。但这样说的人多了，镇上就有点儿人心惶惶，有人已经开始在后院挖藏身的地窖了。我虽然不相信会有山贼跑到这么偏僻贫穷的小镇来，但也把白玉酒杯藏好，以防万一。

没过多久，便有周围村子的人逃难到镇上。据他们说，这一伙山贼烧杀抢掠，无恶不作，连官兵都奈何不了他们。

镇上的人更恐慌了，有些人准备向北迁移，免得丢了性命。来店里饮酒的人更少了，人们大概都没有那样悠闲的心情了。

那一坛祭奠的酒，放在柜台上将近一年了，我还是舍不得把它卖掉。有些东西不能卖，我很清楚。与其说它在等待着什么，不如说我在等待着什么。

那一天，我站在柜台后，隔着很远，就看到了一个特别的人。看他的装束，还有他抓在手里的剑，我猜他应该也是个剑客。他踱着不紧不慢的步子从北方的路一直走过来，一直微低着头，抿着嘴，很严肃的样子。

他终于走到了店门口，却仍然面无表情，好像周围的世界并不存在一样。

他直直地走了进来，走到柜台前面，然后单手抓起酒坛，拍开了封泥，以一种最有气概的方式，在眨眼间喝干了一坛酒。一切都发生得那么自然，以至于让我产生了一种错觉，仿佛又看到了那个人。

只是，没有那一声“痛快”！这个人把见了底的酒坛放回原处，就像什么都不曾发生一样，又转身走了出去。

我猛地醒悟过来：他还没给钱!

“哎，客官，你等一等！”我连忙跑出门去，向他喊。他保持着一模一样的行走方式，就像听不到我的话。我甚至有点怀疑，他的耳朵会不会有问题。

我紧跑了几步，挡在了他面前。

“客官，你还没给酒钱呢！”我说。

他看了我一眼，就像看着一个在大街上耍酒疯的酒客一样的眼神。然后，他就侧身从我旁边走了过去。

我愣了一愣，被人完全无视的感觉很不好。我站在原地，就像一个傻瓜一样。

后来我才知道，那一天我遇见的，竟是天底下最不讲理的人。

我回身追上去，张开双手拦在他的面前，说：“客官，你还没给酒钱呢。”

这一次，他停下了脚步，说：“我没有钱。”

我又一次愣住了。他没有钱，我又能把他怎么样呢？

我只好说：“可是，你喝了我的酒，就该给钱呀！”

“我没有钱。”他还是冷冷的一句话。

“我不管，你今天必须把酒钱给我。”我倔强的脾气也开始发作了。

“小鬼，你不要纠缠不清。”

我开始隐约觉得，这个人与我见过的所有人都不一样。他的表情很自然，一点儿都不像想赖账的小混混。

“是谁纠缠不清了？明明是你想赖账！你讲不讲道理啊？”我说。

他理直气壮地说：“不讲。”

我从来都没见过有人这样挺直了胸膛说自己不讲道理的。

“你怎么能不讲道理呢？”我说。

他这一次，索性连话都不说了，像是不屑与我争辩。

“你怎么不说话了？心虚了吗？”其实，我这时心虚了倒是真的。

他像是突然聋了一样，听不到我的话了。然后他加快了步伐，沿着路向南走去。

对于一个不讲理的人，尤其是这么高大的一个人，凭我的力气肯定是拦不住他的。但我又不甘心转身回去。于是，我跟在了他的身后。

他走得很慢，我跟得毫不费力。一路上，他就像不知道我跟着一样，连头都不回。我们走出镇子的时候，太阳已经西斜了。月亮很圆，很亮，使我能看清周围的环境。

我们又翻过了一座山，林子里的寒气已经积聚得很厚了。我从小在小镇长大，周围的地理自然十分熟悉。这一片山林都是我小时的乐园，因此我没有什么可怕的。

周围，流水声，虫吟声纠缠在一起，前面的人终于停下了脚步。

“你怎么还跟着？”他说。

“你若是不还我酒钱，我就一直跟着你。”我说。

“随你便。”他撂下一句话。

又走了几步路，他找到了一处平坦的草地，便和衣卧下，枕着他的剑。他也不怕草地上的露水沾湿了衣服，就那样仰卧着，闭上了眼睛。不一会儿，他的呼吸声就变得轻缓均匀，显然是睡着了。

我也在附近找了一块整齐的石头，坐下。此时，我也不知道该怎么办了。如果他明天还继续向南走，我总不能一直跟着吧。

我就那样坐着，犹豫是否该回到镇上。也不知坐了多久，就在脑袋已经昏昏沉沉将要睡着的时候，我突然听到不远处有“唰唰”的声音，那是有动物穿过林子的声音。

我一个激灵，猛地瞪大了眼睛。在明亮的月光下，一头银灰色的大狼自林间缓缓走出，双眼发着绿色的光。

我只觉得手脚全都僵住了，动弹不得。那头大狼盯着这边，像是在观察。

我拼命克制住自己双脚的颤抖，站了起来。我所能想到的唯一要做的事，就是把躺在地上的那个人叫醒，他毕竟有一把剑傍身呢！

我缓缓地，一点一点地向躺在中间的那个人移去。狼一直盯着我，不知为什么，它并没有立刻扑过来，把我的咽喉咬断。

这一段路，大概是我这一生中最长的一段路了。好几次，我都以为自己要完蛋了，但那头狼始终没有动。

终于，我移到了横在中间的那个人的身边，推了推他的肩。

他一翻身，原本枕在下面的剑就到了他的左手里，而他的右手就按在了剑柄上。他半跪在地上，环视了一下四周。

"你不要动。"他很小声地说。他并不是对着我，但他这句话只能是说给我听的。他站了起来，保持着那个姿势——左手握着剑身，右手按在剑柄上。然后，用最自然最平常的步伐向大狼走去。

月光下，这头狼尖利的牙齿都清晰可见。它发出低沉的吼声，微微向下伏，已经准备发起攻击了。

一声闷响，大狼突然跃起，凶狠地向这个不讲理的人扑去！一人一狼，长长的影子在地面上飞速地接近！

接下来的一瞬，我有生以来第一次见到了剑出鞘的样子！

他的身体突然向旁边一斜——在夜晚，快速移动的物体更容易令人眼花缭乱——他仿佛幻化成了鬼魅，散在了风里。

一声轻响，我只见一道白光在眼前一闪而过。两道影子又分开，他还是他，直着身子，左手握住剑身，右手按在剑柄上。而这头大狼栽倒在地上，脖子的一侧已经被血浸染成鲜红色。

我简直不敢相信自己的眼睛。那一道白光，就是剑吗？

"小鬼。"那个人背对着我，右手已经离开了剑柄，他说，"刚才，你为什么不跑？"

"因为我要当大侠。大侠不会只顾自己，不顾别人安危。"我说。

"我经常会劝小孩子们不要做不切实际的江湖梦。人在江湖，身不由己。

只怕大侠没当成，却当了尸体。”

“不会的。”我说，“世界上万物大不过一个‘理’字。只要讲道理，公平公正，行侠仗义，自然人心所向。”

他仍然背对着我，身体轻轻抽动了一下，像是在无声地笑。

“你笑什么，我说得不对么？”我怒道。

他转过身来，说：“你能对狼讲道理么？”

“狼是野兽，听不懂人话，当然是不能讲道理的。”

“所以我向来不讲理。狼总是狼，我会防着它，但人有时候，会不是人。”

“可是，人再怎么凶恶，也是讲道理的。”

“你这样说就错了。世界上根本就无理可讲。你认同的道理，别人可不一定认同。道不同不相为谋，你如何讲道理呢？”

“这……荒谬！”我不知道该如何反驳他。

“人活着，也不需要道理支持。是否有理，也不是一个人说了算的。”他继续说。

“那什么才是有理？”我问。

“很多时候，我活着，你死了，我有理；你活着，我死了，你有理。”他似乎叹了一口气，说道。

我第一次听到这样的话，呆住了。

“所以，我从不多费唇舌与人讲理。谁想对我讲道理，就先对我的剑讲。”

剑！我又想起了刚才那一道白光……

“可是，唐公子说……”

“唐公子？唐式微？”

“你也知道他？”

这一回，他却哈哈大笑了。

“他声称自己是天下最讲道理的人，其实却是最不讲理的。他能把所有人的命都捏在手里，自然是他有理了。不过，这一回南下，我倒很有兴趣让他对我的剑讲讲道理。”

“有理……无理……我想不明白。”我说。

突然间，他的神情一变，示意我不要讲话。然后立刻伏下身，耳朵贴着地面，在听什么。

“怎么了？”我略有点紧张。

“看来，我有一些客人要招呼了。”他说。

镇里也有几户猎户。我也曾经看他们做过捕兽的陷阱。此时，这个人正在做的，就是陷阱，只是简陋得多。他将粗壮的树枝砍下来，一头削尖，另一头埋入松软的泥土里，用砂石固定，就像种了一棵削尖的树一样。在他“种”完第三棵树的时候，我看到对面的山路上有一行蜿蜒的火把的光向这边延伸过来。同时，我隐约听到许多马踏地的声音。

我好像明白了什么。是山贼!

“这样就应该够了。小鬼，你也看到了，是来夜袭的山贼。你去藏到那边最大的树后，这里交给我应付。”他说。

“那么多的山贼，你一个人应付？”

“并不算多，只有四十三个。过一会儿这里可能会比较血腥，你要怕做噩梦，就不要向这边看。”他说完，就走到一边的林子里，躲在树下了。

我也跑到了不远处的一棵树下，藏在树影里。

火把又开始向这边延伸。我能够听到像天边滚动的雷一样又急又密的马蹄声。空气急啸了起来，林间的流水声、虫吟声立刻被踏碎，然后，当先的一匹马已经出现在我的视野中。

刀光在闪，火焰在翻腾。就在路中央的三根木刺被火光照亮的一瞬，我听到了马的长嘶，人惊恐的喊叫声。

然后，世界被剧烈地震了一下！血光飞溅，人仰马翻，火把掉在地上，四处乱滚，光与影杂乱地混合着。

然后，我就又看到了那一道白光！白光每一次闪起，都有一个山贼无声无息地落马。在一片混乱中，这一道白光完全被忽略了。

混乱并没有持续多久。余下的山贼们提着各自的武器，聚集在了一起。他们背靠着背，脸上全都是惊恐。火光下，那唯一一个提着剑、面容冷峻的剑客披头散发，身上溅了不少血点，就像从地狱来的恶鬼。

一个体型硕大的山贼此时才从地上爬了起来。他全身上下都是血和灰，一条腿拖着,似是被马压伤了。他用一把大刀支撑着身体,眼睛里全是凶光。他擦了一下手心沾的血，盯上了站在不远处的剑客。

“你是什么人？”他大声喝道。

“你对别人讲不讲理？”那个山贼没有得到回答，而是被反问了一句。

山贼大笑，提起刀就砍向了离他很近的剑客：“爷爷平生杀人无数，哪里跟人讲过什么道……”

余下的一个“理”字他并没有说出口，因为有一道白光一闪，他的话就说不出来了。

“我最喜欢不讲道理的人。杀不讲道理的人不会惹上麻烦，免得纠缠不清。”

在山贼之中，一个脸上伤疤最多，眼神也最阴鸷的光头猛地颤了一下，周围的山贼明显依附在他周围，他大概是个头目。

“你……你是恶鬼吴理！”他说。

我直到现在才知道了他的名字。他姓吴名理，怪不得不讲道理的。

除去死掉的山贼，现在集结起来的山贼也有二十人左右。

“想不到我的名字也有人知道，难得。”

旁边的一个小喽啰对他们的老大说：“这个人很厉害。我们逃吧！”

中间的光头摇着头，声音带着颤抖地说：“江湖上盛传着一句：讲理不讲理，死生一念间。遇到了恶鬼吴理，硬拼必死无疑。想活命，只有一个方法，那就是正确回答他的问题。”

此时，吴理也一步一步地踱了过来。他说：“既然知道我的规矩，那就开始吧！”

他先走到了一个山贼面前。

“你讲道理么？”他问。

“讲……讲！”被问到的山贼眼珠一转，回答道。

一剑封喉。

他走到了第二个山贼面前。

“你讲道理么？”他问。

“……不讲……”这个山贼结巴着回答。

一剑封喉。

第三个山贼。

“你讲道理么？”他问。

“我、我……”被问到的山贼双腿颤抖着，软倒在了地上，磕着头喃喃道，“大侠饶命……”

另一边，“扑通”一声，那个山贼头目也跪下了。他大声说：“我们弟兄们落草为寇，也是迫于生计，被逼无奈。以前做了太多恶事，我也不敢心存侥幸，有所希冀。只希望吴大侠要杀只杀我一人，放过其他兄弟，给他们一条生路。”

吴理思考了一下，长叹一声道：“罢了罢了，我这个人向来心软，最讨厌别人用大道理来和我纠缠不清。那这样吧，每个人都留下身上所劫财物，去吧。”

那光头跪在地上，咬咬牙，狠下心来，一闭眼，掏遍身上所有地方，把劫来的所有珍宝都取出来，扔在了地上。

吴理再向前走两步，说：“其他的人，你们也是一样，留命还是留财，自己选！”

山贼们哪里敢违抗，这一句话结束后，没过多久，在场的山贼就有大部分都咬着牙将自己多年劫来的各种金银器物掏出来放在地上了，只有少数的几个人还犹犹豫豫，有点舍不得。吴理走到了其中一个人的身边。那个人吓得面如死灰。

“怎么还不掏出来？”吴理催促道。

那山贼一个哆嗦，手里的刀掉到了地上，说：“大侠，我这些钱财，还等着拿回去给老娘买药治病呢……大侠能不能放过我……给我留几个小钱也行？”

吴理轻哼一声，一剑封喉。

“真正是人为财死，鸟为食亡！”周围有人不屑地骂道。

余下的几个山贼看到这样的情形，纷纷将身上所有的地方都掏得干干净净，颤抖着扔到了地上。

吴理又走到那个光头的面前，说：“我听说过你，飞云寨二当家，绰号‘毒蝎’。”

“小人惭愧。”毒蝎低声下气地回答，犹如丧家之犬。

“三年前，关东大侠吕信抓到你作恶。你跪在他面前，在自己脸上划了三道伤痕，发誓说要洗心革面。吕信为人仁慈，竟然放过了你。可两年前，你纠集了几百人，将他家杀得鸡犬不留。可有此事？”吴理说。

毒蝎脸上阴晴不定，不敢出声。

“留得青山在，不怕没柴烧。你的想法我当然明白。只是，我并不是吕信。”

毒蝎听出他的话中已经露出了杀意，忙说：“吴大侠莫非想食言？刚才您不是答应过我们，只要留下所劫财物，就可以保住性命的吗？”

吴理挑了挑眉，说：“嗯，我是说过这话。不过，现在我们谈的是另外一件事，吕大侠全家被杀的事，你不明白么？”

“请大侠饶我们二当家的一命……”旁边的一个山贼说。

“哈哈，这件事我就没法讲道理了。”吴理笑着说。

毒蝎大吼一声，从地上拾起一把刀，狂砍向吴理。但以他的武功，怎么可能伤到吴理半分！他身后的山贼吓得四散奔逃。

只是一瞬间，毒蝎便伏尸剑下。

掉到地上的火把渐渐熄灭了，山间又恢复了开始的寂静，仿佛从来没发生过任何事情一样。

“小鬼，出来吧。”吴理喊道。

我从树影里走了出来，看着倒在地上的毒蝎，不知该说什么。

“想做大侠，你最好习惯这种场面。”吴理对我说。

“可是，刚才的事似乎也不完全像大侠所为吧！毕竟他按照你的要求，已经把自己所有财物都掏出来了，你却还是杀了他……”

“我说过我是大侠么？”吴理反诘道。

我竟语塞。

“跟一个违背誓言的恶人去讲道理？关东大侠吕信，人人景仰，何等的君子！最终却被这样的恶人灭了门。我不杀他，信诺何在？侠义何在？道理又何在？”

“我不知道该怎么反驳你了。”我低声说道。

他笑了，拍拍我的肩，说道：“我劝你一句，还是不要踏入江湖。所谓人在江湖，身不由己，这里从来都不是一个浪漫的地方。”

“可是，我又能做什么呢？难道要在小酒肆里一直当伙计？”

他想了想，说：“我倒是有个主意，你可以写写江湖的故事，讲给别人听。如果你的故事影响到别人，也算是一种行侠的方法。对了，这些财物，你收拢一下，付了你的酒钱，多出的就拿去接济那些孤苦无助的人吧。相信你做得到的，小兄弟！”

从那一天后，我就一直留在小镇上。偶尔，我也能听到过往的客人谈起一些江湖中的事。

传说，恶鬼吴理将臭名昭著的天下第一恶人除掉了，因此有了一个“最讲理的恶人”的新称号。

传说，又有一个大魔头被名门正派合力铲除。

传说，又有一个大侠遭小人陷害，不久小人便神秘失踪。

我攒够了钱，搬到了一个大一点的市镇。在这里，我一点一滴地记录着江湖上的故事，或者自己编造，卖给说书的人。

不久前，恶鬼吴理已经排入了天下前十。

另外，唐公子唐式微遭遇唐门内变，虽然成功地保住了性命，但喉咙却被毒哑，怕是没法再讲理了。但天下人为此义愤填膺，摩拳擦掌，要为唐公子讨回公道。

讲理不讲理，死生一念间。看来，行走江湖，还是讲理的好啊！

长生有为青格里

王展飞

一

“师父，九重天到底在哪儿？有多高？弟子这辈子能看到吗？”

作为长春真人得意弟子的尹志平，已经开始参悟长生之道。可长生之道，真是渺茫得很，他想了已经七七四十九天，这一早上抬头望天时，正巧一声鸟鸣传来，尹志平本以为是天音妙传，不料却有一点凉意正由额头传来。

尹志平伸手一抹，愣了一会儿，才明白是鸟屎，不禁摇头一笑。见师父丘处机从月门出来，尹志平躬身行礼，顺口就问这个问题。

丘处机朗目剑眉，道袍也洁净得体。他本来像有急事的样子，没打算停下来，可听了弟子的疑问，反而停下了脚步，笑了：“志平，你收拾一下东西，过两天随我出发！”

尹志平吓了一跳：“师父，您要带我去九重天？”

丘处机大笑起来：“人法地，地法天，天法道，道法自然。师父自己还不舍得离开这大地呢，哪能带你去九重天！不过，有一个了不起的人物也问到了这个问题，师父要去拜见他，和他论天证道。嗯，最近就要出发，你跟着一起去！”

尹志平惊喜道：“多谢师父！那么，那了不起的人物是谁？”

“成吉思汗！”

丘处机见尹志平有点迷糊，接着说：“我说过这个人的，他叫铁木真。这些年，到处都传遍了成吉思汗的威名。我已经拒绝了金国的邀请，要西行一趟，去会会这位蒙古的大汗。长生天，九重天……哈，就先从今天开始吧！”

二

在明天到来之前，今天先准备“开始”，这一向是丘处机的行事之道。当天晚上，山东莱州大基山的全真教重阳宫里，这位全真教掌教召集座下五十四名修道弟子论道。

重阳宫南壁台龛上，明晃晃点着十八根巨烛，照见已经七十三岁的丘处机竟然须发全黑，面色竟像正届中年，眼神里有亮光闪烁。

他照例先将拂尘甩了一下，搁在左臂弯里了，朗声说：“你们出去说道，世人也都叫你们‘先生’了。嗯，先生先生，你们以为是什么？不过是早生了几年，年纪大些而已。”

他捋捋胡须，笑道：“那么，这世上所有的老人，不就都成先生了吗？却也不是。这是为什么？”

众位弟子端坐聆听，神色庄凝。

丘处机自答：“这当然是因为人们知道，很多上了年纪的人里面，不单单有先生，还有老糊涂虫和老不要脸的在内。”

他的课上，大家可以笑。

丘处机自己也笑了，说道：“后来人们也越来越清楚明白了，先生，就是有学问、有德行、有见识的人。我们全真教道人，要人家尊称一声先生，也许不难，可我们要常常自问一声——我这先生，是要枉活于世，还是要济世度人？说到底，还是那句话，有为呢，还是无为？若是有为，如何去有？若是无为，怎么个无法？”

就这么几句话，厅中之人无不肃穆聆听，屏气凝神。

丘处机语调悠长：“前几年，我以为我已经懂了，可终究还是没有真懂、没有完全懂。冲虚子，我们全真教教义的第一条是什么？”

这个问题，任是刚刚入门的弟子也知道答案。“冲虚子”宋道安是从别处带着修行转入丘处机门下的，这年已有五十五岁，听师父点名自己，不敢有丝毫怠慢，立即恭谨作答：“禀师父，全真教教义的第一条出自《道德经》，是‘无心忘言’四个字。”

丘处机捋了一下胡子：“无心忘言，嗯，无心忘言。是没心没肺又语无伦次，还是因为没想所以不说？今天，我请来了这十八位先生，给我们传授‘无心忘言’的真谛。大伙儿有什么领悟吗？”说完之后，目光炯炯，满是期待。

众弟子均是一惊，人人均望望殿中四处，懵懂不知；再互相望望，更莫名其妙。

尹志平起身行礼问道：“师父，这十八位先生已在殿上了吗？弟子等怎么没见到？”

丘处机微微一笑，忽然袍袖一摆，右手指向南龛：“便是这十八根蜡烛！燃烧之前，它们平淡无奇，燃烧之后，它们寂然无存。可是，此时此刻，它们忍受燃烧，奉献光明！它们以无心忘言，换得我们亮如白昼！”

丘处机的声音在大殿上余音袅袅，这十八位“先生”的火苗儿熠熠跃动，印证欢欣。

五十四名弟子动容齐颂：“无量寿！”

三

丘处机目光中多了一点晶莹湿亮：“眼下大宋软弱，金国贪狡，而蒙古雄起，杀伐无度。对全天下的百姓来说，何尝不是身处黑夜，不得光明？”

众弟子连呼吸都要屏住。

丘处机深深吸了口气，声音忽然沉了下去：“为师便是火石，你们便是蜡烛。我要从你们当中选十八位，随我西行，与成吉思汗会见论道。可有愿意同往者？”

接下来，师父自己也被震动——五十四名亲传弟子全都表示“愿意同往”。

丘处机摇了摇头，这才说：“为师自己也没有把握，路途遥远，中间有上万里，要经过大小国度就有十几个，时间至少需要两年，其间难免遇上毒虫猛兽，蟊贼盗伙。这一节先说在前头。嗯，我再问，可有愿意同往者？”

五十四名弟子齐声回应：“追随师父，愿往！”

丘处机深深吸了口气：“这还不是我最担心的，我所最忧者是与那位成吉思汗倘若一言不合，只怕所求所盼，顿时成为泡影。为师若与他争论起来，恐怕便要人头落地，与我同行者，自然同样不得活命，这一节也是要提醒你们的。嗯，我再问，可有愿意同往者？”

五十四名入室弟子锵然回应：“追随道义，愿往！”

丘处机站起身来，抬起拂尘，打个无量揖，向众弟子说：“都别动。你们有这份志愿心念，便该受我一礼。我们听三清神君的旨意吧！”

双掌一击，一名道童自侧门进来，手捧一只签筒。丘处机接过来：“这五十四支签中，上签中签下签各有十八支。你们每人抽一支。”

有弟子问：“抽中什么签可跟随师父西行？”

丘处机双眉一抬：“自有天意。”

五十四人各抽一签。这签子无论上中下，都不知道师父怎样分析命数，人人均一头雾水。

尹志平心里是记挂着师父答应了他可以随着西行的，看了一眼签条，脸色顿时苦了，期期艾艾望向师父，正好师父也看着他，面带微笑。“志平，你抽的是什么？”

尹志平声音低微：“回师父，弟子抽的是下签。”

丘处机点点头，踱了两步，站定身子，微笑着说：“今天早上，志平望天求道，却不料脸上溅了一粒鸟屎。志平擦去鸟屎，问我九重天有多高，在哪儿，他这辈子能不能看到。”

尹志平的平庸憨厚，在门内也是人人都知道的事，听丘处机说到这一节，有人便轻笑出来。尹志平神色微赧。

丘处机也微微一笑：“现在，我就要告诉他，也告诉你们各位求道的弟子，九重天，不一定是在天上，为师反而觉得恰恰是在地上。”

他的神情激昂起来：“尹志平脸上的鸟屎还没擦干净，可他没有骂鸟，却来向我求道。就在那一刻，我下了决心，敢于放下一切干扰，应成吉思汗邀请，西行证道！因此决定，尹志平的运气，便是这份天意，十八位抽到下签的弟子，明日早起，随我西行！”

四

西行的路，并不难走。

蒙古派来了豪华阵仗迎接。成吉思汗，那位神秘伟大的人物，虽然相隔万里，却已经让人感受到他的无与伦比。

成吉思汗让使者带来了一封信。那信写得极为谦卑："我成吉思汗虽然已经征服天下，可在中原人眼中，我仍然是野蛮人。今仰慕真人，希望得到真人早晚教诲，启蒙文化，得悉长生之术，那么，我有幸，天下苍生有幸。"

其实七天前收到这封使臣刘仲禄带来的信时，丘处机就忍不住赞叹："这才是成吉思汗！南宋的皇帝，金国的皇帝，也都曾派人请我下山。可是呢，说什么'率土之滨莫非王臣'，让我老道士得听话前去当人臣。我偏做不来这俗世臣子。可成吉思汗来信说得明明白白，只与我探讨长生。我如已得长生之术，岂能不救天下？但义之所在，非去不可！"

赵道坚当时在一旁，听到"长生之术"，思索之后，仍然是没有信心，曾单独向师父提醒："弟子有一事担忧，只怕'长生'二字，真是任神仙也难以做到，就算师父真正领悟了长生之术，那也高深莫测，只能是自己悟道，想来成吉思汗手握重兵，杀伐无度，师父就是肯将长生之术教给他，他也未必能学会！"

丘处机当时对赵道坚赞赏地一笑："你能想到这一层，为师真替你高兴。不过，你不是为成吉思汗担心，而是在为师父担心，为咱们这群人担心。"

赵道坚惭愧点头。丘处机笑起来："这没什么不好意思，你很对，说得也很好。你的担心不无道理，万一为师见到那位大汗，说的话犯了天威，必然难逃一死，我们自己的'长生'先就完了。还能教给成吉思汗什么长生术？"

赵道坚连连点头，问道："师父，那怎么办？"

丘处机目光里好似凝着神辉："为师确信，已得长生之道。那位伟大英明的大汗，应该会听懂的！"

此刻，这位传播"长生之道"的老道士，坐在蒙古特使侍奉的豪华马车里，打开车篷上的帷帘，看着沿途的风景，脸上的笑意自在活泼："嗯，徒步，叫做前行；骑马，叫做前行；坐着车驾，也叫做前行。"

十八名弟子中，属李志常最有文采，此时正在大车的左后侧骑马跟随，听到师父的话，驱前一步，议道："师父，弟子有个小小的计议，打算将师父带领我等一路西行的经历记下来，到时编著一本书，叫做《应成吉思汗邀约证道记》，不知合适不合适？"

丘处机点头赞叹道："志常，这不是合适不合适了，这是光大我们全真教门庭、弘愿证道的大文章呢，为师赞成！不过，这书名得改改。"

李志常得师父一赞，更来了精神："那能不能请师父给这书赐个名？"

丘处机双眉压下去又扬起来："嗯，当年唐朝的玄奘和尚，也曾西行，他是为了求取佛门的真经，一路上历经千辛万苦，终于算是得了正果。为师这一次，也是西游，是为了证道。你要写的这本书，就叫《西游记》吧。"

李志常想了想："师父，能不能叫做《长春真人西游记》？免得世人们误会，以为是他们沙门的那次西游。"

丘处机哈哈大笑起来："他们沙门的西游也很了不起，取回了佛家的典藏。不过，咱们这次西游，不是去取经，而是去证道。那就依你这个名字吧！"

五

路途虽漫漫，但蒙古特使持着成吉思汗的大汗手谕，一路上没有遇到丝毫的冒犯。

这一天下午，丘处机小睡了一会儿，忽然车外传来偷笑声，虽然隐在辚辚的车轮声里，丘处机也听出是谁来了，于是敲敲车厢，大车停下来了。侍从挑开车帘。

丘处机从车上下来，看道路穿林而过，有一条小溪散开时宽时窄的绿草杂花，北面的树枝把下午的阳光遮挡得条条缕缕的，树根处的小飞虫们在光幕水霭里趋趋滞滞地舞着。

丘处机伸展一下手臂，转过身来问："志修，德方，你们俩刚才为什么笑？德方，你来说！"

郑志修、宋德方上前垂手为礼，宋德方回答："回禀师父，因为安危。"

丘处机又捏捏后颈，再问："哦？"

宋德方说："此处道路两旁，是山洼密林。像这样的地方有个说法，最容易藏着山贼盗伙，刚才我们几个有些担心，小声谈论起来。颐真说，我们根本不需要瞎操这些心。"颐真是郑志修的道号，丘处机笑起来："志修，乱世之中，林密路险，担心有盗伙出现，实在是再正常不过了，怎么是瞎操心了？"

郑志修老老实实回禀："师父谋事，智慧自然远远超过我等。若是担心盗伙，岂会安坐车中？所以我说他们几个是瞎操心。”

丘处机招招手，让其余弟子也上前：“志修，你接着说。”

郑志修说：“是。弟子以为，小的毛贼盗伙，看到咱们的阵势，不敢出来滋扰；而大的，那就不是盗贼了，一定是散兵游勇，或者是金国、大宋的兵将，却更不敢来自找麻烦。”

丘处机等着他说下去。

郑志修想了想，鼓起勇气：“成吉思汗威名远播，弟子听说，不管隔着千里万里，只有他征服别人的份儿，别人听到他的名字，不是赶紧投降，就是远远跑掉，哪里还敢抵抗。”

丘处机不置可否，眼光移到宋德方脸上。宋德方老老实实补充：“师父是成吉思汗特别邀请的客人，来接引我们的队伍打着他的旗帜，谁敢打咱们的主意？”

弟子们都露出了向往和荣耀的神情，期待着师父称赞。丘处机脸上的笑容却沉了下去，神情凝重，看着远方的天边:“只是不知道，我们这一行，是夸父逐日呢，还是彩云追月？”夸父逐日，终于渴死在路上。彩云追月，却与皓月交相辉映。弟子们谁也没料到师父问出这句话，目光反而迷离起来。丘处机自己回答：“日月之行，若出其中；星汉灿烂，若出其里。当年曹孟德观沧海，只见波涛横生，浩渺无边，他未尝消沉，反而意气纵横，歌以咏志。嗯，这才是他了不起的地方。”

“可我们这趟西行，为师是想好了结果的。无论是夸父逐日，还是彩云追月,总得以有为之心证无量之道。我们这一行,要将道家真谛广为传播。成吉思汗求证长生想到我们……”

“我们，正好一路求证长生！”

六

这一路求证长生，众位弟子不是一下子就明白过来。弟子们多是听师父说，有时候也议论，可议论的内容，仍是师父讲的十之一二。丘处机暗暗有些着急，却并没有流露出来。

成吉思汗派来的使者刘仲禄非常能干，开路、保卫、接洽、后勤全都由他负责，一路之上，几乎不必全真门人费心。一行人迤逦西行，不知不觉间过去了将近三个月。从山东、河南进入金国，然后过陇西，经凉州，旅途风光数易，到了西域，风土人情早就和中土大不相同。进入八月，沿路多见秋草黄，野果香，天高地阔，而山谷河道让人倍感雄浑奇丽，接引护送的军伍中更常常传出歌声、笑声。

这一天到了酉时，刘仲禄安排队伍歇息，便在一条河道边支起帐篷，请丘处机休息，一边在草地上燃起篝火，煮了牛肉，进帐奉请丘处机饮食。

丘处机笑起来："无量天尊，我们全真教不食荤腥，只能茹素，将军怎么忘了？"

刘仲禄赔笑，却两手一摊："道长，咱们早就进了西域啦，带的干粮都吃完了，不过，牛羊却遍地都是。只得靠山吃山靠水吃水，牛羊肉便是这儿的干粮。"

丘处机微微一笑，正要辩说，刘仲禄又接着说："何况过些日子见到大汗，大汗邀道长入席，必是拿最好的羊羔、鹿脯、野雉、肥牛相待，还会奉以金杯美酒。那时道长怎么办？岂能让大汗准备窝窝头、高粱粥，来和道长大快朵颐、开怀畅饮？"

丘处机哈哈大笑起来："贫道料定将军刀枪功夫厉害，却不料嘴上功夫也这么了得！不过，假若我与成吉思汗同席，他珍馐美酒乃是上苍赐予，我粗茶淡饭一样也是无上恩遇。贫道的车上，还有一袋黍子米……志清、志静，你俩过来！"

何志清、杨志静近前，听到师父吩咐，拿出黍子米，另起了一堆火，熬粥去了。

刘仲禄无奈苦笑，命令手下取了些干果送过来。

丘处机到河边掬水洗了脸，问刘仲禄："将军，前些天说，没几天路程就能见到成吉思汗了，那，到底还有多远？"

"应该不远了，道长。"刘仲禄满有把握地说，"一个月前，末将接到大汗的口谕，大汗在青格里扎营等候。到青格里，只四五天路程啦！"

"那可真好！"丘处机很高兴，"不过，这两天还得劳烦将军，看在哪处牧人那儿能买到米面……将军可莫要推脱，能买些黍子就行。他们当地人好像叫什么儿米来着……"

"塔尔米！"

丘处机笑道："那将军还说什么为难来着？就依你，买些塔尔米，足够啦！”

刘仲禄摇头苦笑，却又忍不住佩服地拱手为敬。“道长见了大汗，不要说末将照应不周便好！”

五天之后的上午，远远便听到传来的马蹄声。马蹄声越来越密集，后来便看到西方起了一片尘土。刘仲禄看清马队的旗帜，举手命令队伍停下，兜马转到大车侧，笑着禀告：“道长，大汗派人迎接您老人家啦！”

来的是一牛录铁骑兵，总共三百人。牛录长是一名蒙古汉子，叫巴特尔。向丘处机抚胸行礼，然后唱起歌来。他唱的是蒙古语的歌儿，刘仲禄认真聆听，替他做翻译。

“天下无敌、世间第一、英勇睿智、威名远扬的成吉思汗，本来决定要在西域美丽的青格里等待长春真人，聆听真人教诲。不料花剌子模国不知天高地厚，胆敢冒犯天威，成吉思汗决定挥师西征！成吉思汗请长春真人体谅，不是有心怠慢！”

丘处机已经能听懂一些简单的蒙古语，不过，对于这位牛录长唱歌传的军令，也只能等刘仲禄翻译了之后才敢确认。花剌子模国可不是一般的寡民小国，人口、国土都和大宋、金国不相上下。丘处机吃了一惊，施了一个拱手礼：“贫道不敢见怪成吉思汗。可是，能问问成吉思汗为什么要灭花剌子模国么？”

巴特尔这回不唱了，气鼓鼓地说起来：“无与伦比的成吉思汗本来打算和花剌子模国通好，派了五百人的使团，带着丝绸、貂皮、金银财宝，到了花剌子模国的讹答剌城，却不料被贪心的讹答剌城主海尔汗杀了四百九十九名使者！”

刘仲禄啊哟一声，骂起来：“这个该死的海尔汗！”

巴特尔拍拍胸口，握一下拳头，表示赞同，接着说：“该死的海尔汗只留下布日古德一个人，还剃了他的胡子，让他回来禀报，羞辱无与伦比的成吉思汗。成吉思汗天威震怒，祭告了长生天，给花剌子模国王下战书，战书只有六个字——你要战，便作战！”

丘处机轻轻叹了一声，摇了摇头。巴特尔肩膀沉下去，目光锋利，问：“真人可是觉得成吉思汗的战书写得不好？”

七

丘处机意味萧瑟，苦笑起来："不，这才是成吉思汗的战书！这战书摒弃所有繁文缛节，开门见山，何等痛快！只不过，此战书一下，花剌子模必定血流成河，只怕要从此消亡啦！"长叹声中，不胜唏嘘。

巴特尔惊奇中充满了佩服："真人猜得一点儿也不错！伟大的成吉思汗集结二十万雄师，誓灭花剌子模，已经出师，眼下多半已经接上阵仗啦！不过，真人怎么会知道大汗要将花剌子模灭国？"

丘处机没有回答，看看巴特尔，又看看他身后的三百骑兵，问道："将军的这一支队伍，穿的护甲怎么这么奇怪哪？"

丘处机的十八名弟子都向师尊贴近一步。有的观望巴特尔的铠甲，却见前心上是牛皮上装了铜泡钉，后心却只有一条细细的皮绳。他们也曾见过大宋、金国的将军甲胄，这位蒙古将军穿的，和那些比起来，岂止是奇怪，简直是寒酸。

巴特尔笑起来："真人是问我们蒙古骑兵的护甲为什么只有前半边没有后半边吗？"

丘处机点点头。

巴特尔刚要回答，忽然又抚心笑着问："小将听说，真人是当世的活神仙。斗胆冒犯，敢请真人猜猜，不知道好不好呢？"

十八名徒弟听巴特尔竟给师尊出下这道题，都有些怪罪之意，有人忍不住便出声："是我们师尊问你，怎么你反问起师尊来了？"

丘处机抬手制止，绕着巴特尔转了一圈，赞叹起来："久闻蒙古铁骑有进无退，果然如此。进攻冲锋的时候，胸口向前，后背哪用保护？"

巴特尔笑起来："大汗说过，我们的敌人，他们的后背上穿着甲胄，因为那是逃跑必需的装备。蒙古骑兵永远用胸口对着敌人，后背如果受伤，那简直就是不配当一名蒙古骑兵！"

丘处机什么也没说，但眼神明澄。

巴特尔觉出他的不悦，脸上那骄傲的样子收敛了一些，便问丘处机："末将留下的时候，大汗嘱咐过，见了真人的面，得问问您，是在这里等大汗归来呢，还是一路西行，去和大汗会面？大汗说真人年事已高，若是西行相会，只怕身体太受苦累。”

丘处机沉吟说：“大汗想得真周到。今晚先休息，这事明天再定吧。哦，巴特尔将军，还有一件事很着急——附近能不能买些黍子米回来？就是塔尔米……明早上就要断粮啦！”

巴特尔听到这个吩咐，高兴地笑起来：“是啊，附近一百里之内，那是找不到塔尔米的，不过，南面两百里，就住着好几百户当地土著。他们有塔尔米！”他回头喊他的副队长，“巴彦！你带十个人去！”巴彦一声呼啸，率了十名骑兵，已经向南驰去。丘处机喊李志常：“我们这里的银两，回头给将军算上！”巴特尔没听懂，问了刘仲禄，哈哈笑起来：“真人可真逗，怎么可能让您老人家花钱呢。”

当夜就在青格里三道海子住下来。众位弟子进到丘处机的帐篷里，问师父如何决定行止。丘处机不答，闲说了几句，末了说：“你们也别担心我的身体，可也不一定就要去花剌子模。我先不考虑这件事儿。在这青格里休养几天再说。”

众弟子都很高兴。张志素说：“师尊一定是知道我们的想法啦。大伙儿都说，这青格里通天拔地，有山有川，草原莽阔，真是一处福地。”

八

第二天一早，丘处机先闻到的就是米香。

洗脸的时候，刘仲禄安排护卫在他的帐篷外布置饭桌，十八名弟子也都帮着张罗。丘处机梳好头，听到外面的人小声说话，笑着从帐篷出来，一边夸奖：“刚才是志诚吗？你也学会用蒙古语啦！”

夏志诚年龄到三十九岁了，可脸皮还是薄，躬身答道：“回师尊，这几个月里，师兄师弟们大多已经能用蒙古语谈天讲道了，弟子只能说点简单的话，什么吃了吗喝了吗，吃啥呢喝啥呢……也就这些。”

丘处机笑起来：“民以食为天！会说这些，已经很了不起，超过师父了……咦，刘将军，这一大锅是什么饭？看着不像是塔尔米么……”

刘仲禄请丘处机居中坐下，招呼十八位弟子散坐在另外几张桌子边，一边说：“这是小黄米！不过，各有各的做法，咱们在这黄米粥里加了一点点酸奶、菜汤……”

丘处机坐下尝了一口，啧啧称赞：“好吃法！难为将军这样用心……”抬手让众位弟子食用。众人都夸好。

巴特尔和刘仲禄都很高兴，脸上映着初升的阳光。

巴特尔讨好似的笑道：“这小黄米足足搞回来五六百斤，还有些老鸹蒜、野小葱、阿魏蘑菇。”刘仲禄仍充当翻译。

丘处机看看众位弟子，人人都露出“家里有粮，心里不慌”的喜悦。他自己又喝了一口酸奶菜丁小米粥，越发觉得可口：“嗯嗯，好吃法儿！巴特尔将军，昨天你那名手下是叫巴彦对吧……问问他，花了多少银两……志常，你来跟巴特尔将军结算。”

李志常负责行资，当即答应。巴特尔没明白过来，问了刘仲禄，才知道丘处机的意思，忍不住哈哈大笑起来，笑得眼泪都流出来：“长春真人，我的神仙爷爷，您可真会开玩笑！”

丘处机反而怔了，陪着笑了两声，问：“贫道说的哪里不对吗？”

巴特尔仍是摇头大笑：“我的勇士巴彦，带了十名手下，昨夜来回四百里，搞回五百斤小米、三袋子干菜，还有些盐巴杂物，一两银子也没花，只花了三刀！长春真人，这怎么结算？”

丘处机当真愣住。他练气已经有数十年，然而气感仍然时常不听调度，既难以“气沉丹田”，又难以“气生百会”。这时却只感到“百会”和“丹田”同时疼出一股罡气来，上下激荡，撞得心窝生疼，险些一跤跌倒。

“你们杀人了？为什么要杀人？”他的声音里夹着气泡。

巴特尔反而愣住：“真人，这……杀人怎么还用为什么？这一回，不是为了小米么？”

丘处机浑身一震，脸上的皮筋轻轻颤动，眼眶里浮起一层冷热，他看着手里的这碗菜丁酸奶小米粥，慢慢放回桌子上，起身到刘仲禄那一侧拿起一块羊肋，说道：“我门所有弟子听掌门令，从今天开始，我门不再持荤戒！刘将军、巴特尔将军，我们和你们，同食！”一口咬下去，撕下一块连肥带瘦的羊肉来。

“嗯，很香。”

九

一行人在青格里待了九天。这九天里，丘处机和门人们，在巴特尔、刘仲禄的陪同下，领略了青格里的很多风光。

三道海子、达布逊高地、巨石堆、托也勒萨依，丘处机或是骑马，或是步行，居然一一走遍。他和众位弟子赞叹青格里“风光通天”，原来真的可以这样奇丽啊！

陪同的将军、护卫，无不敬佩长春真人，刘仲禄、巴特尔后来干脆称他是“老仙家”了。丘处机一笑承之：“两位将军眼中能看出我是老仙家，那也了不起得很。”

到了第九天晚上，丘处机让其余人退避，独与门下十八名弟子会商。

丘处机清了清嗓子，先将目光中凝聚起信任和温暖，缓缓拂过十八真人，捋正颔下长须，问出一句话来：“肉好吃吗？”

十八名弟子都微有一颤，无人回答。

丘处机笑起来：“为师是第一个吃的。没事儿，大伙儿只要说实话就好。”

众弟子都互相看了看。赵道坚作为大弟子，第一个回答了：“不好吃！”

丘处机笑问：“哦？”

赵道坚年纪毕竟五十有七了，这一路风尘，已有些显老，这时却委屈得像个在外面受了欺负的孩子，面皮都哆嗦起来：“师父，咱们全真门人，是食素戒荤的。肉，不是好吃不好吃，是根本就不能吃！可……可今天师父吃了，弟子……弟子也吃了……”他的嘴瘪了几下，无声地掉下泪了。

首徒如此，很多弟子便跟着垂头丧气地哀怨起来。也有三四人看看师父，望望师兄弟，一下子无所适从。李志常拿不准，静观其变。独郑志修眉头皱起来斥辩：“众位师兄弟好不糊涂！来这一出儿，是存心让师父难受吗？”

丘处机抬手制止：“不！全真门人，当持荤戒。破戒而不生羞惭，不知苦痛，那才真是不对了。”

郑志修落下泪来：“师父，那……那弟子也难受。”

丘处机笑起来：“这才对嘛。可我要告诉你们，师父不难受，反而很欣慰。”

十八名弟子抬眼望着师父，追寻谛源。

丘处机深深吸了一口气，化成轻轻一叹："咱们一路过来，看到、听到的，有多少人被杀了？蒙古大军所过之处，生灵涂炭。成吉思汗的威名，是千千万万人的尸骨堆起来的！这些人命，有的是他的敌人，有的，却不过是无辜的百姓！"

丘处机的喉咙哽了一下："我们十九个人，若坚持只吃米粟，一路西行，不知会害得多少人因为三碗粳米、十斤黍稻丧命。这岂不就是为师带着你们残杀了无辜之人？"

众弟子眼中多了光华，几乎不闻呼吸。

丘处机缓缓说道："假如我吃肉便能救人，莫非便违背了全真教派的戒持？须知，无为实乃大为，破戒更是诚戒。"

众弟子呼吸中多了泣声："多谢师尊教诲，无量寿！"

丘处机满面欣慰："记得来的时候，我说过，你们十八人，要做什么？"

十八位弟子恭声齐答："师尊让我们做蜡烛！"

丘处机嗯了一声，接回话来："现在看来，你们这些蜡烛，到了要燃烧的时候了。燃烧起来，一定会痛，一定会苦。你们怕吗？"

"不怕！"

丘处机笑出声来："本来也怕，只是怕也没用。西行之路福祸难测，那就不必去猜测了。"丘处机正色道，"我意已决，不管路途多么艰难，也会继续西行，去找成吉思汗论天证道。"

众弟子仍然都说愿往。

丘处机点头表示欣慰："善良和屈服从来就阻止不了杀戮。只有更大的好处，比杀戮还要大的好处，才能让杀戮停下来。众位同道中人，我们全真门人最大的心愿或者是最大的好处，便是证道。可对于成吉思汗来说，什么才是更大的好处？"

众弟子都茫然难答。

丘处机目光停在李志常脸上，点了点头。

李志常起身作揖，回答道："师父，弟子觉得，对于这位雄才大略的成吉思汗来说，宋朝、金国，无不臣服，放眼天下，他拥有的权力、财富、名声，已经举世无匹。弟子觉得，于他而言，已经没有什么更大的好处了。"

同门大多也是这么想的，都出声赞成。

丘处机捋须沉吟，说道："不，人心，是永远不会满足的。可以看到，不久的将来，全天下唯一的大汗，便是成吉思汗。他……便是人间的太阳了。他还想求什么？"

众位弟子都在思索，有人低声嗫嚅，却又难以肯定。

"可是，太阳是会落下去的。成吉思汗，他想要的，是太阳永不垂落，永远留在天上！"丘处机微笑起来，"他从弱小的昨天而来，开创出威加海内的今天，那就一定比谁都更害怕明天的到来。因此，才想用长弓弯刀、擂木火硝，把今天征服成只有太阳和草原。甚至，只有太阳！"

众位弟子无不动容，饮泣点头。有弟子往帐篷外警惕探看，提防刘仲禄、巴特尔等辈偷听。却听蒙古队伍真的依约隔了好远，正吃肉喝酒，马头琴声中，有人呼喊舞蹈。

赵道坚强抑怒声："成吉思汗这样有意思吗？他知不知道，不管是南宋还是金国，就算咱们刚刚经过的西域，脚下的这片青格里……本来众生和睦，那是多好的样子！"

丘处机笑起来："从来就没有真正的众生和睦。这位道友，其实你自己也是知道的。五行还相生相克呢，何况四时、春秋、万物？"

赵道坚本来从师全真七子之首马钰，后来经马钰玉全，改投在丘处机门下，成为长春真人的首座弟子，初时常常和丘处机辩解道理道义，丘处机便常常称他一声"这位道友"，然后引证凿凿，枚举滔滔，把这位大弟子说得心服口服。一声旧时谑称，赵道坚刹那间时光恍惚，忍不住泪水滂沱，揖礼抵额："请师父指教！"

众弟子一齐揖礼："师父指教！"

十

青格里的那个夜晚，已近子夜，而三道海子草原上酒兴仍酣。护卫军勇士们在草地上玩起了"搏克"，叫好声、口哨声、猜拳声、歌声、琴声，在篝火的晃映下，有种特别的活力，似乎连声音都有了影子，有了形状，互相之间揉捏提拽着，戏谑吹捧着，支撑依仗着，终于搂抱成跌跌撞撞的狂欢和肆意，层递而出，覆盖充弥了整个夜空。

而这座帐篷里的人，却充耳不闻。他们都在听丘处机的话。

“我想让成吉思汗知道，就像永远留不住昨天一样，今天也终将会过去。人之一生，不过白驹过隙。而代代衍传，才是日月永恒的道理。”

“世人凡事皆有所图。他们叫我老仙家，你们叫我师父，可老仙家也有所图。我去见成吉思汗，图他什么？”

“图了个舌灿莲花，邀取他的赏赐？若要用心经营，怕是我想让成吉思汗赐给一个小国，都有可能办到。”

“可就算他赐给我一个小国，我也只能保住那小小一隅百姓的性命。为师今天告诉你们，我想保住天下人的性命！”

“因此，我这次见到成吉思汗，要给他出的长生主意，就是两个字——止杀！”

众位弟子心头震动，神情肃穆。

丘处机笑道：“这事有两个可能。一个就是，他听了长生的秘诀是这两个字，会勃然大怒，不但不止杀，反而先杀了我这个‘老仙家’；另一个则是能听取规劝，以止杀为积德，造福苍生。”

众位弟子齐颂：“无量尊！”

丘处机点名：“李志常！”

李志常应声：“弟子在！”

丘处机拂尘一挥，置于左臂弯：“我已经考虑好了长生之道，准备告知成吉思汗。记！”

李志常纸笔待录。

丘处机看着台上的蜡烛，慢慢说道：“长生之道，在于止杀！民之长生，拜君之长生。民之长生在征亦在养，君之长生在威亦在德。”

十一

从青格里出发之后，丘处机和他的十八名弟子，跟随着成吉思汗的消息西行，越来越多地听到，成吉思汗又攻破了哪座坚城，又消灭了哪支劲敌，又征服了哪片疆土。

——他派兵打到了海边，派兵打到了天边……

——他攻破了十倍于己的敌军，屠城三天，只要比马鞭杆高的男子，无一得活……

——他的王驾大车需要八十八匹骏马才能拉动。那大车是可以行动的楼台舞榭。金杯玉樽，投斛行令……

——成吉思汗召集八名大将，把马鞭插在地上，骄傲宣告："从这里出发，东南西北，东南东北，西南西北，八个方向，你们率兵前行，一年之内，走不出我成吉思汗的土地！"

……

全真派西行的路一直没有停下。日升日落，风雨兼程，车轮辚辚，寒暑交接。十八名弟子里，赵道坚病死在赛兰城，宋道安等九名弟子留在镇海城建造栖霞观。

李志常在《长春真人西游记》里一节节地记录下来……

这一天，书簿里写下这样一段——

"天下兵革未息，民甚倒悬，主上方尊师崇道，赖师真道力保护生灵，何遽出此言邪？愿垂大慈，以救世为念。师以杖叩地，笑而言曰：天命已定，由人乎哉？众莫测其意。"

李志常记这段话时，本来还有一句："师曰：西行之终，是大行焉，是大愿焉？唯乞止杀，无求独寿。"

大行，是死的意思。丘处机并没有把握，成吉思汗一定会听自己的"长生妙悟"吗？如果不听，那就是自己的"大行"之日了。

李志常写下这句话时，一滴泪落下，洇了字迹。丘处机笑着责备起来："没出息，重写！……重写，不要这句了。"

一年半之后，丘处机与成吉思汗在兴都库什山脚下终于见面。

丘处机替天下苍生宣告长生之道：

"……民之长生在征亦在养，君之长生在威亦在德。长生之道，在于止杀……"

据记载，成吉思汗满心打算从丘处机这里听到长生的秘诀，听到这里，笑容顿时僵在脸上，怒气冲冲，摔了金杯，离席而出。丘处机泰然自若，喝茶，吃果品。当然还喝了一点酸奶菜粒粥。桌上金杯银杯里的酒、鹿肉珍禽、羊羔肥牛，他不避讳，也不拣取。

后来成吉思汗回席告罪。重新向丘处机请教。千年难遇的成吉思汗对这位老道士尊敬有加，称为"神仙"。

丘处机慷慨续接前言：“杀伐征讨，为取天下。对此，贫道无可厚非。然而杀敌为勇，屠城害民，便是残暴！以残暴求长生，那就是不可一世。最多不可一世而已，何求长生？”

成吉思汗这会儿有点儿“湿汗”，恭敬请教：“那这么说来，就没有长生吗？”

丘处机捋须笑起来：“大汗，贫道其实已经说过了，长生之道，秘诀只有八个字——长生长生，原是苍生！”

成吉思汗怅然若失，语声中竟有了祈盼之意：“本就如此。我怕老也是如此，可我的儿孙们，不是长大了吗？他们长大了，便是我的长生。是这样么？”

丘处机扶正倾倒的一只银碗：“大汗的子息绵延，八方疆域有其主；世上草民的子孙也生息繁衍，四海土地有耕牧。商贾织造，工农百业，奉献之外，可得自给。”

成吉思汗眼睛重新亮了起来，孤独的悲伤，消散开去。

丘处机以太极手印执礼：“如此生生世世，大汗从占有天下，变成了拥有天下。四海宾服，马放南山，此生此世，登峰造极；生生世世，恩泽万年。如此长生，即是长生。如此长生，才是长生！”

成吉思汗凝视思索，忽然一个激灵，出了一头冷汗，点头叹道：“不错不错，如此，即是！”

随后，成吉思汗下达止杀令。

多少年来，青格里依然四季轮回。也有冰天雪地，也有绿草如茵。合适的季节里，若是当地向导带着寻找，能够发现老鸹蒜、阿魏菇，甚至是让人看一眼就口水直流的野山楂。

夜晚里的星辰、白昼里的流云，还有山脚下的野兽蹄印儿，以及草场水坑里的牛粪浮末，似乎都没有记载什么。

这一切风景，虽然都是从昨日而来，却永远只在今天里前行。

梦到好处方须醒

辛荑且落

一

景龙七百零七年，二月初四惊蛰日，晚。长安城郊赤枫林，察：尸三十一具。游捕易伶水受命查明此事。

我接到任务的时候，正和弦风，一个自封为无赖的家伙下棋。他英挺潇洒，才思不凡，是个有资格做无赖的人才。基于物以类聚的说法，理所当然的，我也是一个无赖。所以当我们确认了这一任务后，兴奋得把无辜的棋盘踢得飞来飞去，唬得端茶的小婢瑟瑟发抖，以为我们手脚发痒，又要拳脚相向了。

此时的长安城正春雷滚滚，淫雨霏霏，赤枫林里暖草青青，新芽尖尖，是生命苏醒之象。

我和弦风去看了尸体，死去的是一队回营的面容疲惫困倦的镖师，他们皆被一剑毙命。

这样自负清冷凌厉的剑，世上只有一人！

但，马上就有人告诉我，这与他是毫无关系的。凶案发生之时，天下第一剑的颜释衡正在长安城的万寿楼里歇脚，为他作证的不仅有侠士名流，还有一位绝对惹不得的嗜武如痴的右宰相。

我渐渐明白了从我出现时就投注在我身上的同情目光的由来。

接手官方无法或不愿处理的无头案件，直至侦破它，就是我这个游捕的所有工作。据我所知，只有无赖才能胜任这样的工作，所以我并不担心，因为那是我的长处，况且，我的身边还有另一个无赖。

后来，我就以查案的借口去了被视为禁地的颜府，而弦风就拿着公款去万寿楼喝十二两一杯的龙井茶。这时，我又发现投注在我身上的是垂涎的目光。

我在颜府如黑水晶宫般剔透而森严的回廊中徘徊许久，始终见不到我要见的颜释衡，那里静寂如死宅，寒气氤氲，诡异如地狱。我被搁置在无人的庭院里，毫无希望地等待。至此，我只见到过一个表情冷峻的为我引路的家丁。

然后，我看到了庭院深处的白梅，寒气逼人地盛开着，好像颜府是另一时空的冬季。从回廊刮出的冷风发出不可一世的呼呼声，盘旋着自下而上消融在灰蒙的天空里。我循着风的轨迹抬头，却意外地看到了颜府里的第二个人。他坐在琉璃瓦铺成的屋顶，坚毅挺拔的后背融入深邃无际的天空，浑身流淌着浓郁难解的孤独。我借着天黑前灰黄的光，看到了他冷峻而英俊无比的脸庞。

我站在庭院里，光明正大地看了他很久，他那修长凌厉的手指和精悍匀称的身形，使我毫不怀疑地认定他是一个用剑高手。我几乎可以想象到他惊鸿一瞥的凌空一剑，优美而从容地刺进别人的咽喉。但我知道，他绝不是颜释衡。

这个被孤独包裹的男人，使我的追查方向有了根本性的转变。他让我毫无理由地想起了，赤枫林里，碎草纷飞，赤血飞溅的画面，而他，就是这场死亡之舞的制造者。

我站在白梅花香的庭院里，他坐在黑暗夜色萦绕的屋顶，像两座沉寂千年的雕塑，对峙着。而颜府依然漆黑，渐渐在夜幕里失去了它威严沉重的轮廓。

当晨曦从天角似一丛银箭穿透凝固的空气，洒落到死寂如墓的颜府时，我看见屋顶的男子，像一头苏醒的鹰，凌空跃起，滑翔而去。而我分明看到了他嘴角隐现的笑意，那抹笑，使我义无反顾地跟踪他而去。

黎明时分，我和他一前一后，在固若金汤的长安城上空飞骋，直至将整个城池甩在身后。

我紧随着他，从日出到日落，用尽了我所积蓄的全部力量。天黑下来，他终于在我的眼前，如蝙蝠般诡异地消失不见，剩我于未知的荒芜天地。我苦笑，借着微茫的天光，我第一次如此挫败地寻找一条出路，极目处，我隐约看到了一座夜雾缭绕的小镇。我别无选择，唯有朝它而去。而且，我很乐观地准备要以一个无赖的姿态，在那里饱食一顿，以慰藉我此刻饥肠辘辘的肚子。

一切却未如我所料。

当我踏上这陌生镇子泛着冷光的石板街，心寒如冰。偌大一个镇子，不见一排灯火、一缕炊烟、一个归人、一声笑语，有的只是满目的漆黑和沉寂。唯一活的，是游窜于满镇子的夜风，它不堪寂寞似的翻腾出刺鼻的尘土味和令人作呕的馊腐味。月亮恰好升起，透过银色的月光，我看到隐藏在黑暗里的最恐怖画面：满地的尸体，披着森白的月光，混合着浓烈的腐臭味，让人倒吸一口冷气。

多年以后，我还会在有月亮的夜晚，从睡梦中惊醒，只因那个晚上的记忆……那个晚上，我孤身进入那个如同鬼蜮的死镇……

我还是迷路了。

我鲁莽地追随一个谜一样的男子，让自己陷入了困境。我如失群又折翼的孤雁，失去辨别方向的能力，在一个全然陌生的地方打转。

我无法预知在没有水和食物的状态下能撑多久，我渐渐步履蹒跚，渐渐头昏眼花，渐渐失去意识。

在我倒下的那一瞬间，我看到的天空是紫色的，风里有花的芬芳，云彩幻化成飘然的白衣女子。

二

去万寿楼的路上，我遇到了一个奇特的女子。我至今仍有些无法相信，世间会有这样的女子。

我见到她的时候，她就像路边常见的小乞丐，浑身兮兮的。但，她却有一双弯月的眼睛。当时，黄昏的影子细碎地洒在她蜷起的身上，她慵懒地看向我一眼，目光留恋在天边火红的霞光上。而我，却似被一把弯刀剜在了心上，再也无法拔除。

“我可不可以要你请我吃晚饭？”

她的声音浮在空气中，如浓郁的酒香。

我苦笑着摇头，说：“难，因为我也无家可归了。”

她弯月般的眼睛狡黠地一笑：“那换一个说法，我可不可以和一个无家可归者一起去蹭饭吃呢？”

于是，我和她走进了万寿楼。

我把易伶水给的那块腰牌高高举在头顶，与一个来路不明的女乞丐，大摇大摆地走进万寿楼这个权势之地。这把楼里所有衣冠楚楚的家伙都吓了一跳。我知道，人最无法容忍的就是异己。

朝廷之内，正邪不两立；群体之中，穷富难同列；普天之下，二王不并立。所以，我很清楚那些眼睛瞪得滚圆的人们的想法，他们都恨不得在我身上踹上一脚，把我踹出楼外。

可惜，我还是安安稳稳地坐下了，而且点了几样我平时很想吃却又吃不起的好菜。易伶水给我的腰牌在我的腰间悬着，把我的腰板撑得笔直。这个时候，我才深深体味到拿着鸡毛当令箭的得意。坐在我身边的她抿着嘴笑了起来，我也跟着笑起来。

这就是我为什么会帮易伶水那个无赖查案的原因了。

其实，我去万寿楼，是为证实我的一个猜想，我一直觉得，一个顶级的剑客绝不该像颜释衡这样招摇、纵欲。因为一种绝大剑术的修炼，必须要经受隐忍、孤独和无休止的禁锢。从一开始，我就有一个很无赖的设想——颜释衡是虚设的，他的剑是另一双手使出的。万寿楼的胖老板详尽到可笑的描述，让我更笃定了。

颜释衡是我意料之中，弯月却是我的意料之外。

当她站在夕阳的余晖里，洗净了自己，展露出绝美的容颜，微笑着告诉我，她的名字就是弯月，那个瞬间，我相信了我去万寿楼只为了要遇到她。

这时，弯月孩子气十足地望着我，告诉我，她是初到长安城。于是，我决定带她去长安城的长乐坊，那是一个无赖的乐堂，是盛世天下最直接的写照。

长乐坊里酒肆林立，酒帘扬动，酒旗纷飞，妙龄女子弹吹丝竹，夜夜笙歌，更有来自西域的胡姬，腰身如蛇，眼神如钩，载歌载舞。

我把眼神雪亮的弯月带进了一家胡姬酒肆。

酒肆里喝的是中原盛名的稠酒玉液，花雕、女儿红、状元红、高昌酿法的葡萄酒、波斯酿法的三勒浆、龙膏酒；演奏的是西凉、天竺、高丽、龟兹、安国、疏勒和高昌的西域乐；跳的是快节奏的胡旋舞、胡腾舞。

长乐坊里不醉无归。

那一夜，从未醉过的我，醉在了弯月绯红如桃花的脸颊前。

醒来后，弯月已不告而别。我的全部思想却还醉在昨夜她明亮的笑容、软侬的醉语、花样的脸颊和轻柔的舞步里。

昨夜欢晌，似在梦中。

我意兴阑珊，踏在早晨透明的阳光细影里，回到与易怜水碰头的绿竹居。

在绿竹居的小院里，我独饮着浓茶，看我郁郁的影子渐渐缩短又渐渐增长，直至被夜色吞没，易怜水却始终没有出现。我面对着幽暗、寂寞的院子，心里滋生出如迷雾般纠缠不清的忧虑。

我拔腿奔出绿竹居，记得万寿楼的老板很仔细地向我讲过颜释衡会在每晚的此时，去万寿楼吃一笼菊花烧卖，菊花是清秋露水未干时摘下完整保存起来的，竹笼盖掀开，热气如秋日最浓的雾，萦绕着久久不散，雾里烧卖隐约如剔透的水晶，芳香四溢。颜释衡轻眯着双眼，拿起竹筷，把深藏在浓雾里的烧卖，准确无误地夹起，就像他准确无误的剑。

我却不同意老板的描述，他的举动只让我感觉到他的形式之剑，而不是一个剑客无所不在的心剑。

我像一个为某个目标而来的刺客，潜入万寿楼，以我随手折下的竹枝为剑，直刺颜释衡的脊背。我很想知道，曾经与他决战的剑客是怎样被一剑封喉。

颜释衡却不做一丝反应，任我把竹尖刺入他的后背。我顿时僵硬——菊花烧卖残留下的袅袅雾气消散后，我看到颜释衡诡异莫名的脸，他已经死去多时了。

等我从僵硬中醒来，我已是一个百口莫辩的杀人者。要命的是，现场还有一个惯于大惊小怪，发号施令的右宰相，他发出尖细的嘶叫:“逮住他！逮住他！逮住他……”

四面拥出的带刀侍卫，惶恐地围住我，脸色煞白。我拿竹枝的手感到空前的疲惫，可笑的是，我不得不去面对这样一个现实：我即将成为我一直所追捕的逃犯中的一员。

我猛然一抖竹枝，故作声势地刺出，就像一个顽童，把一条恶心而肥壮的大青虫丢到一群俏丽的小姑娘之中，吓得她们尖叫着四处逃散。

而我就趁机提起颜释衡僵硬如石的尸体，破窗而逃了。

三

我的痛苦源于我的存在形式。

我是剑的奴隶，是颜释衡的影子。

十五岁时，我仍不曾碰过一下那冰冷摄人的剑。而我的哥哥，颜释衡，已经是江湖闻名的剑客了。我离剑最近的一次，是我五岁时。那是一把血红如蔷薇的长剑，它穿过我母亲的柔软的腹，直逼我的眉心。而我，在一片血红的光中，看到了一个妖艳迷幻的世界，那个世界，让我顿时变得软弱，却也让我执迷不悟地迷恋它，我甚至从未意识到母亲的死亡。

所有人都以为，五岁时，差点让我送命的那一剑，造成了我对剑的恐惧，所以十年来我从未碰过剑；而事实恰恰相反，他们一厢情愿地把我推离一切与剑有关的事，十年来，我被遗忘在颜府庞大的后院，见不到任何我想见的人，听不到任何我想听的话，做不了任何我想做的事。

我的耐心，终于被终日遥望一个离我很近又很远的血红世界中消磨殆尽。我一夜之间长大，在我的父亲和哥哥眼前，提起了一把剑。

我以让人惧怕的速度，学完了颜家引以为傲的剑法。二十岁时，我已经可以轻易地击败我父亲或者我优秀的哥哥。然后，我走出颜府，打败了当时江湖上最负盛名的用剑高手。我失望而归，我找不到我五岁那年那时那刻被剑尖所逼时的惊心动魄，当我的剑刺出时，我也看不到曾经迷惑我的妖艳世界。

我不再想用剑了。

但，我的轻率转眼让我得到了报应，当父亲被人抬进颜府时，这个报应就开始了。

我那任性的一剑，刺中了武林阴暗、狂热的要害之地。名利和权势是诱饵。原来最强的剑手也可以被打败，原来盛名可以用一剑来奠定，如果侥幸……

武林开始做起了一个美梦：打败最高的剑手，夺取天下第一。

他们从战败者身上的剑痕，看出了进攻者的剑术出自颜家剑法，而会用颜家剑法的只有两个——我父亲和我哥哥，他们一夜之间成了所有人决斗甚至暗杀的对象。

而我被忽略了。

以前是因为我的无用，颜家羞于让人知道我的存在，而现在是因为我的强大，颜家不能让人知道我的存在。

父亲的葬礼结束后，我的哥哥站在雪白如月下沙漠的灵堂前叫住我。

他积蓄已久的仇恨和恐惧使他的脸上显现出一种复杂的情绪，我站在他的眼前，无话可说。

就在我转身离去时，他的长剑绞在了我的颈上，冥纸似的宣战书从他的另一只手中，飞扬向我，似一次郑重的警告。我从他僵硬的手臂上看出了懦弱，他被我所制造出来的架势吓住了。

我反而轻声地笑了出来。不管是谁，在我这里都显出虚弱。

他白皙的脸浮现出羞愧的愤怒，他走投无路了。

我纤长的手指抬起他的剑尖，那剑在我的手指间是那样的完美，我毫不保留地再次刺痛他。

“我不会让人杀掉你的。”

然后，我转身，撒手，放任他的剑似斗败的将军的头颅，颓然落地。

他却笑了。很久以后我才明白他的那声笑。原来，一开始，他就从我背转的身影里看出我不久后的悲哀。我在那个恣意的夜晚，已将自己出卖。

颜释衡迎接了所有的挑战者，他一夜之间学会了讥笑，他像一个猎手，微笑着看那些被欲念激励着的提剑人，如蠢笨的野兽冲进了他的陷阱。

而我，是陷阱里的一把进击的器物，等着他们的靠近，打败他们。

终于，颜释衡成了天下无人能及的剑客。他用我这把无人知晓的剑，打败了一切挑战者，让颜府如一段神话，屹立不倒。

等我再次出现在他面前，我已经无可挽回地要做一个影子，颜释衡的影子。

他说，为了颜家，他不可以让外人知道我的存在。

他控制不了我的任何行动，但他却可以控制任何知道我的存在的人的记忆。

突然之间，我变成了一个不存在的人，我游荡在颜府黑色笼罩的空间，似浮在那里的一缕外来之气，找不到落脚的地方。

渐渐的，我的名字，也在沉默中被彻底遗忘。

颜洗非。

四

我发觉我还活着，是在我闻到了如醇酒般芬洌的女人香味的时候。

我头重如铅石，身体却绵软如巧匠手中被反复弹动的棉絮。但我的意志还是清澈如水，我疼痛的双眼依然能清楚地让我看到我身下的一张舒适柔软的床，和身上干净清香的被子。透过飘动的纱帐，我见到了似云彩般幻化的女子。

她模糊飘逸的脸，传给我一个笑容，像人间精灵，如雾般散开。

我再次醒来，却是在一只饥饿的乌鸦的打搅下。我睁开眼的时候，就看到它将我当成一具死尸，摆出准备饱餐一顿的架势。

我如从天堂跌入地狱，四周仍是我倒地时的漫漫黄沙和吹干我嘴唇的疾风，我绝望得如眼前这只发现我并不是死尸的饥饿乌鸦。

我义愤填膺地告诉那只正离我远去的乌鸦，我宁愿自己死在绚丽的梦中。

那个梦里的女子如雾般散去……

我记得弦风曾说过，只有梦才会特别迷人，他说得正确至极。我将手枕在脑后，试图再进入我的梦，而当我的手在即将接触地面时，意外地，我触摸到了羊皮的质感。

我听说，绝处逢生，足以改变一个人的性情。当我看到在我脑后的羊皮上画着清晰明了的地图时，我一跃而起，带着孩童的无邪，狂奔起来。

有什么能比发现梦居然是真的还值得高兴的事呢！

我揣着地图，走出黄沙地，走到了人间。

在一个无名的小镇，我饱餐到小饭店的老板以为我想把自己吃死了事。那样的淋漓尽致，那样的争分夺秒。

五

我从未试过这样的逃亡，身后是一批又一批的官兵和各门各派的杀手，而我还必须背着一具会慢慢腐烂的尸体。

我必须找出颜释衡的死因，而我知道这项工作只有一个人能做到尽善尽美，所以我只能别无选择地带着尸体逃亡。

那个人，据说是易怜水的继父，从年轻时就开始做仵作，至今还未遇见过一具他不能找出死因的尸体。他的居所，却只有易怜水和我知道，所以官府能让易怜水这样一个无赖当上捕快是不无道理的，而我自然是从易怜水那里知道他的。

当我把颜释衡的尸体扔到那个人的院子里之后，迎接我的是一只沙尘满布的大脚，那只脚是我再熟悉不过的，当我用自己的同样邋遢的脚接住它时，那只脚的主人，似被蛇咬到般地跳起来。

我与易怜水竟在仵作阿门的院子里相遇了。

后来，在仵作阿门的院子里，我与易怜水喝着深藏百年的花雕酒，讲彼此的经历。而阿门就在他的小屋里解剖两具尸体，一具是颜释衡，另一具是易怜水从一个无名小镇带回来的。我们禁不住唏嘘，谁能想到赤枫林的命案，会有那么多的隐秘故事。

至夜，仵作阿门走出他的小屋，给了我们一个答案。那时，在黑茫的夜空里，有一轮血红如新仇的圆月升起。

我们得到一个意外的答案。

阿门说，两具尸体的死因是相同的，不是致命的一剑，而是最温柔的一指。

这世上没有几个人听说过那样婉媚的杀招。这杀招只有双手最柔软缠绵的女子才能练成。似对情人委屈的一指，诉尽一生的怨恨，指在情人的最脆弱之处，谁能逃过呢。

颜释衡死在这样的一指，小镇上的无名尸体也死在这样的指上，只是在后者的尸身上却多出了另一种伤痕，在喉间有一点凌厉迅猛得足以毙命的剑伤。

有谁，又是出于怎样的原因，会在一具尸体上多此一举？

六

我坐在屋顶，等着一个男人的注视。

我本来没打算要他的命的，可是后来我改变主意了，因为他的冷静。我与他对峙了一个晚上，这样的人，让我不得不防。

我将他引进了最易迷失方向的荒漠之中，等着他的死亡。始终，我都没学会如何周全地处理一件事。他不仅没死，反而遇见了她。

我就站在黄沙之中，看着她将他救起。我无法阻止，就像绿叶最终会离沙漠而去一样，我听到脚下不安静的沙漠的幽幽呼吸，也许有些事情从一开始就注定了它的结局。

我回到颜府的时候，听到了颜释衡被杀的消息，然后我看到了弯月。她微笑着看我从空中飘落，她的双手藏在身后，身上有静止的恬美。

我被她感动了，我们是如此的了解彼此。

我想从今以后，再也不会有这样一个女子对我露出这样的笑容，她让我心疼。

“我并不想你这样做的。”

她抬起眼睑，流露出那样纯净的笑意。

“我太没用了。”她说，眼睛里郁郁的忧伤转瞬即逝。

还有谁，能忍心责怪她！

这世上，有一类人是被注定的，我，弯月，还有，她。

七

当我和弦风在阿门的院子里醒来后，就被晃动的刀光刺痛了眼睛。无数把出鞘的刀反射着清晨绚丽的阳光，为我和弦风制造出一座幻城。

阿门站在刀光之外，无奈地告诉我，他当捕头的亲生儿子也知道这个地方。

我并没怪他，我皱起眉头是因为我的眼睛很不舒服。

他们要抓的是杀人犯，弦风。

每个人都那么固执，他们坚信自己不会错。所以弦风被带走了，颜释衡的尸体也被带走了。自始至终，我这个身份尴尬的游捕没有任何发言权。

他们说，右丞相会不惜一切代价为颜释衡报仇，言下之意，弦风必死无疑。

可我知道，右丞相也不过是个无赖，他所做的无非是一场幸灾乐祸的游戏。但我和弦风却为此而感到时间紧迫，我必须要在右丞相终止游戏之前找到真正的凶手。

而我仅有的头绪，是赤枫林的死者和那个被屠城的边陲小镇的某种联系，我想我与弦风一开始就被误导了。

赤枫林的那些尸体存在另一种可能的死法。

我开始四处打听任何知道那个小镇的人，我借着一个云彩幻化的女子留给我的图纸，悉心找寻每一个可能。

我从未试过这样的心情，天明，我站在晨曦蔓延的路中央，艰难地迈出我的第一步，我被无法言喻的忧伤缠绕，似走向一场注定的悲剧之中，太多的谜题已让我的心酸痛起来，但我知道它远不会停止。

我知道有个地方一定会有一个知情者在等着我的寻访。时间到了，他就该出现了。

所以我走在一条如生命般延续的路上，太阳也温暖不了我冷冷的身体。

他是一个饱经风霜的老者，眼睛深邃但已污浊，藏有太多的回忆。他站在风雨中飘零的小屋外，讲起一个遥远的朋友。二十年前，他将他的朋友的两个年幼的女儿带到了那个小镇里，以这种方式躲避仇杀。他遗忘了事件的起因、结局，但永远地记住了两个孩子单薄的身体滑下他胸怀的那一刻，如清风吹过的感觉。

二十年后，两个小女孩已是两个女人了。

我请求他，为我画下当年那两个孩子的相貌。他浑浊的眼睛突然闭上了，眼泪如暴雨般喷涌而出。

我不知道，也无法探知，留在岁月中的往事，我只有转身，举步离开。

风，钻进我敞开的衣领，似孩子玩耍的手。

八

我从未想过真相会来得如此之快。

我在刑部的大牢里昏睡，他们给我喂了迷药。醒来后，我身在颜府，那里正在举行颜释衡的葬礼，而我，将是他的祭品。易怜水和阿门苦着脸，站在三丈之外，有官兵以兵器相挟。

这件事情竟如此可笑地准备以我的死草草结束了？

刑部判决是处我以剑刑，用颜释衡生前的长剑，将我的头砍下。

时辰将近，我仍有想大笑一场的欲望。

“你难道就不怕，真正的凶手，那举世罕见的一指，将置你于死地吗？”

我听到易怜水的喊声，徒劳无功的辩驳。

“让他下去问阎王吧，问他的地府里有没有一个鬼是死于那样无稽的一指！”

我终于倒大霉了，碰到了一个愚蠢的无赖。

我找寻易怜水，想留给他一个最帅的微笑。结果却在开启的窗子外见到了弯月，她的出现比死亡还让我难以相信。那时，同样有跳跃的阳光洒在她身上，弯月的眼睛，映衬出晴空的颜色，她来看我了。

我奋不顾身地站起来，看她轻盈如风地走近我，这世间怎会有这样的女子！

她解开我身上的绳索，竟无人阻拦。

“我们为什么要在错误的时间相遇？”她问我，像在问一场生命的风花雪月。

我来不及明白，她已经笑了，弯月的眼睛渗出水来，有着无可挽回的美丽。

她说：“不用下地狱了，我可以告诉你，地府里有多少鬼是死在那样的指下。”

她伸出手，纤长，葱葱如玉，盈盈指向，指向身穿铁衣的兵……

因为她，我有了灼痛的记忆。哪怕是在最明净的月夜，喝得烂醉如泥。

我跟着她逃离，穿过荆棘林似的刀阵，如蝴蝶般被挂得浑身破碎，身后是各种呼喊：“抓住她！朝廷可以恕你死罪！”

前无出路，我和她向颜府黑沉之处逃去。她伏在我的肩上，散发出落花的芬芳。

我们躲进了一个密室，磐石的门，一夫当关，万夫莫开，将那一群追兵统统关在了门外。

“你的血都沾在了我的身上。”弯月离开我，走得很远，望着我，跟我说了一句这样忧伤的话，像游鱼看着水中行云的影子飘走时的忧伤。

很小的时候，我喜欢和姐姐站在院子里的一棵树下，姐姐告诉我要仰起头，闭上眼睛，等着花瓣落下来，落满我们的脸，我总是在第一瓣花落下时，就偷偷张开了眼睛，那瓣花停在我的睫毛上，像一条轻轻摇晃的透明的船。船里盛载着一世界的颜色，柔软，温暖，悠扬，而且香气扑鼻。

门外撞击的声音，遥远如天外的响雷，却又近在耳边。

弯月的话戛然而止。我看到她寂寞的笑容，如原始森林里身陷浓绿之中的一段枯木，只有前世。

她突然飞奔而来，断线的纸鸢般地撞进我的怀里，让我承接她的粉身碎骨。刀身没入了她的胸膛，血似一条爬行的铁索，将我与她捆绑。我的指尖颤抖着松开了那温热的刀柄。

她抬起手，狠狠地推开我。红水晶般的血滴飞溅，犹如一场迅即的落英。而她仰着头，看了一眼这世界最后的颜色。

石门訇然开启。

九

我站在石门之外，看着弯月凄美如诗的坠落。那个男人提着刀立在那里，眼神绝望而沉痛。所有人都以为是他杀了弯月，除了我。

我一个人走了，跑了很久。后来，在一棵布满新叶的树下，我站了很久，午后的阳光，像是掺杂了月光的温柔，不是洒而是铺在叶子上，有祥和的温情。

我不知道拿什么来凭吊弯月，我仅有的也是她所有的，如飞云外的断雁般的孤岑。

于是，我听到了眼泪滴在草尖上的声音。

十

在这世界上，有一类人，他们完全不能分辨颜色，在他们的眼中，世界全是黑白灰的。

这是阿门后来告诉我的，他在无意中发现，那小镇里的人都患着这样一种怪病，但弯月的眼睛却是正常的。

再后来，我与弦风遇上了颜洗非，那个让我几乎丧生的男子。

他以一个旁观者的身份，问了我们一个问题。

“如果有一天你发现你周围所有的人都坚信这世界是无色的，春天，你看到青翠欲滴的草，粉红娇莹的桃花，而他们却告诉你那只是程度不同的灰而已。没有人相信你，没有人。因为你是他们中的一个异类，所以他们不仅不相信你，反而还嘲笑你，侮辱你，甚至用最肆无忌惮的方式攻击你，一直，一直……终于有一天，你学会了天下无可抵挡的杀招，你会怎么做？”

“但别人的错不是你该犯错的理由！如果感觉不公或不被接受，天地这么大，完全可以选择离开，而不是去肆意伤害。”我平静地答道。

他的脸瞬间染上阴霾。

“或许你说的对……她终究用生命去赎罪了……”他喃喃自语道。

“是我后来在那些尸体上各补上一剑的。”末了，他以这样突兀的话作结，然后转身离去，身后是凝聚千年的孤独。

可那又有什么意义呢？对于已经酿成的罪愆来说，一切掩饰都不过是徒劳的挣扎罢了。

这是谁都未曾想到的真相：弯月，还有他，或者还有弯月的姐姐，三个从未被理解过的人，有一天相遇了，任性和孤独让他们选择了那条错误的路，那是一条再也无法回头的绝路。

我与弦风，喝着酒，醉眼模糊，夜雾蒙眬，我想起了香气里雾化散去的笑脸，而他，在想念那阳光里暖暖的相遇……

长安望（节选）

碎　石

楔　子

“水清——长——顺——”

一名身着巫祝服饰，长须冷面的老者大声吟唱着。他站在船尾，手持团扇，对着几丈之外粗大的桅杆挥舞。

他神情肃然，双眼紧闭，但山羊胡子却微微翘起，嘴角露出一丝不易察觉的微笑，仿佛正顺水而下的船是凭他一人之力推动的一般。

这是一艘往来于隆州与合州的客船，虽然只有两层，船体却比寻常客船长了差不多一倍。到达合州之后，它甚至没法进入合州城府河道，只能在城外由小舟周转。

正是卯时，东边天空挂着一缕暗暗发亮的云霞，西面却仍暗沉一片，头顶天穹呈现出将明未明的诡异颜色。看得久了，有一种坠入深渊的眩晕感。

正是雨期，西汉水宽逾三四里，站在船头四下张望，周遭一片晦暗，只有几点零星的渔火，也不知是哪处的穷苦渔家这么早出来讨生活。

说是巫祝，其实做的不过是民间法事。据说前隋韩擒虎夜渡长江时，亲自祷祝，连绵数日的大雾霎时烟消云散，让隋国大军顺利抵达采石，遂灭陈国。此后，讲究的船家都愿意请巫祝随船来做法事。

巫祝颂唱完了，接过船家递来的酒壶，灌了老大一口酒。已经是暮春了，清晨的江面上却仍然寒气刺骨。

“什么时辰了？”巫祝问。他眼睛翻白，是个瞎子。

船家一屁股坐在桅杆边上，皱着眉道：“天还没亮透呢。”

“听说这几日长安城内到处锁拿。”巫祝问道，“又要乱了吗？”

“不是乱。”船家一面熟练地解着绳索，一面压低声音，“说是要动某位显赫之人呢。”

“朝廷大臣？”

“嗯。”船家点点头，“高门望族。听说还跟皇族有关系呢。”

“这有什么可隐晦的？便是长孙太尉了。”

“嘘！”船家赶紧出声阻止。

“说是早就有谶语出来了呢……”巫祝说，“后宫之中，有人要干政了……”

“咳咳……这话可别乱说。”

“咱们小老百姓，天不收地不养的，怕啥！姓武的出身贩马贱商，不过是攀了高祖的龙须爬上去，算什么高门子弟？长孙太尉可是太宗皇帝手下的第一功臣，凌烟阁排首位的！一朝贬斥，竟是一丝回转之力都没有。”

“那还是当今天子的亲舅呢。”船家也跟着叹息。

“所谓天家无亲，便是这个意思了。”巫祝感叹着，“只怕又要死很多人了……”

“天家的事，谁管得了……”

嗖！

一支短箭射入船家左眼，力道带着他往后倾倒，脑袋撞在桅杆上。他的身体顺着桅杆慢慢滑落，无声无息地死去。

巫祝身体猛地一震，却没有说话。他翻着白眼，仰着头，尽力镇定地往嘴里倒酒。

一柄刀离他的咽喉不到半尺，顿了片刻，又收了回去。

“张嘴。”一个冰冷的声音说。

巫祝颤抖着张开嘴，一把铜钱被粗暴地塞到他嘴里。他发出含混的呜呜的声音，拼命睁大眼睛，好让对方看到自己浑浊昏暗的眼球。

然而他并不知道，在船家倒下的同时，几支箭射破了挂在桅杆上的灯笼，他整个人已经陷入黑暗之中……

身边窸窸窣窣地响着，十几名黑衣人从船舷外爬上来，越过瘫软在地的巫祝，飞快地钻入船舱。

先前那人一步步后退，低声说：“用这钱上道儿买口饭吃。”

巫祝听了这话，刚要开口，哧的一声轻响，咽喉似乎被什么东西刺破了。他双手拼命捂住伤口，但血还是从指缝间流出。

直到倒下，他终究没能喊出一个字。

“啊！”

“哇啊！”

叮……当当……

睡在底舱的王大娘第一个惊醒，有些茫然地抬头张望。楼板上方传来模糊的惨叫声和金属相击之声，间或咚咚地响，像重物坠落，又或是身躯摔倒在地。

声音越来越大，越来越急促，王大娘的心不由自主地跟着狂跳起来，但她张口结舌，一个字都喊不出来。

底舱内其余几十个人陆陆续续都醒过来。底舱狭小，柱头上点着几盏小灯，几乎照亮不了什么。众人只看得见周遭影影绰绰的脸孔，听着头顶上混乱的声音，又惊惧，又茫然。

突然，舱门“砰”的一声被撞开，一个人骨碌碌地顺着陡峭的楼梯滚落下来，撞在柱子上才停下。灯光晦暗，那人的面目看不清楚，只是躺着不动。

那人就摔在王大娘身旁。王大娘壮起胆子，伸手摸到那人身上，只觉手上湿漉漉的。

她把手伸到面前看了看，旁边一个人看清了她的手，蓦地尖叫起来：“血！血！”

底舱里瞬间炸了窝，所有人都发出尖叫，拼命往后挤，想要逃离楼梯。众人辨不清方向，只是没头没脑地你推我搡，几盏小灯疯狂摇动着，好几名妇女当场晕死过去。

这个时候，上面再也听不到怒吼声或是兵刃搏击之声，取而代之的是杂乱无章的咚咚咚的脚步声，以及偶尔的惨叫声和身体倒地之声。

王大娘瘫软在楼梯下，也不说话，也不躲藏。杀手没有任何呼喊、询问，只是一味地挥刀。显然对方不是要抢钱劫色，唯一目的就是全船人的性命。她僵直地回头瞧了一眼，只见所有人此刻都挤在船舱尾部，瑟瑟发抖。

忽然她眼角瞥见一个女孩，没有跟众人挤在一起。

她看上去十五岁左右，身形瘦小，还远没有长开，顶着高高的飞云髻，显得头重脚轻。

头顶上脚步声咚咚乱响，不停有人惨叫着倒下。她脸上不仅一点惧意都看不到，嘴角甚至微微上翘，那剑一般的眉毛向上飞起，眼睛幽幽发光，仿佛遇见了一件开心至极的事。

她慢吞吞地解开外面的纱衣罩衫，将宽大的袖子翻到肩头，用牙齿咬着带子，双手麻利地将袖子扎紧，露出两条白生生的纤细胳膊。

她脱下木屐，试着走了几步，似乎觉得袜子也碍事，便俯身脱下袜子。便在这时，“砰”的一声响，一个人从楼梯上跳了下来！

舱内几乎所有人同时发出惊恐的狂叫声！

伴随着狂叫声的，是一阵阵“砰砰砰”的击打声。一开始狂叫声压过了击打声，但是须臾之后，狂叫声就戛然而止，只剩下“砰砰砰”的声响，仿佛每一拳都带着击穿身体的力道。

末了，那女孩从已经倒地的那人身上站起来，向一干目瞪口呆的人脸上看去。她伸伸舌头，做了个鬼脸，转头对王大娘说：“别怕。”

“啊？啊！”王大娘只是一惊一愣。

“还有十一人。想活命就待在这里，别出声，别动。”女孩“呸”的一声，从尸体身上搜出一把短刀，在手指间转了两圈，说道，“等……一刻吧。”

“啊？等等……等啥啊？”王大娘已经完全傻了，脸上又哭又笑的，自己都不知道在说什么。

“一刻之内，打倒这十一人够了。”女孩说着，撩起笨重的长裙，用腰带乱七八糟地绑在腰间，露出两条跟手臂差不多细的长腿。

她刚要迈步，王大娘忽然颤巍巍地问：“你……你究竟是谁？”

女孩闻言叹了口气，严重似乎有无限伤感，回头对王大娘说道：“你不用知道我是谁，因为知道我名字的，大都遭遇了不测。”

女孩赤着脚，一步步走上楼梯。她没有看到，拥挤在一起的人群中，有双明亮的眼睛始终一眨不眨地盯着她。

女孩上了船舱上层，顺手关了舱门。她才走两步，觉得脚下有些黏，低头看时才发现，地板上竟都是血。

事实上，女孩步出舱门时，有四个人刚从门前跑过。但他们只瞥了一眼瘦小的女孩，就把她留给了最后一人——鬼头王五，大刀之下无完人。

可是，当鬼头王五滚落在地时，三人俱是大惊，一起回身。当先一人长剑一挑，直向女孩刺去。这是摆明了欺她只有短刀在手，无法正面与他的剑花对抗。

女孩赤脚往前，脚趾夹住插在地上的环首刀刀背，一手握着刀柄，眼见剑花已刺到离她咽喉不到两寸，女孩身体往后猛倒，脚尖顺势一踢，啪啦啦一阵急响，环首刀劈开板壁，挟着无数木屑碎片腾起，刀尖直向那人小腹要害劈去。

那人惊出一身冷汗，回剑格挡，“叮”的一下，堪堪将环首刀挡住。这么一刹那，那人眼前骤然一黑。女孩纵身而起，如一缕烟、一道影，鬼魅般地越过了他的头顶。

嘶——那人只感觉喉头一凉，然后咕咚一声栽倒下去。

“看下面！”那人左侧身一位材矮小的人大喝一声，双手背在身后，突然双肩一沉，双手同时挥舞，嗖嗖嗖嗖，十几枚飞镖闪电般射出。

女孩身在空中，双脚同时往天花板上一扬——那人料到她无处可躲，必定要踢中梁柱，借力朝下方扑来，避开自己射出的飞镖。

因此飞镖射的方向恰恰比她身体略低一点，要在半道拦截。

谁知女孩不仅没踢横梁，反而十个脚趾同时在梁上抓了一下。

就借着这么一丁点力，她直挺挺地往前又飞了一丈才滚落下来——已是落到了矮小之人的面前！

那矮小之人没有丝毫犹豫，右手一伸，袭她胸前膻中要害，同时左脚踢她下盘。

这一招同时两处进攻，虚虚实实，可以随时转换。他料到女孩可能避开暗器，但他仍然低估了女孩的灵巧。她的身体仿佛没有一丝重量，不知怎么地一跳，两只纤细的脚就站在了那人踢起来的左脚上。

哧——他的右手穿透了女孩的衣服，却从她身旁滑过，劲力全失！

那人放声狂叫：“老三！”

啪啦啦——

老三的铁锤终于杀到，扫过那人头顶，将右侧的木墙打得稀烂。

女孩往后连着翻滚两次，才躲过劲道逼人的铁锤和走廊里四面激射的断木铁钉。

她的双腿双脚沾了血迹，白的地方愈白，红的地方愈红，飞云髻散乱了，懒懒地一直垂到腰间。她竟然眯起猫儿一样的眸子，咧开樱桃红唇，朝使铁锤的老三笑了一笑。

“老四，退回来！”老三粗着嗓子吼。

矮小之人往后退了两步，回转头来，但见他嘴巴不知何时已被女孩的短刀划破，伤口触目惊心。他只看了老三一眼，就仰天翻倒，再无动静。

几个起落间，四人中就只剩下老三还站着。老三脑子里一片空白，眼见那女孩慢慢走近，他只听见咯咯咯的声音，却不知道那是自己牙齿打架的声音。

“你……你是谁？”老三绝望地质问。

女孩只是摇摇头：“你不用知道……”

突然，走道拐角冲出一群人，当先一人手持弩弓，一箭朝女孩射来。

谁知这一箭却射中老三后背，在老三的哀号声中，女孩顶着这个半死之人向人群冲去。

楼上的打斗声比刚才更加激烈，许多人怒吼着，狂叫着。刀刃叮叮当当地乱砍，拖沓沉重的步伐踩得楼板咚咚乱响。不时有人嘶叫着，然后是沉闷的倒地声，再然后是惊呼声、尖叫声……

王大娘手脚瘫软，倚在楼梯旁，面如死灰。此时，不知是谁推开瑟瑟发抖的众人，走到楼梯口，抬头仰望。

王大娘微微抬起头，那人裹着一袭粗麻衣服，连头脸都遮蔽着，只露出一双眼睛。楼梯上方灯火摇晃，他眼里仿佛有两团火，也跟着晃荡不停。

王大娘悲哀地叹了一口气：“完了……我们死定了……”

那人摇了摇头：“不见得。”

他说着揭下头上蒙着的麻布，露出一头又短又卷的褐色头发。

王大娘原是长安人，见了倒也并不惊讶——这必是西域来的商客，眼窝深陷、鼻梁高挺。他蓄着两片小胡子，看不出多大年纪，只是一口汉话非常标准，显然在大唐已待了不少时日。

王大娘叹道：“我……我也见过许多打家劫舍之人，但哪有这般一语不发只想取人性命的？那必是船里……”

西域人好奇地问：“船里怎么了？”

王大娘环视躲在角落里的人，低声说：“船里……藏有谁的仇家，下手之人无法分辨，只好不留一个活口……我的命好苦啊！”

西域人点了点头，然后抬头又听了片刻，说：“但也许我们有救。”

王大娘问道：“为什么？”

“你听呀。”西域人淡淡一笑，“上面的打斗声一直没停。但上去的，可只有那个女孩一人。”

王大娘呆呆地坐着，一时没回过神。西域人似乎晕船，一直扶着舱壁，不时晃一晃脑袋。他的目光追随着楼板上“砰砰砰”的声音，继续说：“不是她倒下，就是别人倒下。可她应该还在……那便是对方的人在倒下。”

突然，楼上的打斗声消失了。西域人定了定神，扶着舱壁，一步步走上楼梯。

上层舱室到处躺满了痛苦呻吟的人，有三人则是撞穿了木墙，生硬地卡在里面。西域人本就有些晕船，此刻腹内更是翻江倒海。

他强忍着不吐出来，两手扶着木墙，一步一步小心地挪动。蓦地身后有个什么地方响动了一下，西域人一回头，不料脚下一滑，摔了个四脚朝天。

西域人抬头看时，只见女孩反手握着一把短刀，两只乌溜溜的眼睛一眨不眨地盯着自己。她神色平淡，又隐隐有一丝哀伤，似乎不知道怎么应付眼前这副局面。

西域人终于坐直了身体，努力挤出一丝笑意，朝她点头道：“在……呃……在下李云当。”

女孩盯着他看了几眼，却并不作答。

彼时长安城中，多有西域使臣、商贩，还有大食人、新罗、倭人等。这些人中多有仰慕天朝上国而留下定居的，便给自己取了汉姓正名，其中又以国姓李字居多。

这些当然不都是天子赐姓，他们取归取，长安贵胄们却并不认可，反而嘲笑其为伪姓贱奴。李云当再怎么梳髻戴冠，也一眼就能看出不是中土人士。

看着女孩这种反应，李云当的呕吐感反而压了下去。他收起笑容，正色道：“在下可不是伪姓，此乃当今……”

女孩手中短刀一顿，李云当顾不上矜持，挪动着就往后退。女孩环顾四周，然后朝前走了几步。

“他们是来追杀你的吧？”

李云当一怔，随即坐直了身体："当然。除了在下，船上岂还有其他可追杀之人？"

"可这些人的武功很一般，可见你的身价也并不高。"

李云当刚要回答，突然间，船身猛地一震，船板发出让人毛骨悚然的咯咯声，朝一侧倾斜。

李云当大叫一声："搁浅了！"转身抱住一根柱子。船身向前冲去，一边颠簸一边倾侧。李云当腹内顿时又一阵抽搐，眼睁睁看着满地杂乱的物品哗啦啦地朝一侧滑去，瞬间在角落堆积成一座小山。

船身剧烈摇晃了一阵，慢慢平息下来。看来船是搁浅在岸边，暂时没有倾覆的危险了。

李云当勉强稳住了身体，转头去看女孩，却见她泰然自若地站在那里，正从一扇窗户探头出去张望。

"你……你不好奇，为什么他们要追杀我？"

"我对这没兴趣。"

说这话时，女孩都没回头看他。

李云当见那女孩身体一动，似乎就要纵身而出。不知为何，他竟瞬间急出了一脑门的汗。

"喂！"李云当突然大喊一声，"我该怎么找你？"

女孩半边身子已经探出窗外，听见他这句没头没脑的话，愣了一下，回头看了一眼李云当。

李云当身体紧紧贴着舱壁，双手死死抱着柱子，不让自己滑进杂物堆里。虽然形势窘迫，他见女孩回头看自己，还是勉强挤出一个笑容，好显得自己十分从容。

女孩摇了摇头。她转身刚要跳，却迟疑了片刻，然后回过头。身体已经悬空、马上就要掉下去的李云当捕捉到她的眼神，又拼命挤出一个笑容。

女孩轻声道："我……叫长孙绮。"

"啊？啊呀……"

李云当一声惨叫，终于抱不住滑溜溜的柱子，跌落下去，一头扎进杂物堆。他手足并用地爬到一边，稍微稳住了心神，再抬头看时，女孩的身影早已消失无踪了。

一

长孙绮的记忆里，合州的春雨如蚕丝一样，细细的，软软绵绵，从压得低低的云雾里飘落下来，被风一吹，便斜斜地垂挂在屋檐下、油纸伞边。

然而此刻，雨却打得油纸伞噼里啪啦地响。

三水为合。合州因西汉水、涪江水、巴水三水合流而得名，自古便是蜀中乃至关中通往渝州的必经之路，巴蜀繁华之所。

长孙绮走过的这片街巷，却并非三水合围的合州本城，而是远离江河、建在山岗之上的子城。因为子城里除了官衙文庙外，大多数都是勋贵、门阀之家，所以又被合州人称为“衙城”。

衙城长不过三里，宽不到二里，与山岗下那宏伟的合州本城相比，实在太小。但这里汇集的乃是合州全境最富贵的权势之家，修得亦是格外奢靡。单是将整个子城的地面用青石铺完，就费时三年，花了近四十万钱。

雨下得虽大，青石路面上却绝无泥泞，多余的水也顺着两侧的水沟悉数排走。长孙绮赤脚踩在青石上，冷冷的，偶尔滑溜溜的。

水沟边长满青草，水哗啦啦地流过，青草就跟着曼舞。她觉得十分有趣，便低着头一路边走边看。

当年离开的时候，也是这样的雨，也是这样的青草。十年过去了，她已经换了容颜、变了心境，青草却似乎一点也没有变化。

上了好长一段坡，都快要接近山岗顶端了。不知什么时候，油纸伞顶不再噼啪作响。长孙绮放下伞，果然雨停了。

忽然有人厉声道：“且住！”

长孙绮站住了。四个人挡在了面前，站位呈弧形，把她围了起来。

长孙绮抬起头，眼前是一座大户人家的别院。从大门的形制和门后的照壁大小来看，府邸的主人至少是中书侍郎、正四品以上职位。但大门上方原本挂匾额的地方，此刻空空荡荡，两根铜钩还没拆，显然匾额是被人匆匆取下来的。

不仅如此，大门两侧的灯笼也没有挂，院墙下的杂草也没除，似乎巴不得再长高点，连门都掩住。只有门旁的白玉石柱上刻满的山茶花图案，显示着宅邸主人的身份。

那四人装束普通，也不见悬挂腰牌，手中没有兵刃，腰间却鼓出一块。四个人的右手垂下，左手微微向后勾着，随时准备抽出背后的刀。

长孙绮冷笑："原来真躲在这里，连牌子都不敢挂，干脆连姓名也改了得了。"

那四人顿时又惊又怒。当先一人反手抽刀，但就在抽出刀的一瞬间，他看清了长孙绮的模样。

那人心中念头一闪，抽刀的手顿时一滞，长孙绮的脚已经踢到面前。那人不动声色地微松手掌。长孙绮毫不费力便将他的刀踢飞，"铮"的一声插在大门上，不停摇晃。

那人故意向一侧踉跄两步，跟着才大喝一声，往前猛冲，长孙绮却已不见身影。只听身旁传来"啪啪啪"三声，三名同伴的刀都未抽出，脸上便各吃了一脚，被踹得四散飞开。

长孙绮纵身跃起，越过照壁，翻进了前院。

那人顾不上抽出门上的长刀，狂奔进了院子。长孙绮好像一道影子，飘飘悠悠经过堂屋，穿过回廊，径直往内院而去。

那人大叫："有刺客！有刺客！保护家主！"

整个院子里立即响起急切的锣鼓声，几十条汉子从院子的各个角落拥了出来。这些人都身着黑衣、举着兵刃，但都闭口不语，只是拼命追赶。

那人追到内院，见女孩并没有闯入内堂，却蹲在院中那口巨大的石缸上，先松了一口气，随即喊道："围住她！快！"

几十人一下将长孙绮团团围住，各种刀剑明晃晃地指着她。长孙绮视若无睹，蹲在石缸上看鱼。

那石缸高丈许，养着家主最喜爱的赤鲟公。那人见长孙绮竟然伸手进去，怕是下一刻就要抓一条出来玩，急得忙夺过身旁一人的刀，就朝她砍去。

忽听有人大喊："住手！"

长刀"当"的一声砍在石缸上，砍得火星四溅，离长孙绮的脚趾不到两寸远。长孙绮眼皮都没抬一下，只紧紧盯着水面。

一名干瘦的老者匆匆跑出来，黑衣人立即后退一步，躬身行礼："方管家，您来了就好！这女子……"

方管家举起一只手，阻止那人说话。他颤巍巍地走近石缸，小心打量着长孙绮。看着看着，他脸上露出似哭又似笑的神情，但是用力捂住嘴，不敢喊出来。

“扑哧”一声，长孙绮一把抓出一条赤鲟公，顺手扔给方管家，方管家赶紧捧在怀里。

周围的人都愣了，这条鱼看上去至少七八斤，头顶雪白，可是家主最珍爱的“舞娘”。寻常谁要敢多瞧一眼，就要吃板子，这会儿被人抓出来，看样子方管家居然还很开心。

长孙绮拍了拍手，跳下石缸，说道：“别烤了，焖着吃吧。”

方管家一个劲儿地点头：“欸、欸！焖着吃，焖着吃好！老奴这就叫人焖去！”

长孙绮抬脚向内堂走去，这下子谁也不敢拦她了。等她步入内堂，方管家环视四周，重新严厉起来。

“都回去，打起精神来！”方管家冷冷地说，“这几日最是要紧，懂吗？”

“是！”黑衣人一起行礼，随即各自散开。为首那人刚要走，却被方管家叫住。

“拓跋楠。”

拓跋楠立即站住。

“小姐……发现了吗？”方管家小心地问。

拓跋楠微微摇头。

方管家长出一口气：“你下去吧，不要让她再看见你。”

拓跋楠并不说话，盯着长孙绮消失的门瞧了片刻，冷哼一声，这才转身离去。

长孙绮一步步走入内堂。

在进入内堂之前，她还一脸冷漠不屑。但右脚刚跨过内堂高大的门槛，她就突然冷静谨慎起来。

面前是一扇巨大的屏风，画着孔子问礼图。长孙绮看到这屏风，一下站住。她低头看了看自己，赤着脚，衣服上还有血污。

身后的门关上了。四名侍女无声无息地上前，两人捧着水盆，两人捧着衣服和鞋。长孙绮认真地洗了手脸，一名侍女跪着替她洗了脚，穿上鞋子。但当两人要为她更衣时，长孙绮推开了衣服。

侍女们没有任何犹豫，一起躬身，退了出去。

长孙绮深吸一口气，绕过屏风，迈步向前走去。

内堂香雾缭绕，这是祖父最爱的静香。但是祖父并不在内堂。长孙绮手指在家具上轻轻拂过，一直穿过内堂，拉开了一扇绘着鹤舞梅雪图的木门。

眼前是一处方圆十几丈的小巧精致的院落，中间铺满青石，周遭围满了假山和精心培育的花木。花木最多的便是长孙家族族徽上所绣的山茶花，后面一排是长得密不透风的湘妃竹，把这后院和外面的喧嚣尘世彻底隔绝。

院落中竖着一扇屏风。屏风上画着亭台楼阁，皆是工笔描绘。

屏风上方有一个长条形金银平脱漆盒，盒里垂下八根细线。

这些线虽然细，长孙绮却知道它们是由东海鬼鱼的鱼胶和着蚕丝一起，一百条丝才缠绕成一根线，最是坚韧。

这些线吊着两个人形傀儡，一男一女。

傀儡做得惟妙惟肖，除了手脚、躯干能跟着线动作外，头颅也能转动，嘴也能开合，甚至连眼珠都能左右顾盼。这些西域进贡的宝石制作的眼珠，在光照下发出诡异的光，仿佛真的一般。

此刻，这一对男女傀儡正在交谈着什么。女子坐着，男子半蹲半跪在她面前。似乎听见了长孙绮的声音，它们一起转过头，眼珠里泛着蓝色光芒，默默无言地盯着长孙绮。

长孙绮一屁股坐在门外的回廊上，也不说话。须臾，那对傀儡突然动了一下。

男傀儡说：“来者何人？”

女傀儡摇摇头：“妾身不知也。”

她的声音是男人用尖锐的嗓音说的，听得长孙绮头皮一紧。她不说话，依旧冷冷地看戏。

男傀儡站起身，一手叉腰，一手指着长孙绮：“来者何人？”

长孙绮在草丛里找了一颗石子，扔过去砸在男傀儡头上。男傀儡立即捂住脑袋，“啊啊”地叫起来。

女傀儡道：“见这嚣张气焰，想来便是那长孙家的野丫头。”

男傀儡佯装不知：“长孙家丫头没有一百也有五十，不知是哪个丫头？”

女傀儡拍了一下男傀儡的头：“除了九娘，还有谁这般大胆？”

长孙绮听到“九娘”这个名字，忽然一怔，眼圈隐约有些红了。但她立即忍住，继续不动声色地看着傀儡。

男女傀儡等了片刻，长孙绮始终微笑着看着它们。

“咯咯咯……咯咯咯……”男女傀儡渐渐颤抖起来，忽而线一松，它俩一齐落下，堆在一起，再也动弹不得。

一位须发皆白的老者从屏风后站了起来。他身穿寻常衣服，头上也没戴冠，只松松地梳了个髻，但眼神中自然有一股凛然之气，不怒自威。

这便是大唐的开国元勋、太宗皇帝的姻亲、凌烟阁二十四功臣之首、赵国公、权倾天下的托孤重臣、当今皇帝陛下的至亲舅舅长孙无忌了。

长孙绮与他对视了片刻，才慢慢站起身，双手作揖，躬身行礼。

“九娘。”长孙无忌轻声呼唤。

长孙绮立即大声道：“孙女长孙绮，拜见祖父大人！祖父大人福寿延绵！”

长孙无忌眼中闪过一丝愤怒，随即隐去。他顿了片刻，捻须点头道：“回来就好，回来就好啊。”

十六名侍女弓着身，端着各式盘碟，从后院侧门鱼贯而入，而后一起停在回廊里。方管家背着手，在两名嬷嬷的陪同下，一一检视。前面一名嬷嬷揭开盖子，后面一名嬷嬷便小心地尝一口。

始终没有任何人讲话，除了侍女的裙裾发出的窸窸窣窣的声响，或是偶尔从天上传来的一两声鸟鸣，四周一片寂静。

两位嬷嬷示意菜肴无恙，方管家才点头，领着嬷嬷和侍女进入屋内。

这栋内堂修得像明堂式样，除了正面有墙体窗户外，其余三面都用高大的柱子撑着，辅以落地门。此刻三面的门被悉数拆下，可以看到花园将这三面完全包围着。

看着婆娑的树影、狰狞的岩石棱角，听着叮咚的流水声，仿佛置身泉林之间。

屋中间是一张高出地面的巨大的榻，放着两张几、两只铜炉。长孙无忌和长孙绮两人分坐主宾之位。几上摆满了菜，长孙绮面前的好多菜已经吃完，长孙无忌面前的却动也没动一下。

侍女们膝行上榻，把菜肴一一更换，方管家亲自把一尾鱼摆放在长孙绮面前。

长孙绮第一次露出笑容：“方伯，你最好了！”

方管家脸上的褶子都笑得舒展开来：“小姐，您能回来就好！老奴一天天盼着，这都多少年了……”说着用袖子擦了擦眼睛。

长孙绮柔声道：“方伯，你还像以前一样，叫我九娘便是。”

长孙无忌端起酒杯，自顾自地喝，眼皮也没抬一下。

方管家连连点头：“欸！是、是！你方伯老了啊……想着，你再不回来，就快见不到了！当年你娘……”

长孙绮立即道：“方伯，别说了。”

方管家赶紧收敛心神，行礼道：“是、是！我这张嘴真是……”方管家拍了拍自己的脸，向后退去。他退出房间，领着下人退出了后院。

内堂里沉寂下来。

长孙绮自顾自地吃鱼，长孙无忌默默地饮酒。天色迅速暗淡下来，内堂里则比外面更暗。

方管家再度推开后院侧门，正引着六名举着火烛的侍女进来，长孙无忌突然厉声喝道：“出去！”

“快、快快！”方管家立即转身，将侍女赶出去，随即关上了门。

长孙无忌站起身，下了榻，在门廊之间慢慢地踱着步。

“九娘，九娘啊。”长孙无忌长长叹息着。

“我父亲呢？”长孙绮突然问。

“他……还在洛阳。”

“若是局势再进一步，他会去哪里？”长孙绮不依不饶地追问。

长孙无忌沉默了片刻：“阿翁不想瞒你——已经有旨意下来，是去夏州朔方县，大概半个月后吧……”

“朔方……那死不了。”

“九娘……”

“我那伯伯呢？有长乐公主的余荫，他应该能躲过去吧？”

“暂时没有议到他。”

“我猜也是。”长孙绮冷笑一声，“他都没动，剩下那些叔叔，大抵也都平安了，最多是贬斥到荆楚岭南之地罢了。长孙家只需把我爹爹送出去，便能安心不少呢。”

“九娘！”

“难道不是吗？”长孙绮平淡地说，“祖父大人是托孤重臣，却被那许敬宗一封密信便告倒，真是笑话。我听说当今陛下甚至都没有召见祖父，便匆匆下令彻查，真是急不可耐要把我长孙家连根拔掉啊。”

“当今陛下，也是你表叔！”长孙无忌怒斥，“注意你的言辞！”

“行啊，他是你的亲外甥，所以祖父大人镇定如斯，在这里静待陛下回心转意。”

长孙绮的声音始终平淡，既不急躁也不生气，好像在看别人家的笑话。长孙无忌几次想要怒斥，却怎么也开不了口。

不知何时，雨又落了下来。先是林子里沙沙地响，继而庭院里的假山发出“哗哗”的声音。再后来,屋檐下一串一串的水柱滴进檐下的石兽口中。

石兽口里迅速蓄水，发出叮咚的声响，提醒侍从该关门窗了。

不过此刻，侍从全都离内堂远远的，谁也不敢上前，雨雾渐渐将外面的一切都遮蔽了起来。

良久，长孙无忌才叹息道：“我知道，你始终在怪我，怪我把你丢到西域苦寒之地，一去就是这么多年……”

“不。”

“你不必说了，阿翁知道你心里苦……阿翁也有不得已的苦衷。当年那么多孙辈，你师父偏偏一眼就看中了你，也是没有办法的事啊……”

“哈哈哈哈！”长孙绮突然仰天大笑。

长孙无忌顿时心中大怒。但他耐着性子，等长孙绮笑完。

良久，长孙绮才止住笑，转身对着长孙无忌。她第一次整顿衣裳，把血红的裙裾压在膝盖下，双手伏地，恭恭敬敬地磕头，给长孙无忌行了一个大礼。

“孙女谢过祖父大人。”

“你便……这么迫不及待地想要羞辱我吗？”长孙无忌冷冷地问。

“孙儿此刻所言，绝无羞辱之意。”长孙绮坐直了身体，郑重地说，“多亏祖父当时力排众议，让师父带走了我。否则今时今日，我岂不是要跟其他长孙家的人一样，坐困愁城，除了哭着等死，什么也做不了？”

咚！咚！咚！

长孙无忌在内堂里来回猛冲，大袖翻飞，发髻散了，苍白干枯的头发被风吹得乱飞。他终于找到了一只酒壶，朝长孙绮扔了过去。

长孙绮微微一侧头，酒壶擦过了她，砸在她身后的柱子上，摔得粉碎。

长孙无忌浑身发抖，双目血红，指着长孙绮大吼：“我长孙家没有倒！

我长孙无忌不会倒！谁哭着等死？我长孙家没有这样的子孙！”

长孙绮坦然道：“今年之后，也许真的没有长孙家的子孙了。”

长孙无忌拿起一根蜡烛，试了试觉得太轻，随手扔开。他举起铜烛台，奋力朝长孙绮掷去。不料铜烛台的重量超过了他的预期，只扔出去不到五尺就落下地。长孙无忌恼羞成怒，一脚踹在铜烛台上，却差点撞断脚趾。

长孙无忌扶着脚，脸涨得通红。他咬着牙转过身，艰难地朝榻上挪动。

长孙绮冷眼看他，刚要再开口说话，却忽然发现他佝偻着背，头发散乱，浑身都在微微颤抖，逆着光，显得无比苍老。

长孙绮默默地吞下一口气，从怀里掏出一块刻着“长孙”二字的铜牌，放在榻上。

“祖父千里传唤孙女，想是已经知道该怎么做了吧？”长孙绮说，“祖父就别废话了，直截了当地说出来岂不痛快？”

长孙无忌挪到榻边，费力地坐下，背对长孙绮。

“你连一份颜面……也不肯给阿翁吗？”

“祖父错了。”长孙绮冷冷地道，“我来，便是准备好将这条命奉送给长孙家。祖父是觉得颜面重要，还是长孙家重要？”

长孙无忌忽然呼吸急促起来。他抬起头，警惕地看了看四周。在确定这里只有祖孙二人之后，他才面向长孙绮低声道：“我长孙家，确实还有翻身的机会……唯一的一次机会！”

“请祖父大人示下。”

长孙无忌这当儿却咬紧牙关，仿佛要吐出的字重逾千斤。他双手用力撑着，倾身向前，手指深深陷入密实的榻里。

长孙绮被他的郑重感染，也倾身上前，第一次凑近了自己的祖父。

长孙无忌一字一顿地说道：“推、背、图！”

方管家进来的时候，堂屋里漆黑一片，只听见一个人沉重的呼吸声。

方管家本想点灯，但摸到烛台时又犹豫了，他低声询问：“家主？”

过了好久，才传来长孙无忌疲惫的一声低哼。

方管家这才点燃了烛台。长孙绮的身影已经消失，长孙无忌蜷缩在榻上，低沉而艰难地呼吸着，似乎刚才耗尽了精神，连把自己身体撑起来的力气都没有了。

方管家膝行到长孙无忌身后，伸手去扶家主，发现他浑身滚烫，而且双目紧闭，身体不停颤抖。

方管家顿时老泪纵横，哽咽道："家主？家主！您……保重啊……"

"放开。"长孙无忌冷冷地说。

方管家一惊："家主？"

"放肆！"

长孙无忌一把抓住方管家的手，用力之大，让方管家差点惨叫出来。他奋力甩开方管家的手，慢慢地自己撑起身子，重新坐直。

他喘着气冷笑道："好，好……我那孙女鄙视老夫，你也瞧不起老夫了，是不是？"

方管家伏倒在地，拼命磕头："老奴死罪！老奴死罪！"

长孙无忌用力裹紧衣服，勉力控制双手。

他冷冰冰地道："传令拓跋楠，盯紧长孙绮。一有异动，立即格杀，不必等老夫回复！"

"啊？"

"传！"

"是、是……"方管家迟疑片刻，壮起胆子继续问，"那……今日上午那位陛下的使者……"

"伪姓贱奴，算什么使者！"长孙无忌终于停止了颤抖，厉声道，"不过是一介亡国之奴！"

"可他确实……确实有陛下的信函……陛下这算是亲自开口，家主您……"

"哼！"长孙无忌打断方管家，"要我自辞爵位，长孙家退隐江海之间？荒谬！我自幼便从高祖、太宗起事，凡四十二年，功居凌烟阁第一，与国同命！这文书、这贱奴，分明是那姓武的贱人假陛下之手派来的，我岂能如她所愿？"

方管家颤声道："家主，这……这是抗旨……"

长孙无忌顺手抓起几上的一只酒壶，砸在方管家头上。方管家头破血流，却不敢去擦，更用力地磕头道："是！要不要把那……一并除掉？"

长孙无忌道："哼，除掉他岂不污我长孙家的刀？大食人早就派出杀手一路追杀了，他只不过碰巧与九娘同船，才逃了一命，等大食人自己去解决他吧。”

“是！”

长孙无忌叹息一声：“此非我长孙家一门之事，而是……事关八柱国能否再坚持百年。百年内，无论如何，也要解开那天大的秘密……”

方管家小心地道：“可……可是先皇后……”

长孙无忌终于停止了颤抖，站起身来。他盯着漆黑的屋顶，仿佛那里有什么在注视着他一样。

“小妹……”长孙无忌对着虚无喃喃道，“你为我长孙家选的路，兄长……替你走完……”

二

火……毫无征兆地燃烧起来。

悬空观垂天阁依着绝壁而建，上下五层，高达十丈，在黑夜中像一根通天的火柱。

奇怪的是，如此巨大的火焰，却一点声音也没有，静静地燃烧着，似乎早已失去咆哮的兴致。

但从谷口刮进来的风，发出嗖嗖嗖的尖厉声音，把火柱推高一尺，又推高一丈……仿佛想要把烈焰一直推到天上去。

望着那冲天的火焰，十二岁的长孙绮一边跑一边大口喘气。她的心怦怦乱跳，但不是因为狂奔，而是因为——她看见了！她看见师父了！

垂天阁的楼顶，那片黑瓦之上，高昌公主持剑肃立，狂风把她的长发吹得纷纷扬扬，不时有火光在她身旁闪动，她却目光淡定，浑然不觉。

“……啊……啊啊！”长孙绮张开嘴，却除了“啊啊”的声音，一个字也喊不出来。两条腿如同灌满了水银，手臂也疼得举不起来，一双赤脚更是被尖利的山石刮得血肉模糊。

但她仍然僵硬地跑着，不停歇地跑着，朝着冲天火柱跑着。

突然，一个身影在火光中出现，举着陌刀，朝着高昌公主头顶猛地劈去！

长孙绮终于张开嘴，用尽全身力气狂叫出来：“师父！”

长安，皇城外。

第一盏宫灯挂起来时，宫墙外四十丈，正在一棵遮天蔽日的大树上闭目养神的长孙绮突然睁开了眼睛，心狂跳到要爆炸开来。

她一只手死死捂住嘴巴，另一只手捂住胸口，好像怕巨大的心跳声惊扰到皇宫中人。

老半天，长孙绮的心才逐渐平复下来。她拿开捂着嘴的手，只见手心有一团淡淡的血沫。

这个梦已经出现了千百次，每次绝望地呼喊时，她仍会吐出血来。长孙绮颓然一笑——不杀光害死师父的人，这血始终不会消失呢。

长孙绮顺手抹去血迹，转头看着那盏灯在风中微微晃动。

从四十丈之外看这盏灯，只是小小的一个光点，旁人甚至根本不会留意。但长孙绮紧紧盯着光点，脑后的头发都一根根竖起来。师父说，这是她的本能。任何细微的变动，都能让她本能地警觉起来。

"像一只……"师父说到这里时，浅浅地笑着，"怯懦的小猫。"

又一盏宫灯挂了起来，与第一盏相距两丈。长孙绮屈起手指，低声地数着："一，二，三……"

等她屈到第五根手指，第三盏宫灯挂了起来。

"两个人，步速很慢。"长孙绮一边自言自语，一边把绳索绕在左臂上，"风灯距宫墙大概一丈，一跃而过是不行的……"

宫墙高三丈三，墙下有清明渠，宽约三丈，深一丈四，穿墙而过，流入皇城。从落脚的树到沟渠是三十丈，渠边只有草丛，一棵树都没有。

挂宫灯的时候，正是晚饭时刻，宫墙上巡逻的侍卫从三队减少到一队，出现了大概半刻钟的防守空隙。

她脱下外衣，将里衣的袖子捋起往后扯，利落地绑在背后，裙子也往上扎在腰间，露出的手臂和小腿都已用黑色布条裹得紧紧的。最后她慎重地脱下鞋袜，跟外衣叠放在一起。

初夏的夜晚，树身仍然冰凉。长孙绮赤脚踩在长满苔藓的树皮上，全身颤抖了一下，刹那间又清醒了不少。

眼见第五盏宫灯挂起来，挂宫灯的人马上就要转到大殿的另一侧，长孙绮突然深吸一口气，双脚腾空，纵身下树。

快要落地的一刹那，她就地一滚，跟着躬身冲入草丛，猫着腰狂奔。

她只吸了两口气就冲过了三十丈。

宫墙上走过来一队卫士，其中一人往下看了看——草丛在风中起伏，四周一片平静。他耸了耸肩，继续巡逻。

在他张望的时候，长孙绮整个人就趴在沟渠的斜面上，但她的黑色装束与沟渠几乎融为一体，卫士也绝对想不到有人敢就这么四肢张开躲在自己眼皮底下，所以只粗粗看了看草丛就走开了。

等卫士的脚步声消失，长孙绮没有起身，而是松了手，让身体顺着沟渠斜面慢慢滑入水中。水漫过了腰，她冷得浑身一哆嗦。在这样的天气潜泳,她还从未试过。长孙绮用手急速在脸上搓了几下,无声无息地潜入水中。出人意料地，水里倒比外面还暖和些，她一口气游到宫墙下方。借着宫墙上方微弱的灯光，长孙绮凝神细看，没多久就看到了那条穿过宫墙的水道。清明渠从这里向东流入皇城，继而转北，流经位于皇城西南的秘书省，最后注入大兴宫后庭的南海池。

从前，隋文皇帝下令修建新都，名臣宇文恺奉命营造，穷天下之力，仅仅花了九个月时间，将大兴城建成了前无古人后无来者的巨大城池。

不知道宇文恺是不是自己都被这座伟大的城池震撼了，于是又花了三年时间，和上百名将作监官吏一起，将整个大兴城每座宫、每道渠、每条小巷都巨细靡遗地记录在《大兴图志》里,希望能永久流传,以为后事之师。

大唐高祖皇帝登基之初，历数前隋罪孽，第一条就是靡费天下之力，滥修宫城，以为私用。太子李建成上奏，称《大兴图志》所涉宫城、皇城的图纸，恐为奸人所乘，窥视大兴，高祖遂下令焚之。

然而，让高祖始料不及的是，负责焚毁《大兴图志》的长孙无忌，却偷偷将其中最关键的二十卷图纸私藏。而成长轨迹与长孙家所有人都不同的长孙绮，便是奉长孙无忌之命，唯一看完所有图纸的人。

根据《大兴图志》记载，这条水道另有暗渠连接秘书省内的池塘，是防备起火而修的。

长孙绮考虑了很久，觉得这个时节从水底潜入虽然艰难，总比翻越宫墙安全——谁也不知道宫墙后是什么，而且正因为水冷，对池塘的守卫就会松懈很多。

长孙绮抬头一看，天已经彻底黑下来了。她摸索水道的入口，深吸一口气，矮身钻了进去。

秘书省殿外，三名身穿灰色袍服的侍卫挂上最后一盏宫灯，一起转身走下台阶。

就在他们转身的刹那，一道黑影从宫墙跃下，一手抬起窗户，闪电般钻入大殿，窗户无声无息地落下，堪堪关上。

三名侍卫似乎毫无察觉，继续往前走。

秘书省为历代典籍保存重地，皇帝陛下不时会亲临此地，因此修建的格局颇为庞大。有一殿四阁，在皇城中罕见地拥有独立的殿院，比更显赫的中书省要大得多。

主殿居中，四栋三层的楼宇分布在两侧，呈“工”字形，甚是壮观。

飞檐上排列着九头神兽，门前的庭中亦有九尊石像，中轴线上安放着三只铜鼎。

三名侍卫走过主殿前空无一人的广场，绕过院门前的照壁，出了大门。

大门外，密密麻麻地站着四十名重甲士兵，全部持剑，一半的人同时持盾。其身后是二十名长弓兵，每人背着两副箭囊，携带超过四十支箭。

再往后，还有二十名骑兵，但此刻他们全部下马，马匹口部也套着口笼，马蹄包着布，马铃也摘了，务求不发出一丁点声音。

这个阵势，几乎赶得上一支府兵旅的规模，士兵们此刻悄然无声地待在皇城内，若是哪位文臣看见了，少不得又要弹劾一大批武将。

天黑后，大兴宫各处的灯都已亮了起来，这里却连一只灯笼都没有，只有一片隐隐的闪光，那是兵刃映出的亮光。

这些人见到三人出来，仍然保持队形，一动不动，但眼睛都追随着中间那名侍卫。

那人挺直了身体，身旁的两人一起动手，替他解开外袍，里面精致的皮甲露出来。

他大概三十来岁，身材高大，面色冷峻，唇边两片上翘的小胡子。左额上一条刀疤，让他左边的眉毛像秃了一样淡淡的。

皮甲下的衣服为深绯色，腰间配着银鱼袋，显出他乃是正四品武官。大唐开国以来，年年在西域用兵，京城之内三品以上的武职，大多是勋贵虚衔。真正有实权掌兵者，四品以上的算是凤毛麟角了。

两名侍从帮他挂上佩剑和两把匕首，正要给他戴盔，他伸手拿过头盔夹在腋下，目光冷冷地扫过众人，众人则以信任和渴望战斗的目光回应。

“已经进去了。”那人环视四周，简要地说，“一个人。”

所有人都盯着他，一动不动。

“今日是初七，秘书郎照例会在甘露殿侍奉陛下与重臣。”此人熟知此事，可见对宫中事务颇为了解。

“将军所言极是。”一名侍从连连点头。

“时辰？”

“刚过了亥时。”

“两个要求。”那人声音严厉起来，“一、活的。懂？”

所有人同时点了点头。

“二、这里是皇城，今日我带队进来，已是犯了天大的规矩。谁敢大声喧哗、随意乱跑，惊了圣驾，全队一起陪葬。懂？”

所有人用力点了点头。

“二队，配合弓箭手，把这里给我围起来，一只苍蝇也不许放走。一队，跟我来！”

那人转身要走，士兵同时本能地一起站直，右手拍左胸，发出哗啦一片响动。院外树上的鸟立即惊起一大片。

几名队正吓了一跳，拼命挥手要士兵噤声。那人回头狠狠瞪了众人一眼，恼火地一把推开身旁的侍从，戴上头盔，推门率先走了进去。

几乎凭着最后一口气，长孙绮钻出了水道。她已经顾不上有没有人在监视池塘，一头扑了出来，“哇”的一下吐出一大口水，痉挛似的喘着气。

长时间憋气潜泳，她浑身疼得快要裂开，只能斜倚着，勉强把自己挂在池塘边缘。

万幸这会儿确实是交接之时，没人有闲心在池塘边晃悠。她躲在池塘边高高的水草下方，好久才渐渐找回了身体的感觉。

她无声无息地爬出池塘，藏在草丛之中，脱了湿漉漉的衣服，解开一只密封的牛皮囊，换上一套贴身的夜行衣。她把湿衣塞入皮囊，再装入石块沉入塘内，这才闪身进入秘书省主殿，躲在一根柱子后，小心打量四周。

主殿从外看是座殿堂，里面却是一圈回廊，环绕着中间巨大而通透的三层殿阁。每一层都有十六尊铜铸龙首伸出，每条龙嘴里衔着铜链，链条下挂着巨大的琉璃灯。

底层绕着殿阁有一圈水池，里面装饰着白玉雕的仙山普陀，以及红色珊瑚树等珍稀之物。

更妙的是，水池刚好位于琉璃灯下方，这样即使宫人打开琉璃罩添加灯油时不小心落下火星，也不会引发火灾。

每个柱头或转角处则立着造型各不相同的铜灯，或是单凤独立，或是饿虎踞岗，或是小儿闹春。各式各样的灯烛照得殿堂中央亮如白昼，不过窗户皆用不甚透明的轻纱蒙着，从外面看并不觉得有多亮。

殿堂中央整齐地摆放着六张朴素的苇席，席前各有一张几，几旁一排笔架、一盏铜灯，几上一沓纸张，如此而已。

这就是传说中抄录历代经书的地方，也只有这样的布局，才当得起历史的重任吧。

长孙绮被殿内的情景震撼住了，有些茫然地站起来四处看了片刻，才顺着楼梯从底层走上了二楼回廊。

二楼比底层拥挤得多，上上下下全是书架，密密麻麻地塞满了各种书籍。长孙绮落脚之处堆满了竹简，大概是商周时期所传的《书》《礼》《诗》等典籍。长孙绮沿着回廊走，绕过了竹简，前面又是一卷一卷的丝卷、布卷，也有羊皮文书，同样是以六书为主。

书架上的书堆得太满，以至于墙角都摞着比人还高的卷轴，有《公羊》《左传》《尚书》，也有《六韬》《盐铁论》《太平经》等。这些书好多都是自汉以来传承的孤本，但长孙绮毫无兴趣，匆匆略过。

转到二楼的西侧，长孙绮忽然看到一本《春秋灾异》，据说是后汉秘书郎郗萌所著，记录了春秋一代所有的谶纬。长孙绮一下子兴奋起来，开始仔细在周围搜索。

此处的收藏非常杂乱，不仅有竹简、残本，更有许多铜鼎、铜盆，里面刻着晦涩的金文。长孙绮匆匆翻阅着，突然背脊一阵发毛。

这感觉极明显，她立即闪身躲在柱子背后。

二楼对面书架上卷轴的色签晃了晃，仿佛只是被微风吹动，然而长孙绮分明看见一个人影闪身溜出藏身处。

居然在秘书省遇到同道，长孙绮真有点哭笑不得。

但她随即想到，今日是秘书郎侍奉陛下与重臣的日子，对方定然跟自己一样，是算准了秘书省殿内空虚才溜进来的。

长孙绮屏住呼吸，慢慢向后缩去，融入背后的书架，把自己变成了一道影子。

黑影全身黑衣，头脸也用黑布蒙着，只露出一双眼睛。他似乎也被秘书省主殿内部的宏伟所震撼，一时间不知从何找起，只得沿着书架漫无目的地走着。

看着，念着，忽然他似乎发现了什么，拿起一卷文书。文书上覆满灰尘，黑影小心地用袖子拂去尘土，看见了书上的文字。

黑影突然激动地四处张望，跟着抚胸低头，行了一个庄重的礼。

“火祆教？”黑暗中的长孙绮有些吃惊。她见过火祆教的仪式，此人的手势与普通人不同，显然他的身份不低。

过了片刻，黑影才站起身，把那卷书小心地包起来，收入怀中。他继续往前走，渐渐地接近了长孙绮藏身的地方。

长孙绮手腕翻动，一柄匕首握在了手里。

但黑影顺着回廊走着，看着，一直走到回廊的另一侧。长孙绮吃不准他究竟要做什么，正在想要不要先离开，再找时间来寻。忽听那人脱口惊道：“《推背图》？”

长孙绮一震，祖父的话在脑子里响起：“《推背图》乃太宗皇帝命袁天罡、李淳风所著，藏于禁中。外人只知其名，不知书中所述，皆是震古烁今之言！我长孙家的命运，便系于此！”

长孙绮眼睁睁看着黑影从书架顶端取下一只螺钿漆匣，从匣里抽出一张纸，轻轻念着纸上的字。隔得远了，听不见他的声音，但分明见漆匣里有微微几处光点。

黑影左右看了看，将纸放回漆匣，再用一根布条飞快将漆匣捆在自己背上，跟着站起身，快步向窗户走去。

长孙绮心中飞快地计算着，从黑影的位置到窗户，只有不到三十步远，而自己却在回廊的对面。他若全力冲刺，一旦冲出窗户，那张纸可能就要永远消失……

黑暗中亮光一闪，黑影左手一挥，藏在袖子里的铁护腕击中飞来的飞刀，火星四射。飞刀“铮”的一声插入头顶木梁，黑影就地一滚。

他刚滚开，叮叮叮三声轻响，三枚飞刀插在他刚才站立的地方。

长孙绮从对面回廊里跃出，在下方铜铸的龙头上一借力，同时右手挥出，一根长索缠住了回廊上方的柱头，吊着她飘飘悠悠向黑影飞来。

黑影看见了长孙绮，当即停下了脚步。长孙绮生怕他从窗口逃走，在空中一扭身，滚落在黑影前方。她来不及起身，就地一滚，手中的匕首就朝黑影脚踝刺去。

黑影万没有料到她一出手就如此狠辣，急忙后退。长孙绮蜷曲着身体，不停翻滚，一刀一刀只往那人脚踝猛刺。

那人再退两步，撞到身后的书架，再无可退之处。长孙绮一刀刺来，那人突然低声喊道："长孙绮，住手！"

长孙绮一惊，这一刀便没有刺下去。

黑影松了一口气，刚要说话，眼前一亮，只见长孙绮手中匕首直向自己咽喉刺来。

黑影吓得魂飞魄散，来不及有任何躲闪。这一刀却擦着他脖子划过，铮的一声轻响，刺在书架上。长孙绮手一横，匕首刃部死死抵在黑影咽喉。

"我只问一次。"长孙绮低声道，"你是谁？"

"你不知道自己看吗？"

话音刚落，黑影就感到锋利的刃部已经切开了自己的皮肤，血开始往下流。他慌忙道："我的脸！"

长孙绮伸手扯下他脸上蒙的布，却是那日船上遇见的李云当，顿时一呆。

李云当冲她做了个鬼脸，一边用手小心地推开抵在咽喉上的匕首，一边低声道："我是来救你的。"

"什么？"

"嘘……听！"李云当指了指外面。长孙绮侧耳听去，脸色顿时大变。

咔——轰……

高大厚重的秘书省院门被缓缓推开。不等门完全打开，一队重甲士兵就蜂拥而入。开门的两名值更亭长躲闪不及，被挤倒在地。

两人哪敢多嘴，赶紧爬起来站在门口，垂头恭立。

院门之外，更多持剑的重甲士兵分作两队小步奔跑，将主殿严密地包围起来。他们都沉默无言，只听见"哗啦哗啦"的甲胄晃动之声，和偶尔传来的轻微的兵刃碰撞之声。

重甲士兵占据了秘书省的院子，却并不入殿搜查，只是持剑警戒着。须臾，一名气宇轩昂的武将慢慢走了进来。两名亭长跟在他身后，脑袋垂得更低了。

武将站在院中央，抬头看了看四周，鼻子里哼了一声。

两名亭长不知所谓，跟在武将后面的一名低阶武官王成厉声道："今日值守情况呢？将军见问！"

一名亭长赶紧上前一步，说道："回将军的话，今日无人在此值守，也未有六部人员申请查阅典籍。"

王成道："有任何其他人进入吗？"

亭长道："此乃秘书省，乃禁中最为重要之所，按律，没有秘书监、丞在此，任何人不得入内……"

那武将冷冷地看了他一眼。

亭长的脑袋几乎要垂到地上去，拱手道："将军持皇后殿下的手谕，自然是能够进来的。"

武将举起右手，微微一挥，重甲士兵簇拥着武将与两名亭长进入主殿。

回话的那名亭长吓得浑身颤抖，但眼见士兵如狼似虎地到处搜查，额头上汗如泉涌，颤声道："将、将军！按律，秘书省内禁止……"

他还没说完，王成"嚓"的一声抽出刀，刀口抵在那亭长脖子上。

亭长"扑通"一声跪下，不停磕头："秘书省禁止无诏入内搜查，否则乃是诛九族之罪啊！"他身后那名亭长也跟着跪下，只是磕头。

武将冷笑一声，淡淡地说："本官今日不来，你们才是诛九族的罪。"

"将……将军？"

王成大声道："尔等理当奉公恪守，却放任宵小进入秘书省，罪该万死！"

那亭长缩成一团，哭道："宵小？不不，将军！小的万死不敢，万死不敢啊！"

此时重甲士兵已经搜完底层，除了四人扼守住楼梯外，其他人通过四周的楼梯往上冲，殿内响起巨大的脚步声。

突然，一名重甲士兵大叫："谁？"随即"叮叮当当"几声，一名重甲士兵撞断了栏杆，从二楼一头摔下，砸碎了一张案桌，回廊里的士兵一齐大喊起来。

武将站着不动，饶有兴致地看着士兵们朝回廊的一角冲去。两名亭长见秘书省里竟然真有刺客，吓得当场昏死过去。

一片喊杀声中，一名黑衣蒙面人纵身跳上栏杆。他双脚连踢，将刺来的刀剑一一踢开，猛地往上一纵，一手攀上三楼的栏杆，翻入三楼。不过重甲士兵早有准备，已有一队抢先冲上三楼，从两边围堵黑衣人。

围攻的人越来越多,黑衣人闪避不及,被一剑划破了袖子。他退后一步，右手抓住腰带，突然一抖，"唰唰唰"几声轻响，围在中间的几名重甲士兵同时惨叫。

重甲士兵后退几步，却见黑衣人手中握着一柄腰带软剑。软剑像游龙一样游走不定，忽地一划一甩，就有一名重甲士兵中剑，连连后退。但他似乎不愿下杀手，被刺中的重甲士兵都只是受了皮外伤而已。

这下重甲士兵不敢过分逼近，只是将黑衣人死死围住。黑衣人慢慢后退，包围圈就随着他缓慢移动。

黑衣人猛地连刺数剑，刺中一名重甲士兵。趁众人后退之际，他再次纵身上了栏杆，往四楼跳去。

黑衣人的手刚抓住四楼栏杆，“铮”的一声轻响，一支箭擦着他的手腕射来，插入栏杆之中，直没至羽，将他的袖子死死钉住。

黑衣人吊在半空，用力扯了一下，袖子竟一时扯不开。身后风声大作，他拼命一转身，又一支箭擦着他左肋飞过，将一根栏杆射穿，一直插入后面的书架才停下。

武将接过王成奉上的第三支箭，搭上弓脊。此时重甲士兵也已冲上四楼，朝黑衣人围拢过来，黑衣人再无可躲避之处。武将手里的铁胎弓起码有一石的力道，这一箭若中，黑衣人只怕要被射个对穿。

眼见武将就要拉满铁胎弓，黑衣人突然大喊道：“张谨言！”

嗖！箭离弦而出，黑衣人全身一紧，那支箭却避开了他，射入第四楼的楼板之中。

黑衣人松了口气，扯破袖口，跳上四楼，随手一甩，那柄软剑“嗖”地一下缠上他的腰，重新变回腰带。重甲士兵围着他，但不敢上前。

黑衣人对周围明晃晃的剑尖视若无睹，扶着栏杆，一边喘气，一边对下面那武将说道：“张谨言！我知道你奉命行事，但在下何尝不是？”

黑衣人从怀里掏出一块铜牌，随手丢了下去。王成早在下面守着，接住了铜牌。他只看了一眼，就脸色大变，立即恭敬地用双手捧着，将铜牌递到张谨言面前。

张谨言并不接，稍稍瞥了一眼，点了点头。王成收回铜牌，转身手一甩，铜牌飞上四楼，被黑衣人一把抄在手里。

张谨言冷冷地道："你奉谁的命，我不管，但这副打扮夜闯秘书省，被御史知道，便是陛下也保不了你！"

黑衣人无所谓地笑笑，纵身跳了下去。

重甲士兵吓了一跳，一起拥到栏杆边。只见他手在二楼栏杆上随意一抓，借了点力，轻飘飘地越过张谨言和王成，落在殿门口。他走到张谨言面前，从怀里掏出一卷羊皮卷。

王成道："大胆！竟敢来秘书省偷东西！"

"这是我们波斯的一部经，是五十年前进贡给前朝隋文皇帝的。"黑衣人笑嘻嘻地道，"我已经求着陛下要了它去，只是一直没来拿而已。今日确实有些孟浪，不过真要闹到二位圣人那里去，嘿嘿，那大家都别想得了好去！"

张谨言并不回头看黑衣人，脸色却变得很难看。黑衣人也不等他回应，推开了门。

院内包围主殿的重甲士兵立即持剑上前，将他围住。更远的地方，弓箭手弯弓搭箭，瞄准黑衣人。

王成低声道："将军，要……"他手一挥，做了个斩首的姿势。

张谨言却忽然道："撤。"

"将军？"

张谨言冷冷地看了王成一眼。王成一凛，忙走到门口，挥一挥手。重甲士兵看见了，立即缓缓后退。

黑衣人回头朝张谨言马马虎虎地抱了抱拳，这才抬脚往下走去。重甲士兵始终围着他，直到他走出秘书省院门，才一齐停下。

王成在张谨言身后道："将军，单凭私闯秘书省之罪，就能杀他，即使是陛下的命令也……"

张谨言"扑哧"一笑："什么陛下的命令？有陛下的命令还需要铜牌？这小子根本是在狐假虎威。"

王成一怔：“将军知道？那……那为何还要放他？”

张谨言无所谓地搓搓手。正在此时，两名重甲士兵跑来，向张谨言行礼，并呈上一件湿漉漉的夜行衣。

王成一下醒悟过来：“进来的是两个人，还有人是从池子里出来的！快去搜！”

“不用了。”张谨言一挥手，“现在知道那小子的用意了吧。”

王成想了想：“难道他是为了掩护另一人逃走？”

张谨言冷哼一声，一面走下台阶，一面道：“所有人立即撤出去，再派人把这里收拾一下，把砸烂的都弄好，别让御史来烦我！”

“是！”

“全城大索，七日之内必须查到另一人的线索，不然提头来见！”

“是，将军！”

三

咚咚……咚咚……

一阵鼓声传来。这是宵禁的鼓声。

一刻之内，长安城所有坊间大门都将关闭，左右侯卫旗下的左右翊府中郎将和左右街使上街值守。除了手持文牒执行公务之人，所有三品以下官员，国公、亲王或公主以下勋贵，都禁止上街。有违宵禁令者一律笞二十。

轰轰……轰轰……

五十名卫士持着枪，行走在长安东市的街道上。街道上已经没有行人，沿街的商铺皆忙着打烊，人们纷纷取下灯笼、店幌，扎紧箱笼，关门闭户。

一盏盏灯笼被取下后，街道迅速陷入晦暗之中。

今晚没有月亮，天空中有一层薄薄的云，星光也显得黯然。卫士提着灯走过街道，微弱的光在他们的铠甲和青石路上晃动。

东市第二十三行，故昌香店老板唐玉嫣关上店门，用楔子顶住已经有些松动的门板。

她站在昏暗的铺子中间，环视了一遍周围堆得满满当当的香料，嘴唇翕动，不知在数着什么。末了，她举着油灯，穿过铺子，走到中庭。

中庭内没有摆放货物，却满是假山、花木，布置得很是精致。假山间有一口井，唐玉嫣把油灯放在井边，扔下木桶，俯身吃力地提水。

她精心盘好的发髻上插着三根银簪，掩藏不住些许白发，不过脸上却还没有一丝皱纹。她提起一桶水，倒入一只银壶，再提着油灯、银壶，走入后院。

后院里干干净净，看不到任何货物、箱子。靠近院墙的地方种满了花卉，其后是一排绿竹掩住墙体。

院子中央是一棵歪脖松树，树下有一张石桌、几只石凳，石桌上摆着一架铜炉、一鼎香炉。铜炉里微微燃着火，香炉则升起一缕若隐若现的白烟。

在东市这寸土寸金之地，唐玉嫣似乎根本没有想着做生意赚钱，而是想着如何过得惬意舒服。

唐玉嫣用清水洗净了手，顺手往香炉里丢了一些香料。她坐在石凳上，深深吸了一口气，良久，才不胜疲惫地徐徐吐出。

“想来，还是自个儿活着最顺心呢。”

唐玉嫣手一挥，一支银簪向后激射而去。银簪刚一脱手，她就地一滚，跟着又是两支银簪飞出。

三支银簪闪电般飞出，对方却一丁点声音都没有。

唐玉嫣大骇，连滚出三丈远，才一翻身跳起，手中已紧紧握着一柄匕首。没了银簪，她的发髻滑落下去，头发散乱地披在面前，握着匕首的手因为紧张而止不住地颤抖。

唐玉嫣的目光穿过乱发，四处打量。

“谁？”半天，唐玉嫣才憋出这个字。

歪脖松树后慢慢走出一个人。

那人的脸被树影遮住，看不分明，只知身形瘦小，仿佛是个半大孩子。那人手中有光在不停闪动，唐玉嫣凝神看去，却是自己的三支银簪在那人手中旋转。

对方接银簪时悄无声息，显然举重若轻，唐玉嫣瞬间就明白，自己与对方的差距不可以道里计。

“你要钱财，妾身店里的香料可值十万贯，你……拿去便是！”

那人轻轻笑了笑：“这些可是故高昌国王室所用香料，岂止十万？即使面对生死，你也不肯泄露身份呢。”

唐玉嫣一下坐倒，浑身抖得像筛糠一般，两手撑地向后退，绝望道："你……你究竟是谁？"

那人顿了片刻，从影子里走了出来。

唐玉嫣看清了她的模样，先是一呆，继而惊喜，却又立即更加惊恐地往后缩。

"小……小姐！"

长孙绮对着她笑了一笑，三支银簪突然脱手而出，唐玉嫣没有任何反应，两支银簪穿透她的衣服，贴着她的身体飞过。第三支却穿透了她左手背，将她的手死死钉在地上。

唐玉嫣浑身剧烈颤动，却不敢发声，也不敢去拔那银簪，只用右手死死捂住嘴巴，痛得眼泪滚滚而下。

长孙绮冷冷地道："师父之死，虽不是你之过，但你隐匿于长安，竟不思报仇。今日这支银簪，便是罚你，你可心甘？"

唐玉嫣强忍疼痛，勉强扭动身体跪下，朝长孙绮深深叩下头，哭道："妾身甘愿受罚……妾身想为公主而死！"

轰！一根着火的原木坠落下来，在距离长孙绮不到十丈远的地方，与山石猛烈相撞。

原木撞成数段，着火的碎木四处飞散，击打得山壁噼啪作响。断裂开的几段原木被火焰包裹着，继续向下坠落，一直坠到五十余丈下的谷底，才彻底摔成一片火花。

长孙绮右手挂在石壁上，左手横在面前，挡住飞溅而来的火星。

她衣服上到处是烧破的洞，左腿上鲜血淋淋，那是被一块坠石砸破的。她吐出一口气，吹灭了着火的袖口，抬头往上看去。

垂天阁建造在悬崖上，一半深入岩石，一半则用巨大的原木做支撑，悬挂在石壁之外。这场火应该是从二楼开始，再沿着楼梯，一路燃烧过去。

此刻，火已经烧到了最底层的基座。基座突出石壁约十丈，下面由一百八十八根梁木搭成网状，合力撑起五层高的垂天阁。火焰在狂风助力之下，正在基座的缝隙之间来回穿梭。

风大的时候，这些火焰就疯狂地钻过缝隙往下喷射，发出猎猎的尖啸声；风小的时候，火焰就在缝隙间盘踞，耐心地将叠了四层原木的基座一点一点吞噬……

长孙绮的身体也跟着风时而贴近石壁，时而被刮得双脚悬空，仅凭双手抓住石缝，保持身体不被风卷走。

忽然又是一声尖厉的破裂声，整个基座都在震动。

长孙绮向右侧看去，只见离她二十来丈、最右侧的那片基座下，一半的梁木都已着火，一根接一根地往下坠去，化作一团又一团烈焰。基座也因此慢慢倾斜，不时发出巨大的断裂破碎之声。

长孙绮深吸一口气，左手挥出，奋力将手中的绳索甩上去。但绳索飞到一半，就被往下压来的狂风吹落。

长孙绮只得把绳索收回来，身体紧贴在石壁上，脚尖踩着一块突出的岩石，飞快地将一把匕首绑在绳索顶端。

砰！一根原木从她身后坠落，炙热的火焰把她的头发都燎得卷曲起来。

长孙绮来不及测试匕首是否绑得结实，用力向上一抛，匕首斜着插入基座下方。她一手拉着绳索，一手攀着石壁，飞快向上爬去。

眼见离基座还有十来丈的距离，突然听见头顶传来天摇地动般的崩裂声，整个山体都跟着猛烈震动起来！

长孙绮瞥见左首有一块凸出的石头。那石头太远了，远到她平时根本就不敢想，现在却根本没时间想。

她甩开正在松弛的绳索，脚在石壁上一蹬，猛地纵身向岩石扑去！

扑到了！她的手指搭在岩石上了！但手指一滑，被巨大的力道甩开了！

长孙绮在空中骤然蜷缩身体，向下翻滚，跟着双腿往上绷直，拼命向后摆动——右腿成功地钩住了岩石！

长孙绮没有丝毫停留，借着脚钩住岩石的一点力，身体再度翻滚，双手一下死死扣住了岩石侧面，身体悬挂在半空乱晃。

基座整个坍塌了！

刚刚离开原来的位置，基座就分崩离析，断成数十块，与支撑它的上百根梁木稀里哗啦往下坠去，一路与山壁疯狂碰撞着，连带一大片山壁都被剥离开来，跟着往下坍塌。

在剧烈的抖动和震耳欲聋的轰隆声中，长孙绮放声狂叫，炙热的火焰扑面而来……

长孙绮慢慢坐了起来。

她浑身湿透了，黏黏地贴在身上，头发也散乱地贴在脸颊上，好像刚从水里爬出来一样。

她定定地坐了好久，还未从茫然中回过神，忽听“砰砰”声响，有人敲了两下门。

长孙绮瞬间跳起身，手腕一翻，却没有抓到匕首。她这才发现自己不知什么时候已经换了一身浅绿的睡衣，头发也没梳髻，随意地披散在眼前。

“小姐。”唐玉嫣的声音从门外传来，“你醒了？”

“我……我……”

长孙绮举起左手看了看，衣袖完好，并没有什么被火烧穿的窟窿。但她把袖子撩起来，仍然看见了手臂上那块几乎覆盖了整个小臂的深色肌肤……

“呼……”，长孙绮松了一口气——原来并不是梦！

一刻之后，长孙绮坐在铜镜前，仔细打量着镜子里的自己。唐玉嫣站在她身后，左手缠着白布，有些艰难地给长孙绮梳理头发。

“小姐长大了……”唐玉嫣感慨道，“初见小姐时，才五六岁，那么小，就到塞外受苦，唉……”

“别说了。”长孙绮淡淡地打断她，“这些年你在长安，就没有嫁人生子？”

唐玉嫣道：“妾身早就死过一次，是公主让妾身再活过来，这条命就是公主殿下的。妾身日日焚香祈祷，等哪日闭了眼，再去侍奉公主。有了牵挂，妾身怎能去得从容？”

长孙绮默默点头。

唐玉嫣给长孙绮梳好发髻，打开首饰盒，将饰物一件一件佩上去。

长孙绮忽然道：“嫣姐，当年在长安的那些耳目，如今还在吧？”

唐玉嫣手一抖，被一支珠花刺了一下。她继续摆弄着饰物，一面道：“妾身当年奉公主之命，在长安经营。后来公主殿下去了，妾身想着，也许小姐吉人天相，尚在人间，有一日或许会需要妾身，因此还维系着几人……”

长孙绮点头：“好。”

“只是他们多年来一直沉寂，骤然启用，妾身也没有把握他们是否忠心。”

长孙绮道：“我不会让他们动手，我只要他们打听一个消息。”

“还请小姐示下。”

“一本谶书。”

唐玉嫣一怔，低声问道：“这书……有什么特别之处？”

“听说这本谶书乃是太宗皇帝命袁天罡、李淳风二人所作。”

唐玉嫣惊讶道：“是不是那个……那个推……什么……”

“它叫做《推背图》。”

长孙绮说着推开了唐玉嫣的手，转过身，郑重地道：“这部书不设标，不记档，不入库。只知道它可能在禁中，却无人知道真正的位置。”

“这……禁中藏书浩渺如海，这本谶书不设标、不记档、不入库……差不多就跟不存在一样……”

“我要它。”长孙绮盯着唐玉嫣略显惊慌的眼睛，不容置疑地说，“不惜任何代价，我要它。”

唐玉嫣深深地低下头：“是，妾身这就去安排。”

待唐玉嫣出了房间，长孙绮才重新回头，看着镜子里的自己。

这不再是一张五岁小女孩的脸，不再是权倾天下的赵国公的孙女的脸，这甚至都不是自己认识的脸。

她有着修长的剑眉，圆圆的眼珠漆黑如夜，几乎反射不出什么光芒。她的嘴唇紧紧抿着，更显出脸颊瘦小，一丁点多余的肉都没有。

大漠的阳光把她的皮肤晒成了古铜色，额头的碎发之间，还有一道浅浅的刀痕。单凭这刀痕，她就永远回不去那个富丽堂皇得不似人间的家了。

长孙绮盯着镜子里那个眼神咄咄逼人的女子，跟她对视良久。

“你猜，他会不会真的赴约？”长孙绮问镜子里的人。

然后她冷笑一声，对着自己用力点了点头。

“他敢不赴约！”

一辆马车在长安崇仁坊的街道上奔驰着。

崇仁坊乃是除皇城之外最为尊贵的地方，住在这里的人非富即贵。路旁种着高大的松柏，其后根本看不到寻常街道上的店铺、酒家，只有延绵不断的灰色、白色院墙，有的甚至长达一两里。

院墙后面，同样是茂密的树冠，偶尔露出一段屋檐，也均是两三层高的楼阁，屋檐上雕着精美的飞仙、走兽、人马，显得主人富甲一方，格局不凡。

马车驶近了一座宅院。这座宅院独占崇仁坊东南四分之一，院墙高达三丈，覆以包砖——这是需要天子特别恩赐才能使用的。但宅院的大门却紧紧关闭，连一个守门人都没有。

大门外没有悬挂任何牌匾，门檐下的几只灯笼不知已挂了多久，受尽风吹雨打，大半都只剩竹架，残存的纸面也已严重褪色，再也看不出原本显赫的姓氏。

马车没有停顿，直接驶过了大门，沿着院墙又驶了一阵，周遭没有一个人影。墙面有些斑驳了，包砖脱落，露出其后的夯土，不知谁在墙上用黑灰画了一个圆。

李云当忽然无声无息地跳下马车。马车径直驶走，李云当的身影一晃，也消失在院墙之后。

李云当翻过院墙，却不料院墙后是一处荷塘，他“扑通”一声掉进水里。

李云当对水充满恐惧，更别说这样毫无准备地落入水中。他惊慌失措地乱扑腾了半天，却发现荷塘只有齐腰深的水，他只微微站立，便高出了水面。

李云当顿时暗骂一声“见鬼”，狼狈地拂开荷叶，拖泥带水地爬上岸，站在岸边气愤地抖落着身上的水。

不远处传来“扑哧”一声轻笑。

李云当黑着脸转过身，却见不远处一座六角亭里，站着一位娉婷少女。

长孙绮梳着牛角髻，因为堆得太高，插着三根玉簪。发髻侧面别着一支彩贝镶银的步摇，随着她的笑而颤巍巍地摇动。额前一排碎发，却压不住碎发下那一对英气勃发的剑眉。

她穿着一袭藕荷色的长裙，外面罩着一件半透明的米色衫子，腰间佩着一对翠羽流苏。

六角亭位于李云当落水的池塘的另一端，此刻硕大的荷叶铺满了整个荷塘，遮住了六角亭的基座，长孙绮仿佛站在一片无边无际的荷叶之上，有些嘲弄又有些温柔地看着湿淋淋的李云当。

李云当哭笑不得：“你为何在这个位置做标记？”

长孙绮道："院墙那么高，摔进水里，岂不是更安全？我也是为你着想呢。"

李云当抬头看看院墙，又看看长孙绮，愤愤道："安全？你只是想看我出丑而已！"

长孙绮笑嘻嘻地向李云当招招手："来吧，我请你喝茶。"

长孙绮在前面带路，穿过曲曲折折的水上回廊，穿过一片假山堆砌的石林，穿过一道又一道中门、侧门、院门、园门……两人走入一片茂密的桃林里。这片桃林的桃树全都一般粗、一样高，显然是同一时间种植。

正值三月，桃花纷纷开放。放眼望去，除了头顶的蓝天，便是灿烂的桃花，整个天地仿佛只剩下这片桃林。

"果然是长孙家。"李云当驻足观望，忍不住赞叹一声，"这片桃林比禁苑的桃林还要大。恐怕长安最好的园林，便在你们家了。"

长孙绮淡淡地道："那又怎样呢？今年过了，还不知道便宜了谁家呢。这边。"

两人穿过桃林，走到一处院落前。院落门上的红漆脱落得很厉害，门上的锁也锈迹斑斑，比其他地方破败得更严重。

长孙绮对李云当使了一个眼色，李云当茫然不解。长孙绮只得自己提起裙子，抬脚一踹。"咣当"一声，两扇院门应声而倒，腾起一片浮尘。

"这是哪里？"

待浮尘散尽，李云当跟着长孙绮走入院中。这是一个两进的院落，地上的落叶铺了厚厚一层，门窗上的漆几乎掉光了，窗格上全都光秃秃的，露出一个个黢黑的洞口。

只有院中一棵槐树还在顽强地生长，庞大的树冠几乎覆盖了整个院子。

去年年末，陛下突然责难长孙无忌，将其贬斥出京。然而李云当知道，长孙家失势的征兆，早在五年前就已显现出来。

永徽六年，礼部尚书许敬宗上奏，说贞观年间刊定的《氏族志》里，没有武后娘家的姓氏，以为不妥，要求重修《氏族志》。

这样做，明摆着是要强行巩固武后的地位。长孙无忌当即反对，并带着褚遂良等一干权臣联名上书。陛下虽没有责备长孙无忌，却也没有反驳许敬宗。

显庆四年，许敬宗奉上全新的《姓氏录》，李、武二家赫然排在第一，陛下龙颜大悦。天下便知道，顾命大臣长孙无忌失势了。

这几年来，长孙家各房陆陆续续搬出长安，分散到各州郡县，便是未雨绸缪。去年年末贬斥发生之后，长孙家族全部奉旨出京，再没有一人留下。不过眼前这个院落，却像是有十几年没人住过了。

长孙绮走到屋门前，照例一脚踹开门，走入房中。

房间内积满了尘土，一股子霉味扑面而来，但家具物品倒还一应俱全。李云当脑子里灵光一闪：这院落自被锁住的那日起，就再也没有人进来过。

长孙绮环视四周，目光在布满蛛丝的各件家具间跳动，最后落在窗前小几上的一堆东西上。那堆东西已经被蛛丝和灰尘掩埋，看不出本来面目。她深深叹了口气："这是我的房间。"

尽管已经猜到了，李云当还是装作惊讶道："啊？这……这里竟然是……"

长孙绮白他一眼："你早猜到了，装什么呢？"

长孙绮走到窗前，吹开灰尘，拂开蛛丝，里面露出一尊观音小瓷像。她用衣角擦去观音像表面的积灰，捧在手里看。

十年风雨，观音瓷像上彩绘的衣衫已几乎褪尽，只有墨染的眉眼还在，二分开八分闭，注视着这空寂的废宅。

"你究竟是谁？"

李云当饶有兴致地看了看房间，反倒问长孙绮："你不是说请我喝茶吗？"

长孙绮将瓷观音放回原处，又问了一遍："你究竟是谁？"

"我嘛。"李云当指指自己的鼻子，"我是个闲散野人。"

"你说是当今天子赐你的姓，我信。"

"你信？"

长孙绮道："除了陛下的亲信，我不相信有人能夜闯秘书省，还能在被抓住的情况下坦然走出来。"

李云当道："哈哈，那可不一定……或许是神灵庇佑呢？"

长孙绮道："你是西域胡人，却能得到陛下赐姓，身份一定不简单。我瞧你模样，似乎也不是突厥人。"

李云当笑嘻嘻地道："你怎么能确定我不是突厥人？"

长孙绮道："突厥的火祆教信徒可不行你那种礼仪。"

李云当收起笑容，第一次沉下脸，双手交叉在胸前，严厉地道："是波斯圣教！"

这下轮到长孙绮笑嘻嘻地说："对你是圣教，对我嘛……可不就是异教吗？你是突厥哪个部落的人？"

李云当跨前一步，目光炯炯地盯着长孙绮，大声说道："我是波斯王伊嗣俟之子，卑路斯之兄。我本名阿罗憾，当今大唐天子赐名李云当，非突厥人可比！"

长孙绮无所谓地耸耸肩："是了，是了，王子殿下！"

李云当本想怒气勃发地用身份压压长孙绮，可是转念一想，人家的祖父是长孙无忌，大唐曾经的第一权臣，天可汗太宗皇帝托孤的顾命大臣。虽然长孙无忌此刻失势，但仍然是大唐最显赫的赵国公，长孙绮的身份也比自己这个落魄王子要显贵得多。他不禁气馁地叹一口气，肩膀无力地耷拉了下来。他退后两步，在一张布满灰尘的椅子上坐下。

长孙绮见他神色突然委顿，好奇地问："你是质子？"

其实此时的大唐，已是亘古通今最庞大的帝国，东突厥、高句丽等或覆灭或衰落，连强大的吐蕃都自请天子"册命"，以臣属自居。环顾大唐万里边境，已经找不到任何威胁，是以派遣王子入京为质之事，已是十余年不曾听闻。

长孙绮在西域时曾听说过波斯，知道那是一个大国。但究竟有多大，也无人能说得明白。

高昌公主曾经说过，波斯强盛之际，不在大唐之下，只是已衰落多时，不知道现在灭亡了没有。现在却在千里之外的长安，见到了一位波斯王子。

李云当摇摇头："不……我只是一个使臣，还轮不到我做质子。大唐……太大了，而我们波斯……"李云当说到这里，深吸一口气，没有再说下去。

"波斯怎么了？"

李云当不说话。他双手捏成拳头，用力挥舞了几下。片刻，他仿佛重新获得了力量，再次抬起头来，目光里有了一种让长孙绮把握不住的神情。

"但今日我来，却并不是以阿罗憾的身份。长孙绮，我是为你而来的。"

"哦？"这下轮到长孙绮往后退了一步，李云当稳稳地站了起来。

"离开长安吧。"

"什么？"

“离开长安。”李云当郑重地说，“不管去哪里，只要别回来。长孙家族只要远离东西二京，就绝不会有危险。”

“谁？”长孙绮骤然惊觉，厉声喝道，“谁让你说这些话的？”

“你应该知道。”李云当冷冷地说，“天下能让长孙家族子嗣延绵的人，只有一个。能让长孙家族灭亡的，也只有一个。”

“不对！”长孙绮愤怒得额前碎发一根根立起来，咬着牙一字一顿地说，“还有一个！”

“我劝你不要说……”

“武氏！”

“住嘴！”李云当暴喝一声，把长孙绮的话掩盖下去。

他一个箭步蹿到门口，往外打量片刻，确信四周无人，才回到长孙绮身边。

长孙绮此刻还笼罩在狂怒之中，浑身都在颤抖。她双目血红地盯着李云当，李云当毫不退缩地迎了上去。

长孙绮盛怒之下，根本来不及多想，右手朝李云当脸上掴去，被他一把抓住手腕。她左手也挥舞过去，又被李云当抓住手腕。

长孙绮用力回扯，力道之大，李云当差点抓不住，不得不借力再往前一步，更加凑近长孙绮。

“你听我说。”李云当小心翼翼地说道，“仔细听好，我只会说这一次：离开长安，保住长孙家。”

“你……你在合州见过我阿翁了，是不是？”

“是！”

长孙绮大吼：“他说的话，你是没听见，还是装糊涂？”

“你阿翁说……”

“我长孙家誓死不退！”

“你小声点！”

“不退！我长孙家跟那女人势不两立！”长孙绮继续失控地大吼，“大不了鱼死网破！我就算死在长安，我长孙家族灭亡，也决不离开一步！”

“再大声点！你想现在就死在这里？”李云当终于也愤怒地冲着长孙绮喊道，“你还不明白吗？想一想我是谁的使臣，用你的脑子想一想啊！”

两人怒气冲冲地对视，鼻尖都差点凑到一块。长孙绮看着他明亮的淡蓝色眸子，恍然间仿佛看到了垂天阁后那片碧蓝的天，和蓝天之下那广袤无垠的大漠……

渐渐地，长孙绮的心平静下来了，她的理智也渐渐恢复……她看着李云当的眼睛，低声说：“你……是陛下的使臣？”

“你终于清醒一点了。”

“那……陛下……和那女人的想法……并不一样，是不是？”

李云当道：“是。你阿翁终究是陛下的亲舅舅，当年若非他相助，这个皇位归谁还很难说。所以……要长孙家覆灭的人，不是陛下。我今日要传达的，就是这个信息，你仔细掂量掂量！”

长孙绮双手卸了劲儿，慢慢后退。

李云当放开了她的手腕，这才觉得自己双手又酸又疼，背上冒出来密密的一层汗。刚才那一瞬，为了制住狂暴的长孙绮，自己究竟使了多大的力气啊？

长孙绮走到门前，望着外面院子里那棵槐树，喃喃道：“那女人……当初我阿翁那样阻止陛下立她为后，还差点以祖宗之法诛杀她。不杀光长孙家的人，她又岂会安心？”

李云当道：“你能明白就好。但武后的权势，毕竟还有陛下压着。陛下命我传话给你阿翁，若他远离长安，不问政事，武后也不会再追究，长孙家族可保百世无虞……”

“不可能！”长孙绮斩钉截铁地打断了他。

“怎么不可能？”李云当道，“若真要族灭长孙家，也不过陛下一句话而已，用得着我来传话吗？”

“我是说，我长孙家不可能退出长安！”

“你……别倔强了！陛下有此心意，不过是看在甥舅的情分上。然而天家无亲，这道理你应该明白！长孙家只要还有一丝不臣之心，这甥舅情分也就荡然无存了！”

“一切都是武氏作梗！”长孙绮坚定地道，“媚惑天子，悖乱天下，我决不能容她！”

李云当急了，冲到长孙绮面前。长孙绮赫然转身，冷冷地与他对视。李云当刚要开口，长孙绮举起一只手阻止他。

“多谢你今日之言。”长孙绮道，“但我自有打算。还请你回复陛下，我长孙家忠君之心，天地可鉴！”

长孙绮说着就往外走。

“我知道你为何一定要杀武后。”

长孙绮冷哼一声，并不回头。

“因为，”李云当一字一顿地道，“你以为她杀了高昌公主。”

长孙绮一下站住了。

啪！啪啪啪！

她没有动，而脚下的地板砰然破裂，一下子裂成五块。

她一寸一寸地转过头，房间内的空气仿佛都已凝固。李云当感受到铺天盖地般的杀气，全身不由自主绷紧，瞥了一眼左首的窗户，做好随时逃跑的准备。

“你怎么……”长孙绮的杀气却瞬间消失了，跟着，她有些失神地点了点头，“是了，你当然知道……”

二十年前，当今天子李治还仅仅是太宗皇帝的第九子，与皇位毫不相干。太子李承乾和魏王李泰明争暗斗，天下皆以为下一位皇帝必出于二者。

作为李治的舅舅，长孙无忌却暗中筹谋，一面逼迫李承乾犯错，一面又故意怂恿魏王李泰发难。除了朝廷之上的阳谋，长孙无忌还网罗刺客，以备必要时刺杀太子等人。

贞观十四年，高昌国被侯君集所破，从此亡国。

高昌国公主乃是当时天下闻名的高手，号称西域第一剑客。高昌国覆灭后，民间传言她与国俱焚，其实却是被长孙无忌所救。

从此高昌公主便成为长孙家的门客，隐居于敦煌的悬空观，悉心调教唯一的徒弟长孙绮。

三年前，悬空观一夜之间被屠戮得干干净净，垂天阁也在大火中化为灰烬。长孙绮拼命杀死一名刺客，在他的刀柄上发现了武后的印记。

想来，高昌公主以前是为杀李承乾、李泰而存在，后来在武后眼中，却已变成了长孙无忌准备刺向她的剑，所以才命人先拔去这枚眼中钉。

这件事，作为核心参与者之一的李治，肯定是知道的。当年他默许了长孙无忌密谋刺杀兄长之事，后来又默许了武后杀高昌公主之事。所以他的使臣李云当自然也知道。

长孙绮一瞬间心痛得几乎窒息，耳中嗡嗡作响，眼前一片模糊……

高昌公主一辈子都被人当作一柄剑。需要时，不停地锤打、磨砺，害得她无国可投，无家可归；不需要时，又被人肆意折断，重掷于烈焰，灰飞烟灭……

“绮儿，你须得记住……我们是无影无形的人，我们是来去自由的烟和影……”

恍惚间，她又看到了垂天阁之上，那站在火焰之中的高昌公主。她的一头银发被炙热的气浪吹得向上飞腾，脸上却依旧平淡。

她看着长孙绮，温柔地说：“你须得记住，永远不要为我报仇。”

轰！火焰冲天而起，一下将高昌公主吞噬。她身后的垂天阁向一侧倾倒，还没落地，就在震耳欲聋的轰鸣中分崩离析。无数燃烧的柱子、窗格、楼板……劈头盖脸地砸下，朝着长孙绮扑面而来！

长孙绮绝望地尖叫！

然而她逃不掉！一只着火的手从烈焰中伸出，一把死死扣住了她的手腕！

长孙绮手臂本能地一拧一转，反手扣住对方的手腕，跟着以手腕为轴心，整个身子转了个圈，对方顿时惨叫着，也被迫跟着转圈。

长孙绮身体尚在空中旋转，右脚已闪电般踢出，结结实实踹在对方胸前。

砰！长孙绮落地站稳，略一停顿，神志才恢复过来。她看见右侧的窗格上被撞了一个大洞，有人在窗外惨叫。

长孙绮惊慌地捂住嘴巴——那声音不是李云当的吗？刚才的一幕从脑海里闪过，长孙绮又羞又怒，也不管李云当死活，转身就跑出门口。

李云当从一大堆残木碎屑之中爬起来，眼见长孙绮就要跑出院门，不禁大喊：“长孙绮！你真想要你们长孙家族灭？”

长孙绮头也不回：“不要你管！”

李云当发足向长孙绮奔去，想要阻止她。突然面前疾风射来，李云当偏头躲过一枚飞刀，手中又抓住一枚飞刀。再抬头时，只见风吹得槐树哗哗作响，长孙绮的身影早已消失不见。

“我知道你在想什么。”李云当把玩着手里的飞刀，随手一甩，飞刀插入槐树树干，直没至柄。

“我会阻止你的……嘶……你这是要我命啊！”李云当捂着胸口，脚下一软，坐倒在地，疼得直抽冷气。

四

这天晚上，风刮得很大，秘书省主殿前的宫灯早早就收了起来。一群仆役在主殿内外跑来跑去，焦头烂额地忙碌着。

秘书省保存的史籍、会典乃国之重典。一旦失火，就是天大的干系，负责的仆役一个都跑不了。因此每当大风季节，仆役就特别小心谨慎，移除各种可能引火的东西，把大殿四周的十八只大缸注满水，随时准备扑灭一切火种。

一名仆役刚把水桶扔进池塘，就听见有人喊道：“快快！风把东厢窗子吹开了，快去关上！”

那仆役来不及提起水桶，干脆扔下就跑。水桶从长孙绮眼前掠过，慢慢地往下沉去。

仆役的脚步声刚消失，长孙绮的脑袋就冒出了水面。她身穿皮质水靠，出水的时候控制得很好，一点声音都没发出。

东厢的窗子是唐玉嫣在皇城里的线人打开的，房间里保存的可是汉代五经的孤本，乃秘书省最重要的处所。仆役疯狂拥去东配楼关窗，不会那么快回到主殿。

长孙绮从容地脱下水靠，穿上一身夜行衣，毫无惊险地翻身上了二楼。

长孙绮赌的就是守卫不会相信她有这么大的胆子，敢在仅隔了一天之后就再探秘书省。这一次她必须赌上性命，现在看来，她似乎赌赢了。

唐玉嫣在宫中留下的线人传来消息，太宗皇帝大行之后，他曾翻阅过的书籍，大部分被存放在秘书省三楼。长孙绮直接上到三楼，开始仔细寻找起来。

找了一大圈，翻看了无数书籍、盒子、卷宗……长孙绮眼睛都快看花了，还是没有发现什么线索。望着看不到头的书架，她一时失神，后退了一步，不料脚跟碰到了一件东西，惊了她一下。她低头看，却是一轴卷宗。

奇怪，刚才走过来的时候，地上并没有任何东西，这卷宗哪里来的？

长孙绮飞速看了看，四周全是高大的书架，堆满了卷轴。她低头看书架后的地面，却什么影子也没有发现。

难道是有人故意让自己发现的？

不知为何，长孙绮脑子里瞬间闪过李云当的身影。哼，这个人真讨厌，装神弄鬼！

长孙绮气得要将卷宗扔出去，但她犹豫了片刻，还是将卷宗顺手放入背囊之中。她反手扣了一枚飞刀，想要给他好看。

谁知等了片刻，李云当一直没有出现，也没有任何动静。看来他扔了这东西就离开了吧。长孙绮叹口气，转身继续寻找。

一刻钟之后，长孙绮终于在堆积如山的档案中发现了那只漆匣。她取下匣子，只见上面贴着一张封条，上书“太白会运逆兆通代记图”。

作为大唐建立的第一功臣之家，长孙家对皇家之事知道得最多。《太白会运逆兆通代记图》是贞观年间火井令袁天罡与太史丞李淳风奉太宗皇帝之命辑录的秘记，也就是宫中最为机密的《推背图》。

就是它了！

她急不可耐地打开匣盒子。就在匣盖开启的一瞬，匣子里有个光点闪烁了一下，长孙绮凝神看去，那似乎是一片极小的水晶碎屑……

不，不是一个，而是一片……

像星星，像萤火，像烟花，像……

突然之间，仿佛太行山正面撞了上来，刹那间狂风呼啸，雷鸣电闪，声音大得仿佛天崩地裂，无数不可辨别、不可言说、无法形容的画面，闪电般穿透了长孙绮！

垂天阁在冲天的火焰中轰然崩塌……高昌公主浑身着火，依然屹立不倒，变成了悬崖顶上最后一根火柱……

长孙无忌亲手将五岁的长孙绮的小手，放在高昌公主的手中……他脸上永远是冷冰冰的。高昌公主看向长孙绮的眼睛，却有一丝光芒……

两个道士打开了一只金筒……一个惊讶万分，一个却眉头紧锁……惊讶之人身体悬在空中，周围有数不清的光点环绕着他……他倾身上前，如痴如醉地想要触碰那些光点……

巨大的洞窟中，有一个光芒万丈的池子……一个模糊的人影，在池子边慢慢游走着……他忽然回过头，发出一声摧肝裂肺的咆哮……

几十名僧人，其中有三名是胡僧，外加一个只露出一双眼睛的女人……

他们在漫天风雪中，在高过膝盖的大雪中艰难跋涉……其中一个人抬起头，惊讶地看着前方……有一束光，照亮了他的脸，他脸上的惊讶渐渐被狂喜所取代……

跟着一切又颠倒反复，刚刚撞向她的太行山飞速离她而去。电光闪烁之间，另一些画面倒着离她远去。

一口笨重的铜钟，有个人……那两个道士之一，拼命地敲打着铜钟，似乎想唤醒什么，然而铜钟纹丝不动，一点声音都没有……

唐玉嫣，她惊恐地伏在木板上……腿上鲜血淋漓，她撑不下去了……

长孙无忌……他在哪里？周围一片大火，他身穿白色孝衣，他为谁戴孝呢？火……漫天的大火……

长孙绮猛地睁开眼睛，耳中“嗡嗡嗡”响着，眼前一片模糊，什么也看不分明……过了好半天，耳中的啸叫声渐渐退去，她才渐渐看清楚，怎么映入眼帘的是秘书省主殿高高的藻井？

长孙绮本能地一动，顿时疼得倒抽一口冷气，全身仿佛被割了无数道口子，又被浸在冰水里，真是又冰冷又痛楚。

她这才发现，自己不知什么时候仰天摔倒在地，还带歪了一处书架，几十本书差点把自己掩埋……

长孙绮这一惊非同小可，她顾不上疼痛，一下翻身爬起来。她脑中又是一阵眩晕，扶着书架才堪堪站稳，胸中憋闷得难受，可是张嘴吐又吐不出来。

这里可不是犯晕的地方！

长孙绮拼命甩头，但并没有什么效果。她用力呼吸着，同时勉强掏出匕首，在自己手臂上狠狠划了一刀。

疼痛终于让她完全清醒过来。她一眼看见了那漆匣，就躺在自己脚边，里面的光芒已经消失不见……

刚才自己是怎么了？

那些奇怪的画面是什么？

长孙绮完全蒙了，但现在可没时间思考。好在仆役还没回主殿，她手忙脚乱地把书架扶正，把满地的书卷胡乱塞回去，这才定了定心神，仔细打量漆匣。

刚刚那水晶碎屑不知哪里去了，匣里只有一张写满红字的明黄纸，纸上写着：着尚书右仆射褚奉谶书于观。

这字迹，长孙绮是认得的，正出自自己的表叔——当今的天子之手。显然太宗皇帝去后，当今陛下命尚书右仆射褚遂良，亲自将谶书奉到观内。

想到这里，长孙绮顿时头大如斗。其时皇家尊崇老子，单是大兴宫内就有大小道观十余处，长安城内则有更多，这本谶书是太宗皇帝亲自批阅的，放在任何道观内都是最贵重的物品，这该到哪里去寻找？

正在此时，外面传来仆役的脚步声。长孙绮来不及细想，抓起匣里的那张纸，将漆匣重新放回书架。

大殿的门被推开了，内侍鱼贯而入，其中几人“噔噔噔”地向楼上走来。

长孙绮无声无息地贴近窗户，她最后回头看了一眼那漆匣，才翻窗离去。

“这……确实是当今陛下的手迹。”唐玉嫣把那张纸翻来覆去地看了半天，下了结论，“纸也是陛下专用的纸，这种明黄色与纹路，是陛下的母后长孙皇后亲自定下来的，天下不可能再有第二人使用。”

“哼。”长孙绮冷笑一声，“长孙皇后尸骨未寒，就想着灭了她娘家，真是好皇帝。”

“嘘！”唐玉嫣吓得纸都掉到地上，拼命对长孙绮做了个噤声的手势。她起身赶紧把所有门窗都关好，回头吹灭了两支蜡烛，只剩桌上的油灯亮着。

唐玉嫣低声道：“小姐，这长安城现在可不太平，听说武后……”

“什么？”

“是、是那武氏。”唐玉嫣赶紧改口，“武氏暗中培植势力，监视所有官员，一不如意就暗中刺杀，甚至连城中百姓也多有一夜之间全家消失不见的。千万不能随便说那几个字啊……”

长孙绮哼了一声，但也没有再说下去。

唐玉嫣重新捡起纸，对长孙绮道：“这种纸听说长孙皇后没有留下多少，陛下用得甚是谨慎。看墨迹的色泽，没有十年，也有七八年了。”

“应是太宗皇帝去世没多久。”长孙绮道，“那时褚遂良还是尚书右仆射，与我阿翁一样是顾命大臣。所以这份谶书肯定非比寻常，才让他亲自从秘书省取出，送往观中。可是这观……就难猜了啊。长安城……到底有多少道观啊？”

唐玉嫣立即回答：“不算已经废弃的，单是有香火的，还有二百三十七座，其中城北面的大兴宫内有十五座，城东西各九十七座，城南二十八座。”

长孙绮睁大眼睛：“你怎么这么清楚？”

唐玉嫣笑了笑：“当年公主和妾身来到长安……”

长孙绮惊讶地问：“师父还来过长安？”

“是呢。”唐玉嫣回道，“那是快二十四年前了，我跟你现在这般大。那时高昌国还在呢，公主是奉了你的姑祖母，先长孙皇后的邀请到长安的。”

长孙绮更惊讶了：“啊？对了……我记得师父有一次好像说过，她见过姑祖母。但我后来问她姑祖母说了什么，她却怎么也不肯说……后来呢？”

唐玉嫣道：“后来你拜师不久，公主就让我到长安潜伏，以待时机，妾身便用了心思。这几年来，长安城的宫殿、衙门、观庙，甚至每一间店铺都已印在妾身心中。”

长孙绮拍手道：“好！那这处道观会是哪一座？”

唐玉嫣苦笑道：“这就真不知道了。”

长孙绮叹一口气，趴在桌上想。唐玉嫣不敢打搅她，转身给铜炉添了点炭火。

铜炉上的铜壶咕噜噜地烧着水，门窗紧闭，屋里一时弥漫着烟气和水汽，唐玉嫣便过去开了一扇小窗户。

长孙绮盯着铜壶看了一会儿，视线往下移，看到铜壶下方的火焰出神。刚才从秘书省里潜出来，着实费了不少精力，长孙绮此刻眼神都有些迷离了，眼皮慢慢地垂下，就快要粘在一起。

那些奇怪的画面是什么啊？那三个胡僧，还有那两个道士……

长孙绮想着想着，记忆中的画面变得越来越模糊，只有高昌公主的身影越来越清晰……

突然，炉子里“啪”地一响，长孙绮骤然惊觉，一下跳了起来。

唐玉嫣慌得也跟着跳起，问道：“怎么了？”

长孙绮转身翻出换下来的夜行衣，从里面取出一轴卷宗。唐玉嫣一看卷宗的颜色，惊讶地道：“这是密旨！你哪里来的？”

“不知道。”

“不知道？”

“我怀疑是有人故意要我看的。”

唐玉嫣更惊讶了,但看长孙绮的神色,不像是开玩笑。她走上前来细看。

“这是太宗皇帝时的密旨。”唐玉嫣抚摸着卷宗的表面,“这细密的雷纹和风纹交织的样子,已经十年没有见过了。紫红的颜色,表明这是密旨,无须经过门下省核实,也不会记录在档。”

“为何要用密旨?”

“门下省核实都还是其次,关键是无须记录在档。这道密旨说了什么,处置了什么人,永远都不会出现在起居注里,也不会在史册上留下痕迹。”唐玉嫣郑重地道,“密旨极其稀少,我曾研究过太宗皇帝和当今陛下的许多文书,也只见过三份密旨。”

长孙绮不由得看了唐玉嫣一眼:“你在长安这么多年,还真干了不少事呢。”

唐玉嫣不好意思地说:“妾身也只是好奇而已。”

长孙绮道:“早听说你博闻强记、过目不忘,今日才见识了厉害。”

唐玉嫣和长孙绮一起打开卷宗。两人都默默念着卷宗上的字,渐渐地,两个人的脸色都变了。

良久,唐玉嫣才开口道:“这……确实是太宗皇帝的手迹……”

长孙绮却盯着卷宗最后一排字,整张脸白得透明,拿着卷宗的手也在微微颤抖。唐玉嫣顺着她的目光看过去,看见了“辅机”两个字,瞬间背上一阵冰冷,汗毛一根根倒竖起来。

这是一卷八百里加急写给交河道行军大总管侯君集的密旨,时间正是贞观十四年。也是在这一年,西域高昌国国都终于被攻破。其时,侯君集几乎将高昌王室悉数捉拿,囚在王宫中,并搜到了高昌王与西突厥结盟的证物。

兹事体大,侯君集将证物急送至长安,询问太宗皇帝的意见。

当时无人知道太宗皇帝的回复是什么,只有结果简单明了:侯君集命士兵围堵王宫,纵火焚之,高昌国遂亡。其后又毁高昌故城,在其北三十里建造新城,置高昌县,后为安西都护府所在。

然而这份卷宗,正是当时太宗皇帝的回复。其上写着:“赵国公辅机奉诏,赦高昌王以下,徙于琼,以存其祀。”

辅机是长孙无忌的字,太宗皇帝一直以字称呼他,以显其尊崇。这份回复侯君集的旨意，是让长孙无忌传达，除了斩杀高昌王外，其余高昌王族一律流放到琼州，以存宗祀。

然而，侯君集却在一个月后，将高昌王族悉数处死，彻底灭了高昌国。

“侯君集竟然抗旨不遵？”唐玉嫣惊讶地说。

“不……”长孙绮终于定下神，盯着卷宗上的字句，低声说道，“若是抗旨不遵，当初攻破高昌都城时，直接杀了便是，何须再向太宗皇帝请示？”

唐玉嫣小心翼翼地问：“那……那是这份密旨没能及时送到？”

长孙绮冷笑一声：“嫣姐多么聪明的人，怎会想不明白？太宗皇帝下的命令，侯君集既不可能收不到，也不可能不遵照着做。唯一的可能，是这份密旨被人驳回，换了另外一道意思相反的圣旨送出。”

“那……又是谁驳回的呢？”

长孙绮放下卷宗站起身来，走到窗口，望着外面白花花的月亮。

月亮刚刚升上中天，周围一丝云都没有。月光越白，天幕越惨淡。月光洒在屋檐和井口上，仿佛降下了一层霜。

“既然密旨是发给我阿翁，驳回的人也只能是他。”长孙绮的声音比月光还要寒冷，“我不知道他为何一定要灭高昌，但当年他说救出高昌公主……现在看，恐怕并非如此。”

唐玉嫣回忆道：“侯君集焚王宫，是在中午时分。公主被救出，却是在当日夜里。妾身记得很清楚，当时公主在战乱中受伤，一直昏迷不醒。有人从王城东门进入，只将妾身与公主两人带出。妾身等还是在第二年上元节时，才得知高昌亡国之事。公主听闻后吐血不止，又是大病一场……”

唐玉嫣说到这里，以袖拭泪。片刻，她忽然想起什么，问道：“小姐，这份密旨究竟是在哪里找到的啊？照理，秘书省不会有这种没有记档的卷宗。”

“有人故意让我看到的。”

“啊？谁？”

长孙绮道：“我知道是谁。但我不知道他的用意是什么。不过，这份密旨倒是提醒了我。”

她回头对唐玉嫣说：“大兴宫内十五座道观，哪一座最为重要？”

“小姐的意思……”

“我也是刚刚突然想到的。”长孙绮眼中发出光来，说道，“着尚书右仆射褚奉谶书于观——这句话没有指明是哪座观，但可以肯定，当时陛下与褚遂良二人是明白的，很可能陛下就是在那座观内写的这份诏书，让褚遂良前往秘书省取谶书，所以不需要指明。大兴宫内有资格供奉这部谶书的，最有可能是哪一座？”

唐玉嫣恍然大悟，立即回答道："三清殿！"

五

“停下……歇一歇！”

听到内侍徐明的低声招呼，长孙绮立即站住，靠在墙边，双手恭敬地放在身前。她垂下头，却警惕地偷偷朝两边打量。

这是大兴宫神龙殿的东侧。两人从西门进入掖庭宫，穿过嘉猷门，走过千步廊，穿过归真观和孔庙，过了甘露殿，已经走了大半个时辰。徐明已经累得气喘吁吁，看这里没有人，赶紧靠在墙上喘气。

徐明是唐玉嫣在宫中埋下的暗线之一，今年已经六十几，原先侍候王皇后。后来王皇后被武后残杀，徐明也被打入掖庭宫劳作，差点被人打死。是唐玉嫣使了几百贯钱，才保住他的性命，从此他对唐玉嫣感恩戴德。这两年他稍有起色，在掖庭宫做到了二把手。

此次唐玉嫣亲自把长孙绮送来，只说是这小娘子知道三清殿乃天下第一观，想到观中为病危的母亲烧香求卦。

徐明无法拒绝，便找了一套宫女的衣服，让长孙绮换上。

快到未时了。陛下前月中了头风，下午一律在靠近北海的凝阴阁休息，直到申时之前，偌大的大兴宫都会鸦雀无声。

两人靠着的墙其实是神龙殿下的基座。神龙殿只是小殿，基座仅一层，却也有一人多高，刚好能挡住头顶的烈日。两人在阴影下站了一会儿，一只鸟没精打采地飞过神龙殿的屋顶，在地面投下一个飞快逃窜的影子。北方的天气，大日头晒着很热，站在阴影里却又冷飕飕的。

长孙绮拿帕子擦了擦额头的汗，目光正追随那鸟儿飞速移动的影子，一旁的徐明说话了。

“你要……刺杀武后吗？”

长孙绮手闪电般一抓，将伪装成簪子的细刃匕首抓在手中！

“今日申时，武后或许会到三清殿焚香祈福。”徐明对已经做出刺杀姿势、随时准备扑上来的长孙绮视若无睹，继续慢吞吞地说道，“有张谨言护卫着，你要刺杀，很可能尸骨无存。我老了，当年若不是唐姑娘救我，我早死在黑棍之下了。现在嘛，死在哪里都一样。你……太年轻了……”

“我不杀她。”

徐明眯着眼睛看她。

“我不杀她！”匕首在长孙绮的手腕里转了一圈，重新插入发髻之中。

“为什么？”

“礼不可废。”长孙绮道，“武獠虽孽，当今也母仪天下，能杀她的只有一个人。我，要让那个人杀她！”

“你有办法？”

“我有必胜之法！”

徐明脸上层层叠叠的皱纹慢慢展开，露出一个比哭还难看的笑容。

“你是长孙家的孩子吧？”

长孙绮冷冷地盯着他，没有说话。

“我见过你这双眼睛……长孙家的孩子，只有你的眼睛最像长孙皇后。”

“是又怎样，不是又怎样？”

“若是，老奴便明白了。”徐明道，“你想得对。单单刺杀武后，救不了长孙家。让她身败名裂而死，才是长久之计。申时之前，应该是没有人的。请——”徐明向长孙绮躬身行礼，随即再次走在前面带路。

两人绕过神龙殿，远远地看见一座小丘。小丘周围松柏环绕，松柏之间，露出一排飞檐。

与大兴宫的其他殿阁不同，这飞檐上没有使用琉璃瓦，而是质朴的黑瓦——那便是供奉李氏始祖李聃神牌的三清殿。李聃乃道教之祖，然而对当今皇室李氏来说，又另有一层祖先的身份。所以三清殿里面没有供奉道教诸神，甚至连神像也没有，而是李聃的祖位神牌。

这是天下唯一以宗祀之礼供奉李聃的地方。

两人走上小丘。这座殿原是前朝隋文帝时为纪念独孤皇后所建。共三进院落，大殿虽不大，却格外森严庄重，周围松柏也非常考究，密密地包围着大殿，只有一条道路通向外面。

眼见就要到三清殿前，徐明不动声色地一挥手。等他回头看时，长孙绮的身影已经消失了。

徐明微微叹了口气，继续往前，绕过了十六块石碑组成的碑林，走进了三清殿的大门。四十名宫女、内侍正在打扫殿前的院落，见到徐明，都停下手，向他躬身行礼。

徐明道："殿内弄好了吗？"

一名内侍上前恭敬行礼："回徐太监，殿内昨日就已清理完毕，这会儿封闭着。"

"嗯。"徐明点点头，"这儿马上归禁军宿卫，你们下去吧。"

"是！"那名内侍转身拍了拍手，宫女和内侍立即排成两列，徐徐走出院门。

徐明抬头环视四周，对两名站在门口值守的内侍招招手，两名内侍赶紧跑到他面前。

徐明慢吞吞地道："你们俩仔细着，帝后过会儿就要来，明白吗？"

两名内侍一起躬身行礼道："是！"

徐明又吩咐了半天，要他们注意各处细节。估计长孙绮已经顺利潜进去了，徐明这才挥手让他们回去看着，自己转身离开。

徐明还没下到小丘底部，突然看见前面十几面旗帜翻飞，直向自己而来。他大吃一惊，来的竟是宫城内最精锐的北衙禁军。

当先一人乃是近年来最受武后信任的检校左府将军张谨言，跟在他身后的是十名千牛备身，再其后则是御前旗六对、伞四柄。再其后，是三座銮驾、三十名禁军，并内侍、宫女各五十名。

这是陛下与武后同时出行，最后那个较小的銮驾应是太子殿下。当今天下最显赫的三人同时出现，徐明脑子里顿时轰然一响，但此刻已经来不及思考，他只能赶紧避让到一旁，躬身行礼。

长孙绮从左侧一棵松树上跳入院墙，没有遇到任何阻碍，就来到了三清殿的大殿之中。

这座殿内没有神像，梁柱和墙壁上也没有绘图，整个殿内墙壁刷得雪白，大殿中挂了三十六幅白色的幡旗，各宽一尺三，从梁上一直垂到地面。

幡旗上用金色写满了各种符文，地面也是紫金砖。外面阳光照进来，先投射在紫金砖上，继而反射在幡旗的金字上，一时间金光闪闪，整个殿内仿佛都笼罩在一片金色之中。

大殿中央的神龛前，立着一张巨大的供桌，上面摆满了香烛、供品。正中的神牌上，写着“太上道德天尊李氏先祖聃”十余个大字。步入殿中，自然感到一种堂皇庄严之气。长孙绮不敢放肆，先在神牌前跪下，老老实实磕了三个头。

她心中默念道：道德天尊在上，小女子长孙绮，为陛下清奸险之徒，为我大唐诛险恶之武氏，求天尊保佑！

默念完了，长孙绮才站起来，绕过神龛。后面才是盛放供物的所在。首先映入眼帘的是那有整面墙大小的、用沉香木浮雕拼出的《万年盛世神仙图》。

这座《神仙图》宽五丈，高三丈，厚也有两尺。其上密密麻麻地雕刻了一百位神仙。居中的自然是道德天尊李聃，周围是各仙尊、神人等，以及根本数不清楚的蟠龙、翔凤、神兽、天女，又辅以金、银、玛瑙、珊瑚等奇珍异宝。

梁下挂了一百零八盏琉璃灯。在灯光的照耀下，《神仙图》上的金银宝石等光芒四射，华贵得不似人间之物。

长孙绮对《神仙图》并没有多大的兴趣，她的目光停留在靠窗的一排排架子上。

架子上供着历年四方贡奉的奇珍异宝，来自四野八荒几乎所有国家、部族，许多珍宝根本连名字都叫不出来。这些珍宝被盛放在一只只或鎏金或镶银或水晶制作的盒子里，摆得满满当当。

长孙绮刚要上前查看，突然一怔。外面传来密集急促的脚步声，还有铠甲“哗哗”的声音。

长孙绮大惊，一个箭步扑到后门。她的手还没拉开门，就听见殿外两边拐角同时出现了重甲禁军的脚步声。

这些重甲禁军来得好快，刹那间就将三清殿包围起来。其中两名队正跑上台阶，直向后门冲来。

长孙绮往后猛退两步，飞快打量了一下四周，那些架子高大宽松，根本没有任何躲藏的地方。

眼见一名队正的手已经摸到了后殿门，长孙绮脑子里一片空白，只是本能地深吸一口气，纵身跃起，扑到《神仙图》木雕上方。

谁知扑上去才发现，《神仙图》木雕的上平面宽约两尺，中间有一个凹槽。长孙绮不假思索，身子缩成一团，刚好藏在其中。

这一下兔起鹘落，发生在转瞬之间，她的衣角还露在外面，门就被推开了。两名队正走进房间，四处打量。

幸亏队正根本不知道《神仙图》木雕上还有能容人的空间，没有往上看。长孙绮悄无声息地收回了衣角。

长孙绮听见不停有人进进出出，正在全面搜查。她心口刚刚狂跳了一阵，这会儿已强行压制了下去，甚至连呼吸都变得极轻微，尽量不发出一点声音。

只听有人低声道："没有动静。"

另一人道："回门口守着。"

当先那人道："是！"

后门"嘎吱"一声关上了，但长孙绮明显感到，至少还有两人在后门守着。

长孙绮这才微微低头，查看这个凹槽，发现身子下面压着两张绢布。其中一张绢布露出的地方写着"……谨奉……泽福以降……"

长孙绮记起小时候见到这《神仙图》摹本时，父亲曾说《神仙图》木雕里有高祖皇帝和太宗皇帝分别手书的两份祈福文书，原来却是放在这个凹槽内。

她心里默想，这必是先高祖皇帝和太宗皇帝保佑，假我之手除掉武氏！

这个时候，前面正殿门也被推开了，脚步声连绵不断，更多的人拥入殿中。这些人脚步轻浮，显然不是练武之人，应该是宫女和内侍。

长孙绮闭着眼睛，周围的一切都通过声音在她脑海里呈现。

一共进来了十六人……排列成四行……又进来四人，其中两人搀扶着另外两人，另外还有一个小孩的脚步声……守在后门的两人显然更加紧张，呼吸变得急促。

他们站住了……有人点燃了香烛……他们跪拜了下去……所有人跟着一起跪拜下去。有个中年妇女轻声念着祝祷之词，另一人在咳嗽，肺里好像有积痰……

那女子念的祝祷词中，有"率天下之民，伏万邦之众"之词。天下能用这几句话的，以前仅有皇帝陛下一人而已。

近来天子时常头疾发作，武后干政越来越频繁，宫中才有帝后并称之说。那么这个念词的人必然是武后本人，而咳嗽的则是自己的表叔——当今的皇帝了。

约莫过了一刻有余，武后念完祝祷词。有几人大声念着咒，一时间钟鼓齐鸣。

唱了一会儿，一名宦官大声道："止——"

奏乐瞬间停下，大殿内一时间沉寂下来。

武后沉稳的声音传来："吾与陛下、太子在此聆听上意，你们退下。"

十几人一齐低声回答："是。"

窸窸窣窣的声音传来，转瞬之间，内侍、宫女都退了出去，殿门也被关上了。

与此同时，守在后门的两名队正也推门出去，关上殿门后，他们一直退到台阶之下才停住，离大殿远远的。帝后和太子在殿中说话，泄露出去一个字可都是死罪。

谁也不知道，一名刺客却留在了殿内。

只听皇帝不时咳嗽，太子一声不吭，武后却在殿内好整以暇地走来走去。一阵风刮进来，吹得幡旗发出"嗖嗖嗖"的声音。

过了好一会儿，忽然听皇帝说道："这儿……朕有几年没来了。上一次来，还是舅舅陪着朕……"

长孙绮听到皇帝无缘无故提到阿翁长孙无忌，心中顿时一紧。

"嗖嗖嗖……"风声越发尖厉，却也压不住武后的一声冷笑。

皇帝继续道："弘儿，今日读的什么书？"

六岁的太子李弘老老实实地回答："回阿爷，儿臣今日读的《礼记·中庸》。"

"嗯，背给阿爷听听。"

李弘一本正经地背诵起来："子曰：人皆曰'予知'，驱而纳诸罟擭陷阱之中，而莫之知辟也。人皆曰'予知'，择乎中庸，而不能期月守也。"

皇帝道："嗯，知道这是什么意思吗？"

李弘道："孔子说，人人都觉得自己聪明，可是被驱赶到罗网里却不知躲避。人人都说自己聪明，可是中庸之道连一个月也不能坚持。"

皇帝道："中庸之道是什么？"

李弘道："故尚书右仆射褚遂良有言……"

说到这里，李弘突然一惊，住了口。立即便听武后不悦道："褚遂良虽然罢相，但说的就不是孔孟之道了吗？"

李弘道："是！褚、褚遂良有言：守中、用中、度中，是为中庸。"

果然听皇帝说道："褚遂良说得不错。你身在皇家，又是储君，更应知道，中庸之道乃是维持天下平衡的关键。凡事不可过，过犹不及。"

李弘道："是！"

皇帝继续道："对臣子更应如此。我大唐虽立国才四十余年，但历经先高祖和太宗皇帝两代，励精图治，已有盛世之兆。当此时刻，一切更应稳重。与民，则休养生息；与士，则共修国运。此，不可不重视。褚遂良曾是朕的老师，更是太宗皇帝留下的顾命重臣。他虽已过世，灵柩应该还是要迎回来，葬在昭陵之侧的。"

李弘不知道什么与士共修国运，但也知道这是赦免了名臣的罪过，高兴地道："儿臣明白了！"

皇帝道："你也来，给先祖上一炷香。"

李弘道："是！"

长孙绮听皇帝的意思，心中大喜。明着说褚遂良，其实真正指的是长孙无忌。因为长孙无忌才是排名第一的顾命大臣，而且褚遂良被贬，也是因长孙无忌之事被牵连。若连他的灵柩都会陪葬在太宗皇帝的墓旁，那长孙家也必然不再有麻烦。

看来李云当所言属实，皇帝并不想真的扳倒长孙家族，仅仅是打压一下而已……

只听武后说道："弘儿，你阿爷说得很对。你是太子，是将来的皇帝。今儿在这祖宗神牌之前，母后也有两句话想对你说。"

李弘赶紧道："母后请说。"

他的声音明显比刚才慌张。皇帝又开始咳嗽，但也没有阻止她。

武后慢吞吞地说道："你需记住第一句：天家无亲。"

长孙绮心中"咯噔"了一下，立即听到皇帝说："'天家无亲'这句话，乃是不偏不倚、公正无私，也还是中庸之意。并非说的是没有亲情……"

"陛下谬甚！"武后严厉地打断了皇帝。

长孙绮的心刹那间怦怦狂跳，额头冒出一层冷汗。她就算再胆大包天，也不敢对皇帝如此说话，连想一想的念头都不敢有。

然而可怕的是，武后说了如此大逆不道的话，皇帝竟然没有反驳，只是咳嗽了两声，一种匪夷所思的感觉袭上她的心头。

只听武后冷冷地道："弘儿，你生在皇家，生在这大兴宫，就必须永生永世都记住'玄武门'这三个字！"

长孙绮眼前一黑，知道即使是皇帝也无法反驳了。

太宗皇帝光天化日之下，在玄武门射杀当时的太子李建成和弟弟齐王李元吉，逼得先高祖皇帝退位，双手血淋淋地夺来皇位，这真是"天家无亲"最好的注脚！

另外，当今皇帝李治原本也不是太子，这个皇位也是硬生生从太子李承乾与兄长李泰手里抢来的。虽然不是他亲自动手，但长孙无忌、褚遂良等一干臣子出手，这笔账又何尝不是算在他的头上？真要像他自己说的"不偏不倚、公正无私"，这皇位怎么可能落在他的头上？

"咳咳……咳咳咳！"

皇帝剧烈咳嗽起来，武后却不去管他，继续说道："弘儿，你还需记住的第二句：天子无情。"

李弘虽小，也知道"玄武门"三个字的重量，已经被吓傻了，听了武后的话，哆哆嗦嗦道："啊？啊？是……请……请母后示下……"

武后道："身为天子，不得对任何人、任何事有情。有情便有义，但天子不能讲义，只能讲权！若天子有情有义，那身边就会有宇文护、王莽！"

长孙绮咬咬牙，慢慢坐直了身体。她想伸手去拔匕首，手却一直哆嗦，全身虚脱一般无力。

武后这句话的力量实在太强大，理由也太充分，根本不容任何人反驳，特别是身为皇族的人。

宇文护当年便是顾命大臣，如同今日之长孙无忌。然而宇文护废立皇帝，权势滔天，成为后世所有皇帝心中最为恐惧之人。王莽更是直接篡权夺位，灭了前汉两百年江山。

当年他们在先皇身边时，何尝不是毕恭毕敬，何尝不是深受信赖？一旦先皇薨逝，他们以顾命大臣身份扶持新皇帝继位，其不臣之心便不可遏止，最终导致天下大乱。

这句话说出来，长孙绮已经明白，皇帝永远不可能再软下心肠，重新启用长孙无忌。甚至很有可能，长孙家一日不除干净，皇帝心中便一日不会安宁！

皇帝咳得越来越厉害，有点失去控制。看来武后这几句诛心之言，他是既不能不听，也不敢不听。

李弘惊慌道："阿爷，您怎么了？"

武后厉声道："来人！"

殿门被推开了，十几人慌慌张张地冲了进来。只听武后说道："慌什么！立刻送陛下回凝阴阁休息，传侍御医觐见。"

一名内侍回道："是！"

武后继续说道："送太子回东宫。今日抄写谶书之事，便由吾替陛下完成。阳宝，你在外面等着吾。"

内侍阳宝答道："是！"

李弘道："母后，孩儿陪您。"

武后淡淡地道："不必了。"

李弘不敢多说，便随着众人退出了三清殿。殿内一时清静下来，只听见武后一人的呼吸声和纸张翻动的沙沙声。

力量终于重又回到长孙绮身体里。她一把拔出匕首，顿了片刻，翻身从《神仙图》木雕上跳了下来。她落地时轻轻一滚，一点声音都没有发出。

杀武后，是最后的办法了！

一阵风吹进大殿，殿内的幡旗又开始嗖嗖地响起来。长孙绮踮着脚尖，慢慢绕过墙壁，借着幡旗的掩护走向大殿。

她站住了，面前的几道幡旗被吹得猎猎作响。因为上下都被固定，它们只能不停地朝一个方向旋过去，转过几圈之后达到极限，又在风小的时候旋回来。

它们旋转的间隙，长孙绮看见了武后。

不知什么时候，供桌前摆放了一张小几、几个蒲团。大唐皇后便坐在小几前，工整地抄写着《道德经》。

若是用惊为天人来形容，似乎过了一点，但要说平庸，又过于贬低。她的容貌介于惊艳与普通之间，乍看上去并不怎么让人心动。但当她的头微微抬起，注视手中笔墨时，便有两道亮光从眼中射出，仿佛刀刃，扫过之处，所有的事物都会被毫无阻碍地切开。

即使这目光根本没有直视长孙绮，长孙绮也感到背脊生寒。她手中满是汗水，差点握不住匕首，不得不在身上使劲擦了擦汗。

突然，正在写字的武后头也不抬，说道："既然来了，出来吧。"

长孙绮的心差点从嗓子眼儿里跳出来。她刚要上前，却见大殿另一边有个人慢慢走了出来。

此人身穿一袭灰色麻衣，罩着头，看不见脸。他一直走到武后面前，才单膝跪下，抚胸行礼。

惊讶加上恐惧，长孙绮一时浑身麻木，伸手用力捂住了嘴巴。

李云当！

他怎么来的？他什么时候来的？他看见自己了吗？

不……等等！他……他不是号称陛下的使臣吗？怎么却在此单独觐见武后？他究竟代表谁？

武后继续坐在几前，一笔一画地写着。李云当向她行礼完毕，仍然半跪在地。

片刻，武后写完了一张，顺手放在一边，笔往前一伸，李云当已经将砚台推到她笔下。武后蘸饱了墨，继续写下一张。

"你上次说，"武后一边写，一边说道，"这世上有神遗之地。"

李云当取下头罩，露出脑袋。他今日连发髻都没有梳，任头发垂落下来，眉心处还画了一个褐色火焰花纹。

他郑重地点头，说道："回殿下，是的。据我波斯古圣典记载，神遗之地至少有六处。听说在剑南蜀地的雪山上，便有一处。只是雪山太过巨大，世人极难发现罢了。"

武后冷笑道："便如海上蓬莱仙山一般，是不是？反正有没有，都是你们说而已，至于找不找得到，那就是人力的问题。当年始皇帝坑杀方士，不是没有道理的。"

听到这样的诛心之论，李云当却并没有惶恐。他平静地说道："我深信不疑。因为圣火曾经给予我们启示，每一代维序者都深信不疑！"

李云当说着，不经意间往长孙绮这边看了一眼。长孙绮的目光正好跟他对上，顿时吓得浑身一震，李云当却毫无表情，眼光迅速又收了回来。

但他的脑袋却微微摇了一摇，似乎在提示长孙绮：别傻了，赶紧离开！

长孙绮一呆，趁着一阵风吹得幡旗摇晃之际，一闪身重新躲在墙壁之后。

刚才那一刻，她差点就要冲出去刺杀武后。但李云当一出现，她胸中提着的那口气顿时泄得干干净净，这会儿手软脚酸，几乎要晕倒。她靠着墙，既不敢跑，也不敢露面，完全茫然了。

只听武后说道："什么维序者，吾不想明白。即使有，也不过是尔等方外之国的事，与我大唐何干？"

李云当愈加恭敬："回禀殿下，其实华夏亦有自己的维序者，历史已有数百年，甚至可能更长。前隋独孤皇后便是使用天志石，成就了文帝，先高祖皇帝也曾借八柱国之力。"

武后的笔只微微顿了一下，就继续往下写。

李云当飞快地低声说道："据传，神遗之地便有天志石……八柱国如今虽已式微，但若有天志石……"

"便如何？"

李云当俯身在地，说道："以帝后之威仪，彼等自然是如螳臂当车。小臣的意思，天志石为帝后所执，方是天下鼎盛之兆。"

武后冷冷地笑了一声。李云当不敢再说，静静等着。武后又写了一会儿，才说道："你跟着陛下，已有五年。陛下赐姓于你，也给了你开国郡公的爵位。而你的国家，此刻却……"

说到这里，武后故意顿住。李云当立即急切地问："我波斯怎么了？求殿下明示！"

武后平淡地道："上个月传来的消息，你的弟弟卑路斯反攻大食人不利，二万精锐一夜被大食人悉数屠尽，他自己退守吐火罗。你的波斯国，大概是没有复国之望了。"

李云当一开始还沉着脸，似乎还算镇定。但很快，只听"咔咔"的声音，他将拳头捏得乱响，牙齿也咬得咯咯作响。

终于，他一下扑倒在地，双手死死捂住嘴，发出含混不清的绝望叫喊，像是濒死的小动物。他的肩头拼命抽动，浑身上下都在颤抖，长孙绮从墙角看见他，有段时间甚至怀疑他要当场窒息晕死过去。

武后却继续写着，一张又一张，写得越发从容。

过了一刻有余，李云当才一下下地把自己重新撑起来。他的袖子、衣襟都已湿透，嘴角有血，不知是咬破了舌头还是嘴唇。他深深地吸了一口气，手抓住腰带扣一弹，一柄软剑立即弹了出来，不住抖动，发出龙吟之声。

武后纹丝不动，甚至连瞧也没瞧他一眼。

李云当擒剑在手，一剑下去，却将自己的头发削了一大把。

李云当沙哑着声音道："小臣……云当，在殿下面前失仪，本该自尽以谢罪。但小臣俗事未了，不能即死，请殿下恕罪！"

说着他左手握着剑锋，用力一拉，顿时手上鲜血喷涌，将他的麻衣染红。

武后说道："你打算怎样？还是要请我大唐之兵？"

李云当撕下一块布，用力扎紧了伤口。他面朝武后，双膝跪好，这才用力地磕下头去，磕得地面砰砰作响。

武后冷冷地道："你便是把石头磕破了，有些事也做不了。波斯离中国万里之遥，不是我大唐的手能伸到的。"

李云当道："小臣……愿为殿下奉上神遗之地！"

武后淡然道："你把那东西视若神物，在吾眼里，却算不得什么。吾领有大唐天下，所得已是过了。听说你们波斯称雄四百余年，大概也是气数已尽了吧。"

李云当继续磕头，"砰砰砰"，磕得额头全是血。他哽咽着道："纵使气数已尽，小臣也唯有以死报国……求殿下成全！"

武后慢条斯理地写完了几十张纸，李云当已经磕了不知道几百个头，浑身已经湿透，汗和血混在一起，慢慢渗入地板的缝隙之中。

长孙绮远远躲在墙壁后面，鼻子里闻到一股子血腥味，又是揪心，又是恐惧，更是不知所措。

武后终于抄完最后一字，满意地看了看自己的字，才说道："罢了。"

李云当浑身一震，停止了磕头。他体力耗尽，眼前一黑，就要晕倒。但他知道这是家国存亡的关头，下力死死撑着，虚弱地道："求……殿下……成全……"

武后站起身，整了整自己的衣衫，随意地道："你不是说，维序者为了达到目的，任何事都能完成吗？太宗皇帝的《推背图》你若能替吾取来，吾便信你一次。"说着转身就向殿门走去。

殿门被拉开了，武后头也不回地走出大殿，殿门立即又被关上。外面响起急促的脚步声，大殿周围的重甲士兵迅速集结起来。一名内侍大声下令，几十人的队伍沿着殿前道路渐渐离去。

风更加大了，殿内所有的幡旗都在疯狂舞动。武后抄写的经文被风刮得飞起，四处散落。

李云当喘息了半天，终于攒足了力气，慢慢坐了起来。他一抬头，就看见了长孙绮的脸。

两张白得透明的脸，透过舞动的幡旗，默默对视着……